Rita Mae Brown
& Sneaky Pie Brown

TÖDLICHES BEILEID

Ein Fall für Mrs. Murphy

Roman

Deutsch von
Margarete Längsfeld

Rowohlt

Die Originalausgabe erschien 1998
unter dem Titel «Murder on the Prowl»
bei Bantam Books, New York
Umschlaggestaltung Büro Hamburg
(Illustration: Gerd Huss)

1. Auflage Juli 1999

Satz aus der Bembo PostScript PageOne
Gesamtherstellung Clausen & Bosse, Leck
Printed in Germany
ISBN 3 498 00597 9

Mr. Wonderful gewidmet,
der zuweilen David Wheeler heißt

Personen der Handlung

Mary Minor Haristeen (Harry), die junge Posthalterin von Crozet

Mrs. Murphy, Harrys graue Tigerkatze

Tee Tucker, Harrys Welsh-Corgi-Hündin

Pharamond Haristeen (Fair), Tierarzt, ehemals mit Harry verheiratet

Mrs. George Hogendobber (Miranda), eine Witwe, die zusammen mit Harry im Postamt arbeitet

Market Shiflett, Besitzer von Shiflett's Market neben dem Postamt

Pewter, Markets unverschämt fette graue Katze, die jetzt bei Harry und ihrer Familie wohnt

Susan Tucker, Harrys beste Freundin

Big Marilyn Sanburne (Mim), Queen von Crozet

Rick Shaw, Sheriff

Officer Cynthia Cooper, Polizistin

Herbert C. Jones, Pastor der lutherischen Kirche von Crozet

Roscoe Fletcher, Direktor der exklusiven Privatschule St. Elizabeth

Naomi Fletcher, Leiterin der Unterstufe von St. Elizabeth. Sie steht ihrem Mann hundertprozentig zur Seite

Alexander Brashiers (Sandy), Englischlehrer an der St.-Elizabeth-Schule

April Shively, Sekretärin des Direktors, den sie liebt

Maury McKinchie, ein Filmregisseur, der seine Vitalität verloren hat und im Begriff ist, seine Frau zu verlieren

Brooks Tucker, Susan Tuckers Tochter. Sie ist auf die St.-Elizabeth-Schule gewechselt

Karen Jensen, respektloser Star der Hockeymannschaft, von den meisten Jungs begehrt

Jody Miller, ebenfalls eine gute Hockeyspielerin, die unter den Nebenwirkungen einer ausklingenden Romanze mit Sean Hallahan zu leiden scheint

Sean Hallahan, Star der Footballmannschaft

Roger Davis, ein ruhiger, stiller und wachsamer Junge, der in Seans Schatten steht

Kendrick Miller, rastlos, isoliert und aufbrausend. Er hat einen blühenden Gärtnereibetrieb aufgezogen und seine Familie verloren … die er kaum wahrnimmt

Irene Miller, eine verblassende Schönheit, die sich mit der Arbeitsbesessenheit ihres Mannes und den Stimmungsschwankungen ihrer Tochter abfindet, indem sie sie ignoriert

Father Michael, Priester der katholischen Kirche, ein Freund von Reverend Herbert Jones

Jimbo Anson, Inhaber der High-Tech-Autowaschanlage an der Route 29

Renee Hallvard, äußerst beliebte Trainerin der St.-Elizabeth-Mädchenhockeymannschaft

1

Städte haben Seelen, genau wie Menschen. Die Kleinstadt Crozet, Virginia, 38° geographische Breite, 78° 60' geographische Länge, hatte die Seele eines irischen Tenors.

Dieser schöne 21. September, der Tag des Äquinoktiums, ließ alle Seelen, wenn nicht alle Stimmen emporschwingen – denn er war vollkommen: Sahnige Wolken trödelten über den türkisblauen Himmel. Die Blue Ridge Mountains thronten in ihrer ganzen Farbenpracht schützend über smaragdgrünen Weiden. Die Temperatur hielt sich bei 22 °C, und die Luftfeuchtigkeit war gering.

An diesem Donnerstag arbeitete Mary Minor Haristeen lustlos im Postamt. Als Posthalterin konnte sie nicht so einfach nach draußen laufen, war die Versuchung noch so groß. Ihre Tigerkatze Mrs. Murphy und ihre Corgihündin Tee Tucker schossen zum Tiertürchen hinein und hinaus, wobei die kleine Klappe jedesmal flappte. Das war für die Tiere wie Türenknallen für Teenager, und bei jedem Kommen und Gehen wurde Harry daran erinnert, daß sie bei der Arbeit festsaß, während die Tiere flüchten konnten.

Harry, wie sie genannt wurde, war fleißig, wenn auch ein bißchen ziellos. Mrs. Miranda Hogendobber, ihre Gefährtin im Postamt, war überzeugt, daß sich durch eine erneute Eheschließung die Frage nach ihrem Lebenszweck automatisch erübrigen würde. Für

Miranda, die um etliches älter war als Harry, war die Ehe Zweck genug für eine Frau.

«Was summen Sie da?»

«‹Ein feste Burg ist unser Gott›. Das hat Martin Luther 1529 geschrieben», klärte Mrs. H. sie auf.

«Sollte ich eigentlich kennen.»

«Ja, wenn Sie zu den Chorproben kämen!»

«Da ist nur die Kleinigkeit, daß ich nicht Ihrer Kirche angehöre.» Harry faltete einen leeren Leinenpostsack zusammen.

«Das könnte ich im Handumdrehen regeln.»

«Und was würde Reverend Jones dazu sagen? Er hat mich in der evangelischen Kirche von Crozet getauft.»

«Papperlapapp.»

Mrs. Murphy flitzte mit einer großen Grillenschabe im Maul durch die Tür, dicht gefolgt von Pewter, der dicken grauen Katze, die tagsüber im Lebensmittelladen nebenan ihr Unwesen trieb; abends fuhr sie mit Harry nach Hause. Market Shiflett, der Lebensmittelhändler, hatte erklärt, da Pewter nie eine Maus gefangen hätte und nie eine fangen würde, könnte sie ebensogut mit ihren Freundinnen spielen gehen.

Zugegeben, Pewter war rund gebaut; ihr Schädel war rund, ihre Ohren, klein und zierlich, waren rund. Ihr Schwanz war etwas kurz geraten. Sie selbst bezeichnete sich als stämmig. Ihre graue Wampe wabbelte beim Gehen. Sie schwor, dies sei eine Folge «der Operation» und habe nichts mit ihrer Dickleibigkeit zu tun. In Wahrheit war es beides. Die Katze fraß für ihr Leben gern.

Mrs. Murphy, eine hübsche Tigerkatze, hielt sich fit, indem sie mit Inbrunst Mäuse fing.

Den beiden Katzen folgte Tee Tucker, der Hund.

Mrs. Murphy sprang mit einem Satz auf den Schalter, die Grillenschabe zappelte in ihrem Maul.

«Die Katze hat ein geflügeltes Ärgernis mitgebracht. Sie liebt das Töten», sagte Miranda mißbilligend.

«Schaben haben keine Flügel.»

Miranda näherte sich der glänzenden braunen Beute, die im Kiefer der Katze klemmte. «Das ist ja eine Riesenschabe – die müßte eigentlich Flügel haben. Also, mir scheint, diese Schabe ist so groß wie eine Gottesanbeterin.» Sie legte das Kinn in die hohle Hand, was ihr ein weises Aussehen verlieh.

Harry schlenderte herbei, um die Schabe zu betrachten, gerade als Mrs. Murphy das Insekt mit einem raschen Biß in die Innereien erledigte und dann die Überreste auf den Schalter legte.

Der Hund fragte: *«Du wirst die Schabe doch nicht essen, oder?»*

«Nein, die Dinger schmecken gräßlich.»

«Ich esse sie», erbot sich Pewter. *«Jemand muß schließlich den Schein wahren! Immerhin sind wir alle Raubtiere.»*

«Pewter, das ist ja widerlich.» Harry verzog das Gesicht, als das rundliche Tier die Grillenschabe vertilgte.

«Vielleicht sind sie wie Nachos.» Miranda Hogendobber hörte das laute Knacken.

«Nie wieder esse ich Nachos.» Harry funkelte ihre Mitarbeiterin und Freundin an.

«Auf das Knackige kommt's an. Darauf gehe ich mit Ihnen jede Wette ein», zog Miranda sie auf.

«Du hast es erfaßt.» Als Antwort auf die Bemerkung der älteren Frau leckte sich Pewter die Lippen. Sie war froh, daß Katzen keinen Lippenstift trugen wie Mrs.

Hogendobber. Nicht auszudenken, wenn Lippenstift an eine Schabe oder eine Maus käme. Das würde den Geschmack verderben.

«Hey, Mädels.» Reverend Jones kam durch den Haupteingang geschlendert. Er nannte alle Frauen Mädels, und sie hatten längst die Hoffnung aufgegeben, es ihm irgendwann einmal abgewöhnen zu können. Auch die zweiundneunzigjährige Catherine I. Earnhart wurde Mädel genannt. Und ließ es sich gern gefallen.

«Hey, Rev.» Larry lächelte ihn an. «Sie sind heute spät dran.»

Er angelte in seiner Tasche nach dem Schlüssel, steckte ihn in sein Messingpostfach und zog eine Handvoll Post heraus, das meiste davon nutzlose Werbung.

«Wenn ich spät dran bin, dann deswegen, weil ich Roscoe Fletcher meinen Wagen geliehen habe. Er wollte ihn mir um ein Uhr zurückbringen, und jetzt ist es drei. Da habe ich mich dann entschlossen, zu Fuß zu gehen.»

«Ist sein Wagen liegengeblieben?» Miranda öffnete die Hintertür, um ein bißchen frische Luft und Sonnenschein hereinzulassen.

«Sein neuer Wagen ist ein regelrechtes Montagsauto.»

Harry, die die Eilsendungen zählte, blickte auf und sah draußen Roscoe auf den vorderen Postparkplatz fahren. «Wenn man vom Teufel spricht.»

Herb drehte sich um. «Ist das mein Wagen?»

«Nicht wiederzuerkennen, wenn der Dreck runter ist, was?» meinte Harry lachend.

«Oh, ich weiß, ich sollte ihn ab und zu waschen, und ich sollte auch meinen Transporter reparieren, aber ich habe keine Zeit dafür. Der Tag hat nicht genug Stunden.»

«Amen», sagte Miranda.

«Wie schön, Miranda, daß Sie in die Litanei einstimmen.» Seine Augen blitzten.

«Herb, Entschuldigung», sagte Roscoe, bevor er die Tür hinter sich zumachte. «Mim Sanburne hat mich im Flur aufgehalten, ich dachte schon, ich käme nie weg. Sie wissen ja, wie das ist, wenn die Queen von Crozet erst mal in Fahrt kommt.»

«Allerdings», sagten sie.

«Warum nennt man sie eigentlich Queen von Crozet?» Mrs. Murphy leckte sich die Vorderpfote. *«Queen des Universums wäre zutreffender.»*

«Nein, des Sonnensystems», bellte Tucker.

«Hat aber nicht denselben Klang», entgegnete Mrs. Murphy.

«Die Menschen halten sich für den Mittelpunkt der Erde. Eine Bande Dummköpfe.» Pewter rülpste.

Die unerfreuliche Aussicht, womöglich ausgekotzte Schabenstückchen auf dem Schalter vorzufinden, ließ Mrs. Murphy einen Schritt zurückweichen.

«Na, wie gefällt Ihnen Ihr Wagen?» Roscoe zeigte auf den Subaru Kombi, der frisch gewaschen und gewachst war.

«Sieht aus wie neu. Danke.»

«Es war nett von Ihnen, mir einen fahrbaren Untersatz zu leihen. Gary vom Vertragshändler bringt mir meinen Wagen nach Hause. Wenn Sie mich zu Hause absetzen könnten, das wäre prima.»

«Wo ist Naomi heute?» erkundigte sich Miranda nach seiner Frau.

«In Staunton. Sie besucht mit der dritten Klasse das Pioneer-Museum.» Er kicherte. «Besser sie als ich. Diese Unterstufenschüler treiben mich zum Wahnsinn.»

Harry lächelte. «Deswegen ist sie ja auch Leiterin der Unterstufe, und Sie sind der Direktor. Wir nennen Sie den Großen Zampano.»

«Nein, das liegt an meiner Fähigkeit, Spenden zu sammeln. Will jemand ein bißchen Kohle ausspukken?» Er lachte, entblößte breite, gerade Zähne, die vom Rauchen verfärbt waren. Er zog ein Päckchen Tootsie Rolls aus seiner Tasche und bot sie den anderen an.

«Wo nichts ist, ist nichts zu holen. Außerdem habe ich meinen Abschluß an der Crozet-Highschool gemacht.» Harry winkte ab, als ihr die Bonbons angeboten wurden.

«Ich auch, ein bißchen früher als sie», fügte Miranda kokett hinzu.

«Ich war 1945 mit der Schule fertig», sagte Herb beherzt.

«Ich kann bei Ihnen nicht landen, wie? Sie wollen nicht mal meine Tootsie Rolls.» Roscoe lächelte. Er hatte ein freundliches Gesicht und ebensolche Umgangsformen. «Ich will Ihnen was sagen, wenn Sie in der Lotterie gewinnen, spenden Sie ein bißchen für St. Elizabeth. Bildung ist wichtig.»

«Wozu?» Pewter starrte ihn an. *«Ihr macht euch doch bloß alle gegenseitig verrückt, weiter tut ihr nichts.»*

«Manche Menschen machen Farmarbeit», entgegnete Tucker.

Pewter funkelte die hübsche Corgihündin an. *«So?»*

«Das ist produktiv», fügte Mrs. Murphy hinzu.

«Ist bloß produktiv, damit sie sich gegenseitig ernähren können. Mit uns hat das nichts zu tun.»

«Sie können fischen», sagte Tucker.

«Da ist doch nichts dabei.»

«Ist schon was dabei, wenn du Thunfisch willst.» Murphy lachte.

«Sie sind eine nutzlose Spezies.»

«Pewter, die Schabe hat dich um den Verstand gebracht. Verursacht Blähungen. Mich siehst du solche Sachen nicht essen», sagte Mrs. Murphy.

«Also, mein Auto sieht wahrhaftig neu aus.» Herb ließ seine blauen Augen wieder über den Kombi schweifen.

«Ich war in der Autowaschanlage Ecke Twenty-ninth Street und Greenbrier Drive», sagte Roscoe zu ihm. «Ich liebe diese Autowaschanlage.»

«Sie lieben eine Autowaschanlage?» Miranda war fassungslos.

«Sie müssen da mal hin. Ich nehme Sie mit.» Er breitete seine fleischigen Arme aus. «Man fährt vor – Karen Jensen und noch ein paar von unseren Schülern arbeiten da, und die weisen das linke Vorderrad auf die Spur. Sie arbeiten am Spätnachmittag und am Wochenende – tüchtige Kinder. Jedenfalls, man hat eine Riesenauswahl. Ich habe das volle Programm gewählt. Man wird reingelotst, Wahlhebel auf Leerlauf, Radio aus, und schlingernd geht's auf in den Kampf. Zuerst blinkt ein gelbes Neonlicht, eine Wasserwand klatscht auf einen drauf, und dann sagt einem ein blaues Neonlicht, daß der Unterboden gewaschen wird, dann kommt ein weißes Licht und ein rosa Licht und ein grünes Licht –

es ist fast wie eine Broadway-Show. Und» – er zeigte nach draußen – «da ist das Resultat. Ein Knaller.»

«Roscoe, wenn eine Autowaschanlage Sie so erregt, muß etwas passieren in Ihrem Leben.» Herb lachte gutmütig.

«Fahren Sie zu der Waschanlage und sehen Sie selbst.»

Die beiden Männer gingen; Herbie rutschte auf den Fahrersitz, Harry und Miranda sahen vom Fenster aus zu.

«Waren Sie schon mal in der Autowaschanlage?»

«Nein, ich sollte wohl meinen Sonntagsschmuck anlegen und gleich lossausen.» Miranda verschränkte die Arme vor ihrem üppigen Busen.

«Ich fahr durch keine Autowaschanlage. Ich hasse das», knurrte Tucker.

«Wenn du Donner hörst, versteckst du dich unterm Bett.»

Der Hund blaffte Murphy an: *«Tu ich nicht, das ist gelogen.»*

«Sabbern tust du auch.» Da Murphy auf dem Schalter saß, konnte sie so gehässig sein, wie sie Lust hatte; der Hund kam nicht an sie heran.

«Du hast in den Transporter gepinkelt», schoß Tucker zurück.

Mrs. Murphys Pupillen wurden weit. *«Ich war krank.»*

«Warst du nicht.»

«War ich wohl.»

«Du warst auf dem Weg zur Tierärztin und hattest Schiß!»

«Ich war auf dem Weg zur Tierärztin, weil ich krank war.» Die Tigerkatze verteidigte sich vehement.

«Du hast bloß deine alljährliche Spritze gekriegt», säuselte der Hund.

«Lügnerin.»

«Angsthase.»

«Das ist zwei Jahre her.»

«Im Transporter hat's monatelang gestunken», trat Tucker nach.

Mit einem einzigen wilden Tritt der Hinterpfote schob Mrs. Murphy dem Hund einen Haufen Post auf den Kopf. *«Ekelpaket.»*

«Hey!» brüllte Harry. «Jetzt macht mal halblang.»

«Wir verduften!» Mrs. Murphy sprang von der Theke, segelte über die Corgihündin hinweg, die in einem Erdrutsch von Post feststeckte, und sauste zum offenen Hintereingang hinaus.

Tucker rannte ihr nach und schüttelte im Laufen Umschläge ab.

Pewter entspannte sich auf der Theke; sie dachte gar nicht daran, zu rennen.

Harry ging zum Hintereingang, um zuzusehen, wie ihre Lieblinge sich durch Mirandas Garten jagten; sie verfehlten knapp ihre Chrysanthemen, die reinste Farborgie. «Ich wünschte, ich könnte noch ein einziges Mal so herumtollen.»

«Sie sind köstlich.» Miranda sah ihnen ebenfalls zu, dann bemerkte sie das funkelnde Licht. «Die Tagundnachtgleiche, das ist eine ganz besondere Zeit. Licht und Dunkel befinden sich in vollkommenem Gleichgewicht.»

Sie erwähnte nicht, daß nach dem heutigen Tag das Dunkel langsam die Oberhand gewinnen würde.

2

Auf dem Rücken liegend, die Beine in der Luft, präsentierte Mrs. Murphy ihren schlanken beigefarbenen Bauch mit den stumpfen Streifen, die anders waren als die tiefschwarz glänzenden Tigerstreifen auf ihrem Rücken. Sie hörte den Audi Quattro in vierhundert Meter Entfernung in der Zufahrt, lange bevor Harry merkte, daß jemand in den Weg zur Farm eingebogen war.

Tucker, für gewöhnlich die Aufpasserin, war zu dem Bach getrottet, der Harrys Farm von Blair Bainbridges Farm an der südlichen Begrenzung trennte. Ein Murmeltier lebte dort bei dem riesigen Hickorybaum. Tucker, ein Hütehund, war nicht von einem brennenden Tötungsverlangen beseelt. Dennoch liebte sie es, Beutetiere zu beobachten und gelegentlich ein wildes Tier in ein Gespräch zu verwickeln. Sie war zu weit entfernt, um die Ankunft des Autos durch einen Warnlaut anzukündigen.

Wäre auch nicht nötig gewesen, denn die Besucherin war Susan Tucker, Harrys beste Freundin seit Kindertagen. Da Susan ihren alten Volvo gegen einen Audi Quattro eingetauscht hatte, klangen ihre Reifen anders, und Tucker war noch nicht daran gewöhnt. Mrs. Murphy hatte ein besseres Gedächtnis für solche Geräusche als Tucker.

Pewter, die sich unter den Küchentisch hatte plumpsen lassen, war der Besuch schnurzpiepegal. Sie träumte von einem Riesenspeerfisch, mit Makrele garniert.

Daß sie den Fisch mit niemandem teilen mußte, machte den Traum besonders süß.

Harry, von einem Aufräumrausch gepackt, warf den Inhalt ihrer Kommodenschubladen aufs Bett.

Mrs. Murphy öffnete ein Auge. Sie hatte das Schlagen der Autotür gehört. Ein zweiter Schlag ließ sie den Kopf heben. Gewöhnlich kreuzte Susan allein bei Harry auf. Mit der regelmäßigen Flucht vor ihren Ablegern bewahrte sie sich ihr psychisches Gleichgewicht. Die hintere Fliegentür ging auf. Susan kam herein, gefolgt von ihrer schönen fünfzehnjährigen Tochter Brooks. Heute kein Entkommen.

«Tatütata», rief Susan.

Verärgert über diesen Weckruf fauchte Pewter: *«So einen Schwachsinn hab ich mein Lebtag noch nicht gehört.»*

Mrs. Murphy legte den Kopf wieder auf ihre Pfote. *«Meckerkrabbe.»*

«Das ist es ja gerade, Murphy, ich hatte den schönsten Traum meines Lebens, und jetzt – aus und vorbei.» Pewter betrauerte den Verlust.

«Hi, Murphy.» Susan kratzte die Katze hinter den zierlichen Ohren.

«Oh, guck mal, Pewter ist unter dem Küchentisch.» Brooks, die Katzen liebte, bückte sich, um Pewter zu streicheln. Ihr kastanienbraunes Haar fiel ihr wie ein Vorhang vors Gesicht.

«Was ich mir alles gefallen lassen muß», beschwerte sich die graue Katze; sie machte jedoch keine Anstalten, sich zu entfernen, also war die Beschwerde nur pro forma.

«Ich bin beim Aufräumen», rief Harry aus dem Schlafzimmer.

«Gnade uns Gott», sagte Susan lachend, als sie in das Chaos trat. «Harry, du wirst die ganze Nacht auf sein.»

«Ich konnte es nicht mehr ertragen. Ich brauche fünf Minuten, um zwei zusammenpassende Socken zu finden, und» – sie zeigte auf ein paar klägliche Seidenreste – «meine Unterwäsche ist hinüber.»

«Du hast dir keine neue Wäsche gekauft, seit deine Mutter tot ist.»

Harry ließ sich aufs Bett plumpsen. «Solange Mom das Zeug gekauft hat, brauchte ich es nicht zu tun – außerdem kann ich es nicht ausstehen, zu Victoria's Secret zu latschen. Das hat was leicht Pornographisches.»

«Ach Quatsch, du kannst es bloß nicht ausstehen, größere BH-Größen zu sehen als deine.»

«So mickrig ist mein Busen gar nicht.»

Susan lächelte. «Das hab ich auch nicht behauptet, ich meine bloß, manchmal mißt du dich gern mit anderen.»

«Tu ich nicht. Auf gar keinen Fall. Sonst würde ich irgendwas mit meinem Kunstgeschichtsexamen anfangen, statt Posthalterin von Crozet zu sein.»

«Ich denke da an ein tückisches Hockeyspiel in unserem letzten Schuljahr.»

«Das zählt nicht.»

«Du konntest BoomBoom Craycroft schon damals nicht leiden», erinnerte sich Susan.

«Wo wir gerade von Titten sprechen... ich hab gehört, sie hat meinen Ex-Mann mit einer großen Auswahl Reizwäsche verführt.»

«Wer hat dir das erzählt?»

«Sie selbst, die blöde Kuh.»

Susan setzte sich auf die andere Seite des Bettes, weil sie vor Lachen nicht mehr stehen konnte.

«Sie selbst! Ist das zu fassen? Hat mir in allen Einzelheiten den schwarzen Spitzenbody beschrieben, den sie anhatte, als er zur Farm gerufen wurde», fügte Harry hinzu.

Pharamond Haristeen, «Fair», war zufällig einer der besten Pferdeärzte der Region.

«Mom, Pewter hat Hunger», rief Brooks aus der Küche.

Tucker, die heimgerannt war, stieß die Fliegentür auf und raste zu Susan, um sich ihr zu Füßen zu setzen. Da Susan sie gezüchtet und Harry geschenkt hatte, stand sie der Frau mit den kastanienbraunen Haaren sehr nahe.

«Pewter hat immer Hunger, Brooks; fall bloß nicht auf ihre Schmachtnummer rein.»

«Halt die Klappe», rief Pewter und rieb sich schnurrend an Brooks' Bein.

«Mom, sie hat wirklich Hunger.»

«Trickbetrügerin.» Harry, auf dem Weg in die Küche, wandte sich streng an die Katze, die schnurrte wie verrückt: «Wenn es einen Oscar für Katzen gäbe, würdest du bestimmt als ‹beste Schauspielerin› ausgezeichnet.»

«Ich hab soooo'n Hunger», trillerte die Katze.

«Wenn wir den elektrischen Dosenöffner bedienen könnten, würde ich dich füttern, bloß, damit du Ruhe gibst.» Mrs. Murphy setzte sich auf und ließ ihre Schnurrhaare vor- und zurückschnellen.

Harry, die zu demselben Schluß gekommen war, griff nach einer Büchse Mariner's Delight. «Was gibt's?»

«Wir haben eine Familienkrise», sagte Brooks kichernd.

«Nein, haben wir nicht.»

«Mom.» Der Widerspruch war nicht zu überhören.

«Ich bin ganz Ohr.» Harry teilte das nach Fisch riechende Futter aus. Glückselig steckte Pewter das Gesicht hinein. Mrs. Murphy ging mit mehr Raffinesse an ihr Fressen heran. Sie klopfte mit der Pfote auf den Rand ihrer Schüssel, schnupperte, nahm dann ein Bröckchen zwischen die Zähne und kaute sorgfältig. Sie glaubte, dies fördere die Verdauung und helfe auch, ihr Gewicht zu halten. Pewter verschlang alles. Kalorienmieze.

«Ich hasse meine Lehrer dieses Jahr, besonders bei der Versammlung vor dem Unterricht.» Brooks ließ sich auf einen bunt gestrichenen Küchenstuhl fallen.

«Miss Tucker, du wurdest nicht aufgefordert, dich zu setzen.» Susan stemmte die Hände in die Hüften.

«Mom, wir sind hier bei Harry und nicht bei Big Mim oder so.» Sie sprach von Mim Sanburne, einer grimmigen Wahrerin der Etikette.

«Übung macht den Meister.»

«Bitte nimm Platz.» Harry wies auf den Stuhl, auf dem Brooks bereits saß.

«Danke», erwiderte Brooks.

«Paß bloß auf, daß du deine guten Manieren nicht vergißt.»

«Keine Chance.» Brooks lachte ihre Mutter an.

Sie waren sich sehr ähnlich, und trotz ihrer Kabbeleien verband Mutter und Tochter eine tiefe Liebe.

Danny, Susans älteres Kind, wurde ebenfalls mit mütterlicher Zuneigung überschüttet.

Brooks stand abrupt auf und flitzte nach draußen.

«Wo gehst du hin?»

«Bin gleich wieder da.»

Susan setzte sich. «Ich frage mich täglich, manchmal stündlich, wie ich jemals auf die Idee verfallen bin, ich könnte eine Mutter sein.»

«Ach, Susan.» Harry winkte ab. «Hör auf, nach Komplimenten zu fischen.»

«Tu ich nicht.»

«Du weißt, daß du eine gute Mutter bist.»

Brooks erschien wieder, in der Hand die Samstagszeitung, die sie auf den Tisch legte. «Verzeihung.»

«Oh, danke. Ich bin heute morgen noch nicht am Briefkasten gewesen.» Harry entfernte das Gummiband von der zusammengefalteten Zeitung. Der kleine weiße Umschlag unter dem Gummiband enthielt die Monatsrechnung. «Ich weiß gar nicht, wieso ich diese verdammte Zeitung bezahle. Die Hälfte der Zeit wird sie nicht ausgetragen.»

«Aber heute ist sie gekommen.»

«Halleluja. Und –?» Harry zuckte die Achseln. «Was ist nun die Familienkrise?»

«Wir haben keine Familienkrise», erwiderte Susan ruhig. «Brooks mag bloß ihre Lehrer nicht, deswegen überlegen wir, ob –»

«Ich hasse meine Lehrer, und Mom kriegt die Krise. Weil sie den Abschluß an der Crozet High gemacht hat, will sie, daß ich dort auch den Abschluß mache. Danny wird dieses Jahr an der Crozet High fertig. Das sollte genügen. Und auch noch ein As, Mom», unterbrach Brooks.

Harry machte große Augen. «Du kannst nicht die Schule schmeißen, Brooks.»

«Ich will sie nicht schmeißen. Ich will auf die St. Elizabeth.»

«Diese verdammte Snobistenschule kostet ein Vermögen.» Susan sah zu Pewter hin, die sehr laut schmatzte. «Die Katze klingt wie ein alter Mann, der an seinem Zahnfleisch lutscht.»

Pewter drehte sich beleidigt zu Susan um, bestätigte jedoch nur die Behauptung, da kleine Futterbröckchen in ihren Schnurrhaaren hingen.

Susan lächelte. «Wie ein alter Mann, der seinen Schnurrbart nicht saubermachen kann.»

«Ha!» Mrs. Murphy lachte laut.

«Sie sieht wirklich so aus», pflichtete Tucker bei, die sich unter die Anrichte auf den Boden setzte, wo Pewter den Futternapf attackierte. Falls die Katze etwas fallen ließ, würde Tucker es vertilgen.

«Hey, ich hab Plätzchen», sagte Harry.

«Danke, nein. Wir haben reichlich gefrühstückt.»

«Wie wär's mit Kaffee, Tee?»

«Nein.» Susan lächelte.

«Meinst du nicht, du könntest mit deinen Lehrern klarkommen oder sie wenigstens ignorieren?» Harry griff das anliegende Thema wieder auf.

«Ich hasse Mrs. Berryhill.»

«Die ist doch nicht so übel», verteidigte Harry eine Dame mittleren Alters, seit ein paar Jahren Witwe.

«Sie ist zum Kotzen.» Brooks tat, als ob sie würgte.

«Wenn es so schlimm ist, wirst du nichts lernen.»

«Siehst du, Mom, siehst du – ich hab's dir gesagt.»

«Ich halte es für wichtig, daß du dich nicht aus dem Staub machst, bevor du es nicht ein, zwei Monate versucht hast.»

«Bis dahin bin ich in *Französisch durchgefallen*!» Ihre Mutter legte besonders großen Wert darauf, daß sie Französisch lernte.

«Sei nicht so theatralisch.»

«Nur zu, sei ruhig ein bißchen theatralisch.» Harry knuffte Susan in den Arm, während sie Brooks zuredete.

«Wir brauchen hier ein bißchen Theater.» Tucker war Harrys Meinung.

«Ich werde nichts lernen. Ich werde einen Mangel erleiden. Ich werde in sträflicher Ignoranz versinken –»

Harry unterbrach sie. «Alle Achtung, Brooks. Entweder du liest gute Romane, oder du hast deine Wortschatzlektionen gelernt.»

Brooks lächelte scheu, dann fuhr sie fort: «Ich werde mein Leben lang benachteiligt sein, und dann kann ich nie aufs Smith College gehen.»

«Das ist unfair», sagte Susan, die mit Harry am Smith College Examen gemacht hatte.

«Dann heiratest du eben einen Tankwart und –»

«Harry, du sollst ihr nicht zureden. Sie muß die Rechnungen ja nicht bezahlen.»

«Was meint Ned?» fragte Harry. Ned war Susans Mann, ein Anwalt und ein liebenswerter Mensch.

«Er sorgt sich auch wegen der Kosten, aber er will unbedingt, daß sie eine solide Basis bekommt.»

«St. Elizabeth ist eine gute Schule, auch wenn ich finde, daß das alles Snobs sind», sagte Harry freimütig. «Roscoe Fletcher macht seine Sache gut. Das sagen zumindest alle. Ich kann nicht behaupten, daß ich viel von Bildung und Erziehung verstehe, aber ich erinnere mich, daß letztes Jahr zwei Schulabgängerinnen in Yale angenommen wurden, eine in Princeton und eine in Harvard.» Sie hielt inne. «Ich glaube, alle sind auf gute Colleges gekommen. Da kann man nichts gegen sagen.»

«Wenn ich schon so viel Geld ausgebe, sollte ich sie auf St. Catherine in Richmond schicken», entgegnete Susan.

«Mom, ich will nicht weg von zu Hause. Ich will bloß weg von Crozet High. Ich werde noch früh genug weg sein, wenn ich aufs College gehe. Smith, Mom, Smith», erinnerte sie ihre Mutter.

«Hm.» Susan überlegte.

«Ruf Roscoe Fletcher an», schlug Harry vor. «Brooks ist erst zwei Wochen auf der Schule. Frag ihn, ob er sie jetzt wechseln läßt oder ob sie bis zum zweiten Halbjahr warten muß.»

Susan stand auf, um sich eine Tasse Tee zu machen.

«Ich habe dich gefragt, ob du Tee möchtest», sagte Harry.

«Hab's mir anders überlegt. Willst du einen?»

«Ja.» Harry setzte sich wieder.

«Ich habe Roscoe schon angerufen. April Shively, seine eifrige Sexbombe von Sekretärin, hat eine Ewigkeit gebraucht, um mich durchzustellen. Das ist ein Widerspruch in sich, Sexbombe und Sekretärin.» Sie überlegte kurz, dann fuhr sie fort: «Natürlich hat er St. Elizabeth über den grünen Klee gelobt, das war zu erwarten. Welcher Direktor würde unser Geld nicht nehmen?»

«Eine Menge hat er durch Spenden aufgebracht, sagt jedenfalls Mim.» Harry hielt inne. «Mim hat in der Madeira-Schule ihren Abschluß gemacht, wußtest du das? Man hätte meinen sollen, sie wäre auf St. Elizabeth gegangen. Little Mim war auch nicht auf St. Elizabeth.»

«Mim tut, was ihr paßt», erwiderte Susan.

«Miranda wird wissen, warum Big Mim nicht dort war.»

«Wenn sie sich bequemt, es uns zu erzählen. Was für eine Geheimniskrämerin!» Susan mochte Miranda Hogendobber sehr und wußte über ihre Marotten bestens Bescheid. Mirandas Geheimnisse drehten sich gewöhnlich um ihr Alter oder die kleinlichen Machenschaften ihrer diversen weltlichen und kirchlichen Vereinigungen.

«Die große Frage: Wird Brooks aufgenommen?»

«Natürlich wird sie aufgenommen», erwiderte Susan laut. «Sie hat einen hervorragenden Notendurchschnitt. Und damals hatte sie gute Zeugnisse, als sie dort war, in der Unterstufe.»

«Und was ist mit Danny? Wird er neidisch sein?»

«Nein», antwortete Brooks. «Ich habe ihn gefragt.»

Harry nahm ihre Tasse Tee, Susan setzte sich.

«Ich habe gerade den Audi Quattro gekauft», stöhnte Susan. «Wie soll ich das alles bezahlen?»

«Ich kann nach der Schule jobben», erbot sich Brooks.

«Ich will, daß deine Noten oben bleiben, oben, oben. Wenn du aufs College kommst, wirst du dich vielleicht um ein Stipendium bewerben müssen. Zwei Kinder gleichzeitig auf dem College – warum habe ich meine Schwangerschaften nicht mit vier Jahren Abstand geplant statt zwei», jammerte sie in gespieltem Entsetzen.

«Damit deine Kinder so Freunde sein können, und damit Danny Brooks überall hinfahren kann.»

«Von wegen.» Susan knallte ihre Hand auf den Tisch. «Verschiedene Schulen bedeutet verschiedene Freizeitaktivitäten. Er wird sie nirgendwohin fahren.»

«Mom, die Hälfte meiner Freundinnen geht auf die St. Elizabeth. Ich kann immer irgendwo mitfahren.»

«Brooks, ich halte nicht viel von der St.-Elizabeth-Truppe. Die sind mir zu – oberflächlich, und wie ich höre, werden an der Schule jede Menge Drogen genommen.»

«Bleib auf dem Teppich. Auf der Crozet High werden auch jede Menge Drogen genommen, wenn ich wollte, könnte ich an sie rankommen, egal, wo ich zur Schule gehe.» Sie runzelte die Stirn.

«Das ist ja fürchterlich», rief Harry aus.

«Aber leider wahr.» Susan seufzte. «Harry, die Welt sieht ganz anders aus, wenn man Kinder hat.»

«Das sehe ich», stimmte Harry zu. «Brooks, wer sind denn deine Freundinnen auf St. Elizabeth?»

«Karen Jensen. Ich kenne noch andere, aber Karen ist meine beste Freundin dort.»

«Sie macht einen netten Eindruck», sagte Harry.

«Ist sie auch. Sie ist allerdings älter als Brooks.» Susan war frustriert. «Aber der Rest ist absolut oberflächlich. Reiche, verwöhnte Blagen, absolut einfältig, und –»

Harry unterbrach sie. «Aber Brooks ist nicht oberflächlich, und St. E. wird sie nicht umkrempeln. Hat sie früher nicht und wird sie auch diesmal nicht. Brooks hat ihren eigenen Kopf, Susan.»

Susan tauchte einen Löffel in ihren Tee und rührte langsam Kleehonig hinein. Sie mochte keinen raffinierten Zucker. «Schatz, geh Harrys Pferde besuchen. Ich muß mit meiner besten Freundin unter vier Augen reden.»

«Klar, Mom.» Brooks verließ zögernd die Küche, Tucker heftete sich an ihre Fersen.

Susan legte den Teelöffel auf die Untertasse und beugte sich vor. «An der Schule herrscht ein solcher Wettbewerb, manche Kinder packen das nicht. Weißt du noch, wie Courtney Frere voriges Jahr zusammengebrochen ist?»

Harry versuchte sich an den Vorfall zu erinnern und holte vage Einzelheiten aus der Versenkung. «Schlechte Karten beim College – war da nicht so was?»

«Sie hatte solche Angst, ihre Eltern zu enttäuschen und nicht auf ein gutes College zu kommen, daß sie eine Überdosis Schlaftabletten genommen hat.»

«Ja, stimmt, jetzt fällt's mir wieder ein.» Harry preßte die Lippen zusammen. «Das kann überall passieren. Das Mädchen war vollkommen überreizt. Ist sie nicht aufs Tulane College gegangen?»

Susan nickte. «Ja. Aber es herrscht nicht nur Wettbewerb unter den Schülern, sondern auch zwischen Kollegium und Schulbehörde. Sandy Brashiers hat immer noch eine Stinkwut im Bauch, weil er nicht Oberstufendirektor geworden ist.»

«Politik findet in jedem Beruf statt. Sogar in meinem», stellte Harry ruhig fest. «Du machst dir zu viele Sorgen, Susan.»

«Du weißt ja nicht, wie es ist, Mutter zu sein!» brauste Susan auf.

«Warum fragst du mich dann nach meiner Meinung?» blaffte Harry zurück.

«Weil –» Susan schlug mit ihrem Teelöffel auf den Tisch.

«Hey!» bellte Tucker.

«Still, Tucker», sagte Harry.

«Was kann denn schlimmstenfalls passieren?» Harry riß Susan den Teelöffel aus der Hand. «Ist sie dort unglücklich, nimmst du sie raus. Schließt sie sich der falschen Truppe an, zerrst du sie raus.»

«Dieser kleine Umweg könnte ihrem Notendurchschnitt schaden.»

«Schön, dann geht sie entweder auf ein weniger gutes College als unsere Alma mater, oder sie kann ein, zwei Jahre auf ein Junior College gehen, um ihre Noten aufzubessern. Susan, es ist nicht das Ende der Welt, wenn Brooks nicht so gut mitkommt, wie du es dir wünschst – aber es ist eine harte Lektion.»

«Ich finde Mrs. Berryhill gar nicht so übel.»

«Wir sind keine Fünfzehn. Berryhill war schon für uns nicht gerade zum Totlachen.»

Susan atmete tief durch. «Die Kontakte, die sie auf St. Elizabeth knüpfen wird, könnten sich später als nützlich erweisen, vermute ich.»

«Sie ist sehr anpassungsfähig. Sie wird aufblühen, wohin sie auch verpflanzt wird.»

«Du hast recht.» Susan atmete aus, dann griff sie nach der zusammengefalteten Zeitung. «Apropos Zeitung, mal sehen, in was für einem neuen Schlamassel die Welt heute wieder steckt.»

Sie faltete den ersten Teil der Zeitung auseinander. Das Geräusch erregte Mrs. Murphy, die von der Anrichte sprang, um sich auf den Sportteil, den Gesellschaftsteil und die Kleinanzeigen zu setzen.

«Murphy, rück mal ein Stückchen.» Harry versuchte, den Gesellschaftsteil unter der Katze wegzuziehen.

«Ich sitze so gern auf Papier. Am liebsten ist mir das Seidenpapier in Geschenkschachteln, aber die Zeitung tut's auch.»

Harry hob Mrs. Murphys Hinterteil sanft an und zog einen Teil der Zeitung darunter weg, während Murphy unwillig mit dem Schwanz peitschte. «Danke schön.»

«Ich muß doch sehr bitten», murrte Mrs. Murphy, als Harry ihr Hinterteil sinken ließ.

«Neuerlicher Streit im Kongreß um den Bundeshaushalt», las Susan laut vor.

«Gaunerbande.» Harry zuckte die Achseln. «Von denen tut doch sowieso keiner was.»

«Ein wahres Wort. Was steht in deinem Teil?»

«Autounfall Ecke Twenty-ninth und Hydralic. Officer Crystal Limerick war am Schauplatz.»

«Steht was über Coop drin?» Sie sprach von ihrer gemeinsamen Freundin, die jetzt Stellvertreterin des Sheriffs von Albemarle County war.

«Nein.» Harry blätterte die Seiten durch, enttäuscht, weil sie nicht fand, wonach sie suchte.

«Du hast die Todesanzeigen, laß mal sehen, wen's erwischt hat.»

«Du wirst schon so schlimm wie Mom.»

«Deine Mutter war eine wunderbare Frau, und es ist unsere Bürgerpflicht, die Todesanzeigen zu lesen. Schließlich müssen wir bereit sein, Beistand zu leisten, falls –»

Sie sprach ihren Satz nicht zu Ende, weil Harry die Zeitung auf der Seite mit den Todesanzeigen aufschlug und plötzlich aufschrie: «Scheiße noch mal!»

3

Ich hab gestern erst mit ihm gesprochen.» Susan hielt erschüttert den Atem an, als sie über Harrys Schulter hinweg den Namen Roscoe Fletcher las, fünfundvierzig, am 22. September plötzlich und unerwartet verstorben. Sie war aufgesprungen, um sich selbst zu überzeugen.

«Die Todesanzeige steht ja irrsinnig schnell in der Zeitung.» Harry konnte es auch nicht glauben.

«Die Todesanzeigen haben den spätesten Annahmeschluß.» Susan las die Anzeige noch einmal, um sicherzugehen, daß sie nicht unter Halluzinationen litt. «Da steht nicht, woran er gestorben ist. Oh, das bedeutet nichts Gutes. Wenn sie es nicht reinschreiben, heißt das Selbstmord oder –»

«Aids.»

«In dieser Zeitung schreiben sie nie, woran die Leute gestorben sind. Ich finde aber, daß es wichtig ist.» Susan schnippte auf die Rückseite der Zeitung.

«‹Die Familie bittet um Spenden für den Roscoe-Harvey-Fletcher-Gedächtnisfonds zugunsten von Stipendien für die St. Elizabeth …› Was zum Teufel ist passiert?» Harry sprang auf und griff nach dem Telefon.

Sie wählte Mirandas Nummer. Besetzt. Dann rief sie Dr. Larry Johnson an. Er wußte alles über jeden. Besetzt. Sie rief Reverend Herbert Jones an.

«Rev», sagte sie, als er sich meldete, «ich bin's, Mary Minor.»

«Ich kenne Ihre Stimme.»

«Woran ist Roscoe gestorben?»

«Das weiß ich nicht.» Er senkte die Stimme. «Ich wollte gerade rübergehen, um zu sehen, was ich tun kann. Niemand weiß etwas. Ich habe mit Mim und Miranda gesprochen. Ich habe sogar Sheriff Shaw angerufen, um zu hören, ob es vielleicht spät in der Nacht einen Unfall gegeben hat. Alle tappen im dunkeln, und es gibt keinerlei Informationen über die Beerdigung. Naomi hatte keine Zeit, ein Bestattungsinstitut auszusuchen. Sie steht vermutlich unter Schock.»

«Sie wird wohl Hill and Wood beauftragen.»

«Ja, das würde ich annehmen, aber, hm –» Seine Stimme verlor sich einen Moment, dann erhöhte er die Lautstärke. «Er war nicht krank. Ich habe Larry erreicht. Roscoe war bei bester Gesundheit, es muß also irgendein Unfall gewesen sein. Ich werde jetzt hingehen, um zu helfen. Wir sprechen uns später.»

«Verzeihung», entschuldigte sich Harry, weil sie ihn aufgehalten hatte.

«Nein, nein, ich bin froh, daß Sie angerufen haben.»

«Mich hat niemand angerufen.»

«Miranda hat es versucht. Wenn Sie einen Anrufbeantworter hätten, wüßten Sie es längst. Sie hat früh um sieben angerufen, gleich, als sie es in der Zeitung las.»

«Ich war im Stall.»

«Dort hat sie auch angerufen.»

«Vielleicht war ich gerade mit dem Düngerstreuer draußen. Spielt ja auch keine Rolle. Es gibt jetzt viel zu tun. Wir treffen uns bei Fletchers. Susan und Brooks sind bei mir. Wir können bei allem helfen, was getan werden muß.»

«Das wäre großartig. Wir sehen uns dort.» Er atmete

kräftig ein. «Ich weiß nicht, was wir vorfinden werden.»

Als Harry auflegte, stand Susan gespannt auf. «Und?»

«Komm, wir sausen zu Fletchers. Herbie ist schon unterwegs.»

«Irgendwas?» Sie waren schon so lange befreundet, daß sie sich im Stenogrammstil unterhalten konnten, und manchmal brauchten sie überhaupt nichts zu sagen.

«Nein.»

«Dann nichts wie raus, alle miteinander.» Susan machte eine Geste des Zusammentrommelns.

Tucker schlich sich mit Brooks' Hilfe ein. Sie lag auf dem Fußboden des Audi, bis sie die halbe Strecke nach Crozet hinter sich hatten. Mrs. Murphy und Pewter, beide stinksauer, weil sie zurückbleiben mußten, machten brummige Gesichter, als das Auto aus der Zufahrt fuhr.

Bei Fletchers angekommen, erlitten die Freundinnen den nächsten Schock. Fünfzig bis sechzig Autos säumten die Straße in der Wohnsiedlung Ednam. Cynthia Cooper regelte den Verkehr. Das war nicht ihre Aufgabe, doch ihre Dienststelle war übers Wochenende unterbesetzt.

«Coop?» Harry winkte ihr zu.

«Die verrückteste Sache, die mir je begegnet ist», sagte die hübsche Polizistin.

«Wie meinst du das?» fragte Susan.

«Er ist nicht tot.»

«WAS?» riefen die drei Menschen wie aus einem Mund.

Tucker verlor unterdessen keine Zeit. Sie ging zur

Haustür hinein, die offenstand wegen der überwältigenden Menge von Freunden, Bekannten und St.-Elizabeth-Schülern, die ihren Beileidsbesuch abstatteten. Tucker schlängelte sich dicht über dem Fußboden zwischen den Menschen hindurch zur Küche.

Brooks hatte ihre Freundinnen Karen Jensen und Jody Miller rasch entdeckt. Sie wußten auch nichts.

Als Harry und Susan ins Wohnzimmer traten, hielt Roscoe ein Glas Champagner in die Höhe und rief den Versammelten zu: «Die Berichte über meinen Tod sind maßlos übertrieben!» Er trank einen Schluck. «Bierce.»

«Twain», verbesserte Sandy Brashiers. Er war der Leiter der Englischabteilung und rivalisierte mit Roscoe um die Macht.

«Ambrose Bierce.» Roscoe lächelte, jedoch mit zusammengebissenen Zähnen.

«Ist doch egal, Roscoe, Hauptsache, du lebst.» Naomi, eine gutaussehende Frau Ende Dreißig, prostete ihrem Mann zu.

April Shively, die ihren quicklebendigen Vorgesetzten anhimmelte, stieß mit Ed Sugarman an, dem Chemielehrer.

«Hört, hört», sagte die Gruppe, zu der die meisten von Harrys engen Freunden gehörten, sowie auch ein paar Feinde.

Blair Bainbridge, kein Feind, sondern ein potentieller Verehrer, stand neben Marilyn oder Little Mim, der picobello gekleideten Tochter von Big Mim Sanburne.

«Wann bist du nach Hause gekommen?» konnte Harry schließlich Blair fragen, nachdem sie Roscoe zu seiner Auferstehung gratuliert hatte.

«Gestern abend.»

«Hi, Marilyn.» Sie begrüßte Little Mim mit ihrem richtigen Namen.

«Schön, dich zu sehen.» Was nicht stimmte. Marilyn fürchtete, daß Blair Harry lieber mochte als sie.

Fair Haristeen, der die anderen Männer überragte, schlenderte zu seiner Ex-Frau hinüber, die er immer noch liebte. «Ist das nicht das Verrückteste, was man je erlebt hat?» Er griff in die große Schüssel mit Bonbons, die auf einem Beistelltisch stand. Roscoe hatte immer Süßigkeiten herumstehen.

«Ziemlich unheimlich.» Sie küßte ihn auf die Wange und stellte fest, daß Morris «Maury» McKinchie, Roscoe Fletchers bester Freund, nicht da war.

Unterdessen saß Tucker mit Winston in der Küche. Winston war die englische Bulldogge der Familie, ein kluger und gutmütiger Hund. Sie hatten Artigkeiten ausgetauscht, bevor Tucker zur Sache kam.

«Was wird hier gespielt, Winston?»

«Ich weiß es nicht», lautete die ernste Antwort.

«Ist er in Richmond oder New York bei einem Arzt gewesen? Harry hat nämlich von Herb Jones gehört, daß er gesund ist.»

«Alles in Ordnung mit Roscoe – außer daß er zu viele Weiber im Leben hat.»

Die Corgihündin legte den Kopf schief. *«Ah, hm»*, sagte sie, *«war wohl ein Streich, diese Todesanzeige.»*

«Roscoe weiß jetzt, wie vielen Menschen an ihm liegt. Wenn die Leute an ihrer eigenen Beerdigung teilnehmen könnten, würden sie sich freuen, sollte man meinen», sagte Winston.

«Daran habe ich nie gedacht.»

«Hmm.» Winston watschelte zur Hintertür, von der man auf den Senkgarten hinaussah, der von Naomi liebevoll gepflegt wurde.

«Winston, was bedrückt dich?»

Der Hund wandte den mächtigen Kopf und entblößte die furchterregenden Zähne. *«Und wenn das eine Warnung war?»*

«Wer wollte so etwas tun?»

«Tucker, Roscoe kann sein Dingen nicht in der Hose halten. Ich kann seine Affären schon nicht mehr zählen, und Naomi ist auf hundertachtzig. Sie erwischt ihn jedesmal. Nach vielen Lügen gesteht er schließlich. Er verspricht, es nie wieder zu tun. Drei Monate, sechs Monate später – ist er wieder auf und davon.»

«Wer?»

«Die Frau?» Die gefurchte Stirn legte sich in noch tiefere Falten. *«April vielleicht, bloß, das ist so auffällig, daß sogar die Menschen es schnallen. Mal sehen, eine junge Frau aus New York, ihren Namen habe ich vergessen. Oh, er hat sich an BoomBoom rangemacht, aber ich glaube, sie ist gerade anderweitig beschäftigt. Ach weißt du, ich hab den Überblick verloren.»*

«Naomi bestimmt nicht», erwiderte die kleine Corgihündin weise.

4

An diesem Abend kroch dichter Nebel vom Yellow Mountain hinunter. Harry, die im Stall war, ging hinaus und sah einen einzelnen Nebelstreifen über dem Bach schweben. Dem Streifen folgten Finger, die sich über der Weide ausbreiteten, bis die Farm in Grau gehüllt war.

Sie schauderte; die Temperatur sank.

«Zieh deine Daunenweste an, du holst dir sonst den Tod», riet ihr Mrs. Murphy.

«Wovon redest du, Miezekatze?» Harry lächelte ihre geschwätzige Katze an.

«Von dir, ich rede von dir. Du brauchst wen, der auf dich aufpaßt.» Die Tigerkatze seufzte, wußte sie doch, daß Harry sich zuallerletzt um sich selbst kümmern würde.

Tucker hob den Kopf. Feuchtigkeit brachte gute Witterung mit sich. *«Rotluchs in der Nähe.»*

«Dann gehen wir besser in den Stall.» Die Katze fürchtete sich vor ihrer größeren Cousine.

Als die kleine Familie in den Stall stapfte, wieherten die Pferde. Die Dunkelheit kam so geschwind wie der Nebel. Harry nahm ihre rote Daunenweste von einem Sattelhaken. Sie knipste das Licht an. Da sie so lange bei Roscoe Fletcher geblieben war, um zu feiern, war sie jetzt mit der Farmarbeit im Rückstand.

Tomahawk, das älteste Pferd im Stall, liebte es, wenn es Herbst wurde. Als echtes Jagdpferd konnte er den Beginn der Saison nicht abwarten. Gin Fizz und Poptart, die jüngeren Pferde, spitzten die Ohren.

«Der olle Rotluchs schleicht herum.» Mrs. Murphy sprang auf die quergeteilte Boxentür, deren obere Hälfte von einem vernickelten Haken offengehalten wurde.

Tomahawk sah Murphy mit seinen großen braunen Augen an. *«Das ist ein ganz gemeines Stück.»*

Zwei glänzende schwarze Perlenaugen erschienen am Rand des Heubodens. *«Was hör ich da von Rotluchs?»*

«Simon, ich dachte, du schläfst noch.»

Das Opossum rückte näher an den Rand und zeigte sein ganzes hellgraues Gesicht. *«Ihr macht genug Lärm, um Tote aufzuwecken. Jeden Moment wird das Plattgesicht runterflattern und uns bitterlich beschimpfen.»*

Simon sprach von der großen Eule, die in der Kuppel nistete. Die Eule konnte die Haustiere nicht leiden, am wenigsten Mrs. Murphy. Auf dem Heuboden überwinterte außerdem eine schwarze Schlange, aber die war ungesellig, sogar im Sommer. Eine Überfülle an Mäusen machte die Raubtiere fett und froh.

Der Heuboden überdeckte ein Drittel des Stalls, was eine lichtere, luftigere Atmosphäre schuf, als wenn er über die gesamte Länge des Gebäudes verliefe. Harry hatte mit wiederverwertetem Holz dreißig Meter vom Stall entfernt einen Heuschuppen gebaut. Sie hatte ihn dunkelgrün gestrichen, mit weißer Umrandung; das war ihr Sommerprojekt gewesen. Jeden Sommer bemühte sie sich, die Farm zu vervollständigen. Sie liebte diese Art von Handwerk, aber nachdem sie einmal in der glühenden Sonne Schindeln angenagelt hatte, würde sie sich dergleichen zweimal überlegen.

Mrs. Murphy kletterte die Leiter zum Heuboden hinauf. *«Nebel so dick wie Erbsensuppe.»*

«Macht nichts. Ich kann ihn trotzdem deutlich riechen.» Simon sprach von dem gefürchteten Luchs.

«Vielleicht, aber er kann schneller rennen als wir alle, außer den Pferden.»

«Ich hab Hunger.»

«Ich laß mir von Mom Katzenkekse in meine Schüssel tun. Die kannst du haben.»

Simon strahlte. *«Klasse.»*

Mrs. Murphy spazierte auf dem obersten Boxenbalken entlang und begrüßte jedes einzelne Pferd, über dessen Kopf sie hinwegkam. Dann sprang sie hinunter auf das hohe hölzerne Medikamentenschränkchen, das neben der Sattelkammertür stand. Von da aus konnte sie sich ohne weiteres auf den Fußboden fallen lassen.

Nachdem Harry die Pferde gefüttert hatte, ließ sie sich in der Futterkammer auf Hände und Knie nieder. Kleine Löcher in den Holzwänden zeugten von der Emsigkeit der Mäuse. Harry kleidete ihre Futtereimer mit Weißblech aus, was die Mäuse fernhielt, aber sie verschlangen jeden Krümel, der auf dem Boden liegenblieb. Sie fraßen auch Löcher in Harrys Stalljacke, was die Besitzerin erzürnte.

«Murphy, tu doch was!»

Die Katze setzte sich neben Harry und klopfte auf das Loch in der Wand. *«Die haben ein Verkehrsnetz wie die New Yorker U-Bahn.»*

«Du bist ja richtig gesprächig», bemerkte Harry.

«Und du verstehst kein Wort von dem, was ich sage.» Die Katze lächelte. *«Ich hab Hunger.»*

«Jesses, Murphy, stell den Ton leiser.»

«Food, glorious food –» Sie sang das Lied aus dem Musical *Oliver.*

Tucker, die sich in der Sattelkammer ausruhte, bellte: *«Du singst fast so gut wie ich.»*

«Danke. Ich könnte auch ohne diese Erkenntnis leben.»

Das Flehen zeigte endlich Wirkung. Harry schüttete dreieckige Katzenkekse aus der Tüte und stellte die Schüssel auf den Medikamentenschrank, damit Tucker das Futter nicht mopste.

«Danke», rief Simon anerkennend hinunter.

«Gern geschehen.» Murphy knabberte ein paar Maulvoll, um Harry zufriedenzustellen.

«Pewter hat sicher Hunger.» Harry sah auf die Uhr. «Sie geht nicht gern aus dem Haus.» Sie lachte.

«Wenn sie noch fetter wird, mußt du einen Leiterwagen kaufen, um ihren Wanst durch die Gegend zu ziehen», bemerkte Mrs. Murphy.

Harry setzte sich auf ihre alte Sattelkiste. Sie sah sich um. Es gab zwar immer was zu tun, aber die regelmäßigen Aufgaben waren erledigt: Füttern, Tränken, Boxen ausmisten, Sattelzeug putzen, Stall ausfegen.

Sobald die Pferde gefüttert waren, wollte sie sie nach draußen bringen. Mit dem ersten Frost, gewöhnlich um Mitte Oktober, kehrte ihr Tagesplan sich um. Dann waren sie tagsüber draußen und nachts in ihren Boxen. Während der Sommerhitze blieben sie tagsüber im Stall; er war gut durchlüftet von dem Wind, der vom Berg wehte. Zudem hielt er die Fliegen fern.

Als sie aufstand, knackten ihre Knie. Sie ging zu der offenen Stalltür. «Wir könnten früh Frost bekommen.» Sie kehrte in Fizz' Box zurück. «Vielleicht sollten wir jetzt schon zum neuen Plan übergehen.»

«Nur zu. Wenn noch ein paar heiße Tage kommen, gehen wir tagsüber rein. Wir sind flexibel.»

«Laßt uns drinnen bleiben.» Poptart malmte sein Frischfutter.

«Wer will sich schon mit dem Luchs anlegen? Ich nicht», war Tomahawks nüchterne Feststellung.

Harry legte das Kinn in die gewölbte Hand. «Wißt ihr was, wir gehen jetzt zu unserem Herbstplan über.»

«Hurra!» riefen die Pferde.

«Nahacht», rief sie zurück und knipste das Licht aus.

Die Entfernung zwischen Stall und Haus konnte nicht mehr als hundert Meter betragen, trotzdem waren die drei Freundinnen von dem dichten Nebel durchnäßt, als sie an der Hintertür ankamen.

Katze und Hund schüttelten sich auf der Veranda. Harry bekäme einen Anfall, wenn sie dies in der Küche tun würden. Auch Harry schüttelte sich. Drinnen setzte sie sogleich Teewasser auf. Sie war durchgefroren.

Pewter, die sich auf dem Sofa lümmelte, den Kopf auf einem bunten Kissen, schnurrte: *«Bin ich froh, daß ich drinnen geblieben bin.»*

«Du bist immer froh, daß du drinnen geblieben bist», antwortete Tucker.

Harry hantierte herum. Sie trank etwas Tee, ging dann in ihr Schlafzimmer. «O nein.» In der Hektik des Tages war sie mit Susan und Brooks hinausgestürmt und hatte das Chaos vergessen, das sie hinterlassen hatte. Der Inhalt ihrer Kommodenschubladen lag auf dem ganzen Bett verstreut. «Ich laß mich doch von Unterhosen nicht unterkriegen.»

Sie stürzte ihren Tee hinunter und warf erbarmungslos alles weg, was Löcher hatte oder fadenscheinig war. Das bedeutete, daß sie nur eine halbe Schublade voll

Socken, einen Satin-BH und drei Schlüpfer übrigbehielt.

«Mom, du mußt einkaufen gehen», sagte Mrs. Murphy, die liebend gern einkaufte, allerdings selten Gelegenheit dazu bekam.

Harry betrachtete den Altkleiderhaufen. «Auftragen, abnutzen, ausbessern oder rauspfeffern.»

«Du kannst diese Sachen nicht mehr anziehen. Sie sind am Ende», sagte Pewter, die jetzt mitten in dem Haufen saß. *«Ich bin auch am Ende.»*

Murphy lachte. *«Du hast doch überhaupt nichts getan.»*

Harry stapfte in die Vorratskammer und kam mit einer großen Schere bewaffnet zurück.

«Was hat sie vor?» wunderte Pewter sich laut.

«Putzlappen machen. Mutter kann einfach nichts wegwerfen, wenn es noch für etwas zu gebrauchen ist. Sie schneidet alles in Quadrate oder Rechtecke und teilt den Haufen dann zwischen Haus und Stall auf.»

«Auch die BHs?»

«Nein, ich glaube, die sind total hinüber», erwiderte Mrs. Murphy.

«Harry ist ein sparsamer Mensch», bemerkte Pewter. Sie selbst war verschwenderisch.

«Muß sie sein.» Tucker putzte ihre Hinterpfoten, kein leichtes Unterfangen für einen Corgi. *«Von dem Job im Postamt kann sie Essen und Benzin bezahlen, das ist alles. Zum Glück hat sie die Farm geerbt, als ihre Eltern starben. Die ist schuldenfrei, aber sonst hat sie nicht viel. Ein paar Ersparnisse und ein paar Wertpapiere, die ihr Vater ihr hinterlassen hat, aber er war auch kein Finanzgenie. Ihr einziger Luxus, falls man es so nennen kann, sind die Pferde. Klar, sie helfen die Wiesen ‹mähen›.»*

«Menschen sind komisch, nicht?» meinte Pewter nachdenklich. *«Big Mim suhlt sich in ihrem Hab und Gut, und Harry hat so wenig. Warum gibt Mim ihr nicht was ab?»*

«Sie hat ihr Poptart geschenkt, vergiß das nicht. Sie und Fair haben sich die Ausgabe geteilt.»

«Hatte ich vergessen. Aber ihr wißt schon, was ich meine.»

Tucker zuckte die Achseln. *«Sie sind komisch, was Sachen betrifft. Auf Sachen legen sie großen Wert. Wie wir auf Knochen, vermute ich.»*

«Mir sind Knochen schnuppe. Katzenminze, das ist was anderes», sagte die Tigerkatze aufgekratzt und wünschte, sie hätte eine Katzenminzeleckerei.

«Schon mal das T-Shirt gesehen? Wo draufsteht ‹Wer mit dem meisten Spielzeug stirbt, hat gewonnen›?» fragte Pewter, die sich in den Lumpenhaufen kuschelte.

«Ja. Samson Coles hat das getragen – bevor er in Ungnade fiel, weil er sich an Treuhandvermögen vergriffen hatte.» Tucker kicherte.

«Blödes T-Shirt», sagte Mrs. Murphy munter. *«Wenn man tot ist, ist man tot. Man kann nichts gewinnen.»*

«Dabei fällt mir ein, der Luchs ist heute abend da draußen», sagte Tucker zu Pewter.

«Ich geh nicht raus.»

«Das ist uns bekannt.» Mrs. Murphy schnippte mit dem Schwanz. *«Ob die Fletchers wohl rauskriegen, wer die falsche Todesanzeige in die Zeitung gesetzt hat? Wenn nicht, kriegt Mutter es raus. Ihr wißt ja, wie gern sie herumschnüffelt.»*

Das Telefon klingelte. Harry legte ihre Schere weg, um den Hörer abzunehmen. «Hi.»

Blair Bainbridges tiefe Stimme hatte etwas Beruhigendes. «Verzeih, daß ich nicht gleich angerufen habe, als ich nach Hause kam, aber ich war hundemüde. Ich war zufällig im Café, als Marilyn hereinkam, und da hat sie mir von Roscoes Tod erzählt. Wir sind zu ihm nach Hause gefahren, und ich –»

«Blair, ist schon gut. Sie ist verrückt nach dir, wie du sicher weißt.»

«Na ja, sie ist einsam.» Als eines der bestbezahlten männlichen Models im Land wußte er ganz genau, daß die Frauen in seiner Gegenwart reihenweise in Ohnmacht fielen. Alle außer Harry. Deswegen war er fasziniert von ihr.

«Susan und ich gehen morgen nach der Kirche reiten, falls du mitkommen willst.»

«Danke. Wieviel Uhr?»

«Elf.»

Er sagte fröhlich: «Wir treffen uns um elf, und, Harry, ich kann mein Pferd selbst satteln. Welches soll ich reiten?»

«Tomahawk.»

«Wunderbar. Also bis dann. Tschüs.»

Die Tiere sagten nichts. Sie wußten, daß sie mit Blair sprach, und sie waren geteilter Meinung. Tucker wünschte sich, daß Harry wieder mit Fair zusammenkäme. Sie wußte, daß es bei Menschen nicht ungewöhnlich war, nach der Scheidung wieder zu heiraten. Pewter hielt Blair für die bessere Partie, weil er reich war und Harry auf diesem Gebiet Unterstützung brauchte. Mrs. Murphy war zwar beiden Männern zugetan, meinte aber, der Richtige sei noch nicht aufgekreuzt. Nur Geduld.

Das Telefon klingelte wieder.

«Coop. Wie geht's dir?»

«Müde. Hey, ich will dich ja nicht nerven, aber hast du eine Ahnung, wer die falsche Todesanzeige in die Zeitung gesetzt hat?»

«Nein.»

«Roscoe sagt, er hat keinen blassen Schimmer. Naomi findet es nicht ganz so lustig wie er. Herb hat auch keine Ahnung. April Shively denkt, es war Karen Jensen, weil sie immer zu Streichen aufgelegt ist. Boom-Boom sagt, Maury McKinchie hat es getan und er wird unsere Reaktionen als Ausgangspunkt für einen Film nehmen. Ich habe sogar den Schulgeistlichen angerufen, Father Michael. Er war unverbindlich.»

«Inwiefern?»

Father Michael, der Priester der Kirche vom Guten Hirten, die zwischen Crozet und Charlottesville lag, hatte einen engen Draht zu der Privatschule. Obwohl St. Elizabeth seit Jahren eine konfessionslose Schule war, wurde jedes Jahr ein Geistlicher aus der Region zum Schulgeistlichen ernannt. So lernten die Schüler die verschiedenen Religionen kennen. Dieses Jahr waren die Katholiken an der Reihe. Von ein paar Nörgeleien seitens irgendwelcher Fanatiker abgesehen, funktionierte das Rotationssystem gut.

«Er hat ganz schnell aufgelegt», erwiderte Coop.

«Das ist eigenartig.»

«Finde ich auch.»

«Was meint Rick?» Harry nannte Sheriff Shaw beim Vornamen.

«Er sieht schon auch die Komik darin, will aber herausfinden, wer es getan hat. Wenn Kinder dahinterstecken, müssen sie lernen, daß man mit Menschen nicht so umspringen kann.»

«Wenn ich irgendwas höre, ruf ich an.»

«Danke.»

«Arbeite nicht zuviel, Coop.»

«Das mußt ausgerechnet du sagen. Bis bald. Tschüs.»

Harry hängte ein und hob den kleinen Lumpenhaufen auf. Dann teilte sie sorgfältig die frisch zugeschnittenen Lappen und legte eine Hälfte neben die Küchentür. So würde sie daran denken, sie am nächsten Morgen mit in den Stall zu nehmen. Jetzt war es zehn Uhr abends.

«Wo ist die Zeit geblieben?»

Sie sprang unter die Dusche und kroch dann ins Bett.

Mrs. Murphy, Pewter und Tucker waren schon auf dem Bett.

«Wie denkt ihr Mädels über Roscoes falsche Todesanzeige?» fragte sie ihre Tierfreundinnen.

Wie viele Menschen, die Tiere lieben, sprach sie mit ihnen und gab sich alle Mühe, sie zu verstehen. Sie verstanden sie natürlich.

«Ein Scherz.» Pewter streckte eine Kralle aus und hakte sie in die Steppdecke.

«Ganz meine Meinung», stimmte Tucker zu. *«Obwohl Winston gesagt hat, daß Naomi sauer auf Roscoe ist. Wütend genug, um ihn umzubringen.»*

«Menschen sind langweilig –» Pewter legte den Kopf auf ihre ausgestreckte Vorderpfote.

«Ah, ihr denkt wie ich.» Harry wühlte unter der Zudecke. «Bloß eine Dummheit. Wie ich ihn kenne, war es Roscoe selbst. Das wäre ihm glatt zuzutrauen.»

«Winston sagt, Roscoe ist scharf auf Weiber. Kann die

Finger nicht von ihnen lassen.» Tucker kam auf ihr Gespräch mit der Bulldogge zurück.

«Vielleicht ist es kein Scherz.» Mrs. Murphy, eine strenge Verfechterin der Monogamie, rollte sich auf dem Kopfkissen neben Harrys Kopf zusammen.

«Ach, Murphy, das wird sich alles geben.» Tucker wollte endlich schlafen.

5

Der holzige Duft edlen Tabaks kräuselte sich aus Sandy Brashiers Pfeife. Die Lederflicken auf seinem Tweedsakko waren genau richtig abgeschabt, nicht zuviel und nicht zuwenig. Seine konservative Krawatte, deren Streifen auf englische Art von links nach rechts verliefen, wies auf seine Zugehörigkeit zum Automobilclub der Oxford University hin. Er hatte nach dem Harvard-Examen in Oxford studiert. Ein Kaschmirpullover mit V-Ausschnitt in Marineblau, das mit den marineblauen Streifen der Krawatte harmonierte, vervollständigte seine Erscheinung, die an einen englischen Professor denken ließ.

Doch das Schicksal – oder Sandy selbst – hatte es nicht gut mit ihm gemeint. Nicht nur, daß er an keiner Universität lehrte, er unterrichtete Englisch an einer Highschool, wenn auch einer guten. Dies war nicht die Zukunft, die er oder sein Professor für den ehemaligen Musterstudenten vorausgesehen hatten.

Er war nie abgestürzt, weil er nie hoch genug gestiegen war, um zu fallen. Sein gutes Aussehen war schon mit fünfundvierzig von Feigheit und Alkohol ruiniert. Was die Feigheit betraf, so konnte allein Sandy wissen, weshalb er sich blockierte, wo er doch weit mehr hätte leisten können. Aber vielleicht war es nicht einmal ihm selbst klar.

Klar war ihm dagegen, daß er von Direktor Roscoe Fletcher öffentlich gedemütigt wurde. Als der alte Peter Abbott, der frühere Oberstufenleiter, sich Ende des letzten Halbjahres zur Ruhe gesetzt hatte, hätte Sandy automatisch sein Nachfolger werden sollen. Roscoe schwankte und wankte, dann ernannte er Sandy zum Leiter auf Zeit. Er erklärte, es werde eine Ausschreibung erfolgen, so gern er den Posten intern besetzen würde.

Dies spaltete den Schulvorstand und erzürnte das Lehrerkollegium; die meisten fanden, daß Sandy den Posten bekommen sollte. Wenn Roscoe jeden frei werdenden Posten ausschreiben wollte, könnte dann jemals ein Mitglied des Lehrkörpers in die Verwaltung einrücken?

Zu ihrem Glück ahnte Brooks Tucker nichts von der Schulpolitik. Sie war hingerissen, als Mr. Brashiers in dem äußerst beliebten Wahlfach Shakespeare die Verworfenheit der Lady Macbeth diskutierte.

«Was wäre geschehen, wenn Lady Macbeth direkt hätte handeln können, wenn sie ihren Ehrgeiz nicht über ihren Gemahl hätte lenken müssen?»

Roger Davis meldete sich. «Sie hätte den König offen herausgefordert.»

«Niemals», platzte die hübsche Jody Miller heraus, bevor sie die Hand hob.

«Möchtest du dich zu dem Thema äußern, wenn ich dich aufgerufen habe?» Sandy nickte dem hochgewachsenen Mädchen mit der Modelfigur mit einem spöttischen Lächeln zu.

«Verzeihung, Mr. Brashiers.» Sie zwirbelte ihren Bleistift in der Hand, eine nervöse Angewohnheit. «Lady Macbeth war verschlagen. Es hätte nicht zu ihr gepaßt, den König offen herauszufordern. Ich glaube nicht, daß ihre gesellschaftliche Stellung etwas an diesem Charakterzug geändert hatte. Sie wäre auch als Mann verworfen gewesen.»

Brooks runzelte die Stirn und fragte sich, ob das stimmte. Sie wollte sich beteiligen, aber sie war schüchtern in der neuen Umgebung, auch wenn sie viele ihrer Mitschüler von außerschulischen Aktivitäten kannte.

Sean Hallahan, der Läufer-Star der Footballmannschaft, wurde aufgerufen und sagte mit seiner tiefen Stimme: «Sie ist verschlagen, Jody, weil sie ihren Ehrgeiz verbergen muß.»

Diese Erwiderung freute Sandy Brashiers, nicht aber Jody Miller, die sich über Sean ärgerte. Vor zehn Jahren hätten die Jungs die Zwänge, denen Frauen unterworfen waren, kaum verstanden, aber die Zeiten hatten sich so weit geändert, daß die Schüler heute beim Lesen eines Textes ebenjene Zwänge mitberücksichtigten.

Karen Jensen, blond und grünäugig, das beliebteste Mädchen in diesem Jahrgang, zwitscherte: «Vielleicht war sie unpäßlich.»

Alle lachten.

Nach dem Unterricht gingen Brooks, Karen und Jody in die Mensa – oder die Bakterienbude, wie sie genannt wurde. Roger Davis, groß und schlaksig, trottete hinterdrein. Er wollte mit Brooks reden. Noch unsicher, zermarterte er sich das Hirn, wie er das Gespräch eröffnen sollte.

Wer zögert, hat schon verloren. Sean flitzte an ihm vorbei, schlitterte neben die Mädchen, überzeugt, daß er willkommen war.

«Meint ihr, die Frau des Präsidenten ist Lady Macbeth?»

Die drei Mädchen gingen weiter, und Jody fragte spöttisch: «Sean, wie lange hast du gebraucht, um dir das auszudenken?»

«Du inspirierst mich, Jody.» Er warf selbstsicher den Kopf zurück.

Roger sah sich das Ganze von hinten an. Er schluckte schwer und holte sie mit zwei großen Schritten ein.

«Na, Blödmann», begrüßte Sean ihn lässig, dem es ganz und gar nicht paßte, die Aufmerksamkeit der drei Hübschen womöglich teilen zu müssen.

Wäre Roger ein schlagfertiger Junge gewesen, hätte er Sean einen Hohlkopf oder dergleichen genannt. Sean war durchaus intelligent, aber sein Gehabe brachte die anderen Jungs auf die Palme. Roger war jedoch viel zu wohlerzogen, um jemanden herunterzuputzen. Er lächelte vielmehr und vergaß, was er Brooks hatte sagen wollen.

Zum Glück eröffnete sie das Gespräch. «Arbeitest du noch in der Autowaschanlage?»

«Ja.»

«Brauchen die noch Leute? Ich möchte mir nämlich einen Job suchen, und –» Ihre Stimme verklang.

«Jimbo braucht immer Leute. Ich frag ihn.» Nun war Roger von einer Mission erfüllt: Brooks zu helfen.

Jimbo C. Anson, der so breit war wie hoch, gehörten die Autowaschanlage, die hiesige Heizölfirma und eine kleine Asphaltfabrik, die er gekauft hatte, als der Besitzer Kelly Craycroft unerwartet gestorben war. Jimbo, die Verkörperung der kapitalistischen Weltanschauung, hatte gleichwohl ein weiches Herz. Brooks würde den Job bestimmt bekommen.

Brooks war erstaunt, als sie an diesem Nachmittag zur Hintertür ihres Hauses hereinkam und ihre Mutter gerade mit Roger telefonierte. Er hatte ihr den Job bereits verschafft. Sie brauchte nur noch zu entscheiden, ob sie nach der Schule oder am Wochenende arbeiten wollte oder beides.

Nachdem Brooks sich überschwenglich bei Roger bedankt hatte, sagte sie, sie würde zurückrufen, weil sie erst mal mit ihrer Mutter reden müsse.

«Das will ich meinen.» Susan starrte sie an, nachdem Brooks aufgelegt hatte.

«Mom, St. Elizabeth ist teuer. Ich will Geld verdienen.»

«Schatz, wir leben nicht von Sozialhilfe. Jedenfalls noch nicht.» Susan seufzte; sie gab nur widerwillig zu, daß es bei den wenigen Auseinandersetzungen, die sie mit Ned hatte, immer um Geld ging.

«Wenn ich für meine Klamotten selbst aufkommen kann, würde das doch schon helfen.»

Susan sah ihr in die sanften, haselnußbraunen Augen, die sie von Ned hatte. So froh sie über Brooks' Bereitschaft war, Verantwortung zu übernehmen, so wurde sie doch seltsam traurig oder vielleicht wehmütig: Ihre Küken wurden erwachsen. Irgendwie wischte das Leben vorbei. Hatte sie nicht erst gestern diese schöne junge Frau auf den Armen getragen und die winzigen Finger und Zehen bewundert?

Susan räusperte sich. «Ich bin stolz auf dich.» Sie hielt inne. «Gehen wir uns die Waschanlage erst mal ansehen, bevor du dich festlegst.»

«Super.» Brooks lächelte und enthüllte dabei die Wunderwerke der Kieferorthopädie.

«Juhuh!» brüllte es von der Hintertür.

«Ich bin auch da», bellte Tucker.

Weder Mrs. Murphy noch Pewter lag daran, ihre Anwesenheit so unverfroren zu verkünden.

Der Corgi der Tuckers, Tee Tuckers Bruder Owen Tudor, raste zur Hintertür, als diese aufschwang. Die Mutter der beiden war in diesem Frühjahr an Altersschwäche gestorben. Es war jetzt ein Single-Corgi-Haushalt.

«Tucker.» Owen küßte seine Schwester. Er hätte auch die beiden Katzen geküßt, wenn sie seinen Annäherungsversuchen nicht geschickt ausgewichen wären.

«Ich hab deinen Wagen nicht gehört», sagte Susan.

«Kaputt. Diesmal ist es der Vergaser.» Harry seufzte. «In nicht allzu ferner Zeit kauf ich mir einen neuen Transporter.»

«Wenn Ostern und Pfingsten auf einen Tag fallen», setzte Pewter ironisch hinzu.

«Mom gewinnt vielleicht im Lotto.» Tucker, stets optimistisch, spitzte die Ohren.

«Soll ich dich nach Hause fahren?» erbot sich Susan.

«Ich geh zu Fuß. Tut mir gut und den Tieren auch.»

«Mir tut es nicht gut», widersprach Pewter sogleich. *«Meine Pfoten sind zu zart.»*

«Du bist zu fett», sagte Mrs. Murphy unverblümt.

«Ich hab schwere Knochen.»

«Pewter –» Tucker wollte etwas sagen, wurde jedoch von Susan unterbrochen, die sich bückte, um sie zu streicheln.

«Springt doch alle in meinen Wagen, und wir fahren zu der Autowaschanlage. Brooks hat dort einen Job angenommen, aber ich will mir die Sache erst mal ansehen. Wenn du mitkommst, ist mir wohler.»

«Klar.»

Alle drängten sich in den Audi. Mrs. Murphy fuhr gern Auto. Pewter ertrug es. Die beiden Hunde liebten es über alles, hatten aber so kurze Beine, daß sie nur aus dem Fenster sehen konnten, wenn sie auf Menschenschößen saßen, an denen nie Mangel herrschte.

Sie winkten Big Mim in ihrem Bentley Turbo R zu, die auf dem Weg nach Crozet war.

Mrs. Murphy, die im Rückfenster lag, sah das prachtvolle, machtvolle Vehikel vorübergleiten. *«Sie hat noch ihre bayerische Phase.»*

«Was?» fragte Tucker.

«Hüte mit Pfauenfedern, Walkjanker. Soviel ich weiß, trägt sie sogar Lederhosen oder einen von diesen langen Rökken, die glatt eine Tonne wiegen.»

«Also, wenn ich Deutsche wäre, wäre es mir peinlich, wenn Amerikanerinnen sich so anziehen würden», bemerkte Pewter weise.

«Wenn ich Deutscher wäre, wäre es mir peinlich, wenn Deutsche sich so anziehen würden», erklärte Owen, was die Tiere zum Lachen brachte.

«Ihr macht ja einen furchtbaren Krach», schalt Harry.

«Sie unterhalten sich doch bloß», wandte Brooks ein.

«Wenn Tiere sprechen könnten, wißt ihr, was sie sagen würden?» Susan verriet es ihnen: «Was gibt es zu essen? Wo ist das Futter? Darf ich damit schlafen? Okay, darf ich darauf schlafen?»

«Das verbitte ich mir», murrte Mrs. Murphy.

«Ist uns doch egal!» tat Pewter den Menschenhohn leichthin ab.

Owen kicherte. *«Was können sie anderes tun, als Witze über die zu machen, die ihnen überlegen sind? Geringe Selbstachtung.»*

«Ja, und wer diesen Ausdruck erfunden hat, sollte bei Sonnenuntergang gehängt werden.» Mrs. Murphy, die Psychologie gar nicht schätzte, legte eine Pfote auf Harrys Schulter. *«Wirklich, die Vorstellung, daß ein Mensch in der Kindheit voll ausgeprägt ist, ist absurd. Nur ein Mensch kann auf so eine Schnapsidee kommen.»*

«Sie können nichts dafür», sagte Tucker.

«Aber sie könnten wenigstens darüber den Mund halten», erklärte Mrs. Murphy streng.

«BoomBoom Craycroft schmeißt mit diesem Mist aber ganz schön um sich.» Tucker hatte eigentlich nichts gegen die Frau, aber richtig leiden konnte sie sie auch nicht.

«Ihr habt das neueste noch nicht gehört!» Pewter, neben Brooks auf dem Rücksitz, setzte sich eifrig auf.

«Was?» Alle Tiere wandten sich der Katze zu.

«Hab's in Markets Laden gehört.»

«Sag schon!» drängte Mrs. Murphy gebieterisch.

«Was ich sagen wollte, bevor ich so unhöflich unterbrochen wurde –»

«Ich hab dich nicht unterbrochen.» Tucker war empfindlich.

Owen mischte sich ein. *«Tucker, laß Pewter erzählen.»*

«Also, BoomBoom hat kleine Glasfläschchen und massenhaft Q-Tips gekauft, genug Q-Tips, um sämtliche Ohren in Albemarle County zu säubern. Darauf fragte Market natürlich, was sie mit dem ganzen Zeug vorhat. Der Ärmste, ehe er sich's versah, ließ sie einen Vortrag über Aromatherapie vom Stapel. Echt wahr. Daß bestimmte Essenzen emotionale Zustände erzeugen oder bestimmte Düfte Menschenleiden lindern. Sie muß eine Dreiviertelstunde gequasselt haben. Ich wäre vor Lachen fast vom Ladentisch gefallen.»

«Die ist nicht ganz dicht», sagte Owen.

«Market bat um ein Beispiel.» Pewter genoß ihre Schilderung. *«Sie bedauerte, daß sie keine Essenzen bei sich hatte, aber wenn er zum Beispiel spüre, daß Kopfschmerzen im Anzug seien, solle er das Licht ausmachen, sich in ein ruhiges Zimmer setzen und einen Topf Wasser mit ein paar Tropfen Salbeiessenz auf den Ofen stellen. Am besten ginge es mit einem Holzofen. Dann könne er die Salbeiessenz in dem kleinen Befeuchter obendrauf stellen.»*

«Bockmistessenz», entgegnete Mrs. Murphy hämisch.

«Wollt ihr wohl still sein? Ihr macht mir Schande. Susan läßt euch nie wieder in ihr Auto», klagte Harry.

«Mir doch egal», erwiderte Pewter schnippisch, worauf die Tiere wieder lachen mußten.

Brooks tätschelte Pewters runden Kopf. «Sie haben ihre eigene Sprache.»

«Das ist ein beängstigender Gedanke.» Susan blickte im Rückspiegel auf ihre von Tieren umgebene Tochter. «Mein Owen und die arme liebe verblichene Champion Beatitude of Grace –»

«Nenn sie einfach Stummelchen. Ich kann's nicht ertragen, wenn Susan Moms vollen Titel hersagt.» Owens Augen trübten sich.

«Sie war ein Champion. Sie hat mehr erste Corgipreise gewonnen, als Pewter und Murphy Flöhe haben», sagte Tucker.

Murphy schlug nach Tuckers Schwanzstummel. *«Wenn du einen Schwanz hättest, würde ich ihn in Fetzen beißen.»*

«Ich hab gesehen, wie du dich gekratzt hast.»

«Tucker, das waren keine Flöhe.»

«Was dann, Hoheit? Ekzem? Schuppenflechte? Nesselausschlag?»

«Halt die Schnauze.» Mrs. Murphy versetzte ihr einen derben Schlag.

«Jetzt reicht's aber!» Harry drehte sich auf dem Beifahrersitz um, konnte ihnen aber keine verpassen, weil das Auto an der Einfahrt zu der funkelnagelneuen Waschanlage angekommen war und die Bremsung sie nach vorne warf.

Roger kam aus der kleinen Glaskabine am Beginn der Waschstraße geschossen.

«Hi, Mrs. Tucker.» Er grinste übers ganze Gesicht. «Hi, Brooks. Hi, Mrs. Haristeen ... und ihr alle.»

«Ist Jimbo da?»

«Ja, Ma'am.»

Ein Wagen hielt hinter ihnen und dahinter noch einer. Roscoe Fletcher wand sich ungeduldig in dem zweiten Wagen.

«Roger, ich möchte mir diesen Luxus gönnen.» Susan nahm die 5,25 Dollar für Außenwäsche aus ihrem Portemonnaie.

«Mom, laß uns voll zuschlagen, das ganze Programm.»

«Das macht elf fünfundneunzig.»

«Ich beteilige mich!» Harry angelte einen Fünfer aus ihrer Gesäßtasche und gab ihn Roger.

«Harry, nicht.»

«Sei still, Suz, wir halten den Verkehr auf.»

«Hier ist der Rest.» Brooks rückte einen Dollarschein heraus.

«Schön, ein Stückchen nach rechts, Mrs. Tucker. Ja, so ist's gut. Jetzt in den Leerlauf schalten und das Radio ausmachen, falls Sie es anhaben. Oh, und die Fenster hochkurbeln.»

Sie kurbelte das Fenster auf der Fahrerseite hoch. Roger nahm eine lange Scheuerbürste, um die Scheinwerfer und den Kühlergrill zu schrubben, während Karen Jensen sich die hintere Stoßstange vornahm. Sie winkte.

«Hey, ich wußte gar nicht, daß Karen hier arbeitet. Und Jody auch.» Sie sah Jody, die hinter der Registrierkasse saß und sich die Wimpern tuschte.

«Brooks, wag es ja nicht, das Fenster aufzumachen», warnte Susan, als sie spürte, wie sich die Schleppkette unter dem linken Vorderrad einhakte. Sie machten einen Ruck nach vorn.

«Hey, hey, ich kann nichts sehen!» kreischte Pewter.

«Vorzeitige Erblindung», sagte Mrs. Murphy ungerührt, als das gelbe Neonlicht aufflammte, eine Glocke schlug und eine Wasserwand mit Wucht auf sie zuklatschte.

Jedem Pflegegang – Wachsen, Unterbodenwäsche, Spülen – ging ein Neonlicht voraus, begleitet von einem Glockenschlag und einem Summton. Als das Trockengebläse an der Reihe war, hatte Pewter Schaum vorm Maul.

«Armes Kätzchen.» Brooks tätschelte sie.

«Pewter, es ist wirklich nichts dabei. Wir sind nicht in Gefahr.» Mrs. Murphy hatte ein schlechtes Gewissen, weil sie sie gequält hatte.

Die graue Katze zitterte.

«Das war das letzte Mal, daß ich sie in eine Autowaschanlage mitgenommen habe.» Auch Harry tat die Katze in ihrer Misere leid.

Schließlich tauchten sie mit einem heftigen Ruck aus dem Tunnel der Sauberkeit auf. Susan ließ den Wagen an und parkte ihn in einer Lücke auf der anderen Seite der Waschstraße.

Während sie und Brooks zu Jimbo Anson gingen, tröstete Harry Pewter, die auf ihren Schoß kroch. Die anderen Tiere verhielten sich still.

Ein leises Klopfen am Fenster schreckte Harry auf, die ganz darin vertieft war, die Katze zu beruhigen.

«Hi, Roscoe. Sie haben recht, es ist wie eine Broadway-Show, mit den vielen Lichtern.»

«Lustig, was?» Er bot ihr einen winzigen Bonbon an, eine Miniaturerdbeere in einem LaVoissienne-Blechdöschen französischen Ursprungs. «Habe ich eben entdeckt. Les Fraises Bonbons Fruits übertreffen alles bisher Dagewesene. Probieren Sie mal.»

«Gern.» Sie griff in das Döschen und pflückte eine Miniaturerdbeere. «Hmmm.»

«Das bringt die Lippen zum Zucken. Naomi versucht mich davon abzubringen, soviel Zucker zu mir zu nehmen, aber ich liebe nun mal Süßes.» Er bemerkte Brooks und Susan bei Jimbo Anson in dem kleinen Büro. «Hat sie was von der Schule gesagt?»

«Es gefällt ihr.»

«Gut, gut. Waren Sie beim Tierarzt?»

«Nein, wir machen einen Familienausflug.»

«Ich kann mich nicht erinnern, Sie je ohne Mrs. Murphy und Tucker gesehen zu haben. Jetzt haben Sie auch noch Pewter. Market sagt, sie hat ihm die Haare vom Kopf gefressen.»

«Nee-ee-ee», winselte die Katze beleidigt.

«Hey, Pewter, das zahlen wir ihm heim. Wir können auf seine Post pinkeln, bevor Mom sie in sein Schließfach steckt», trällerte Murphy ausgelassen. *«Oder wir können sie zerfetzen, bis auf die Rechnungen. Die lassen wir heil.»*

Die Post für St. Elizabeth wurde direkt an die Schule geliefert. Persönliche Post wurde zum Postamt von Crozet befördert.

«Au ja.» Pewter lebte auf. Roscoe winkte, und Harry begann, das Fenster hochzukurbeln.

Dann rief sie ihm nach: «Woher haben Sie die Erdbeerdrops?»

«‹Aus aller Herren Länder›», erwiderte er.

Sie beobachtete, wie Karen Jensen eine Grimasse schnitt, als er vorbeigegangen war. Roger lachte. «Teenies», dachte Harry bei sich. Dann fiel ihr ein, daß sie einmal die Schlösser der Schreibtischschublade ihres meistgehaßten Lehrers mit Klebstoff verstopft hatte.

Nach zehn Minuten kamen Susan und Brooks zum Wagen zurück.

Brooks war aufgeregt. «Ich arbeite montags nach der Schule, weil dann kein Hockeytraining ist, und samstags. Cool!»

«Hört sich gut an.» Harry hob die Hand zum Zeichen der Anerkennung, als Brooks sich auf den Rücksitz warf.

Susan ließ den Wagen an. «Auf diese Weise verpaßt sie ihr Training nicht. Immerhin ist Sport ein Teil der Schule.»

«Können wir jetzt nach Hause fahren?» heulte Pewter.

«Sieht ganz so aus, als hätte Roscoe sich hier eingemietet», sagte Susan obenhin, als sie vom Parkplatz fuhren.

6

Leise Piepser hinter den Wänden der Sattelkammer brachten Harry so durcheinander, daß sie sich verwählte. Sie drückte auf die Gabel, um die Nummer erneut zu wählen.

Mrs. Murphy schlenderte in die Sattelkammer, blieb stehen, ihre Ohren schnellten nach vorn. *«So ein Theater!»*

«Mäusemusik. Kannst du sie hören?»

Pewter machte ein Auge zu. *«Ja, aber es hat keinen Zweck, sich darüber aufzuregen.»*

Harry, den Finger noch auf der Gabel, klemmte den Telefonhörer zwischen Hals und Schulter.

«Um Himmels willen, was machen die da drin, Murphy?»

«Eine Party feiern», erwiderte die Tigerkatze. Sie war frustriert, weil sie nicht an die Beute herankam.

Harry nahm den Hörer von der Schulter und zeigte damit auf die Katze. «Ich kann kein Gift auslegen. Wenn du eine kranke Maus fängst, dann stirbst *du*. Ich kann den Schlauch nicht in ihre Löcher halten, weil ich dann die Sattelkammer unter Wasser setze. Ich dachte wirklich, du könntest dieses Problem lösen.»

«Wenn mal eine da raushüpfen würde, dann schon.» Die Katze stampfte wütend hinaus.

«Mäßige dich», rief Harry ihr nach, was alles nur noch schlimmer machte.

Sie wählte die Nummer noch einmal, während Murphy sich mit dem Rücken zu Harry in den Gang des Stalls setzte und die Ohren anlegte.

«Hi, Janice. Harry Haristeen.»

«Wie geht's?» fragte die helle Stimme am anderen Ende der Leitung.

«Ganz gut. Und dir?»

«Prima.»

«Ich hoffe, ich störe nicht. Ich habe eine Frage. Du machst doch noch die Seite mit den Todesanzeigen?»

«Ja. Die Zeile fünfundneunzig Cents. Fünf Dollar mit Foto.» Ihre Stimme wurde leiser. «Ist, hm –»

«Nein. Ich bin bloß neugierig, wie Roscoe Fletchers Todesanzeige in die Zeitung geraten ist.»

«Ach so.» Janice senkte die Stimme. «Mann, hat mich das in Schwulitäten gebracht.»

«Tut mir leid.»

«Ich kann dir nur so viel sagen, daß ich vor zwei Tagen einen Anruf vom Beerdigungsinstitut Hallahan erhielt, daß sie sowohl Roscoes Leiche hätten als auch die Personalien.»

«Ich könnte nicht einfach anrufen und einen Todesfall melden?»

«Nein. Wenn du ein Familienmitglied oder eine gute Freundin bist, kannst du die Lebensdaten telefonisch durchgeben oder faxen, aber wir lassen uns den Todesfall vom Beerdigungsinstitut oder Krankenhaus bestätigen. Meistens rufen sie bei uns an. Das Krankenhaus nennt mir auch nicht die Todesursache. Manchmal gibt die Familie sie bekannt, aber wir dürfen keine andere Information verlangen als die Bestätigung, daß die betreffende Person gestorben ist.» Sie holte tief Luft. «Und die hatte ich!»

«Hast du in allen Beerdigungsinstituten immer mit denselben Leuten zu tun?»

«Ja, und ich kenne auch ihre Stimmen. Skip Hallahan hat Roscoes Tod gemeldet.»

«Ich nehme an, das hast du dem Sheriff erzählt.»

«Ja, und Roscoe hab ich es auch erzählt. Ich hab's satt.»

«Tut mir leid, Janice, daß ich jetzt auch noch damit komme.»

«Das ist was anderes – du bist eine Freundin. Skip ist ein Arschloch, das kann ich dir sagen. Er schwört, daß der Anruf nicht von ihm kam.»

«Ich glaube, ich weiß, wer's war.»

«Sag.»

«Sobald ich weiß, daß ich recht habe.»

7

Roter Lehmstaub überdeckte den Glanz auf Roscoe Fletchers Wagen, als er Mim Sanburnes drei Kilometer lange Zufahrt zu der Villa entlangfuhr, die Mim von der Familie ihrer Mutter, den Urquharts, geerbt hatte.

Er fuhr an der Villa vorbei und hielt vor einem hübschen Cottage vierhundert Meter hinter dem imposanten Gebäudekomplex. Ordentlich auf dem Farmweg geparkte Autos kündeten von der Versammlung drinnen.

Spenden sammeln für St. Elizabeth gehörte zu Little Mims wichtigsten Aufgaben. Sie wollte beweisen, daß sie so einflußreich sein konnte wie ihre Mutter.

Als Roscoe durch Little Mims Haustür fegte, hörte er Maury McKinchie rufen: «Der Phönix erhebt sich aus der Asche!»

Die Mitglieder des Spendensammelkomitees, viele von ihnen Ehemalige der Schule, lachten über das Bonmot des Filmregisseurs.

«Du hast die Auferstehungsparty verpaßt, mein Lieber.» Roscoe klopfte McKinchie auf den Rücken. «Hat bis zum frühen Morgen gedauert.»

«Für Roscoe ist jeder Tag eine Party», sagte April Shively, den Stenogrammblock zum Diktat gezückt, voller Hingabe.

April, die dem Komitee nicht angehörte, nahm als Sekretärin des Direktors an allen Versammlungen teil, was dem Komitee die Einstellung einer eigenen

Schreibkraft ersparte. Es bedeutete zudem, daß nur solche Informationen, die Roscoe für wichtig erachtete, Eingang in das getippte Protokoll fanden. Und schließlich verschaffte es den beiden eine Rechtfertigung zusammenzusein.

«Wo waren Sie diesmal?» fragte Irene Miller, Jodys Mutter, mit einem Anflug von Mißbilligung in der Stimme, da Maury McKinchie ihrer Meinung nach zu viele Versammlungen versäumte.

«New York.» Er wartete, bis Roscoe Platz genommen hatte, dann fuhr er fort: «Ich habe gute Nachrichten.» Die Gruppe beugte sich zu ihm vor. «Ich habe mich mit Walter Harnett von Columbia getroffen. Unsere Idee von einem Filmkurs gefällt ihm. Er hat uns zwei Videokameras versprochen. Es sind alte Modelle, aber sie funktionieren gut. Neu kostet so eine professionelle Studiokamera vierundfünfzigtausend Dollar. Der erste Schritt ist getan.» Er strahlte.

Nach dem Beifall ergriff Little Mim, die Vorsitzende des Komitees, das Wort. «Das ist ja eine sehr aufregende Nachricht! Ich denke, mit den entsprechenden Vorbereitungen unsererseits können wir die Zustimmung der Schulbehörde erhalten, einen Lehrplan auszuarbeiten.»

«Nur, wenn wir den Kursus finanzieren können.» Roscoe verschränkte die Hände. «Sie wissen, wie konservativ die Behörde ist. Lesen, Schreiben und Rechnen. Das ist alles. Aber wenn wir ein Jahr finanzieren können – und ich habe die Ausgangsberechnungen hier –, dann hoffe und glaube ich, daß die positive Resonanz bei Schülern und Eltern uns durch das darauffolgende Jahr helfen wird. Die Behörde wird ins zwanzigste Jahrhundert katapultiert werden» – er machte eine Pause, um seine Worte wirken zu lassen –, «sowie wir ins einundzwanzigste übergehen.»

Sie lachten.

«Ist das Kollegium auf unserer Seite?» fragte Irene Miller, die begierig auf jeder neuen Erfolgswelle mitschwamm, die ihr das so sehr begehrte gesellschaftliche Prestige verhieß.

«Mit einigen namhaften Ausnahmen, ja», erwiderte Roscoe.

«Sandy Brashiers», platzte April heraus, machte dann ganz schnell den Mund zu. Ihre Porzellanwangen wurden rot. «Sie wissen, was für ein Purist er ist.»

«Verpassen Sie ihm ein Klistier», sagte Maury und gewahrte die schockierten Gesichter der Gruppe. «Verzeihung. Wir sagen das oft beim Drehen. Wenn einer eine echte Nervensäge ist, hat er den Namen Arschgeige weg.»

«Maury.» Irene schlug in gespielter Verlegenheit die Augen nieder.

«Verzeihung. Tatsache bleibt, er ist ein Hemmschuh.»

«Ich kümmere mich um Sandy», erklärte Roscoe Fletcher ruhig.

«Höchste Zeit, daß ihn sich jemand vornimmt.» Doak Mincer, ein Bankdirektor, seufzte. «Sandy hat tatkräftig Stimmung gegen das Projekt gemacht. Auch als ihm gesagt wurde, der Filmkurs sei ein einjähriges Experiment, das sich allein trägt und unabhängig finanziert wird und so weiter und so fort, hat er opponiert – unerbittlich.»

«Es hat auf einer Lehranstalt nichts zu suchen, sagt er.» Auch gegen Irene war opponiert worden.

«Was ist mit der Kamerafrau, die Sie Mitte September hier hatten? Ich dachte, das hätte Begeisterung geweckt.» Marilyn deutete mit ihrem Bleistift auf Roscoe.

«Sie war ein Hit. Hat einige der beliebteren Schüler gefilmt; Jody war auch dabei, Irene.»

«Es hat ihr Spaß gemacht.» Irene lächelte. «Von den Eltern haben Sie keinen Widerstand zu erwarten. Welche Eltern hätten etwas dagegen, daß ihr Kind neue Fähigkeiten lernt? Oder mit einem Profi wie Maury arbeitet? Ist doch eine spannende Sache.»

«Danke.» Maury zeigte sein breites Lächeln, das gewöhnlich für bezahlte Fotografen reserviert war.

Er hatte sich in den achtziger Jahren einer blühenden Regiekarriere erfreut, die in den neunzigern verblaßte, als die Schauspielkarriere seiner Frau die Stratosphäre stürmte. Sie war so oft am Drehort, daß Maury zuweilen vergaß, daß er eine Frau hatte. Aber das hätte er vielleicht auch ungeachtet der Umstände getan.

Er hatte auch zugesagt, daß Darla einmal im Jahr in St. Elizabeth eine Vorlesung halten würde. Er hatte allerdings bisher versäumt, Darla davon in Kenntnis zu setzen – Darla Keen mit Bühnennamen. Michelle Gumbacher mit richtigem Namen. Er wollte ihr die Vorlesung bei einem ihrer Zwischenaufenthalte zu Hause schmackhaft machen.

«Irene, hast du deine Liste mit den potentiellen Spendern dabei?» fragte Little Mim. Irene nickte und ließ einen unendlich langweiligen Vortrag über jeden einzelnen potentiellen Kandidaten vom Stapel.

Nach der Versammlung gingen Irene und Maury zu seinem Geländewagen, einem Range Rover. Sein Porsche 911 war wärmeren Tagen vorbehalten.

«Was macht Kendrick?» erkundigte er sich nach ihrem Mann.

«Nichts Neues.»

Was bedeutete, daß Kendrick rund um die Uhr in dem Gartenzentrum arbeitete, das er aus dem Nichts aufgebaut hatte und das endlich Gewinn abwarf.

Sie erspähte auf dem Beifahrersitz des Rover einen Karton voll winziger Fläschchen. «Was ist denn das?»

«Ah» – lange Pause –, «Essenzen.»

«Was?»

«Essenzen. Manche heilen Kopfschmerzen. Andere sind für Erfolg. Ich glaube zwar nicht daran, aber sie wirken beruhigend, nehme ich an.»

Irene hob eine Augenbraue. «Haben Sie das Zeug aus New York mitgebracht?»

«Ah – nein. Ich habe es BoomBoom Craycroft abgekauft.»

«Guter Gott.» Irene machte auf dem Absatz kehrt und ließ ihn neben seinem sündhaft teuren Gefährt stehen, das mit Vorliebe von den britischen Royals benutzt wurde.

Als Little Mim an diesem Abend ihre Mutter zögernd über die Versammlung ins Bild setzte – zögernd, weil ihre Mutter immer alles wissen mußte –, sagte sie: «Ich glaube, ich kann die Filmabteilung auf die Beine stellen.»

«Das wäre ein Sieg, Liebes.»

«Nicht so überschwenglich, Mutter.»

«Ich bin aber überschwenglich. Bloß leise, das ist alles. Und ich bin der Meinung, daß Roscoe es entschieden zu sehr genießt, mit den sogenannten Stars dickezutun. Greta Garbo. *Die* war ein Star.»

«Ja, Mutter.»

«Und Maury – tja, Westküstenmanieren, meine Liebe. Nicht Virginia.»

«Nicht Virginia», ein Urteil, gewöhnlich von Weißen und Schwarzen gleichermaßen geflüstert, das diejenigen ausgrenzte, die den Ansprüchen nicht genügten. Und das waren eine ganze Menge.

Little Mim wurde böse. «Die von der Westküste, die sind aufgeschlossener.»

«Aufgeschlossen? Sie sind porös.»

8

Was hast du zu deiner Entschuldigung zu sagen?» Zornesrot funkelte Skip Hallahan seinen gutaussehenden Sohn an.

«Es tut mir leid, Dad», murmelte Sean.

«Sag das nicht zu mir. Sag's ihm!»

«Es tut mir leid, Mr. Fletcher.»

Roscoe löste die vor der Brust gefalteten Hände. «Ich nehme deine Entschuldigung an, aber fandst du es wirklich komisch, meine Todesanzeige aufzugeben?»

«Ah – am Anfang. War wohl doch nicht so komisch», antwortete er matt.

«Du hast fast dieselbe Stimme wie dein Vater.» Roscoe beugte sich vor. «Du bekommst keinen Arrest. Aber – ich finde, du könntest freiwillig vier Stunden pro Woche im Krankenhaus ableisten. Das würde mich zufriedenstellen.»

«Dad, ich trage schon Zeitungen aus. Wie kann ich da im Krankenhaus arbeiten?»

«Ich sorge dafür, daß er seine Arbeit macht», fauchte Skip, immer noch aufgebracht.

«Wenn er sich weigert, ist es aus mit Football.»

«Was?» Entsetzt sprang Sean fast vom Stuhl.

«Du hast mich verstanden», sagte Roscoe ruhig.

«Ohne mich hat St. Elizabeth keine Chance», prophezeite Sean arrogant.

«Sean, die Footballsaison ist weniger wichtig, als daß du dir merkst: Taten haben Konsequenzen. Ich wäre ein schlechter Direktor, wenn ich dir den Streich durchgehen ließe, bloß weil du unser bester Läufer bist ... denn eines Tages würdest du glatt ins offene Messer rennen. Taten haben Konsequenzen. Das wirst du dir jetzt auf der Stelle merken. Vier Stunden pro Woche bis Neujahr. Hast du mich verstanden?» Roscoe stand auf.

«Ja, Sir.»

«Ich habe dich schon einmal gefragt. Ich frage dich jetzt zum letzten Mal: War der Streich ganz allein dein Werk?»

«Ja, Sir», log Sean.

9

Rot stieg die Sonne über den Horizont. Father Michael, ein Frühaufsteher, genoß die Sonnenaufgänge so, wie die meisten Menschen Sonnenuntergänge genießen. Bewaffnet mit jamaikanischem Kaffee, seiner kleinen Extravaganz, saß er Zeitung lesend an dem Frühstückstischchen aus Kiefernholz, von dem aus er auf den wunderschön gepflegten Friedhof hinaussehen konnte.

Die Kirche Zum Guten Hirten, die mit einer recht vermögenden Gemeinde gesegnet war, gewährte ihm ein hübsches, wenn auch kleines Heim auf kircheneigenem Gelände. Eine tüchtige Sekretärin, Lucinda Payne Coles, ging ihm von Montag bis Freitag zur Hand. Er konnte Lucinda gut leiden, die, wenngleich sie manchmal bittere Momente hatte, ihr hartes Los mit Fassung trug.

Nachdem Samson, ihr Mann, all sein Geld verloren hatte und obendrein mit heruntergelassenen Hosen bei einer außerehelichen Affäre erwischt worden war, war Lucinda in tiefste Verzweiflung gestürzt. Als die Stelle bei der Kirche frei wurde, bewarb sie sich, und sie wurde gern genommen, obwohl sie in ihrem Leben keinen einzigen Tag gearbeitet hatte. Sie konnte leidlich gut Maschine schreiben, aber, was noch wichtiger war, sie kannte jedermann, und jedermann kannte sie.

Father Michael schloß Samson täglich in seine Gebete ein. Samson mußte nun in Kendrick Millers Gärtnereibetrieb körperliche Arbeit verrichten. Wenigstens war er in so guter Verfassung wie noch nie in seinem Leben, und er lernte fließend Spanisch sprechen, da einige seiner Arbeitskollegen mexikanische Einwanderer waren.

Father Michael, der gerade bei der zweiten Tasse Kaffee war – zwei Stück brauner Zucker und ein Schuß Devonshire-Sahne –, blinzelte überrascht. Er glaubte eine Gestalt durch den frühmorgendlichen Nebel schleichen zu sehen.

Der benötigte Koffeinstoß ließ ihn vom Stuhl springen. Er schnappte sich eine Barbour-Jacke und eilte nach draußen. Leise näherte er sich der auf dem Friedhof herumschleichenden Gestalt.

Samson Coles legte einen Blumenstrauß auf Ansley Randolphs Grab.

Father Michael, ein leichtgewichtiger Mann, machte kehrt, um auf Zehenspitzen zu seinem Häuschen zurückzuschleichen, doch Samson hörte ihn.

«Herr Pfarrer?»

«Verzeihen Sie, daß ich Sie gestört habe, Samson. Ich konnte im Nebel nicht deutlich sehen. Manchmal kommen Jugendliche her, um zu trinken, verstehen Sie. Ich dachte, ich könnte einen auf frischer Tat ertappen. Ich bitte um Entschuldigung.»

Samson räusperte sich. «Niemand besucht sie.»

Father Michael seufzte. «Sie hat sich selbst ruiniert, die Ärmste.»

«Ich weiß. Trotzdem habe ich sie geliebt. Ich liebte Lucinda, aber… ich konnte nicht von Ansley lassen.» Er seufzte. «Ich weiß nicht, warum Lucinda mich nicht verläßt.»

«Sie liebt Sie, und sie lernt zu vergeben. Gott schickt uns die Lektionen, die wir brauchen.»

«Wenn meine Lektion Demut heißt, so bin ich dabei, zu lernen.» Er hielt inne. «Sie werden ihr nicht erzählen, daß Sie mich hier gesehen haben?»

«Nein.»

«Es ist bloß, daß… manchmal fühle ich mich so mies. Warren besucht ihr Grab nicht und auch keiner von den Jungs. Man sollte doch meinen, daß sie wenigstens ab und zu das Grab ihrer Mutter besuchen würden.»

«Sie sind jung. Sie denken, wenn sie Schmerz und Verlust ignorieren, wird es vergehen. Tut es aber nicht.»

«Ich weiß.» Er drehte sich um, die beiden Männer verließen den Friedhof und schlossen das schmiedeeiserne Tor hinter sich.

Die mächtige Statue des Racheengels an der Nordwestecke des Friedhofs schien ihnen mit den Augen zu folgen.

«Ich habe zufällig den besten jamaikanischen Kaffee da, den Sie sich nur wünschen können. Möchten Sie mir bei einer Tasse Gesellschaft leisten?»

«Ich möchte Ihnen keine Umstände machen, Herr Pfarrer.»

«Es macht überhaupt keine Umstände.»

Sie tranken den köstlichen Kaffee und sprachen über Liebe, Verantwortung, die Chancen für die Virginia-Footballmannschaft in diesem Herbst und die Merkwürdigkeiten der menschlichen Natur, wie sie in der falschen Todesanzeige zutage getreten waren.

Es klopfte leise an der Hintertür, und Father Michael stand auf. Er öffnete. Auf der Schwelle stand Jody Miller, ein Pfarrkind von ihm, im Jogginganzug, da sie auf dem Weg zum frühmorgendlichen Hockeytraining war, mit einer Schwellung im Gesicht und einer roten Strieme am Auge, die sich bald blau färben würde.

«Father Michael, ich muß Sie sprechen.» Sie sah Samson am Tisch. «Ah –»

«Komm herein.»

«Ich komme zu spät zum Training.» Sie lief den gepflasterten Pfad zurück. Father Michael sah ihr mit seinen dunkelbraunen Augen nach. Dann schloß er die Tür.

«Wo wir gerade bei Merkwürdigkeiten sind.» Samson deutete ein Lächeln an. «In diesem Alter nimmt man alles so wichtig.»

Wohl wahr.

Fünf Minuten nachdem Samson gegangen war, hielt Skip Hallahan mit Sean auf dem Beifahrersitz in Father Michaels Zufahrt. Zögernd stieg Sean aus.

«Herr Pfarrer!» brüllte Skip.

Father Michael steckte den Kopf aus der Hintertür. «Kommen Sie herein, Skip und Sean. Wissen Sie, ich bin nicht taub.»

«Verzeihung», murmelte Skip, dann ließ er sich über Seans Missetat aus, noch bevor er Platz genommen hatte.

Nachdem Skip eine halbe Stunde geschwafelt hatte, bat Father Michael ihn, für ein paar Minuten hinauszugehen.

«Sean, ich sehe das Komische an der Aufgabe der Todesanzeige. Wirklich. Aber kannst du sehen, wie sehr du die Leute erschüttert hast? Denk an Mrs. Fletcher.»

«Ich kann's mir vorstellen», antwortete Sean trübselig.

«Ich schlage vor, daß du zu Mrs. Fletcher gehst und dich entschuldigst. Ich schlage ferner vor, daß du Janice Walker anrufst, die bei der Zeitung für die Todesanzeigen zuständig ist, und dich auch bei ihr entschuldigst, und daß du außerdem einen Entschuldigungsbrief schreibst und an die Rubrik ‹Leserbriefe› schickst. Ich vermute, daß die Zeitung dich danach nicht mehr als Austräger beschäftigen wird.» Der gute Priester wollte ihn auf den Rausschmiß vorbereiten.

Sean saß lange Zeit regungslos da. «Gut, Herr Pfarrer, ich tu's.»

«Was ist bloß in dich gefahren, so etwas zu tun? Und ausgerechnet mit deinem Direktor.»

«Das war ja der Sinn der Sache.» Sean unterdrückte ein Lächeln. «Es wäre nicht halb so lustig gewesen, wenn ich, hm, Ihre Todesanzeige aufgegeben hätte.»

Father Michael trommelte mit den Fingerspitzen auf den Tisch. «Ich verstehe. Schön, jetzt geh dich entschuldigen. Ich werde deinen Vater beruhigen.» Er stand auf, um Skip Hallahan hereinzurufen.

Sean stand ebenfalls auf. «Danke, Herr Pfarrer.»

«Geh zu. Mach, daß du hier rauskommst.» Der Priester klopfte dem jungen Mann auf die Schulter.

10

Alle Dörfer und Städte haben ihr Nervenzentrum, Orte, an denen sich die Menschen einfinden, um dem Klatschgenuß zu frönen. Männer geben allerdings nicht zu, daß sie dem Klatsch huldigen: Sie nennen so etwas «Informationsaustausch».

Eine kleine Gruppe von Männern stand am ersten Montag im Oktober im buttergelben Spätsommersonnenschein vor dem Postamt. Reverend Herbert Jones, Fair Haristeen, Ned Tucker, Jim Sanburne – der Bürgermeister von Crozet – und Sandy Brashiers unterhielten sich angeregt über die Footballmannschaften von Virginia – Technical College, William and Mary College – und, mit Schaudern, über die Mannschaft von Maryland.

«Maryland muß unterliegen, und es schmerzt mich, dies zu sagen», verkündete Reverend Jones im Predigerton. «Und ich werde es niemals in Gegenwart von John Klossner sagen.»

John, ein Freund von Herb, hatte in Maryland Examen gemacht, und das ließ er seine Freunde nie vergessen.

Einer der Eingeweihten, Art Bushey – an diesem Morgen abwesend –, hatte seinen Abschluß am Virginia Military Institute gemacht, also brauchte man sich in diesem Punkt nicht zu streiten. Die bedauernswerte Mannschaft des VMI war chancenlos, was für diejenigen, die dem Institute zugetan waren, bedrückend und für die anderen die reine Freude war.

«Dieses Jahr kommt Virginia zum Zuge, Herb. Es ist mir egal, wie toll Maryland bisher gewesen ist.» Sandy Brashiers verschränkte die Arme.

«Sagen Sie, warum sind Sie heute nicht in der Schule?» fragte Herb.

«Ich habe mit King Fletcher einen Plan ausgearbeitet, so daß ich montags erst am Mittag da sein muß.» Sandy atmete ein. «Wissen Sie, ich liebe die jungen Menschen, aber sie schaffen einen.»

«Zu jung, um zu wissen, was sie uns abverlangen.» Fair drückte die Zehen in den Kies. «So, und bevor wir ganz vom Thema abkommen, möchte ich ein gutes Wort für das William and Mary College einlegen.»

«Ha!» Jim Sanburne, Mitte Sechzig, fast so groß wie Fair, aber doppelt so breit, lachte schallend.

«Gib's auf, Fair.» Ned lachte.

«Eines Tages wird Tribe gewinnen.» Fair, ein Absolvent von William and Mary, hob die Hand zum Siegeszeichen.

«Wie kommt es, daß Sie nicht für Auburn sind? Sie haben doch dort Tiermedizin studiert», sagte Sandy.

«Och, Auburn mag ich auch ganz gern.»

Harry öffnete die Tür des Postamts von innen und stand eingerahmt im Licht. «Was habt ihr Jungs denn da zu quatschen? Dies ist Eigentum der Regierung. Gesindel wird nicht geduldet.»

«Schätze, Sie müssen verschwinden, Fair», sagte Sandy anzüglich.

Die anderen Männer lachten.

«Wir wählen unsere Mannschaften für dieses Jahr.» Jim legte die Argumente jedes einzelnen Mannes für seine Wahl dar.

«Ich wähle Smith!»

«Seit wann hat das Smith College eine Footballmannschaft?» fragte Sandy Brashiers unschuldig.

«Es hat keine, aber wenn es eine hätte, würde sie VMI schlagen», erwiderte Harry. «Ich rufe gleich Art Bushey an und reibe ihm das unter die Nase.»

Erneutes Gelächter. Mrs. Murphy, die von einem Vormittagsnickerchen erwacht war, ging zur offenen Tür und setzte sich hin. Sie atmete aus, hob eine Pfote und leckte eine Seite naß, mit der sie sich übers Gesicht rieb. Sie mochte Football, versuchte gelegentlich, den winzigen Ball zu fangen, wenn er über den Fernsehschirm flitzte. Im Geiste hatte sie so manchen Schuß gehalten. Heute interessierte Football sie nicht die Bohne. Sie sträubte das Fell, glättete es und schlenderte dann den Weg zwischen Postamt und Lebensmittelladen entlang. Sie konnte hören, wie Harry und die Männer sich gegenseitig unter Gelächter aufzogen. Dann gesellte Miranda sich dazu, und es wurde noch mehr gelacht.

Mrs. Murphy hatte ihr ganzes Leben auf diesem Fleck Virginia-Boden verbracht. Sie sah die Nachrichten um sechs und manchmal um elf; meistens allerdings schlief sie um diese Zeit. Sie las Zeitung, indem sie sich direkt vor Harry setzte, wenn diese las. Soweit sie es beurteilen konnte, führten die Menschen in großen Städten ein erbärmliches Leben. Oder aber die Zeitungen huldigten dem puritanischen Prinzip der Betonung des Elends, damit sich die Leser mit ihrem Leben zufriedengaben. Warum auch immer, die Katze fand Menschennachrichten langweilig. Es ging nur um Morde, Autounfälle und Naturkatastrophen.

Die Menschen hier mochten sich. Sie kannten sich schon ein ganzes Leben; gelegentlich verlieh ein Neuankömmling der Mischung Würze und sorgte für Gesprächsstoff. Und es war nicht so, als passierten in Crozet keine schlimmen Dinge. Da die Menschen nun mal sind, wie sie sind, gab es Eifersucht, Habgier und Begierde. Wer erwischt wurde, zahlte den Preis. Doch im großen und ganzen waren es gute Menschen. Zumindest sorgten sie für ihre Haustiere.

Hinter Market Shifletts Laden hörte sie leises, gedämpftes Schluchzen. Sie trottete nach hinten. Jody Miller, den Kopf in die Hände gestützt, weinte sich die Augen aus. Pewter saß auf ihren Turnschuhen und legte dem Mädchen von Zeit zu Zeit tröstend die Pfote aufs Bein.

«Ich hab mich schon gefragt, wo du bist.» Murphy gab Pewter einen Nasenkuß, starrte dann auf Jody.

Als diese die Hände vom Gesicht nahm, fiel der Katze Jodys Auge auf, das sich schon blau färbte. Sie wischte sich mit dem Handrücken über die Nase und blinzelte durch ihre Tränen. «Hallo, Mrs. Murphy.»

«Hallo, Jody. Was ist los?» Murphy rieb sich an ihrem Bein.

Jody blickte die Gasse entlang und streichelte geistesabwesend die beiden Katzen.

«Hat sie was zu dir gesagt?»

«Nein», antwortete Pewter.

«Armes Kind. Sie hat ganz schön was abbekommen.» Mrs. Murphy stellte sich auf die Hinterbeine und legte die Pfoten auf Jodys linkes Knie, um sich die Verletzungen der jungen Frau näher anzusehen. *«Ist eben erst passiert.»*

«Vielleicht ist sie auf dem Weg zur Schule in eine Prügelei geraten.»

«Sie hat am frühen Morgen Hockeytraining – Brooks auch.»

«Stimmt ja.» Pewter legte den Kopf schief und bemühte sich, Jodys Aufmerksamkeit zu erregen. *«Vielleicht hat ihr Vater sie geschlagen.»*

Kendrick Miller hatte ein aufbrausendes Temperament. Zwar sah niemand außerhalb der Familie ihn jemals seine Frau oder sein einziges Kind schlagen, trotzdem blickten die Leute ihn manchmal scheel an.

Leise knirschende Schritte schreckten die Katzen auf. Jody, die immer noch weinte, hörte nichts. Sandy Brashiers, dessen Auto hinter dem Laden parkte, blieb abrupt stehen.

«Jody!» rief er und beugte sich besorgt hinunter.

Sie wandte sich ab. Die Katzen sprangen aus dem Weg. «Mir fehlt nichts.»

Er betrachtete ihr blaues Auge. «Du hast schon besser ausgesehen. Komm, ich bringe dich schnell zu Larry Johnson. Mit den Augen ist nicht zu scherzen, Kindchen.»

«Nennen Sie mich nicht Kindchen.» Ihre Heftigkeit erstaunte sogar sie selbst.

«Verzeihung.» Er wurde rot. «Komm jetzt.»

«Nein.»

«Jody, wenn du nicht willst, daß ich dich zu Dr. Johnson bringe, dann muß ich dich nach Hause bringen. Ich kann dich nicht einfach hier sitzen lassen.»

Die Hintertür des Postamts schwang auf, und Harry trat hinaus; sie hatte Jodys Stimme gehört. Miranda war direkt hinter ihr.

«Ach, du meine Güte», flüsterte Miranda.

Harry kam herüber. «Jody, das muß doch weh tun.»

«Es ist alles in Ordnung!» Sie stand auf.

«Darüber läßt sich streiten.» Sandy verlor die Geduld.

Miranda legte dem Mädchen mütterlich den Arm um die Schultern. «Was ist passiert?»

«Nichts.»

«Sie hat eine geschmiert gekriegt», erklärte Pewter.

«Ich habe vorgeschlagen, sie zu Larry Johnson zu bringen – vorsichtshalber.» Sandy schob die Hände in die Taschen seiner Cordhose.

Jody sah Miranda mit ihrem heilen Auge haßerfüllt an. «Ich will nicht, daß mich jemand sieht.»

«Du kannst dich nicht zwei Wochen verstecken. So lange wird es dauern, bis dein Veilchen verschwindet.» Das Auge gefiel Harry gar nicht.

«So, Jody, und jetzt hörst du auf mich», sagte Miranda bestimmt. «Ich bringe dich zu Larry Johnson. Du darfst mit deiner Gesundheit nicht russisches Roulette spielen. Mr. Brashiers wird Mr. Fletcher sagen, daß du beim Arzt bist, dann bekommst du in der Schule keinen Ärger.»

«Das ist doch sowieso allen egal. Und sagen Sie Mr. Fletcher nicht Bescheid. Halten Sie ihn da raus.»

«Du bist den Leuten nicht egal.» Miranda tätschelte sie und nahm sie in die Arme. «Aber jetzt kommst du erst mal mit mir.»

Von Miranda ermutigt und getröstet, stieg Jody in den vorsintflutlichen Ford Falcon der alten Dame.

Harry runzelte besorgt die Stirn, Sandy auch. Ohne es zu wissen, waren sie einer des anderen Spiegelbild.

Schließlich sagte Sandy: «Trainerin Hallvard kann rauh sein, aber nicht so rauh.»

«Vielleicht ist Jody in der Schule mit einer anderen Schülerin in Streit geraten», dachte Harry laut.

«Worüber?» fragte Pewter.

«Jungs. Drogen. Prämenstrualsyndrom.» Mrs. Murphy schnippte verärgert mit dem Schwanz.

«Himmel, kannst du zynisch sein.» Pewter erspähte eine Gottesanbeterin in der Brautmyrthe.

«Nicht zynisch. Realistisch.»

Tucker kam aus dem Postamt gewatschelt. Aus tiefem Schlaf erwacht, hatte sie drinnen niemanden vorgefunden. *«Was ist hier los?»*

«Highschool-Drama.» Die Katzen rieben es ihr unter die Nase. *«Und du hast es verpaßt.»*

Larry Johnson rief Irene Miller an, die sofort zu seiner Praxis gefahren kam. Aber Jody hielt den Mund ... vor allem vor ihrer Mutter.

Am Nachmittag schaute Janice Walker im Postamt vorbei. «Harry, an dir ist eine Detektivin verlorengegangen! Woher wußtest du, daß es Sean Hallahan war? Als du mich gestern anriefst, um es mir zu sagen, war ich nicht überzeugt, aber heute morgen kam er, um sich zu entschuldigen. Er hat sich dafür sogar in der Schule frei genommen.»

«Ich kann schließlich zwei und zwei zusammenzählen.» Harry klappte die Trennwand zwischen dem hinteren Postbereich und dem Publikumsbereich hoch. «Er hört sich an wie sein Dad. Er kann ein Klugscheißer sein, und hey, wäre es nicht irre, so etwas zu machen? Dann wäre er für alle Kids auf St. Elizabeth ein Held.»

«So habe ich das nie gesehen», erwiderte Janice.

«Weißt du, ich habe daran gedacht, BoomBoom Craycrofts Ableben zu melden.» Harrys Augen blitzten.

Janice brach in Lachen aus. «Du bist schrecklich!»

11

Roscoe blickte aus seinem Fenster auf den viereckigen Innenhof, der das Herzstück von St. Elizabeth bildete. Rote Ziegelbauten im schlichten konventionellen Stil umgaben die Grünanlage. Das Laub der zwei mächtigen Eichen an je einem Ende leuchtete orangegelb.

Hinter den ursprünglichen Bauten standen später hinzugekommene, und jenseits davon lockten Turnhalle und Sportplätze; dazwischen lag ein großer Parkplatz.

Die warme Eichentäfelung verlieh Roscoes Büro ein einladendes Flair. Ein Doppelschreibtisch aus Edelholz stand mitten im Raum. Ein Ledersofa, zwei Ledersessel und ein mit Büchern bedeckter Couchtisch nahmen eine Seite des großen Büros ein.

Roscoe, kein Akademiker, war ein erstaunlich guter Direktor. Daß er keine Referenzen aufweisen konnte, hatte das Lehrerkollegium verdrossen, das sich eigentlich jemanden aus den eigenen Reihen gewünscht hatte, nämlich Sandy Brashiers oder auch Ed Sugarman. Doch im Laufe der letzten sieben Jahre hatte Roscoe die meisten Kollegen für sich eingenommen. Zum einen verstand er es, Gelder aufzubringen, da er über eine «Verkäuferpersönlichkeit» und eine ganze Anzahl guter Geschäftsverbindungen verfügte. Zum anderen war er ein guter Verwalter. Sein Wirtschaftsdiplom von der Wharton School an der University of Pennsylvania kam ihm sehr zustatten.

«Herein», erwiderte er auf das energische Klopfen an der Tür, dann hörte er ein lautes «... daß Sie es nicht wagen!».

Er öffnete rasch die Tür und sah sich April, seiner Sekretärin, und Sandy Brashiers gegenüber, die sich gegenseitig anbrüllten.

April entschuldigte sich. «Er hat nicht um einen Termin gebeten. Er ist einfach an mir vorbeimarschiert.»

«April, seien Sie nicht so übereifrig», hielt Sandy ihr vor.

«Sie haben kein Recht, hier hereinzuplatzen.» Sie stemmte die Hände in ihre schmalen Hüften.

Roscoe klopfte sie auf die gepolsterte Schulter und sagte besänftigend: «Ist schon gut. Ich bin an Mr. Brashiers' Ungestüm gewöhnt.»

Er winkte Sandy herein, wobei er April zuzwinkerte, die daraufhin vor Freude errötete.

«Was kann ich für Sie tun, Sandy?»

«Tot umfallen», hätte Sandy am liebsten gesagt. Statt dessen räusperte er sich. «Ich mache mir Sorgen um Jody Miller. Sie ist neuerdings so in sich gekehrt, und als ich sie heute morgen hinter dem Postamt antraf, hatte sie eine geschwollene Wange und ein blaues Auge und wollte nicht darüber reden.»

«Sie hat keine Geborgenheit zu Hause. Irgendwann

mußte das bei Jody zum Ausbruch kommen.» Roscoe bot Sandy keinen Stuhl an. Er lehnte sich an seinen Schreibtisch und verschränkte die Arme.

«Ein blaues Auge weist auf mehr hin als mangelnde Geborgenheit. Das Mädchen braucht Hilfe.»

«Sandy», erklärte Roscoe vorsichtig, «ich kann ihre Eltern nicht ohne Jodys Bestätigung anschuldigen. Und wer weiß schon, ob Kendrick sie geschlagen hat? Es hätte jeder sein können.»

«Wie können Sie nur darüber wegsehen?» warf Sandy dem größeren Mann impulsiv vor.

«Ich sehe nicht darüber weg. Ich werde die Situation untersuchen, aber ich rate Ihnen zur Besonnenheit. Bevor wir nicht wissen, was da los ist, oder bevor Jody es nicht selbst preisgibt, wäre jegliche Beschuldigung in höchstem Maße unverantwortlich.»

«Belehren Sie mich nicht.»

«Belehren *Sie* mich nicht.»

«Das Wohlergehen des Mädchens ist Ihnen doch völlig egal. Aber die Zuschüsse ihres Vaters zu Ihrem Filmprojekt sind Ihnen nicht egal – Geld, das wir anderswo gebrauchen könnten.»

«Ich habe zu tun. Wie gesagt, ich werde der Sache nachgehen.» Roscoe löste die verschränkten Arme und ließ sie zur Seite fallen, dann zeigte er mit dem Finger auf Sandys gerötetes Gesicht. «Halten Sie sich da raus. Wenn Sie in ein Wespennest stechen, werden Sie schlimmer angegriffen als wir übrigen.»

«Was soll diese abgegriffene Metapher bedeuten?» Sandy biß die Zähne zusammen.

«Daß ich Ihr Geheimnis kenne.»

Sandy erbleichte. «Ich habe keine Geheimnisse.»

Roscoe zeigte wieder auf ihn. «Nur zu, lassen Sie's drauf ankommen. Sie werden nie wieder irgendwo unterrichten.»

Fuchsteufelswild knallte Sandy die Tür hinter sich zu, als er hinausging. April steckte ihren blondgesträhnten Kopf zum Büro herein.

Roscoe lächelte. «Beachten Sie ihn nicht. Der Kerl liebt solche Szenen. In der ersten Schulwoche ist er gegen die Förderung von Konkurrenz statt Kooperation Sturm gelaufen. Letzte Woche meinte er, Sean Hallahan sollte für eine sexistische Bemerkung gemaßregelt werden, die, glaube ich, an Karen Jensen gerichtet war» – Roscoe imitierte Sean: «‹Hey, Baby!› – Heute hat er Schaum vor dem Mund, weil Jody Miller ein blaues Auge hat. Mein Gott.»

«Ich weiß nicht, wie Sie es mit ihm aushalten», erwiderte April mitfühlend.

«Das ist mein Job.» Roscoe lächelte breit.

«Maury McKinchie ist auf Leitung zwei.»

«Wer ist auf der eins?»

«Ihre Frau.»

«Okay.» Er drückte Leitung eins. «Schatz, ich ruf dich zurück. Bist du im Büro?»

Naomi bejahte. Ihr Büro befand sich seinem gegenüber auf der anderen Seite des Innenhofes. Dann drückte er Leitung zwei. «Hallo.»

«Roscoe, ich möchte ein paar Filmaufnahmen vom Football- und vielleicht auch vom Hockeytraining machen … bloß ein paar Minuten. Ich versuche, dynamische Bilder für das Ehemaligendinner im Dezember zusammenzustellen.»

«Hast du einen bestimmten Termin im Auge?»

«Kann ich nicht einfach die nächsten paar Spiele filmen?» Der Regisseur hielt inne. «Ich kann dir Mustermaterial zeigen. Wird dir gefallen.»

«Prima.» Roscoe lächelte.

«Wie wär's mit einer Viererrunde kommenden Samstag? Um neun im Keswick-Club?»

«Großartig.»

Roscoe legte auf. Er rief April über die Sprechanlage an. «Sie sind sehr gut mit Sandy Brashiers fertig geworden», sagte er ihr.

«Er regt mich auf. Hat sich einfach an mir vorbeigeschoben!»

«Sie haben Ihre Sache gut gemacht. Es gehört nicht zu Ihrem Arbeitsgebiet, sich mit Teilzeitschulleitern und Vollzeitbesserwissern herumzuschlagen.»

«Danke.»

«Erinnern Sie mich daran, den Trainern zu sagen, daß Maury ein paar Football- und Hockeyspiele filmen wird.»

«Mach ich.»

Er nahm den Finger vom Knopf der Sprechanlage und blieb selbstzufrieden auf seinem Drehstuhl sitzen.

12

Harry sortierte ihre eigene Post; das meiste warf sie in den Papierkorb. Sie verbrachte jeden Vormittag damit, Schließfächer vollzustopfen. Bis sie zu ihrer eigenen Post kam, hatte sie keine Geduld mehr, Spendenaufrufe, Kataloge und Reklamezettel zu sichten. Jeden Abend warf sie eine leinene Einkaufstasche, prallvoll mit ihrer Post, auf die Sitzbank des alten Ford-Transporters. Wenn sie an schönen Tagen nach der Arbeit zu Fuß nach Hause ging, schlang sie sich die Tasche über die Schulter.

Die nächste Woche würde sie bei jedem Wetter zu Fuß gehen, weil nicht nur der Vergaser des Transporters den Geist aufgegeben hatte; eine Maus hatte zudem die Anlasserkabel durchgenagt. Mrs. Murphy würde die Nagetierjagd verschärfen müssen.

Harry graute vor der Rechnung. So verbissen sie sich auch bemühte, sie konnte mit den Kosten nicht Schritt halten. Sie lebte sparsam, hielt sich an ihr Budget, doch alles sorgfältige Planen nützte nichts, wenn die Telefongesellschaften die Gebühren in die Höhe schraubten, die Elektrizitätsgesellschaft die Preise anhob und die Bezirksregierung von Albemarle County nichts besseres zu tun hatte, als die Steuern zu erhöhen.

Harry fragte sich oft, wie Leute mit Kindern das schafften. Sie kamen wohl besser zurecht, wenn sie nicht im Postdienst tätig waren, dachte sie sich.

Graue, regenschwere Wolken senkten sich tiefer und tiefer. Der erste dicke Tropfen platschte herab, als sie noch etwa drei Kilometer von zu Hause entfernt war. Tucker und Mrs. Murphy liefen schneller. Pewter, die es haßte, naß zu werden, rannte voraus.

«Ich habe diese Katze noch nie so schnell laufen sehen», sagte Harry laut.

Ein dunkelgrüner Chevrolet-Halbtonner steuerte langsam auf sie zu. Sie winkte, als Fair bremste.

«Kommt, Kinder», rief sie, und die drei Tiere rasten zu Fair.

Wie aufs Stichwort öffnete der Himmel seine Schleusen in dem Moment, als Harry die Beifahrertür des Transporters schloß.

«Hoffentlich hast du deinen Dünger ausgebracht.»

«Noch nicht überall», erwiderte sie.

Er nahm vor einer Kurve das Gas weg, und sie fuhren schweigend weiter.

«Du bist ja so schweigsam, Harry.»

«Ich war in Gedanken. Entschuldige.»

Sie fuhren direkt in den Stall. Harry sprang heraus und warf ihren Regenmantel über. Fair zog seine gelbe Regenjacke an, dann fuhr er den Transporter rückwärts heraus und parkte vor dem Haus, so daß Pewter hineinlaufen konnte. Er kehrte zum Stall zurück, um Harry beim Hereinbringen der Pferde zu helfen, die nur zu froh waren, gefüttert zu werden.

Mrs. Murphy und Tucker blieben im Stall.

«Die Burschen schauen gut aus.» Fair lächelte zu Gin Fizz, Tomahawk und Poptart hinüber.

«Danke. Manchmal vergesse ich, wie alt Tomahawk schon ist, aber ich vergesse ja auch, wie alt ich schon bin.»

«Wir sind erst in den Dreißigern. Ein gutes Alter.»

Sie schöpfte das Frischfutter heraus. «An manchen Tagen denke ich das auch. An manchen Tagen nicht.» Sie warf die Kelle in den Futtereimer zurück. «Fair, du mußt mir nicht helfen. Es war schon ein Glück für mich, daß du vorhin die Straße entlangkamst.»

«Viele Hände erleichtern die Arbeit. Du wirst heute abend wohl nicht ausreiten.»

Wie graue Eisenbleche verdeckte der Regen die Sicht auf das Haus.

«Der Wetterbericht hat diesen Regen nicht angekündigt, und Miranda auch nicht.»

«Ihr Knie hat versagt.» Fair lachte. Miranda prophezeite Regen, je nachdem, ob ihr Knie pochte oder nicht.

Harry klatschte sich einen alten Cowboyhut auf den Kopf, ihren Regenhut.

«Wir sollten schleunigst machen, daß wir ins Haus kommen.»

«Könntest du mich nicht unter deinen Regenmantel nehmen?» bat Mrs. Murphy höflich.

Als Harry das klägliche Miauen hörte, blieb sie stehen, hob die Katze auf und barg sie unter ihrem Mantel.

«Auf die Plätze, fertig, los!» trällerte Fair, als er die Lichter im Stall löschte.

Er kam als erster an der Hintertür an und hielt sie für Harry und die nasse Tucker auf.

Auf der überdachten Veranda schüttelten sie das Wasser ab, hängten ihre Mäntel auf und putzten die Füße ab, dann eilten sie in die Küche. Der Regen hatte Kälte mitgebracht. Die Temperatur war um sieben Grad gestürzt und sank noch weiter.

Harry kochte Kaffee, während Fair den Hund und die Katzen fütterte.

Harry hatte vom Morgen noch Donuts übrig.

Sie setzten sich und genossen das bescheidene Mahl. Immer noch besser als gar nichts.

«Und –?»

«Was, und?» Sie schluckte; denn sie wollte nicht mit vollem Mund sprechen.

«Was ist los?»

Sie legte den Rest ihres glasierten Donut auf den Teller. «Jody Miller hatte ein blaues Auge und wollte keinem erzählen, woher. Das Mädchen hat so bitterlich geweint, daß es schmerzte, das mit anzusehen.»

«Wie hast du es denn erfahren?»

«Sie hat die Schule geschwänzt und saß auf der Veranda hinter Markets Laden.»

«Ich hab sie zuerst gefunden.» Pewter hob den Kopf aus der Futterschüssel.

«Pewter, du bist so selbstgefällig.»

«Das mußt ausgerechnet du sagen», entgegnete die graue Katze gehässig auf Mrs. Murphys Vorwurf. *«Du denkst, die Sonne geht auf deinem Pelz auf und unter.»*

«Miranda hat sie zu Larry Johnson gebracht. Sie ist dort geblieben, bis Irene kam. Irene war nicht eben hilfreich, sagte Miranda, die eine sehr zuverlässige Quelle ist.»

«Jody ist ein sprunghaftes Mädchen.»

«Sind sie das nicht alle?»

«Ja, wahrscheinlich.» Er stand auf, um sich noch einen Kaffee einzuschenken. «Langsam wird mir warm. Könnte natürlich auch an deiner Gegenwart liegen.»

«Ich muß gleich kotzen.» Pewter würgte.

«Du hast aber auch nicht einen romantischen Knochen im Leib», klagte Tucker.

«Genaugenommen, Pewter, kann keiner die Knochen in deinem Leib sehen.»

«Haha», sagte die graue Katze trocken.

«Meinst du, es wirkt aufdringlich, wenn ich Irene anrufe? Ich mache mir Sorgen.»

«Harry, in Crozet sind alle aufdringlich, also ist das kein Thema.» Er lächelte. «Außerdem habt du und Miranda sie gefunden.»

«Ich hab sie gefunden», warf Pewter wütend dazwischen.

«Du kriegst nicht einen Krümel mehr zu fressen.» Harry drohte der grauen Katze mit dem Finger, worauf diese ihr den Rücken zukehrte und nichts mehr mit diesen Menschen zu tun haben wollte.

Harry nahm den Hörer des alten Wandtelefons ab und wählte. «Hi, Irene, ich bin's, Mary Minor.» Sie machte eine Pause. «Ach was, überhaupt keine Umstände. Ich weiß, Miranda hat nur zu gerne geholfen. Ich rufe bloß an, um zu hören, wie's Jody geht.»

Am anderen Ende der Leitung erklärte Irene: «Sie ist sich beim Training mit einem Mädchen in die Haare geraten – sie will nicht sagen, mit wem –, und dann ist sie zum Chemieunterricht gegangen und hat in einem unangekündigten Test eine Fünf bekommen. Jody hatte noch nie in ihrem Leben eine Fünf. Es geht ihr ganz gut, und danke, daß du angerufen hat. Tschüs.»

«Tschüs.» Langsam hängte Harry den Hörer ein. «Sie weiß nicht mehr als ich. Sie sagt, die Mädchen sind sich beim Hockeytraining in die Haare geraten, und Jody hat bei einem Chemietest eine Fünf gekriegt.»

«Jetzt weißt du Bescheid. Du kannst also ganz beruhigt sein.»

«Fair» – Harry breitete die Arme aus –, «es ist unvorstellbar, daß dieses eitle Mädchen mit einem blauen Auge in den Chemieunterricht geht. Jody Miller kleistert sich mehr Schminke ins Gesicht als ein Filmstar.

Außerdem hätte Ed Sugarman sie ins Krankenzimmer geschickt. Irene Miller ist entweder strunzdumm, oder sie sagt nicht die Wahrheit.»

«Ich tippe auf strunzdumm.» Fair lächelte. «Du machst aus einer Mücke einen Elefanten. Wenn Jody Miller ihre Mutter angelogen hat, ist das kein Fall für den Kadi. Ich darf dich daran erinnern, daß auch du deine Mutter gelegentlich beschwindelt hast.»

«Nicht sehr oft.»

«Hey, deine Nase wächst.» Er lachte.

Harry rief Ed Sugarman an, den Chemielehrer. «Hi, Ed, ich bin's, Mary Minor Haristeen.» Sie hielt einen Moment inne. «Ob ich Chemieunterricht brauche? Kommt drauf an, von welcher Art Chemie Sie reden.» Sie wartete.

«Zunächst, entschuldigen Sie, daß ich mich einmische, aber ich möchte wissen, ob Jody Miller heute bei Ihnen im Unterricht war.»

«Jody war heute nicht im Unterricht», antwortete Ed.

«Schön – damit ist meine Frage beantwortet.»

«Ich war tatsächlich drauf und dran, ihre Eltern anzurufen. Ich weiß, daß sie beim Hockeytraining war, denn ich bin heute morgen am Platz vorbeigefahren. Ist etwas nicht in Ordnung?»

«Ah – ich weiß nicht. Sie war heute morgen hinter Markets Laden, mit einem blauen Auge und in Tränen aufgelöst.»

«Das tut mir leid. Sie ist ein kluges Mädchen, aber ihre Noten sacken ab …» Er zögerte. «So etwas sieht man oft, wenn es zu Hause Spannungen gibt.»

«Danke, Ed. Ich hoffe, ich habe Sie nicht gestört.»

«Sie haben mich nicht gestört.» Er machte eine kurze Pause und sagte dann beiseite: «Ist gut, Schatz.» Darauf wandte er sich wieder an Harry. «Doris läßt grüßen.»

Harry verabschiedete sich von Ed, drückte auf die Gabel und dachte einen Moment nach.

«Möchtest du ins Kino gehen?»

«Bei diesem Wetter setze ich keinen Fuß vor die Tür.»

Der Regen prasselte noch heftiger auf das Blechdach. «Wie Gewehrkugeln.»

«Ich hab mir *The Madness of King George* ausgeliehen. Den könnten wir uns ansehen.»

«Popcorn?»

«Klar.»

«Wenn du dir eine Mikrowelle kaufen würdest, könntest du das Popcorn viel schneller zum Platzen bringen.» Er las die Anleitung auf der Rückseite der Packung.

«Ich kaufe keine Mikrowelle. Der Transporter braucht neue Anlasserkabel – die Mäuse haben sie durchgenagt –, und neue Reifen braucht er auch, und ich schiebe sogar das vor mir her, bis ich auf dem Schlauch fahre.» Sie knallte einen Topf auf den Herd. «Und er braucht einen neuen Vergaser.»

Nach dem Film hoffte Fair, sie würde ihn zum Bleiben auffordern. Er machte eine Bemerkung nach der anderen darüber, wie rutschig die Straßen seien.

Schließlich sagte Harry: «Du kannst im Gästezimmer schlafen.»

«Ich hatte gehofft, ich könnte mit dir schlafen.»

«Nicht heute nacht.» Sie lächelte, mied es, seine Gefühle zu verletzen. Da sie auch ihre eigenen Gefühle mied, war das soweit ganz praktisch, fürs erste zumindest.

Am nächsten Morgen wagte sich Fair nach draußen, um die Zeitung zu holen. Der Regen fiel ohne Unterlaß. Fair flitzte zurück in die Küche. Als er die Plastikumhüllung entfernte und die Zeitung aufschlug, fiel ein 25×30 Zentimeter großes, schwarz umrandetes Blatt Papier, eine Beilage, auf den Boden. Fair hob es auf. «Was zum Teufel ist das denn?»

13

Maury McKinchie verstarb im Alter von siebenundvierzig Jahren am 3. Oktober plötzlich und unerwartet in seinem Haus», murmelte Fair, dann las er laut, daß Maury sich um den Film verdient gemacht hatte und daß er an der University of Southern California für hervorragende Leistungen im Football ausgezeichnet worden war. Er spähte zu Mrs. Murphy hinüber, die auf die Zeitung gesprungen war, um sie selbst zu lesen.

Die beiden Menschen und die Katze standen da und lasen das Beiblatt. Pewter ruhte auf der Anrichte. Sie war interessiert, aber Murphy war zuerst hinaufgesprungen. Warum den Tag mit einem Streit beginnen? Tucker raste um den Tisch herum und setzte sich schließlich auf den Fuß ihrer Mutter.

«Was ist los?» fragte Tucker.

«Tucker, Maury McKinchie ist tot», antwortete Mrs. Murphy.

«Miranda», sagte Harry, nachdem sie den Hörer abgenommen hatte, «ich hab's gerade gelesen.»

«Hören Sie, ich habe Maury McKinchie vor nicht mal zehn Minuten auf dem Weg zwischen meinem Haus und dem Postamt joggen sehen!»

«Das ist ja verrückt.» Harrys Stimme war ruhig. «So verrückt wie sein Rattenschwanz.» Sie meinte das kurze Pferdeschwänzchen, das Maury im Nacken trug. Entschieden «nicht Virginia».

«Er hatte einen farblich abgestimmten Jogginganzug an. Wirklich, was der Mann immer für Sachen trägt!» Miranda schnaubte. «Roscoe ist mit ihm gejoggt.»

Harry lachte. «Vermutlich hat er die Zeitung nicht gelesen.»

«Nein.» Sie hielt inne. «Ist das nicht höchst sonderbar? Sollte Sean auch diesmal dahinterstecken, wußte er, daß er die Todesanzeige nicht mehr telefonisch aufgeben kann. Er kann es aber nicht getan haben – sein Vater würde ihn umbringen.» Sie sprach ihre Gedanken laut aus.

«Und er hat seinen Job als Zeitungsausträger verloren. Gefeuert. Hab ich zumindest gehört», fügte Harry hinzu.

«Aus der Bahn!» Pewter katapultierte sich von der Anrichte auf den Tisch, landete auf der Zeitung und riß sie entzwei. Die beiden Katzen und die Zeitung schlitterten vom Tisch.

«Pewter!» rief Fair aus.

«Aha!» rief Mrs. Hogendobber, als sie Fairs Stimme im Hintergrund hörte. «Hab ich's doch gewußt, daß ihr zwei wieder zusammenkommt», jubilierte sie Harry ins Ohr.

«Keine voreiligen Schlüsse, Miranda.» Harry knirschte mit den Zähnen. Sie wußte, daß man sie im Postamt ordentlich in die Mangel nehmen würde.

«Wir sehen uns bei der Arbeit», trällerte Miranda.

14

Nicht schon wieder ein Streich!» kommentierte Reverend Herbert Jones die Todesanzeige, die als Beiblatt in seiner Zeitung lag, als er an diesem Morgen seine Post holte.

«Eine verderbte Persönlichkeit mit ungelösten Autoritätskonflikten», salbaderte BoomBoom Craycroft. «Eine starke Mixtur aus Kamille und Petersilie würde helfen, diese gemarterte Seele zu läutern.»

«Widerwärtig und kein bißchen komisch», erklärte Big Mim Sanburne.

«Ein übler Scherz», sagte Lucinda Payne Coles, die ihre Post und die für die Kirche abholte.

«Hat Maury nicht mit dir an den Vorbereitungen für das große Benefizdinner der Ehemaligen gearbeitet?» fragte Harry.

«Ja», antwortete Little Mim.

«Was geht an St. Elizabeth vor?» Harry machte keine Umschweife.

«Nichts. Daß Roscoe und Maury an der Schule arbeiten, macht die Schule noch lange nicht verantwortlich für diese – diese – was soll man dazu sagen –?» brauste Little Mim auf.

Ihre Mutter, von oben bis unten in marineblauen Kaschmir gehüllt, klopfte Little Mim mit einer zusammengerollten Illustrierten auf die Hand.

«Vorzeitige Todesanzeigen.» Mim lachte. «Früher oder später werden sie zutreffen. Sean Hallahan hat sich bei allen Betroffenen entschuldigt. Das hat mir zumindest sein Vater erzählt. Wer trägt die Zeitungen aus? Das ist die naheliegende Frage.»

Marilyn schniefte. Ihre Mutter konnte sie schneller auf die Palme bringen als sonst jemand auf Erden. «Roger Davis trägt die Zeitungen aus.»

«Ruf seine Mutter an», fauchte Mim. «Und ... hörst du mir überhaupt zu?»

«Ja, Mutter.»

«Wer immer diese schauderhaften Sachen schreibt, weiß genau über beide Männer Bescheid.»

«Oder kann gut recherchieren», ertönte Herbs ernste Stimme.

«Gucken Sie mich nicht so an», witzelte Harry. «Ich habe nie gelernt, wie man korrekte Fußnoten schreibt. Das muß man aber, wenn man gut recherchieren will.»

«Seien Sie nicht albern. Sie könnten Ihren Abschluß am Smith College nicht mit Auszeichnung gemacht haben, ohne zu lernen, wie man Fußnoten schreibt.» Big Mim rollte die Illustrierte auseinander, verzog beim Anblick des Fotos von einem explodierten Bus das Gesicht und rollte sie wieder zusammen. «Ich sage Ihnen, was schlimmer ist als falsche Fußnoten ... fehlende Manieren. Unsere Umgangsformen sind so marode, daß die Leute nicht mal mehr Dankesbriefe schreiben ... und wenn sie es täten, würden sie die Orthographie nicht beherrschen.»

«Mutter, was hat das mit Roscoes und Maurys falschen Todesanzeigen zu tun?»

«Ungehobelt. Schlechte Manieren.» Sie schlug mit der Illustrierten heftig auf die Kante des Postschalters.

«Hey!» entfuhr es Little Mim, und sie wandte den Kopf zur Tür.

Maury McKinchie schlenderte herein, gewahrte die Stille und scherzte: «Wer ist gestorben?»

«Sie», antwortete Harry trocken.

«Ach, kommen Sie, so schlecht war mein letzter Film nicht.»

«Haben Sie die Zeitung noch nicht aufgeschlagen?» Little Mim schob sich an ihn heran.

«Nein.»

Herb reichte Maury das Beiblatt. «Sehen Sie mal.»

«Alle Achtung.» Maury stieß einen Pfiff aus.

«Was glauben Sie, wer das getan hat?» Miranda kam unverzüglich zur Sache.

Er lachte herzhaft. «Ich kann mir zwei Ex-Frauen denken, die das tun würden, aber die würden mich vorher erschießen. Die Anzeige wäre echt.»

«Sie haben wirklich keine Ahnung?» Herb kniff die Augen zusammen.

«Nicht die geringste.» Maury zog die buschigen Augenbrauen hoch und hob die Stimme.

Big Mim sah auf ihre teure Schaffhausen-Uhr. «Ich werde im Gartenclub erwartet. Wir stimmen darüber ab, welche Bereiche wir heute verschönern. Das wird ein großes Gerangel, wie üblich. Wiedersehen, alle miteinander. Ich hoffe, Sie kommen der Sache auf den Grund.»

«Wiedersehen», riefen ihr alle nach.

Maury sah zwar gut aus, hatte sich aber eine beträchtliche Wampe zugelegt. Er hoffte, sie mit Laufen wegzubekommen. Als Regisseur war er es gewöhnt, die Fäden in die Hand zu haben, Anweisungen zu geben. Er hatte feststellen müssen, daß er damit in Crozet nicht weit kam. Einen noch größeren Schock versetzte es ihm, als Darla anfing, für sie beide die Brötchen zu verdienen. Er war auf der Suche nach dem richtigen Projekt, um seine Karriere wieder flottzumachen. Einmal im Monat flog er nach Los Angeles, die übrige Zeit ließ er die Telefon- und Faxdrähte heißlaufen.

«Mutter möchte einen Garten um den alten Bahnhof anlegen. Wetten, daß sie sich durchsetzt?» Little Mim sprang zu einem neuen Thema über. An der falschen Todesanzeige konnte sie ohnehin nichts mehr ändern.

«Das ist anzunehmen.» Harry hob den großen metallenen Abfallbehälter hoch, der von Papier überquoll.

«Das kann ich für Sie machen.» Maury griff nach dem Abfallbehälter. «Wo kommt das hin?»

«In Markets neuen Container», sagte Miranda.

«Bin in einer Minute wieder da.»

Als er ging, sagte Little Mim: «Er ist ein schrecklicher Charmeur, nicht?»

«Ignorier ihn», riet Harry ihr.

«Ich habe nicht gesagt, daß es mich stört.»

Maury kam zurück und stellte den Abfallbehälter neben den Tisch, wo die Leute ihre Post sortierten.

«Danke», sagte Harry.

Er zwinkerte ihr zu. «War mir ein Vergnügen. Sie können sagen, daß Sie heute einem Engel begegnet sind.»

«Wie bitte?»

«Wenn ich tot bin, dann wandle ich überirdisch, Harry, nicht auf Erden.» Er lachte und ging winkend hinaus.

Susan Tucker kam gerade herein, als Miranda mit ihrem gestrengen Verhör zum Thema Fairs Übernachtung begonnen hatte.

Harry wehrte sich verzweifelt. «Miranda, warum tun Sie mir das an?»

«Weil ich Sie glücklich sehen möchte.»

«Wenn Sie überall herumerzählen, daß mein Ex-Mann bei mir übernachtet hat, macht mich das nicht glücklich, und ich sagte Ihnen schon, Miranda, es ist nichts passiert. Ich hab das so satt.»

«‹Die Dame, wie mich dünkt, gelobt zuviel›», zitierte Mrs. Hogendobber Shakespeare.

«Ach bit-te.» Harry hob die Hände.

Susan wölbte eine Augenbraue und sagte: «Etwas ist passiert. Okay, vielleicht nicht Sex, aber er hat einen Fuß in die Tür gekriegt.»

«Und den Hintern ins Gästezimmer. Es hat geschüttet, daß man keinen Hund vor die Tür jagen mochte.»

«Eine Katze auch nicht», rief Mrs. Murphy, die sich im Postkarren lümmelte.

«Na gut.» Harry dachte, die Katze wollte angeschubst werden, also ließ sie sie im Postkarren fahren.

«Das macht Spaß ...» Murphy legte die Pfoten auf die Seite des Karrens.

«Harry, ich warte.»

«Worauf?»

«Auf das, was sich zwischen dir und Fair tut.»

«NICHTS!»

Ihr Aufschrei veranlaßte Tucker zu bellen.

Pewter, die den Lärm hörte, eilte durch die Tierpforte herein. *«Was gibt's?»*

«Mrs. H. und Susan denken, Mom ist in Fair verliebt, weil er die letzte Nacht in ihrem Haus verbracht hat.»

«Oh.» Pewter durchsuchte den Abfallbehälter nach Krümeln. *«Die sollten jetzt mal Teepause machen.»*

Susan hob die Hände. «Du bist so empfindlich.»

«Wärst du das nicht?» schoß Harry zurück.

«Schon möglich.»

«Harry, ich wollte Sie nicht ärgern.» Miranda war aufrichtig zerknirscht. Sie ging zu dem kleinen Kühlschrank und holte die Torte heraus, die sie am Vorabend gebacken hatte.

Pewter war entzückt.

Harry seufzte. «Ich will seine Zuwendung, aber ich glaube nicht, daß ich ihn will. Ich bin schizophren.»

«Rachsüchtig trifft es vielleicht eher.» Miranda nahm kein Blatt vor den Mund.

«Hm – ich würde gerne glauben, daß ich nicht so ein schlechter Mensch bin, aber vielleicht bin ich's doch.» Sie sah aus dem großen vorderen Fenster. «Wird ein schöner Tag heute.»

«Gut, mein Engel muß Hockey spielen, bei Regen oder Sonnenschein», sagte Susan. «Danny hat Footballtraining, drum gucke ich bei der ersten Halbzeit von Brooks' Spiel und der zweiten Hälfte von Dannys Training zu. Wenn ich doch bloß dahinterkäme, wie man an zwei Orten zugleich sein kann.»

«Wenn ich rechtzeitig mit der Arbeit fertig werde, schaue ich vorbei», sagte Harry. «Ich würde gerne mal Brooks in voller Fahrt sehen. Dabei fällt mir ein, ich muß anrufen, ob mein Transporter fertig ist.»

«Ich dachte, du hättest kein Geld, um ihn reparieren zu lassen», sagte Susan.

«Ich kann es in Raten abzahlen.» Während sie telefonierte, raunten Miranda und Susan über die Vorkommnisse.

«Miranda, glauben Sie, daß die falschen Todesanzeigen etwas mit Halloween zu tun haben?» fragte Harry, als sie aufgelegt hatte.

«Das weiß ich nicht.»

«Wir haben gerade mal die erste Oktoberwoche», dachte Tucker laut. *«Bis Halloween ist es noch lange hin.»*

«Und was ist mit den vielen Weihnachtskatalogen, die jetzt schon die Post verstopfen?» Pewter lauerte bei der Torte.

«Menschen sorgen gerne vor», bemerkte Tucker.

«So was Dummes, sich jetzt schon wegen Weihnachten zu sorgen. Sie leben Weihnachten vielleicht gar nicht mehr», witzelte Mrs. Murphy.

Die beiden anderen Tiere lachten.

«Wißt ihr, was ich tun würde, wenn ich eine von denen wäre?» Pewter schnippte das Geschirrtuch fort, das die Torte bedeckte. *Ich würde in ein arabisches Land gehen. Dann wäre ich die Weihnachtssorgen los.»*

«Dafür hättest du dort andere Sorgen», bemerkte Mrs. Murphy spitz.

Miranda sah gerade noch rechtzeitig, was Pewter vorhatte. «Weg da!»

Harry griff nach dem Telefon. «Hallo, können Sie mich mit der Abteilung Todesanzeigen verbinden?»

Miranda, Susan, die beiden Katzen und der Hund verharrten auf der Stelle, um zuzuhören.

«Todesanzeigen.»

«Janice, hast du von dem Beiblatt gehört?»

«Ja, aber es ist nur in den Zeitungen, die von Roger Davis ausgetragen werden. Hierfür kann man mich nicht verantwortlich machen.»

«In Roger Davis' Haut möchte ich jetzt nicht stekken», sagte Harry.

15

Ich war's nicht.» Roger, die Hände in den Hosentaschen, sah den Direktor und den Oberstufenleiter auf Zeit störrisch an.

«Du hast die Zeitungen am Gebäude in der Rio Road abgeholt?» fragte Sandy.

«Ja.»

«Hast du sie durchgesehen?» fragte Roscoe.

«Nein, ich trag sie nur aus. Ich hatte keine Ahnung, daß da Mr. McKinchies Todesanzeige drin war.»

«Hat dich heute morgen jemand begleitet? Vielleicht Sean Hallahan?»

«Nein, Sir», antwortete Roger auf Roscoe Fletchers Frage. «Ich kann Sean nicht leiden.»

Sandy schlug einen anderen Kurs ein. «Würdest du sagen, daß du und Sean Rivalen seid?»

Roger starrte an die Decke, dann senkte er den Blick und sah Sandy an. «Nein, ich mag ihn nicht, das ist alles.»

Sean blieb bei seinem Gedankengang: «Er ist so etwas wie ein Star, nicht?»

«Das sind gute Footballspieler meistens.»

«Nein, ich meine, jetzt ist er wirklich ein Star, weil er die falsche Todesanzeige in die Zeitung gesetzt hat, Mr. Fletchers Todesanzeige.»

Roger sah von Sandy zu Roscoe, dann wieder zu Sandy. «Manche Kids fanden das sehr cool.»

«Du auch?» fragte Roscoe.

«Nein, Sir», antwortete Roger.

«Hätte sich jemand an deinen Zeitungen zu schaffen machen können, ohne daß du es gemerkt hättest?» Roscoe drehte sich auf seinem Stuhl, um aus dem Fenster zu sehen. Schüler gingen zielstrebig von einem Unterrichtsraum zum anderen.

«Ich denke schon. Jeder von uns, der Zeitungen austrägt, geht seine Zeitungen holen ... sie liegen an der Laderampe. Wir haben jeder einen eigenen Platz, weil jede Tour unterschiedlich viele Abonnenten hat. Wir sollten eigentlich gleich viele haben, haben wir aber nicht. Zum Beispiel, weil Leute die Zeitung abbestellen. Und manche Stadtviertel wachsen schneller als andere. Man geht also zu seinem Platz an der Rampe und holt seine Zeitungen. Ich falte sie nur zusammen, um sie in die Röhre zu stecken. Und an Regentagen tu ich sie in Plastiktüten.»

«Es hätte sich also jemand an deinem Stapel zu schaffen machen können?» Roscoe ließ nicht locker.

«Ja, aber ich weiß nicht, wie einer das könnte, ohne gesehen zu werden. Es sind immer Leute bei der Zeitung. Aber nicht viele um diese Zeit.» Er überlegte. «Ich denke schon, daß es möglich wäre.»

«Könnte es sein, daß jemand dir auf deiner Tour gefolgt ist, die Zeitung aus der Röhre gezogen und das

Beiblatt eingelegt hat?» Sandy mochte Roger, aber er glaubte ihm nicht. «Einer von deinen Freunden vielleicht?»

«Ja. Wäre aber ein Haufen Arbeit.»

«Wer kennt deine Zeitungstour?» Roscoe sah auf die Queen-Anne-Uhr.

«Jeder. Ich meine, alle meine Freunde.»

«Okay, Roger. Du kannst gehen.» Roscoe entließ ihn mit einer Handbewegung.

Sandy hielt dem großen jungen Mann die Tür auf. «Ich hoffe wirklich, daß du es nicht gewesen bist, Roger.»

«Mr. Brashiers, ich war's nicht.»

Sandy schloß die Tür und wandte sich an Roscoe. «Nun?»

«Ich weiß nicht.» Roscoe hob die Hände. «Unwahrscheinlich, obwohl die Umstände gegen ihn sprechen.»

«Diese Schüler», murmelte Sandy und hob dann die Stimme: «Haben Sie den Vorfall mit Jody Miller weiterverfolgt?»

«Ich habe mit Trainerin Hallvard gesprochen. Sie sagte, beim Training sei es zu keiner Prügelei gekommen. Ich gehe nachher zu Kendrick Miller. Ich wünschte, ich wüßte, was ich sagen soll.»

16

Als sie zu St. Elizabeth rumpelte, verließ Harry der Mut. Die Kosten für die Reparaturen an ihrem Transporter beliefen sich auf 289,16 Dollar, und das sprengte ihr Budget. Daß sie den Betrag abstottern konnte, war eine Erleichterung, aber 289 Dollar waren 289 Dollar. Sie hätte am liebsten geheult, meinte aber, es sei nicht recht, wegen Geld zu heulen. Statt dessen schniefte sie.

«Es muß doch eine Möglichkeit geben, Geld zu verdienen», flüsterte Mrs. Murphy.

«Katzenminze», erwiderte Pewter entschieden. *«Sie könnte morgenweise Katzenminze anbauen, sie trocknen und verkaufen.»*

«Gar keine schlechte Idee – könntest du dich von den Feldern fernhalten?»

«Du?» fragte Pewter zurück.

Sie fuhren auf den Schulparkplatz, der mit Mercedes, BMW, Volvo, ein paar Porsche und einem Ford Falcon gepflastert war.

Das Spiel fing gerade an, die Spielführerinnen standen in der Mitte des Platzes, Karen Jensen für St. Elizabeth und Darcy Kelly für Belfield, die Mannschaft der St.-Anne-Schule aus Charlottesville.

Roscoe nahm den Ehrenplatz an der Seitenlinie ein. Naomi hatte sich neben ihn gequetscht. April Shively saß links von Roscoe. Sie machte sich Notizen, während sie sprach, was Naomi zur Weißglut brachte. Sie bemühte sich, ihren Ärger zu unterdrücken. Susan und

Miranda winkten Harry zu, als sie zu ihnen hinaufstieg. Little Mim saß unmittelbar hinter Roscoe. Maury charmierte sie mit Hollywood-Anekdoten von Staralluren. Er sagte ihr, sie sei hübscher und natürlicher als jene Frauen, die plastische Chirurgie, Zweihundert-Dollar-Frisuren und Idealbeleuchtung zur Verfügung hätten. Little Mim strahlte zaghaft.

Die hübsche Trainerin Renee Hallvard, deren schimmernder blonder Pagenkopf bei jedem Schritt wippte, ging an den Seitenlinien auf und ab. St. Anne hatte die Seitenwahl gewonnen. Während Karen Jensen zur Spielfeldmitte trabte, zwirbelte die andere Mittelfeldspielerin, Jody Miller, in gespannter Erwartung ihren Schläger in der Hand.

Irene und Kendrick Miller saßen ganz oben auf der Tribüne, um besser sehen zu können. Kendrick hatte Roscoe um eine Unterredung nach dem Spiel gebeten. Seine Anwesenheit fiel auf, weil er selten bei Schulveranstaltungen erschien; er behauptete, die Arbeit halte ihn fern.

Es wurden Bemerkungen darüber gemacht, daß Sean Hallahan und Roger Davis nicht zu dem Spiel gekommen waren. Jeder gab seinen Senf dazu.

St. Anne, eine Bombenmannschaft in Hockey und Lacrosse, trieb den Ball übers Feld, doch Karen Jensen, kräftig und flink, nahm der Angreiferin den Ball mit einer Raffinesse ab, die die Fans der Redhawks aufspringen ließ.

Brooks, eine Angriffsspielerin, raste an der Seite entlang, wechselte zur Spielfeldmitte, leicht und behende, und täuschte ihre Verteidigerin, um Karens exakt gespielten Paß anzunehmen. Sie zielte auf die

Torhüterin, eine der besten im Staat, die St. Anne zu ungeheurem Selbstvertrauen verhalf.

Das erste schnelle Viertel endete torlos.

«Brooks bleibt auch unter großem Druck gelassen.» Harry war stolz auf die junge Frau.

«Das wird sie auch brauchen», prophezeite Susan.

«Tolles Spiel.» Miranda, das Gesicht gerötet, erinnerte sich an die Zeit, als sie 1950 für die Crozet-Highschool Hockey gespielt hatte.

Im zweiten Viertel spielten die Mädchen noch schneller und härter. Darcy Kelly erzielte das erste Tor für St. Anne. Karen Jensen lief zur Spielfeldmitte und flüsterte ihrer Mannschaft ein paar Anweisungen zu. Sie schlugen sogleich mit drei messerscharfen Pässen zurück, die zu einem Tor durch Elizabeth Davis, Rogers ältere Schwester, führten.

In der Halbzeit steckten beide Trainerinnen mit ihren Mädchen die Köpfe zusammen. Die Trainerinnen machten sich daran, die Mannschaften wieder zusammenzustellen. Die brutalen Bodychecks forderten ihren Tribut.

Sandy Brashiers, der zu spät kam, setzte sich an die Ecke der überdachten Tribüne.

«Jody spielt gut.» Roscoe beugte sich herunter, um leise mit Sandy zu sprechen. «Vielleicht wird es leichter, als ich dachte.»

«Hoffentlich», sagte Sandy.

«Roscoe», zog Maury McKinchie ihn auf, «was ist das bloß für ein Schuldirektor, dessen Schüler deine Todesanzeige in die Zeitung setzt?»

«Das mußt ausgerechnet du sagen. Maury, der wandelnde Tote», grölte Roscoe.

«Nur in Hollywood», sagte Maury selbstironisch. «Na schön, ich habe an allen Fronten eine Menge Fehler gemacht.»

Father Michael, der neben Maury saß, sagte: «Irren ist menschlich, vergeben ist göttlich.»

«Irren ist menschlich, vergeben ist ungewöhnlich», kicherte Roscoe.

Beide verstummten, als Mrs. Florence Rubicon, die Lateinlehrerin mit dem passenden oder vielleicht prophetischen Namen, einen rotgoldenen Redhawk-Wimpel schwenkte und rief: *«Carpe diem –»*

Sandy rief zurück, den Satz beendend: *«Quam minimum credula postero.»* Was bedeutete: «Nimmer traue dem nächsten Tag.»

Diejenigen, die ihr Latein nicht vergessen hatten, lachten.

Ein Schauder ließ Harry frösteln.

«Kalt?» fragte Miranda.

«Nein – bloß» – sie zuckte die Achseln – «eine Ahnung.»

Es wurde ein aufregendes Spiel. Beide Seiten schrien sich heiser, und kurz vor Schluß erzielte Teresa Pietro ein sagenhaftes Tor für St. Anne. Die Redhawks schleppten sich bedrückt vom Platz; die Niederlage kränkte sie dermaßen, daß sie sich nicht über ihre fabelhafte Leistung freuen konnten. Es würde eine Weile dauern, bis ihnen klar wurde, daß sie an einem legendären Feldhockeyspiel teilgenommen hatten.

Jody Miller, unendlich bekümmert, weil Teresa Pietro an ihr vorbeigeschossen hatte, stampfte mit gesenktem Kopf vom Platz. Ihre Mutter lief zu ihr, um sie zu trösten, ihr Vater blieb auf der Tribüne, um sich mit den Leuten zu unterhalten und auf Roscoe zu warten, der wie immer umlagert war.

Als Maury McKinchie kam, um sie aufzuheitern, verpaßte sie ihm mit dem Schläger eins in die Magengrube. Er kippte vornüber.

Entsetzt riß Irene ihrer Tochter den Schläger aus der Hand. Sie sah zu Kendrick hinüber, der den Vorfall nicht mitbekommen hatte.

Trainerin Hallvard kam herbeigerannt. Brooks, Karen, Elizabeth und Jodys andere Mitspielerinnen machten ungläubige Gesichter.

«Jody, geh in die Umkleide – SOFORT», befahl die Trainerin.

«Ich meine, sie sollte lieber mit mir nach Hause kommen», sagte Irene bestimmt.

«Mrs. Miller, ich schicke sie sofort nach Hause. Ich werde sie sogar nach Hause fahren, aber vorher muß ich mit ihr reden. Ihr Verhalten wirkt sich auf die ganze Mannschaft aus.»

Mit blutleeren Lippen funkelte Jody alle Umstehenden böse an, dann lachte sie plötzlich. «Es tut mir leid, Mr. McKinchie. Hätte ich das doch bloß mit Teresa Pietro gemacht.»

Maury, der nach Atem rang, lächelte lahm. «Ich sehe kein bißchen wie Teresa Pietro aus.»

«Alles in Ordnung mit Ihnen?» fragte Trainerin Hallvard.

«Ja, ausnahmsweise bin ich mal froh über meinen Ersatzreifen.»

Trainerin Hallvard nahm Jody beim Arm und bugsierte sie zu den Umkleiden.

Roscoe drehte sich um und sah zu Kendrick hinauf, der gerade über den Vorfall informiert wurde. Er flüsterte seiner Frau zu: «Geh zu Maury und sieh zu, was du für ihn tun kannst.» Dann sagte er zu April, die in der Nähe lauerte: «Sie sollten wohl lieber mit Trainerin Hallvard und der Mannschaft in die Umkleide gehen, finden Sie nicht?»

«Ja.» April trottete über den Platz und holte Naomi ein, die vorgab, sich über die Gesellschaft zu freuen.

Father Michael spürte einen Stich, weil er an dem Morgen, als Jody zu ihm gekommen war, nicht auf sie eingegangen war. Jetzt wurde ihm klar, wie sehr sie ihn damals gebraucht hätte.

Brooks, durcheinander wie alle ihre Mitspielerinnen, ging folgsam in die Umkleide, während die Mannschaft von St. Anne in den Bus drängte.

Mrs. Murphy, die jetzt, da alle unten am Spielfeldrand waren, auf den Tribünen herumschlich, hob ruckartig den Kopf, als sie eine Duftwolke wahrnahm, den letzten Hauch eines schweren Parfüms.

«Uff», tat Pewter ihre Meinung kund.

Sie sahen Harry mit ihren Freundinnen über den Vorfall schwätzen, derweil Roscoe sich zu Kendrick Miller begab. Sandy Brashiers beobachtete ihn, die Augen zu schmalen Schlitzen verengt.

Die beiden Männer schlenderten zu der überdachten Tribüne und dachten sich nichts dabei, daß die Katzen dort saßen.

Kendrick sah über das Spielfeld hinweg zu Maury, der jetzt von Irene und Naomi gestützt wurde. «Er hat unsere beiden Frauen um sich. Schätze, er wird's überleben.»

Erstaunt über Kendricks kühle Reaktion sagte

Roscoe: «Klingt nicht so, als freuten Sie sich darüber –»

Kendrick stand auf und stellte einen Fuß auf die nächsthöhere Tribünenstufe. «Kann ihn nicht leiden. Das ist so ein Großkotz, der mit seinem Geld hierherkommt und denkt, er ist uns überlegen. Diese arrogante Blasiertheit nutzt sich ab.»

«Mag sein, aber für St. Elizabeth hat er viel Gutes getan.»

Rasch sagte Kendrick: «Ich verstehe Ihren Standpunkt, Roscoe, Sie würden Geld vom Teufel nehmen, wenn es sein müßte. Sie sind ein guter Geschäftsmann.»

«Ich wäre lieber ein guter Direktor», erwiderte Roscoe kühl. «Ich hatte gehofft, Sie könnten mich aufklären, was Jody betrifft.»

«Weil sie Maury geschlagen hat?» Er hob die Stimme. «Schade, daß ich es nicht gesehen habe.»

«Nein, obwohl auch das jetzt ein Thema ist. Sie hat neulich die Schule geschwänzt, sie hatte ein blaues Auge. Sie sagte, sie hätte es vom Training, aber Ms. Hallvard sagt nein, und soweit sie wüßte, habe es auch nach dem Training keine Schlägerei gegeben. Gerät sie mit anderen Jugendlichen aus der Gegend aneinander, oder –?»

«Oder schlage ich sie?» Kendricks Gesicht wurde dunkelrot. «Ich weiß, was die Leute hinter meinem Rücken sagen, Roscoe. Ich schlage meine Tochter nicht. Ich schlage auch meine Frau nicht. Herrgott, ich bin ja kaum zu Hause, wie soll ich da wütend auf sie werden? Und ja – ich bin aufbrausend.»

Roscoe hielt sich zurück. «Bitte, mißverstehen Sie mich nicht. Mir liegt das Wohl jeder Schülerin von St. Elizabeth am Herzen. Jody ist ein bezauberndes junges Mädchen. In letzter Zeit geht es mit ihr, nun ja, auf und ab. Und ihre Noten sind nicht so gut wie voriges Jahr.»

«Darüber mach ich mir Sorgen, wenn das Zeugnis kommt.» Kendrick stützte sich auf sein Knie.

«Das ist in einem Monat. Wir sollten versuchen, die Noten vorher mit vereinten Kräften zu verbessern.» Roscoe lächelte mit dem Mund, aber nicht mit den Augen.

«Sie wollen damit sagen, daß ich kein guter Vater bin.» Kendrick machte ein finsteres Gesicht. «Sie haben mit meiner Gattin gesprochen, nehme ich an.» Das Wort «Gattin» triefte von Gehässigkeit.

«Nein, habe ich nicht.» Roscoe riß langsam der Geduldsfaden.

«Sie sind ein mieser Lügner.» Kendrick lachte rauh.

«Kendrick, es tut mir leid, daß ich Ihre Zeit verschwende.» Er stieg von der Tribüne und kehrte einem wütenden Kendrick den Rücken, der herunterstampfte und in der entgegengesetzten Richtung davonging.

Sandy Brashiers erwartete Roscoe am anderen Ende. «Der sieht nicht sehr glücklich aus.»

«Er ist ein Esel.» Roscoe, gereizt und müde, glaubte eine versteckte Kritik in Sandys Stimme zu hören.

«Ich habe auf Sie gewartet, weil ich meine, wir sollten eine Versammlung oder einen kleinen Workshop über den Umgang mit Niederlagen anberaumen. Jodys Verhalten war unerhört.»

Roscoe zog die mächtigen Schultern hoch. «Ich finde nicht, daß wir das groß aufbauschen sollten.»

«Sie und ich werden wohl nie einer Meinung sein, was?»

«Ich werde das schon deichseln», sagte Roscoe streng.

Es folgte ein Schweigen, das von Sandy unterbrochen wurde. «Ich möchte Sie nicht verärgern. Ich will mich Ihnen nicht widersetzen, aber dies gibt uns die Chance, das Thema Sieg und Niederlage zu behandeln. Der Sport nimmt sowieso viel zuviel Raum ein.»

«Er mag zuviel Raum einnehmen, aber er bringt Spenden von Ehemaligen ein.» Roscoe verlagerte das Gewicht.

«Wir sind eine Lehranstalt, keine Sportakademie.»

«Sandy, nicht jetzt. Ich bin bereits am Ende meiner Geduld», warnte Roscoe.

«Wenn nicht jetzt, wann dann?»

«Dies ist weder die Zeit noch der Ort für eine philosophische Diskussion über das Erziehungsziel der weiterbildenden Schulen im allgemeinen oder St. Elizabeths im besonderen.» Roscoe warf sich einen Erdbeerbonbon in den Mund und ging in Richtung der Mädchenumkleide davon. Vielleicht hatte April Neuigkeiten für ihn. Er sah, daß Naomi Maury zum Schulhof geleitet hatte, und er nahm an, daß sie ihn in ihrem Büro mit Kaffee, Tee oder etwas Alkoholischem bewirten würde. Sie hatte eine sichere Hand im Umgang mit Menschen.

Die Katzen stürmten unter der Tribüne hervor und sausten zu Harry, die auf dem Parkplatz nach ihnen rief.

17

Am späten Abend blitzte der zunehmende Mond zwischen pechschwarzen, regenschweren Wolken auf. Mrs. Murphy, die nicht schlafen konnte, jagte auf der Weide nahe beim Stall. Ein plötzlicher Windstoß veranlaßte sie, die Nase vom Boden zu heben. Sie schnupperte in der Luft. Ein starkes Unwetter war im Anzug.

Simon rannte, flink für seine Verhältnisse, vom Bach herbei. Von oben stieß Plattgesicht herab, beschrieb einen Bogen und flog dann zu den fernen Feldern zu einem letzten Beutezug, bevor der Sturm losbrach.

«Mir reicht's für heute.» Simon hielt auf die offene Stalltür zu. *«Außerdem sind Rotluchsspuren im Bachbett.»*

«Grund genug, Schluß zu machen.»

«Kommst du rein?»

«Gleich.» Murphy sah dem grauen Tier mit dem langen Rattenschwanz nach, als es in den Stall schlurfte.

Ein leichter Wind rauschte in den Blättern. Sie sah die Getreidehalme in Harrys kleinem Garten an der Stallecke schwanken und zittern. Dies war der ideale Ort für ihren Kompost. Ein halb ausgewachsenes Rotfuchsweibchen tänzelte am anderen Ende des Gartens heraus, blickte über die Schulter, gewahrte Mrs. Murphy, hob die Nase und trollte sich.

Mrs. Murphy hatte für Füchse nichts übrig, denn sie machten ihr die Beute streitig.

«Halt dich aus meinen Kornreihen raus», murrte sie.

«Dir gehört nicht die Welt», lautete die angriffslustige Antwort.

Ein einsamer Schrei ließ beide erstarren.

«Mörderisch.» Die Füchsin legte sich einen Moment flach auf die Erde, dann stand sie auf.

«Du bist zwischen einem Unwetter und einem Rotluchs gefangen. Wo ist deine Höhle?»

«Das sag ich dir nicht.»

«Du brauchst es mir nicht zu sagen, aber du solltest sie lieber schleunigst aufsuchen.» Ein dicker Tropfen platschte auf die Katze. Sie dachte über die mißliche Lage nach, in der sich die Füchsin befand. *«Geh in den Späneschuppen, bis das Unwetter vorbei und der Luchs weg ist. Aber mach es dir nicht zur Gewohnheit.»*

Wortlos huschte die Füchsin in den Schuppen und vergrub sich in den süßduftenden Spänen, als oben der Sturm losbrach.

Die Tigerkatze lauschte mit geweiteten Augen auf den Rotluchs. Ein weiterer ferner Schrei, dem Kreischen einer Frau ähnlich, sagte ihr, daß das Wildtier in den Wald zurücklief, sein angestammtes Quartier. Weil es im Herbst so leckere Beute gab – viele Mäuse und Ratten fraßen sich fett an heruntergefallenen Körnern und den Früchten, die zum Trocknen an den Reben verblieben waren –, wagte sich der Luchs in dieser Zeit näher an die menschliche Behausung heran.

Der Wind wurde heftiger, die Bäume beugten sich anmutig. Die Feldmaus, der Mrs. Murphy geduldig auflauerte, wollte trocken bleiben. Sie dachte gar nicht daran, die Nase aus dem Nest zu stecken.

Als mehr Regentropfen fielen, verzog sich die Katze in den Stall. Sie kletterte die Leiter hinauf. Simon richtete seinen Schlafplatz her. Zu den Schätzen, die er um sich ausgebreitet hatte, gehörten ein fadenscheiniges

Handtuch, ein einzelner lederner Reithandschuh, ein paar Zeitungsschnipsel und ein Schokoriegel, den er für einen schlechten Tag wie heute verwahrte.

«Simon, wirfst du nie etwas weg?»

Er lächelte. *«Meine Mutter hat gesagt, ich bin eine Packratte, kein Opossum.»*

Mit der entfesselten Wucht eines Baseballschlägers schlug der Regen an die Nordseite des Stalls. Plattgesicht landete mit abwärts gerichteten Krallen in ihrer Kuppel. Sie blickte auf die beiden befreundeten Tiere herunter, plusterte ihr Gefieder auf, schloß dann die Augen. Sie verachtete bodenständige Geschöpfe.

«Plattgesicht», rief Simon zu ihr hinauf, *«bevor du schlafen gehst, wie groß ist der Rotluchs?»*

«Groß genug, um dich zu fressen.» Die Eule lachte hohl.

«Mal ehrlich, wie groß?» Simon wollte es genau wissen.

Sie kippte den großen Kopf nach vorn, so daß die Oberseite fast unten war. *«Dreißig bis vierzig Pfund, und noch nicht ausgewachsen. Schnell, blitzschnell, und schlau. So, wenn ihr zwei Schleicher nichts dagegen habt, geh ich jetzt schlafen. Das wird eine abscheuliche Nacht.»*

Mrs. Murphy und Simon tauschten sich darüber aus, wo der neueste Biberdamm, Fuchshöhlen und der Horst eines Weißkopfadlers lagen. Dann berichtete die Katze ihm von den falschen Todesanzeigen.

«Sonderbar, nicht?»

Simon zog sein Handtuch in sein ausgehöhltes Nest im Stroh. *«Menschen legen Marshmallows aus, um Waschbären zu fangen. Uns auch. Wir lieben Marshmallows. Einer von uns wird bestimmt nach dem Marshmallow grapschen.*

Wenn wir Glück haben, will der Mensch uns nur beobachten. Wenn wir Pech haben, gehen wir in die Falle, oder das Marshmallow ist vergiftet. Ich denke, daß ein Mensch für einen anderen Menschen ein Marshmallow auslegt.»

Mrs. Murphy blieb lange Zeit sitzen, ihre Schwanzspitze schnippte sachte hin und her. *«Das ist ein verflucht fauler Köder, Simon, jemandem mitzuteilen, daß er tot ist.»*

«Nicht bloß ihm – allen.»

18

Zwei Tage tobte das Unwetter in Mittelvirginia, dann zog es nach Norden, um es den Yankees ungemütlich zu machen.

Harrys Vater hatte gesagt, Stürme besorgten das Stutzen der Natur. Abgesehen von ein paar heruntergefallenen Ästen hatte die Farm kaum Schaden genommen, aber auf dem Weg zu Blair Bainbridges Haus lag ein umgekippter Baum.

Am Samstag lieh sich Harry sein Tausend-Dollar-Hochdruckwaschgerät. Fröhlich rückte sie dem alten grüngelben John-Deere-Traktor, ihrem Transporter, dem Dungstreuer und, in einem Anfall von Reinigungsmanie, dem gesamten Innenleben des Stalls zu Leibe. Nicht eine Spinnwebe blieb übrig.

Die drei Pferde sahen von der fernen Weide zu. Sie hatten sich inzwischen an Harrys Frühjahrs- und Herbstputzanfälle gewöhnt.

Auch andere Menschen, die denselben Drang verspürten, arbeiteten am Samstag. Miranda lüftete ihre Wäsche, während sie ihre Frühjahrszwiebeln pflanzte. Sie würde auch noch den Sonntag benötigen, um mit dem Pflanzen fertig zu werden.

Reverend Jones stockte seinen Holzstapel auf und grüßte den Schornsteinfeger, indem er dessen Zylinder berührte. Ein bißchen Aberglauben konnte einem Pastor nicht schaden.

Fair Haristeen entschloß sich für eine Inventur der Pferdemedikamente in der Klinik, was er jedoch bald bereute, weil das Unterfangen den ganzen Tag in Anspruch nahm.

BoomBoom Craycroft schälte ein Dutzend Apfelsinen, weil sie ihre Essenzenliste um Orangenaroma erweitert hatte.

Susan Tucker nahm sich den Speicher vor, während Ned sämtliche Bäume und Blumenbeete trimmte, bis er meinte, ihm fielen von den Vibrationen des Geräts die Füllungen aus den Zähnen.

Big Mim beaufsichtigte die Überholung ihres Pontonbootes, das vor einiger Zeit einmal gesunken war.

Little Marilyn übertrug die alten Unterlagen der St.-Elizabeth-Wohltäter in einen Computer. Wie Fair bereute sie es bald, mit der Arbeit angefangen zu haben.

Sandy Brashiers stellte die Fragen für eine Klassenarbeit über *Macbeth* zusammen.

Jody Miller arbeitete mit Brooks, Karen und Roger in der Autowaschanlage.

Nach dem Unwetter herrschte in der Waschstraße Hochbetrieb. Die jungen Leute hatten keine Zeit für eine Mittagspause, deswegen nahm Jody Bestellungen entgegen. Heute war sie an der Reihe, die Route 29 zu überqueren und in dem Tankstellenladen an der Südwestecke Sandwiches zu holen. Die Texaco-Tankstelle lag zwischen der Waschanlage und der Kreuzung. Wenn diese Tankstelle einen Laden hätte, müßte Jody nicht die stark befahrene Schnellstraße überqueren.

Jimbo Anson steckte ihr fünfundzwanzig Dollar zu, um Lunch für alle zu kaufen, ihn eingeschlossen; denn sie waren ausgehungert.

Im Laufe des Tages stieg die Temperatur auf achtzehn Grad. Die Autoschlange reichte bis auf die Route 29 hinaus.

Roscoe Fletcher wartete mit seinem schlammverkrusteten Mercedes-Kombi geduldig in der Schlange. Er war von der Route 29 abgebogen und rückte so weit vor, daß er genau vor der Texaco-Tankstelle stand. Da die Waschstraße hinter der Tankstelle lag, wußten die jungen Leute noch nicht, daß ihr Direktor in der Schlange stand, und er wiederum wußte nicht, wie viele Autos noch vor ihm waren. Aus seiner Stereoanlage erklang *Figaros Hochzeit*. Er schmetterte genußvoll mit.

Die Autos krochen vorwärts.

Jody machte sich auf den Weg zur Kreuzung. Fünf Minuten später kam sie ins Büro zurückgeschossen.

«Wo bleibt das Essen?» fragte der hungrige Roger, während er nach einem frischen Trockentuch griff.

Jody verkündete: «Mr. Fletcher ist in der Schlange! Er hat mich noch nicht gesehen. Ich gehe, sobald er durch ist.»

«Bis dahin bin ich verhungert», sagte Roger.

«Er wird dich nicht auffressen.» Karen steckte den

Kopf zur Tür herein, und Roger warf ihr eine Flasche Wunderwäsche für Aluminium-Radkappen zu.

«Kann sein, aber ich will keine Predigt hören. Ich weiß, daß ich Mr. McKinchie nicht hätte schlagen sollen.» Sie hob die Stimme. «Ich hatte so viel Beistand, wie man gerade noch ertragen kann. Ich war im Unrecht. Okay. Ich habe mich entschuldigt. Du wirst ihn auch nicht sehen wollen.» Sie zeigte auf Roger, aber er ignorierte sie.

«Hey, er ist an der Texaco-Tankstelle vorbei. Versteck dich am besten unterm Tresen», rief Karen. «Himmel, mir scheint, die ganze Welt ist heute hier.» Sie hörte Gehupe auf der Route 29. Irene Miller hatte sich hinter Roscoe gestellt, dahinter stand Naomi Fletcher in ihrem blauen Miata. BoomBoom Craycroft, mit wabernden Düften im Wagen, stand unmittelbar vor Roscoe.

Roger winkte den nächsten Wagen heran. Er knickte sein langes Gestell ein, als der Fahrer das Fenster herunterkurbelte. «Was darf's sein?»

«Heute mal nur waschen.»

«In Ordnung. Legen Sie den Leerlauf ein, und machen Sie das Radio aus.»

Der Fahrer folgte den Anweisungen, während Karen und Brooks die großen Bürsten in das Seifenwasser klatschten und den gröbsten Schlamm entfernten.

«Hey, da ist Father Michael.» Karen sichtete den schwarzen Mercury des Priesters – ein altes Modell. «Man sollte meinen, die Kirche würde ihm einen besseren Wagen genehmigen.» Sie brüllte, damit Jody, die unter dem Tresen kauerte, sie hören konnte.

«Hauptsache, er läuft», bemerkte Brooks über den Wagen.

«Wie viele sind jetzt in der Schlange?» Roger wischte sich mit dem Arm den Schweiß von der Stirn. Jimbo ging bis zur Kreuzung, um die Fahrer anzuweisen, eine Zweierreihe zu bilden. Er mußte den Stau auf der wichtigen Nord-Süd-Achse nach Charlottesville auflösen.

«Nummer zweiundzwanzig ist gerade eingetrudelt», antwortete Brooks.

Karen stieß einen Pfiff aus. «Wahnsinn.»

Roscoe kurbelte sein Fenster herunter und überflutete die Waschanlage mit Mozart. Noch drei Autos, dann war er an der Reihe.

«Ihr solltet euch alle mit Mozart vertraut machen», rief er ihnen zu. «Der größte Komponist, den es je gab.»

Seine Frau rief aus ihrem Wagen: «Es ist Wochenende, Roscoe. Keine Vorträge.»

«Genau!» Karen lachte und winkte Naomi zu.

«Du hörst bestimmt Melissa Etheridge und Sophie B. Hawkins», sagte Roscoe und bot ihr einen Erdbeerbonbon an. Sie lehnte ab.

«Jaha.» Karen wandte sich dem Wagen vor ihr zu. «Die sind super. Billy Ray Cyrus und Reba McEntire mag ich auch.»

Irene kurbelte ihr Fenster herunter. «Wo ist Jody?»

«Sie ist zum Laden gegangen, um uns was zum Lunch zu holen, und hoffentlich beeilt sie sich!» Roger sprach die halbe Wahrheit.

«Wie steht es mit Bach?» trällerte Roscoe, immer noch beim Thema Musik.

«Die Beatles», antwortete Karen. «Ich finde, das ist wie Bach-Rock.»

«Nein, Bill Haley and the Comets, das ist Bach-Rock», sagte Roscoe, während er den Bonbon lutschte. «Jerry Lee Lewis.»

Die jungen Leute holten tief Luft und brüllten hüftenschwingend wie aus einem Mund: «Elvis!»

Als Roscoe sein linkes Rad in die Rille klemmte, sangen alle «Hound Dog», worauf er lachen mußte. Er bemerkte Jody, die aus dem Büro spähte. Das Gelächter war zuviel für sie; es hatte sie unter dem Schreibtisch hervorgelockt.

Er zeigte mit dem Finger auf sie. «You ain't nothin' but a hound dog.»

Sie lachte, doch das Lächeln verschwand, als ihre Mutter hinüberrief: «Ich denke, du bist im Laden?»

«Ich bin auf dem Weg. Wir sind im Rückstand», sagte sie, da sie gehört hatte, was Roger zu ihrer Mutter gesagt hatte.

«Mr. Fletcher, schließen Sie das Fenster», wies Karen ihn an, als der Kombi in die Waschstraße ruckelte.

«Ah, richtig.» Er drückte auf den Knopf, und das Fenster schloß sich summend.

Als das Heck des Mercedes in einer Wasserwand verschwand, blitzte das gelbe Neonlicht auf, und Karen winkte Irene heran. «So ein Dummschwätzer», murmelte sie in sich hinein.

BoomBoom rief aus ihrem Fenster: «Streß. Irene, das ist einfach zuviel Streß. Treffen wir uns doch nach der Autowäsche bei Ruby Tuesday's.»

«Okay», stimmte Irene zu. Ihr linkes Rad war jetzt in der Rille. «Ich will das volle Programm.» Irene reichte fünfzehn Dollar aus dem Fenster. Karen gab ihr das Wechselgeld.

Roger wartete an dem Knopf, der die Waschstraße in Gang setzte, bis Roscoe fertig war. Das Licht, das ihm signalisierte, den nächsten Wagen durchzuschicken, ging nicht an. Minuten verstrichen.

«Ich hab's eilig.» Irene bemühte sich, freundlich zu klingen.

«So geht das schon den ganzen Tag, Mrs. Miller.» Karen lächelte verkniffen.

Brooks blickte die Schlange entlang. «Vielleicht ist Mr. Fletcher draußen, und das Licht ist nicht angegangen. Ich geh mal nachsehen.»

Brooks hastete außen an der Waschstraße entlang und gelangte ans Ende, wo der braune Kombi stand, mit der Schnauze nach vorne. Das Heck des Fahrzeugs war noch auf der Schiene. Die kleinen Metallklampen in der Rille schoben den Wagen weiter.

Brooks klopfte ans Fenster. Roscoe, der aufrecht saß, Blick nach vorn, reagierte nicht.

«Mr. Fletcher, Sie müssen rausfahren.»

Keine Antwort. Sie klopfte fester. Immer noch keine Antwort.

«Mr. Fletcher, bitte fahren Sie raus.» Sie wartete, dann machte sie die Tür auf. Als erstes bemerkte sie, daß Mr. Fletcher sich die Hose naß gemacht hatte, was sie entsetzte. Dann stellte sie fest, daß er tot war.

19

Es war nicht lustig, aber Rick Shaw hätte beinahe gelacht. Mozart plärrte aus den Lautsprechern, und das Heck des Wagens glitzerte nach der endlosen Wäsche wie Diamanten.

Naomi Fletcher hatte einen Schock erlitten und war von einem Beamten nach Hause gebracht worden.

Diana Robb, eine Sanitäterin vom Rettungsdienst, wartete geduldig, während Sheriff Shaw und Deputy Cooper den Wagen sorgfältig untersuchten.

Jimbo Anson stellte das Wasser ab.

Roger Davis leitete den Verkehr um die Warteschlange herum. Er war erleichtert, als ein junger Beamter in einem Streifenwagen bei ihm hielt.

«Geh noch nicht», sagte Tom Kline zu Roger. «Ich brauche deine Hilfe.»

Gehorsam leitete Roger weiterhin den Verkehr auf eine Nebenstraße, den Greenbrier Drive. Er hätte Brooks gern über den Schock hinweggetröstet, den sie erlitten hatte, aber das mußte warten.

Rick sagte leise zu Coop: «Hab ich Ihnen jemals von dem Kerl erzählt, der in Richmond auf der Rolltreppe starb? Ich kam frisch von der Ausbildung. Es war mein erster Fall als Neuling. Keiner durfte rauf oder runter, bis die Treppe geräumt war, und der Laden hat den Motor nicht abgestellt. Die Leute liefen auf der Stelle. Aerobic pur. Natürlich ist der Tote nach oben gerollt, wo sich seine Haare verfingen. Bis ich bei ihm ankam, war er halb skalpiert.»

«Widerlich.» Sie wußte, daß Rick nicht unsensibel war, aber ein Polizeibeamter im Außendienst bekommt so viel zu sehen, daß sich über seinen Gefühlen ein Schutzpanzer bildet.

«Die Jungs sollen Fotos machen und den Inhalt des Kombis mitnehmen.» Er griff hinein und schaltete mit behandschuhten Händen die Stereoanlage aus. «Okay, wir sind fertig», rief er Diana Robb und Cooper über die Schulter zu.

«Sheriff, was meinen Sie?» fragte die Sanitäterin.

«Sieht nach einem Herzinfarkt aus. Er hat das richtige Alter dafür. Ich habe aber im Laufe der Jahre gelernt, mich der Expertenmeinung zu beugen. Wenn Mrs. Fletcher nichts einzuwenden hat, schicken wir den Toten zu Bill Moscowitz – zur Obduktion.»

«Wenn Sie nicht aufhören, diese Chesterfields zu rauchen, werde ich eines Tages Sie abholen.»

«Ach, ich hab schon so oft mit dem Rauchen aufgehört.» Er hätte sein Päckchen aus der Tasche nehmen und in dem nicht gekennzeichneten Wagen lassen sollen, dann hätte sie nichts bemerkt. «Bringen Sie ihn ins Leichenschauhaus. Ich fahr bei Naomi vorbei, also sagen Sie Bill, er soll warten, bis er von mir hört.» Er wandte sich Coop zu: «Sonst noch was?»

«Ja, Roscoes Todesanzeige war in der Zeitung, erinnern Sie sich?»

Er rieb sich das Kinn; es waren schon wieder kastanienbraune Stoppeln da, obwohl er sich erst heute morgen um sechs rasiert hatte. «Wir dachten, das sei ein Scherz.»

«Chef, lassen Sie uns ein paar Leute verhören, angefangen bei Sean Hallahan.»

Er verschränkte die Arme und lehnte sich an den grünen Wagen. «Warten wir noch – hm, lassen Sie mich nachdenken. Ich will nichts überstürzen.»

«Maury McKinchies Todesanzeige lag auch in der Zeitung.»

«Ich weiß, ich weiß.» Er ließ den Blick über die bedrückte Irene Miller und BoomBoom schweifen. Father Michael hatte die Sterbesakramente erteilt. Jimbo Ansons massige Gestalt ragte in Ricks Blickfeld auf. «Ich rede besser mit ihm, bevor er zu Dunkin' Donuts rennt und noch ein Dutzend Geleeröllchen ißt.» Jimbo aß, wenn er bekümmert war. Er war sehr oft bekümmert.

Rick sagte mit gesenkter Stimme: «Coop, nehmen Sie die Personalien dieser Leute auf, dann lassen Sie sie laufen. BoomBoom dreht uns sonst noch durch.»

Rick straffte die Schultern und ging die dreißig Meter zu Jimbo.

«Sheriff, ich weiß nicht, was ich tun soll. So etwas ist mir noch nie passiert. Ich fühle mich einfach gräßlich. Arme Naomi.»

«Jimbo, der Tod wirft immer alles über den Haufen. Tief durchatmen.» Er klopfte dem Mann auf den Rükken. «So ist es besser. Jetzt erzählen Sie mir, was passiert ist.»

«Er ist durch die Waschstraße gefahren, das heißt, ich hab's nicht gesehen, die Kids waren vorne, und als der Wagen nicht rausgerollt kam, ist sie, ich meine Brooks, außenrum gerannt, um zu sehen, ob sich der Haken an der Schleppkette nicht gelöst hat, und da, na ja, da war Roscoe tot.»

«Haben Sie ihn überhaupt gesehen?»

«Nein, das heißt, erst als ich mit Brookie hinkam. Das Mädchen hat starke Nerven, das kann ich Ihnen sagen. Sie hat nicht geschrien oder geheult. Sie kam in mein Büro gerannt, teilte mir mit, daß Roscoe tot ist, und ich bin mit ihr da hingegangen.» Er zeigte hinüber.

«Gut. Ich muß Sie vielleicht noch mal sprechen, aber es sieht nach einem Herzinfarkt oder Schlaganfall aus. So was kommt vor.»

«Das Geschäft war bombig heute.» Ein kummervoller Ton schlich sich in seine Stimme.

«Sie werden bald wieder aufmachen können. Ich lasse den Wagen abschleppen, reine Routine, Jimbo. Dann brauchen Sie sich nicht darum zu kümmern.»

«Danke, Sheriff.»

Rick klopfte ihm abermals auf den Rücken und ging in das klimatisierte Büro – der Tag war ungewöhnlich heiß geworden –, wo Brooks, Jody und Karen saßen. Cooper war schon dort.

«Sheriff, wir grenzen den Zeitpunkt ein.» Coop lächelte den drei jungen Frauen zu.

«Gegen halb zwei», sagte Brooks.

«Mr. Anson sagt, du hast Geistesgegenwart bewiesen», lobte Rick Brooks.

«Ich weiß nicht. Es tut mir so leid um Mr. Fletcher. Er hat mir geholfen, nach Semesterbeginn auf St. Elizabeth zu wechseln.»

«Nun, ich bin nicht Reverend Jones, aber ich glaube, daß Roscoe Fletcher an einem besseren Ort ist. So sehr du ihn vermissen wirst, versuche, daran zu denken.»

«Jody, ist dir irgend etwas aufgefallen?»

«Nein. Er hat hallo gesagt, und das war auch schon alles. Karen und Brooks haben seine Stoßstangen abgeschrubbt. Ich glaube, Roger hat den Knopf gedrückt, um ihn reinzuschicken.»

«Wo ist Roger?» fragte Rick.

«Er regelt den Verkehr», antwortete Karen.

«Der Mann weiß, was zu tun ist.»

Dies verblüffte die Mädchen, für die Roger nie etwas anderes gewesen war als ein hochaufgeschossener Junge, der schon im Kindergarten schweigsam war. Brooks fing langsam an, Rogers Qualitäten zu schätzen.

«War an Mr. Fletcher oder sonst jemandem heute etwas ungewöhnlich?»

«Nein.» Karen wickelte eine goldblonde Strähne um ihren Zeigefinger.

«Mädels, wenn euch irgend etwas einfällt, ruft mich an.» Er reichte seine Karte herum.

«Stimmt etwas nicht außer der Tatsache, daß Mr. Fletcher tot ist?» fragte Brooks.

«Nein. Reine Routine.»

«Es ist komisch, vernommen zu werden», sagte Brooks freimütig.

«Tut mir leid, daß ihr Mr. Fletcher verloren habt. Ich weiß, es war ein Schock. Aber ich muß Fragen stellen. Ich möchte euch nicht noch mehr aufregen. Es ist mein Job, Details und Fakten zusammenzutragen wie kleine Mosaikstückchen.»

«Das verstehen wir», sagte Karen.

«Es geht uns gut», flunkerte Brooks.

«Okay.» Er stand auf, und Coop gab den drei Mädchen ebenfalls ihre Karte.

Als sie über den Asphalt stapfte, um Roger vom Greenbrier Drive fortzuwinken, wunderte sie sich über die Selbstbeherrschung der drei Schülerinnen.

Nach einem Vorfall wie diesem brachen Teenager gewöhnlich in einen Heulanfall aus. Ihres Wissens war nicht eine Träne geflossen, aber schließlich heulte ja BoomBoom, die sich nie eine Gelegenheit zu einem Gefühlsausbruch entgehen ließ, genug für alle.

20

Johnny Knatterton, der 1958er John-Deere-Traktor, rollte über die dicht mit Goldrute bestandene Weide. Tucker schmollte neben einem umgestürzten Walnußbaum am Bach. Mrs. Murphy saß auf Harrys Schoß. Tucker, die eine Spur zu groß und zu schwer war, neidete der Tigerkatze ihren Schoßstatus.

Als der Traktor vorüberknatterte, drehte sie sich um und sah in den Bach. Ein Paar grüne Fischaugen erwiderte ihren Blick. Erschrocken wich Tucker einen Schritt zurück und bellte, dann setzte sie sich kleinlaut wieder hin.

Die sengende Sonne und zwei Tage leichter Wind hatten die nasse Erde getrocknet. Harry, die entschlossen war, vor dem Winter noch eine Heuernte einzufahren, brachte Johnny Knatterton erst in dem Moment in Fahrt, als sie sicher war, daß sie nicht steckenbleiben würde. Sie konnte nichts hören, deshalb erschrak sie, als Mrs. Hogendobber auf die Wiese kam.

Tucker, in ihre schlechte Laune vertieft, hatte den schwarzen Falcon, der über die Zufahrt rumpelte, nicht bemerkt.

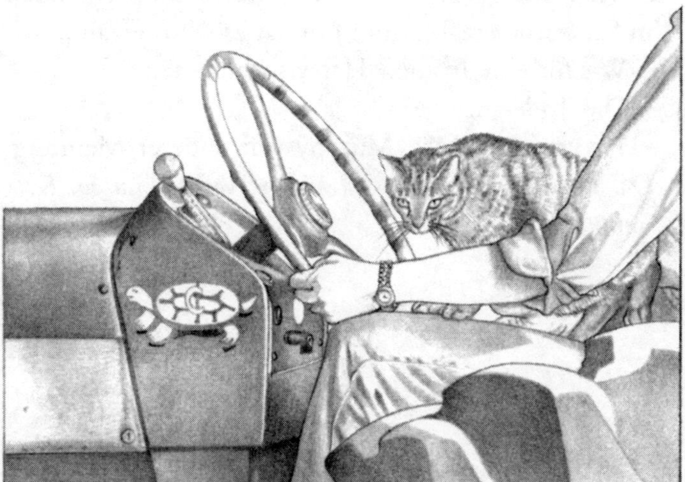

Miranda fuchtelte mit den Armen über ihrem Kopf. «Harry, halt!»

Harry riß den Hebel sogleich nach links und stellte den Motor ab. «Miranda, was gibt's? Was tun Sie hier draußen an einem Tag, der für Gartenarbeiten wie geschaffen ist?»

«Roscoe Fletcher ist tot – diesmal wirklich.»

«Wie ist das passiert?» fragte Harry keuchend.

Mrs. Murphy lauschte. Als Tucker hörte, wovon die Rede war, eilte sie vom Bach herüber.

Pewter war im Haus und schlief.

«Er ist in der Autowaschanlage gestorben. Herzinfarkt oder Schlaganfall, sagt Mim.»

«War sie dort?»

«Nein. Ich habe vergessen, sie zu fragen, wie sie es erfahren hat. Rick Shaw hat es höchstwahrscheinlich Jim Sanburne erzählt, und Jim hat es Mim erzählt.»

«Was für eine Ironie.» Harry schauderte.

«Die Todesanzeige?»

Harry nickte. Mrs. Murphy war anderer Meinung. *«Das ist keine Ironie. Das ist Mord. Wartet's nur ab. Katzenintuition.»*

21

Sean Hallahan schob einen Wäschewagen über einen Flur, der so blank war, daß er sich darin spiegeln konnte. Die Flügeltür am anderen Ende schwang auf. Karen und Jody kamen ihm entgegengelaufen.

«Wie seid ihr hier reingekommen?» fragte er.

Ohne auf seine Frage einzugehen, sagte Jody ernst: «Mr. Fletcher ist tot. Er ist in der Autowaschanlage gestorben.»

«Was?» Sean hielt den Wagen an, der fast in sie hineingerollt wäre.

Karen schüttelte ihren Pferdeschwanz. «Er ist rein und kam nicht wieder raus.»

«Wo rein?» Sean wirkte erschüttert, sein Gesicht war bleich.

«In die Waschanlage», sagte Jody ungeduldig. «Er ist in die Waschstraße gefahren, aber am anderen Ende ist er einfach sitzen geblieben. Sieht aus, als wäre er an einem Herzinfarkt gestorben.»

«Das habt ihr euch bloß ausgedacht, oder?» Er lächelte matt.

«Nein. Wir sind dort gewesen. Es war schrecklich. Brooks Tucker hat ihn gefunden.»

«Wirklich», flüsterte er.

«Wirklich.» Jody legte ihren Arm um seine Taille. «Niemand wird irgendwelche Schlüsse ziehen. Bestimmt nicht.»

Er schluckte. «Hätte ich doch bloß nicht diese Todesanzeige in die Zeitung gesetzt.»

«Ja», stimmten die Mädchen wie aus einem Mund zu.

«Wenn mein Dad das erfährt, bringt er mich um.» Er hielt inne. «Wer weiß davon?»

«Kommt drauf an, wer als erster am Telefon ist, schätze ich.» Karen hatte nicht damit gerechnet, daß Sean so erschüttert sein würde. Er tat ihr leid.

«Wir sind zuerst hierhergekommen, bevor wir nach Hause gehen. Wir dachten, du solltest es wissen, ehe dein Dad dich abholt.»

«Danke», erwiderte er mit Tränen in den Augen.

22

Father Michael führte die versammelte Ober- und Unterstufe von St. Elizabeth zu einem Gedenkgottesdienst. Naomi Fletcher, die einen Schleier trug, wurde von Sandy Brashiers und Florence Rubicon, die links von ihr ging, gestützt. Ed Sugarman, der Chemielehrer, geleitete die niedergeschmetterte April Shively.

Viele der jüngeren Kinder weinten, weil man es von ihnen erwartete oder weil sie die älteren Kinder weinen sahen. Einige Mädchen der Oberstufe heulten in einem fort und verbrauchten ganze Packungen Papiertaschentücher. Auch manche Jungen hatten rote Augen, darunter zu aller Überraschung Sean Hallahan, Kapitän der Footballmannschaft.

Brooks berichtete dies alles Susan, die es Harry und Miranda erzählte, als sie sich bei ihr zu Hause zum Lunch einfanden.

«Hm, er hat zuviel gegessen, er hat zuviel getrunken, und wer weiß, was er sonst noch alles – zuviel – gemacht hat», faßte Susan Roscoes Leben zusammen.

«Wie wird Brooks damit fertig?» erkundigte sich Harry.

«Ganz gut. Sie weiß, daß Menschen sterben, immerhin hat sie ihre Großmutter langsam an Krebs dahinsiechen sehen. Sie hat sogar gesagt, ‹wenn meine Zeit gekommen ist, möchte ich schnell sterben, wie Mr. Fletcher›.»

«Ich kann mich nicht erinnern, in ihrem Alter ans Sterben gedacht zu haben», staunte Harry laut.

«In ihrem Alter hast du überhaupt nicht viel gedacht», erwiderte Susan.

«Danke.»

«Kinder denken oft an den Tod; sie sind davon besessen, weil sie ihn nicht verstehen können.» Miranda stützte die Ellenbogen auf den Tisch und beugte sich vor. «Deswegen gehen sie in Horrorfilme – eine gefahrlose Art, mit dem Tod in Berührung zu kommen, unheimlich, aber gefahrlos.»

Harry starrte auf Mirandas Ellenbogen auf dem Tisch. «Darüber habe ich nie nachgedacht.»

«Ich weiß, es gehört sich nicht, die Ellenbogen auf dem Tisch zu haben, Harry, aber ich kann mich nicht immer vollendet benehmen.»

Harry blinzelte. «Das ist es nicht, bewahre – es ist bloß, meistens sind Sie – vollkommen.»

«Das haben Sie nett gesagt.»

«Harry legt die Füße auf den Tisch, so unvollkommen ist sie.»

«Susan, das tu ich nicht.»

«Wißt ihr, was komisch ist?» Susan griff nach der Zuckerschale. «Brooks hat mir erzählt, Jody hätte gesagt, sie sei froh, daß Roscoe tot ist. Sie habe ihn sowieso nicht ausstehen können. Also, das ist sogar für einen Teenager ein bißchen extrem.»

«Schon, aber Jody war in letzter Zeit überhaupt extrem.» Harry stand auf, als das Telefon klingelte. Die Macht der Gewohnheit.

«Setz dich, ich geh ran.» Susan ging zur Anrichte und nahm den Hörer ab.

«Ja. Natürlich, ich verstehe. Marilyn, es könnte Auswirkungen auf deine Spendenkampagne haben. Ich würde auch vorschlagen, daß ihr sofort einen einstweiligen Direktor ernennt.» Susan machte eine Pause und hielt den Hörer weg vom Ohr, so daß die anderen Little Marilyns Stimme hören konnten. Dann sprach sie wieder. «Sandy Brashiers. Wer sonst? Nein, nein und nein», sagte sie, nachdem sie sich drei Fragen angehört hatte. «Soll ich jemanden anrufen? Reg dich nicht auf, dadurch wird es nicht besser.»

«Sie wird genau wie ihre Mutter», prophezeite Miranda, als Susan einhängte.

«Little Mim hat nicht den Elan ihrer Mutter.»

«Harry, nicht nur glaube ich, daß sie den Elan ihrer Mutter hat, ich vermute zudem, daß sie sich um den Posten ihres Vaters bewerben wird, wenn er einmal als Bürgermeister zurücktritt.»

«Niemals.» Harry konnte nicht glauben, daß die schüchterne Frau, die sie seit ihrer Kindheit kannte, dermaßen selbstbewußt werden könnte.

«Ich wette mit Ihnen um fünf Dollar», sagte Miranda siegessicher.

«Little Mim sagt, die Millers lassen sich scheiden.»

«Ach du meine Güte.» Miranda haßte derartige Vorkommnisse.

«Höchste Zeit.» Harry hörte auch nicht gern von Scheidungen, doch es gab Ausnahmen. «Aber stimmt schon, so was wie gute Scheidungen gibt es nicht.»

«Doch, deine», entgegnete Susan.

«Wie schnell du vergißt! Während der sechs Trennungsmonate hat jedes Ehepaar und jede alleinstehende Frau in dieser Stadt meinen Ex-Mann zum Essen eingeladen. Und wer hat mich eingeladen?»

«Ich», antworteten Miranda und Susan im Chor.

«Und das war's auch schon. Die Tatsache, daß ich die Scheidung eingereicht habe, hat mich zum Ungeheuer gestempelt. Dabei war er derjenige, der die verdammte Affäre hatte!»

«Es lebe der Sexismus.» Susan teilte Schichtsalat aus sieben verschiedenen Zutaten aus, ihre Spezialität. Sie hielt inne, das Salatbesteck in der Luft. «Konntet ihr Roscoe Fletcher leiden?»

«De mortuis nil nisi bonum», mahnte Miranda.

«Über die Toten soll man nur Gutes sprechen», übersetzte Harry, obwohl es nicht nötig gewesen wäre.

«Vielleicht wurde das gesagt, weil man fürchtete, die Geister der Verstorbenen seien in der Nähe. Wenn sie einem schon als Lebende Ärger gemacht haben, nicht auszudenken, was sie einem als Geister antun können.»

Susan wiederholte ihre Frage: «Konntet ihr Roscoe Fletcher leiden?»

Harry zögerte, dann: «Ja, er hatte viel Energie und einen feinen Humor.»

«Ein bißchen zu jovial für meinen Geschmack.» Miranda fand den Salat lecker. «Haben Sie ihn gemocht?»

Susan zuckte die Achseln. «Ich hatte eigentlich gar keine Meinung. Manchmal kam er mir ein bißchen verlogen vor. Aber das war vielleicht der Spendensammler in ihm. Da muß man sich wohl anbiedern.»

«Sind wir nicht schrecklich, sitzen hier und nehmen den armen Mann auseinander?» Miranda tupfte sich die geschminkten Lippen mit einer Serviette ab.

Das Telefon klingelte wieder. Susan sprang auf. «Apropos jemanden in Frieden ruhen lassen, ich würde gern in Ruhe essen.»

«Du mußt ja nicht rangehen», schlug Harry vor.

«Mütter gehen immer ans Telefon.» Sie nahm das schrillende Monstrum ab. «Hallo.» Es folgte eine lange Pause. «Danke, dann weiß ich Bescheid. Es war genau das richtige.»

Little Mim hatte zurückgerufen, um mitzuteilen, daß St. Elizabeth mittels eines Rundrufs eine Notkonferenz einberufen hatte.

Sandy Brashiers war zum einstweiligen Direktor ernannt worden.

23

Am späten Nachmittag faltete der müde Father Michael sein mageres Gestell in den Beichtstuhl.

Für gewöhnlich las er, bis sich jemand auf der anderen Seite der Kabine einfand. Die Bewohner von Crozet waren ausgesprochen tugendhaft gewesen; denn es herrschte wenig Andrang.

Das Rascheln des Stoffes schreckte ihn auf; er war halb eingenickt über dem Buch von Thomas Merton, ein Schriftsteller, den er normalerweise höchst anregend fand.

«Vater, vergib mir; denn ich habe gesündigt», kam die förmliche Einleitung.

«Fahre fort, mein Kind.»

«Ich habe getötet und werde wieder töten.» Die Stimme war gedämpft, verstellt.

Er war auf der Stelle hellwach, doch bevor er den Mund aufmachen konnte, schlich sich der bußfertige Sünder aus dem Beichtstuhl. Verwirrt überlegte Father Michael, was er tun sollte. Er mußte im Beichtstuhl bleiben; denn die Beichtstunden waren allgemein bekannt – er hatte Verantwortung für seine Herde –, aber andererseits wollte er auf der Stelle Rick Shaw verständigen. Erstarrt umklammerte er das Buch so fest, daß seine Knöchel weiß wurden. Der Vorhang raschelte wieder.

Eine Männerstimme sprach, tief und leise. «Vater, vergib mir; denn ich habe gesündigt.»

«Fahre fort, mein Kind», sagte Father Michael, während seine Gedanken sich überschlugen.

«Ich habe meine Frau betrogen. Ich kann nicht dagegen an. Ich habe starke Begierden.» Er brach ab.

Father Michael beriet ihn mechanisch und gab ihm als Buße eine Anzahl «Gegrüßet seist du Maria» und Novenen auf. Er rieb unentwegt an seiner Armbanduhr, bis sein Handgelenk schmerzte. Kaum war die letzte Sekunde seiner Zeit im Beichtstuhl verstrichen, stürmte er hinaus, griff nach dem Telefon und rief Rick Shaw an.

Als Coop sich meldete, bestand er darauf, den Sheriff persönlich zu sprechen.

«Sheriff Shaw?»

«Ja.»

«Hier spricht Father Michael. Ich weiß nicht» – er hatte Schweißperlen auf der Stirn; er durfte das Beichtgeheimnis nicht verletzen – «es könnte sein, daß ein Mord geschehen ist.»

«So ist es, Father Michael.»

Die Hände des Priesters zitterten. «O nein. Wer?»

«Roscoe Fletcher.» Rick atmete tief durch. «Der Laborbericht ist gekommen. Er wurde mit Malathion vergiftet. Ist in dieser Gegend nicht schwer dranzukommen, viele Farmer benutzen es. Es wirkt mit Lichtgeschwindigkeit, also muß er es in der Waschanlage zu sich genommen haben. Wir haben die Erdbeerbonbons in seinem Wagen untersucht. Nichts.»

«Ein Irrtum ist ausgeschlossen?»

«Ja. Wir müssen uns unterhalten, Herr Pfarrer.»

Als Father Michael aufgelegt hatte, mußte er seine Gedanken sammeln. Er ging nach draußen und befand sich alsbald auf dem Friedhof. Die Chrysanthemen auf Ansley Randolphs Grab blühten wunderschön.

Eine Seele war in Gefahr. Aber wenn die Beichte, die er gehört hatte, stimmte, dann war eine weitere unsterbliche Seele in Gefahr. Er war Priester. Er sollte etwas tun, aber er wußte nicht, was. Da kam ihm der Gedanke, daß er selbst in Gefahr sein könnte – sein Leib, nicht seine Seele.

Wie ein Kaninchen, das die Beaglemeute hört, zuckte er zusammen und warf einen Blick über den Friedhof, zum Racheengel. Wie friedlich er aussah.

24

Mit aufgekrempelten Hemdsärmeln setzte Kendrick Miller sich in seinen Lieblingssessel, um die Zeitung zu lesen.

Irene schwebte vorüber. «Suchst du deine Todesanzeige?» Sie wölbte eine zierliche Augenbraue.

«Haha.» Er raschelte mit der Zeitung.

Jody, die ihre Mathehausaufgaben widerstrebend am Eßtisch verrichtete, damit beide Eltern sie beaufsichtigen konnten, reagierte unwirsch: «Mom, das ist nicht komisch.»

«Das hab ich auch nicht gesagt.»

«Wer weiß, vielleicht taucht ja *deine* Todesanzeige auf.» Sie warf ihren Bleistift ins Buch und klappte es zu.

«Aber nur, Jody, wenn du sie reingesetzt hast.» Irene ließ sich anmutig aufs Sofa sinken.

Jody verzog das Gesicht. «Pervers.»

«Ich sehe es schon vor mir: ‹Geliebte Mutter von Kind und Ehemann in den Tod getrieben.›»

«Irene ...», sagte Kendrick mißbilligend und legte die Zeitung beiseite.

«Ja ehrlich, Mom.»

«Tja» – sie stützte das linke Bein auf ein besticktes Kissen –, «ich fand immer, Roscoe Fletcher hätte Eskimos Eis verkaufen können. Hat er vermutlich auch. Er war gut für St. Elizabeth, und ich bedaure, daß er tot ist. Ich bedaure noch mehr, daß wir alle dabei waren. Ich hätte es vorgezogen, davon zu hören, statt es zu sehen.»

«Er sah nicht schlimm aus.» Jody schlug ihr Buch wieder auf. «Ich hoffe, daß er nicht gelitten hat.»

«Es ging zu schnell, keine Zeit zum Leiden.» Irene sah geistesabwesend auf ihre Nägel, die diskret blaßrosa lackiert waren. «Wie geht es jetzt an der Schule weiter?»

Kendrick zog die Augenbrauen hoch. «Die Behörde wird Sandy Brashiers zum Direktor ernennen. Sandy wird versuchen, Roscoes Filmkursidee zu kippen, was ihn in ein Feuergefecht mit Maury McKinchie, Marilyn Sanburne und April Shively stürzen wird. Das wird bestimmt sehenswert.»

«Woher weißt du das?» fragte Jody.

«Ich weiß es nicht genau, aber die Behörde steht unter Druck. Und Brashiers ist im Kollegium beliebt.»

«Oh, fast hätte ich's vergessen. Father Michael hätte morgen um halb drei Zeit für uns.»

«Irene, ich muß den Leuten von Doubletree morgen die Landschaftspläne zeigen.» Er hatte sich an der Ausschreibung des Hotels beteiligt. «Das ist wichtig.»

«Mir wäre lieber, daß ich wichtig bin. Daß unsere Ehe wichtig ist», sagte Irene sarkastisch.

«Dann bezahl du doch die Rechnungen.»

«Mir wird schlecht.» Irene schwenkte die Beine auf den Boden und ging hinaus.

«Das ging zu weit, Dad.»

«Halt du dich da raus.»

«Ich liebe es, wenn du abends zu Hause bist. Da überläuft's mich ganz warm.» Sie schlug höhnisch die Arme um sich.

«Ich sollte –» Er verstummte.

«Schlag mich doch. Nur zu. Alle glauben, daß ich das blaue Auge von dir habe.»

Er warf die Zeitung auf den Boden. «Ich habe dich noch nie geschlagen.»

«Ich werd's nicht erzählen», provozierte sie ihn.

«Wer hat dich geschlagen?»

«Ist beim Hockeytraining passiert. Hab ich dir doch gesagt.»

«Ich glaube dir nicht.»

«Schön, Dad. Ich bin eine Lügnerin.»

«Ich weiß nicht, was du bist, aber du bist nicht glücklich.»

«Du auch nicht», höhnte sie.

«Nein.» Er stand auf, schob die Hände in die Taschen. «Ich geh weg.»

«Nimm mich mit.»

«Warum?»

«Ich will nicht bei ihr zu Hause bleiben.»

«Du hast deine Hausaufgaben noch nicht fertig.»

«Wieso darfst du weglaufen, und ich muß hierbleiben?»

«Ich –» Er brach ab, weil Irene entschlossen wieder ins Wohnzimmer trat.

«Father Michael sagt, er kann morgen früh um neun zu uns kommen», verkündete sie.

Mit gerötetem Gesicht gab Kendrick sich geschlagen und setzte sich wieder hin. «Schön.»

«Wozu brauchst du eine Eheberatung, Mom? Du gehst jeden Tag zur Messe. Du siehst Father Michael jeden Tag.»

«Jody, das geht dich nichts an.»

«Wenn ihr das in meiner Gegenwart besprecht, dann geht es mich sehr wohl etwas an», erwiderte sie schnippisch.

«Da hat sie nicht unrecht.» Kendrick begriff, wie intelligent seine Tochter war und wie frustriert. Aber er wußte nicht, wie er mit ihr oder seiner – nach seiner Ansicht – herrischen Frau reden sollte. Irene erstickte ihn, und Jody irritierte ihn. Nur an seinem Arbeitsplatz fühlte er sich wohl.

«Dad, wirst du St. Elizabeth eine Menge Geld spenden?»

«Wenn, würde ich es dir nicht sagen.»

«Warum nicht?»

«Du würdest es als Vorwand nehmen, die Schule zu schwänzen.» Er lachte beinahe.

«Kendrick» – Irene setzte sich wieder aufs Sofa – «wie kommst du bloß auf so was?»

«Entgegen anderslautenden Ansichten bin ich mal jung gewesen, und Jody schlägt gern –» Er streckte die Hand über dem Boden aus und machte eine Wedelbewegung.

«Hab ich von dir gelernt», brauste Jody auf.

«Können wir nicht mal einen Abend Frieden haben?» jammerte Irene, ohne wirklich ergründen zu wollen, warum sie es nicht konnten.

«Hey, Mom, wir sind disfunktional.»

«Das ist ein Schwachsinnswort.» Kendrick hob seine Zeitung auf. «Diese ganzen Ausdrücke sind lächerlich. Focusing. Supervision. Herrgott im Himmel. Die Leute können die Realität nicht mehr akzeptieren. Sie haben ein Vokabular für ihre Illusionen entwickelt.»

Frau und Tochter starrten ihn an.

«Dad, willst du uns wieder deinen Vortrag über professionelles Opfertum halten?»

«Nein.» Er steckte die Nase in die Zeitung.

«Jody, mach deine Hausaufgaben fertig», kommandierte Irene.

Jody stand auf. Sie hatte nicht die Absicht, Hausaufgaben zu machen. «Es war furchtbar für mich, Mr. Fletcher tot zu sehen. Euch beiden ist das egal. Es war ein Schock, versteht ihr.» Sie fegte ihre Bücher auf den Boden; je nach Gewicht plumpsten sie mit unterschiedlicher Lautstärke hinunter. Sie stampfte zur Haustür hinaus und knallte sie zu.

«Kendrick, kümmere du dich darum. Ich war bei der Autowaschanlage, vergiß das nicht.»

Er funkelte sie an, rollte seine Zeitung zusammen, warf sie auf den Sessel und marschierte hinaus.

Irene hörte ihn nach Jody rufen. Keine Antwort.

25

Du hast geschummelt!» blaffte Jody Karen Jensen wütend an.

«Hab ich nicht.»

«Du hast *Macbeth* überhaupt nicht kapiert. Du konntest in dem Test bei Mr. Brashiers unmöglich fünfundneunzig Punkte kriegen.»

«Ich hab's gelesen und kapiert.»

«Du lügst.»

«Ich bin zu Brooks Tucker gegangen, sie hat mir geholfen.»

Jody verzog spöttisch das Gesicht. «Hat sie's dir laut vorgelesen?»

«Nein. Brooks versteht das ganze Zeug. Mir fällt es eben schwer.»

«Sie ist deine neue beste Freundin.»

«Und wenn?» Karen warf die blonde Mähne zurück.

«Du solltest lieber die Klappe halten.»

«Du quatschst doch rum, nicht ich.»

«Nein, tu ich nicht.»

«Du hast nicht mehr alle Tassen im Schrank.»

Jody kniff die Augen zusammen. «Ich bin ausgerastet. Das heißt noch lange nicht, daß ich spinne.»

«Warum behauptest du dann, ich hätte geschummelt?»

«Weil» – Jody sog die kalte Luft ein – «du ein Stipendium hast. Du bist auf gute Noten angewiesen. Und Englisch ist nicht dein Fach. Ich weiß nicht, warum du überhaupt den Shakespeare-Kurs belegt hast.»

«Weil Mr. Brashiers ein super Lehrer ist.» Karen Jensen blickte die Gasse entlang. Sie sah nur Mrs. Murphy und Pewter, die durch Mrs. Hogendobbers herbstlichen Garten schlenderten, eine Augenweide in Rot, Rostbraun, Orange und Gelb.

Jody trat einen Schritt näher an Karen heran. «Du und ich haben geschworen, daß –»

Karen hielt die Hände in die Höhe, die Handflächen nach außen. «Jody, reg dich ab. Ich wär ja verrückt, wenn ich den Mund aufmachen würde. Ich will nicht, daß irgend jemand erfährt, daß ich diesen Sommer mit 'nem Typen geschlafen habe, und du willst es auch nicht. Reg dich bloß ab.»

Jody beruhigte sich. «Mir geht alles auf die Nerven ... besonders Mom und Dad. Ich möchte am liebsten ausziehen.»

Karen sah die Tigerkatze näher kommen. «Schätze, so geht es uns allen zuweilen.»

«Ja», erwiderte Jody, «aber deine Eltern sind besser als meine.»

Karen wußte nicht, was sie darauf antworten sollte, darum sagte sie: «Gehen wir rein, die Post holen.»

«Ja.» Jody ging voran.

Pewter und Murphy, die jetzt am Hintereingang des Postamts waren, setzten sich auf die Stufen. Pewter putzte sich das Gesicht. Mrs. Murphy senkte den Kopf, damit Pewter auch sie putzen konnte.

«Fandest du den Zeitungsbericht über Roscoe Fletchers Tod nicht komisch?» Murphys Augen waren halb geschlossen.

«Meinst du den Artikel über die Autopsie und die Routineuntersuchung?»

«Wenn er an einem Herzinfarkt gestorben ist, wozu eine Routineuntersuchung? Mom sollte unbedingt Coop ausquetschen, wenn sie sie sieht – hey, sie hat zwei Tage ihre Post nicht abgeholt.»

«Ist eh nichts dabei außer Katalogen.» Pewter nahm es auf sich, sämtliche Postfächer durchzusehen. Sie sagte, sie sei nicht neugierig, sie suche nur nach Mäusen.

Ein Geschrei im Postamt veranlaßte die beiden, durch die Tierpforte zu flitzen.

Sie durchquerten den hinteren Bereich des Postamts und sprangen auf den Schalter. Harry und Mrs. Hogendobber waren vorn, ebenso Jody, ein verblüffter Samson Coles und Karen Jensen. Tucker hatte sich zu Harrys Füßen gegen Jody in Angriffsstellung gebracht. Die Tiere waren mitten in eine unschöne Szene geplatzt.

«Sie sind es!»

«Jody, jetzt reicht's», ermahnte die entsetzte Mrs. Hogendobber das Mädchen.

Samson sagte ruhig, und seine rauhe Stimme klang traurig: «Ist schon gut, Miranda.»

«Sie sind es, der mit Mom schläft!» kreischte Jody.

«Ich habe keine Affäre mit deiner Mutter», erklärte er sanft.

«Jody, komm. Ich fahr dich nach Hause.» Karen zupfte das große Mädchen am Ärmel, wußte nicht recht, was tun. Ihre Freundin geriet außer sich, als Samson ihr seinen Arm um die Schultern legte und ihr sagte, wie leid es ihm tue, daß der Direktor tot sei.

«Sie haben Lucinda betrogen – das wissen alle –, und dann hat Ansley sich umgebracht. Wegen Ihnen hat sie ihren Porsche in den Teich gefahren ... und jetzt bumsen Sie meine Mutter.»

«JODY!» Mrs. Hogendobber hob die Stimme, was alle erschreckte.

Jody brach in Tränen aus, und Karen schob sie aus dem Vordereingang. «Tut mir leid, Mrs. Hogendobber und Mr. Coles. Tut mir leid, Mrs. Haristeen. Sie ist, äh ...» Karen konnte ihren Gedanken nicht zu Ende führen. Sie schloß die Tür hinter sich.

Samson zog die Lippen nach innen, bis sie nicht mehr zu sehen waren. «Schön, ich weiß, ich bin das Stadtmonster, aber ich höre heute zum ersten Mal, daß ich Ansleys Tod zu verantworten habe.»

Schockiert hielt sich Miranda am Schalter fest. «Samson, kein Mensch in dieser Stadt gibt Ihnen die Schuld an dem unseligen Ende dieser labilen Frau. Sie hat sich selbst und andere ins Unglück gestürzt.» Sie schnappte nach Luft. «Das Kind braucht Hilfe.»

«Hilfe? Sie braucht eine gehörige Backpfeife.» Pewter ging auf dem Schalter auf und ab.

Tucker knurrte. *«Stinkt nach Angst.»*

«Sie können es nicht riechen. Sie trauen nur ihren Augen. Warum, weiß ich nicht – ihre Augen sind miserabel.» Mrs. Murphy saß auf der Schalterkante und beobachtete sorgenvoll, wie Karen Jody in ihren Wagen bugsierte, einen alten dunkelgrünen Volvo.

«Wir rufen am besten Irene an», schlug die erschütterte Harry vor.

«Nein.» Samson schüttelte den Kopf. «Dann denkt das Mädchen, wir haben uns alle gegen sie verschworen. Offenbar hat sie kein Vertrauen zu ihrer Mutter, wenn sie glaubt, daß sie eine Affäre mit mir hat.»

«Dann rufe ich ihren Vater an.»

«Harry, Kendrick ist zu nichts nütze», erwiderte Mrs. Hogendobber, die selten Kritik äußerte. «Seine Liebesaffäre mit sich selbst, die ist das Problem in der Familie. Diese Liebe duldet keine Nebenbuhler.»

Darauf mußte Harry lachen; Miranda hatte nicht beabsichtigt, komisch zu sein, aber sie hatte den Nagel auf den Kopf getroffen.

Samson verschränkte die Arme. «Es gibt Menschen, die keine Kinder haben sollten. Kendrick ist so einer.»

«Wir können nicht zulassen, daß das Mädchen sich so aufführt. Sie wird ein heilloses Durcheinander anrichten.» Miranda fügte nüchtern hinzu: «Nicht alle sind so tolerant wie wir.» Sie tippte sich mit dem Zeigefinger ans Kinn und verlegte das Gewicht auf den rechten Fuß. «Ich rufe Father Michael an.»

Samson sagte nach kurzem Zögern: «Miranda, was versteht ein Priester von Teenagern … von Frauen?»

«Soviel wie jeder andere Mann», platzte Harry heraus.

«Das hat gesessen», erwiderte Samson.

«Samson, ich wollte nicht gemein sein. Die Sache hat Sie vermutlich mehr mitgenommen, als Sie sich anmerken lassen. Jody ist zwar noch ein Kind, aber ein Schlag unter die Gürtellinie ist ein Schlag unter die Gürtellinie», sagte Harry.

«Ich könnte aus dieser Stadt wegziehen, in der die Leute gelegentlich verzeihen, aber nie vergessen. Ich habe schon daran gedacht, aber» – er schob die Hände in die Taschen – «ich bin nicht der einzige in Crozet, der einen Fehler gemacht hat. Ich bin zu stur, um den Rückzug anzutreten. Ich gehöre hierher, so gut wie jeder andere.»

«Ich hoffe nicht, daß Sie denken, ich sitze über Sie zu Gericht.» Miranda griff sich mit fahriger Hand an den Hals.

«Ich auch nicht.» Harry lächelte. «Es fällt mir schwer, unvoreingenommen an dieses Thema heranzugehen, nach dem, was ich selbst erlebt habe ... ich meine, ausgerechnet BoomBoom Craycroft. Fair hätte sich eine aussuchen können, die – Sie wissen schon.»

«Das war ja eben das Aufregende für Fair. Daß BoomBoom so naheliegend war.» Samson merkte, daß er seine Post auf dem Schalter hatte liegenlassen. «Ich geh wieder an die Arbeit.» Er nahm seine Post an sich, bevor Pewter, die sich von dem Drama erholt hatte, sich darauf niederlassen konnte. «Ein wirklich schlechtes Gewissen macht mir, daß ich mich an den Treuhandgeldern vergriffen habe. Das war übel. Mich in Ansley zu verlieben, mag unbesonnen gewesen sein, aber es war kein Verbrechen. Das Vertrauen der Kunden zu mißbrauchen, das war unrecht.» Er seufzte. «Ich habe dafür bezahlt. Ich habe meine Lizenz verloren. Die Achtung der Leute. Mein Haus. Hätte beinahe Lucinda verloren.» Er hielt inne, dann sagte er: «So, Leute, das war genug Seifenoper für heute.» Er stieß die Tür auf und atmete die frische Herbstluft ein.

Miranda ging gemächlich zum Telefon, wählte und bekam Lucinda Coles an den Apparat. «Lucinda, ist Father Michael da?»

Er war da, und Lucinda stellte die gute Frau durch.

«Father Michael, haben Sie einen Augenblick Zeit?» Miranda schilderte die Ereignisse des Nachmittags in allen Einzelheiten.

Als sie aufgelegt hatte, fragte Harry: «Wird er mit ihr sprechen?»

«Ja. Aber er wirkte zerstreut.»

«Vielleicht haben die Neuigkeiten ihn beunruhigt.»

«Natürlich.» Sie nickte. «Ich räume den Kühlschrank aus. Der muß gründlich saubergemacht werden.»

«Bevor Sie das tun, da ist ein Haufen Post für Roscoe Fletcher. Wollen wir sie nicht sortieren und nach der Arbeit bei Naomi vorbeibringen?»

Die beiden Frauen kippten die Post auf den Arbeitstisch im Hinterzimmer. Eine Reihe Rechnungen bereiteten ihnen Gewissensbisse. Die Frau hatte ihren Mann verloren. Rechnungen zuzustellen schien ihnen herzlos. Kataloge, Zeitschriften und handgeschriebene persönliche Briefe füllten einen der Plastikbehälter, die sie zum Transport der Post benutzten, nachdem sie sie aus den großen Leinwandsäcken gekippt und sortiert hatten.

Ein Jiffy-Umschlag war an einem Ende eingerissen, so daß die graue Füllung herausquoll. Harry ging zum Schalter, um Klebestreifen zu holen.

Tucker beobachtete dies. Sie wollte spielen, aber die Katzen sprachen über den Zwischenfall, den sie soeben miterlebt hatten. Tucker bellte.

«Tucker, wenn du mal raus mußt, da ist die Tür.»

«Können wir nicht spazierengehen? Bloß einen kurzen Spaziergang machen? Du brauchst eine Pause.»

«Hoppla.» Harry hatte den Umschlag fallen lassen. Der kleine Riß wurde breiter.

Mrs. Murphy und Pewter hörten auf zu reden und sprangen herunter

«Juhuu!» Mrs. Murphy stürzte sich auf den Riß, und die graue Füllung flog heraus.

«Hatschi.» Pewter nieste, als die federleichte Füllung in die Luft schwebte.

«Ich hab ihn!» juchzte Mrs. Murphy.

Pewter fiel über den Umschlag her, beide Pfoten an einem Ende, die Krallen ausgefahren, während die Tigerkatze am anderen Ende zerrte und den Riß vergrößerte, bis sie mit der Pfote in den Umschlag greifen konnte. Wäre Mrs. Murphy ein Boxer gewesen, hätten ihre blitzschnellen Fäuste Berühmtheit erlangt.

Sie legte sich flach auf die Seite und kramte mit der rechten Pfote in dem Umschlag.

«Ist was zu essen drin?»

«Nein, bloß Papier, aber es raschelt und knistert.»

Die große Katze blinzelte leicht enttäuscht. Essen, das höchste Vergnügen, war ihr verwehrt. Sie würde sich mit frischem Papier begnügen müssen, ein geringeres, aber immerhin ein Vergnügen.

«Ihr Mädels seid total plemplem.» Tucker kehrte ihnen gelangweilt den Rücken zu. Sie machte sich nichts aus Papier.

«Ich hab's im Griff. Ich kann's aus dem Umschlag kriegen. Bestimmt.» Murphy zerrte am Inhalt des Umschlags und zog das Papier stückweise durch den Riß.

«Guck mal!» rief Pewter.

Mrs. Murphy hielt einen Augenblick inne, um ihre Beute in Augenschein zu nehmen. *«Wow!»* Sie zerrte fester.

Die Aufregung der Katzen veranlaßte Tucker, sich wieder umzudrehen. *«Gebt es Mom. Sie braucht es.»*

Mrs. Murphy war so flink in den Umschlag gefahren, daß die Menschen keine Zeit hatten zu reagieren, und dann hatte die Katze einen Purzelbaum gemacht, war auf der Seite gelandet und hatte die Pfote in den Umschlag gesteckt. Über Murphys Kapriolen bogen sie sich vor Lachen.

Doch so komisch sie auch war, Mrs. Murphy vernichtete Staatseigentum.

«Mom, wir sind reich!» Mrs. Murphy stieß ein frohlockendes Miauen aus.

Harry und Miranda beugten sich verblüfft über den zerrissenen Umschlag.

«Meine Güte.» Miranda traten fast die Augen aus dem Kopf. Sie streckte die linke Hand aus, die Finger am Boden, um sich zu stützen.

Menschen und Tiere starrten auf einen Stapel frisch gedruckter Hundertdollarscheine.

«Wir müssen Rick Shaw anrufen. Kein Mensch schickt so viel Geld mit der Post.» Harry stand leicht benommen auf.

«Harry, ich kenne das Gesetz hierfür nicht, aber wir dürfen diesen Umschlag nicht öffnen.»

«Das weiß ich selbst», blaffte Harry ein wenig irritiert.

«Es geht uns nichts an.» Miranda sprach ihre Gedanken bedächtig aus.

«Ich rufe Ned an.»

«Nein. Auch das würde die ordnungsgemäße Zustellung der Post unterwandern.»

«Miranda, da ist was faul.»

«Faul oder nicht, wir sind Angestellte beim Postdienst der Vereinigten Staaten, und wir können nicht einfach die Vorschriften verletzen, bloß weil Geld in einem Umschlag steckt.»

«Wenn es eine Bombe wäre, könnten wir's.»

«Es ist aber keine.»

«Sie meinen, wir stellen es zu?»

«Genau.»

«Oh.» Mrs. Murphy ließ die Schnurrhaare sinken. *«Wir brauchen das Geld.»*

26

Naomi Fletcher rief Rick Shaw selbst an. Sie bat Miranda und Harry zu bleiben, bis der Sheriff kam. Mrs. Murphy, Pewter und Tucker lungerten im Transporter herum. Als der Sheriff mit Cooper eintraf, veranstalteten die Tiere einen solchen Rabatz, daß Cynthia die Tür des Transporters aufmachte.

«Wetten, ihr müßt alle mal.»

«Klar», riefen sie über die Schulter, während sie schnurstracks zur Haustür rasten.

«Ihr solltet lieber einen Moment anhalten», riet Tucker den Katzen.

«Ich pinkel nicht in der Öffentlichkeit. Tu du's doch», erwiderte die Tigerkatze pikiert.

«Schön.» Tucker suchte sich eine Stelle unter einem Baum, machte genug, um Cynthia zu überzeugen, daß sie das Innere von Harrys Transporter vor Schlimmem bewahrt hatte, und lief dann zur Haustür.

Drinnen kuschelten sie sich unter den Couchtisch, während Cynthia den Umschlag und die Geldscheine einstaubte, damit sie nach Fingerabdrücken untersucht werden konnten.

Nach einer ausführlichen Unterredung wies Rick Roscoe Fletchers Witwe an, das Geld auf ihr Konto einzuzahlen. Er könne das Geld nicht beschlagnahmen. Es gebe keinen Beweis für ein Vergehen.

«In meinem Job zählen keine Mutmaßungen, nur Tatsachen.» Er fuhr sich mit der Hand durch das schüttere Haar.

Naomi, die beunruhigt und zugleich erregt war, da sich der Betrag auf fünfundsiebzigtausend Dollar belief, dankte dem Sheriff und seiner Stellvertreterin dafür, daß sie so prompt auf ihren Anruf reagiert hatten.

Mit dem Hut in der Hand sagte Rick: «Mrs. Fletcher, Sie müssen sich wappnen. Die Geschichte wird morgen in der Zeitung stehen. Ein Autopsiebericht muß der Öffentlichkeit zur Kenntnis gebracht werden. Bill Moscowitz hat die Abfassung des Berichts so lange hinausgezögert, wie es ging.»

«Ich weiß, Sie tun Ihr Bestes.» Naomi versagte fast die Stimme.

Harry und Miranda sahen sich verwundert an, dann sahen sie wieder zu Rick.

Naomi nickte ihm zu, worauf er sagte: «Roscoe wurde vergiftet.»

«Was!» rief Tucker aus.

«Ich hab's ja gesagt», sagte Mrs. Murphy.

«Sei nicht so überheblich», jammerte Pewter.

«Naomi, es tut mir ja so schrecklich leid.» Mrs. Hogendobber ergriff Naomis Hand.

«Wem lag daran, ihn umzubringen?» Pewter hob die langen weißen Augenbrauen.

«Jemand, der in Mathe versagt hat?» Mrs. Murphy konnte es sich nicht verkneifen.

«Hey, wo ist Tucker?» fragte Pewter.

Tucker hatte sich allein fortgeschlichen, um Winston zu suchen, die Bulldogge.

Harry sagte: «Es tut mir so leid, Naomi.»

Naomi putzte sich mit einem rosa Papiertaschentuch die Nase. «Vergiftet! Eins von den Erdbeerdrops war Gift.»

Cooper informierte sie über die Einzelheiten. «Er hat Malathion zu sich genommen, das gewöhnlich binnen Minuten zum Tode führt.»

Harry platzte heraus: «Ich hab eins davon gegessen!»

«Wann?» fragte Rick.

«Oh, zwei Tage vor seinem Tod. Vielleicht drei. Sie kennen Roscoe ... dauernd bietet er allen Leuten Bonbons an.» Ihr war schwummerig.

«Leider wissen wir nicht, wie er vergiftet wurde. Die Bonbons in seinem Auto waren sauber.»

Sie zwängten sich wieder in Harrys Transporter, die Katzen auf Mirandas Schoß. Tucker, die zwischen den beiden Menschen saß, berichtete allen, was Winston gesagt hatte: *«Naomi weint die ganze Zeit. Sie hat ihn nicht umgebracht. Da ist Winston ganz sicher.»*

«Ist also nichts mit dem nächstliegenden Verdacht.»

Pewter rollte sich auf Mirandas Schoß zusammen, so daß für Mrs. Murphy wenig Platz blieb.

«Du könntest ein Stückchen rücken.»

«Setz dich doch auf Harrys Schoß.»

«Danke, mach ich auch, du egoistische Tucke.»

Tucker stieß Murphy an. *«Winston sagt, Sandy Brashiers ist dauernd dort.»*

«Warum?» fragte Pewter.

«Er will rauskriegen, was Roscoe für dieses Schuljahr geplant hatte. Er hat nur wenige Unterlagen hinterlassen, und April Shively ist eine richtige Zicke – meint Winston.»

«Sekretärinnen sind immer in ihre Chefs verliebt», setzte Pewter nonchalant hinzu.

«Ach, Pewter.» Murphy zog die Nase kraus.

«Ist doch wahr!»

«Selbst wenn sie in ihn verliebt gewesen wäre, bedeutet das noch lange nicht, daß sie Obstruktion betreibt – klasse Wort, ha?» Tucker lächelte, und ihre großen Fangzähne schimmerten.

«Ich bin beeindruckt, Tucker.» Die Tigerkatze lachte. *«Natürlich betreibt sie Obstruktion. April kann Sandy nicht ausstehen. Roscoe mochte ihn auch nicht.»*

«Schätze, Sandy stehen schwere Zeiten bevor.» Pewter sah eine von Herb Jones' Katzen auf den Stufen zu seinem Haus sitzen. *«Guck dir Lucy Fur an. Immer, wenn sie im Schönheitssalon war, stellt sie sich anschließend zur Schau.»*

«Die langen Haare sind schön, aber könntest du dir vorstellen, sie zu pflegen?» erwiderte Murphy, die praktische Mieze.

«Ich weiß nicht, was aus dieser Welt noch werden soll.» Miranda schüttelte den Kopf.

«Gift ist des Feiglings Art zu töten», brummte Harry, noch erschüttert, weil sie eins von Roscoes Bonbons gegessen hatte. «Wer immer es war, war ein Hosenscheißer.»

«So kann man es auch ausdrücken.» Miranda runzelte die Stirn.

«Die Frage ist, woher hatte er das Gift, und wartet irgendwo eine Dose mit todbringenden Bonbons auf das nächste unschuldige Opfer?» Harry streichelte Murphy, die linke Hand hielt das Steuer.

«Eins wissen wir», verkündete Miranda bestimmt. «Wer ihn umgebracht hat, war nahe bei ihm ... wenn Malathion so schnell tötet, wie Coop gesagt hat.»

«Nahe bei ihm und ein Schwächling. Das ist mein Ernst. Gift ist des Feiglings Waffe.»

Damit hatte Harry halb recht und halb unrecht.

27

Ein leichter Wind aus Südost ließ die Temperatur auf zwanzig Grad steigen. Es war ein flirrender Tag, buttergelbe Blätter erzitterten in der Brise, und die Schatten verschwanden; denn es war Mittag.

Als Harry nach der Jungtierjagd am frühen Morgen

heimgekehrt war, hatte sie Poptart abgerieben und mit den beiden anderen Pferden ins Freie gebracht, und jetzt putzte sie ihren Pferdeanhänger. Jedes Jahr fettete sie die Kugellager ein, kontrollierte die Bretter, schmirgelte allen Rost ab und lackierte die betreffenden Stellen neu. Im Moment glich ihr Anhänger einem Dalmatiner, da er voller Flecken war. Sie hatte die Spachtelmasse aufgetragen und war vor der Jungtierjagd, die gewöhnlich im September begann, nicht fertig geworden. Bei dieser Jagd gesellten sich junge Jagdhunde zu den älteren, und junge Füchse lernten zusammen mit den jungen Hunden, was von ihnen erwartet wurde. Harry hoffte, bei dem schönen Wetter heute mit der Arbeit fertig zu werden.

Blair hatte ihr seine Spritzpistole geliehen. Da Blair immer nur beste Qualität kaufte, rechnete sie sich aus, die Arbeit in zwei Stunden erledigen zu können. Höchstens. Sie hatte bei Art Bushey günstig supermannblauen Metalliclack erstanden.

«Das Zeug stinkt fürchterlich.» Tucker rümpfte die Nase über die Farbbehälter.

«Sie wird den ganzen Nachmittag für die Spritzerei brauchen.» Pewter streckte sich. *«Ich verzieh mich ins Haus.»*

«Faulpelz. Leg dich doch unter den Ahornbaum schlafen und laß dir die Sonne auf den Pelz brennen», schlug Mrs. Murphy vor.

«Fang bloß nicht wieder mit deinen Vorträgen über Bewegung im Freien an und daß wir Katzen zum Rennen, Springen und Töten geboren sind. Diese Katze ist dazu geboren, auf Seidenkissen zu ruhen und Tartar zu essen.»

«Tucker, komm, laß uns toben.» Mrs. Murphy schüttelte sich, dann tollte sie durch den Stallhof.

«Ich mach nicht mit, und daß ihr mir nachher bloß nicht ankommt und Geschichten erfindet, was ich alles verpaßt habe», rief Pewter ihnen nach. *«Und ich will auch nichts von dem Rotluchs hören. Das ist ja wohl die größte Übertreibung, die mir je untergekommen ist.»* Während sie aufs Haus zusteuerte, führte sie Selbstgespräche. *«Oh, und wenn es nicht der Rotluchs ist, dann ist es die Bärin mit ihren zwei Jungen. Und wenn ich mir noch ein einziges Mal anhören muß, wie Tucker von einem wütenden Biber fast unter Wasser gezogen wurde, als sie den Bach überquerte ... als nächstes wollen sie mir noch weismachen, daß da draußen ein Elefant rumläuft. Schön, sollen sie sich doch die Ballen aufritzen. Ohne mich.»* Sie hüpfte auf die umzäunte Veranda und durch die offene Tür in die Küche. *«Hmmm.»* Pewter sprang auf die Anrichte, um Blätterteigkrümel zu verschlingen. *«Zu schade, daß Harry nicht kochen kann.»*

Sie rollte sich auf der Anrichte zusammen. Durch das Fenster über dem Spülbecken flutete die Sonne herein, und Pewter fiel in einen tiefen Schlaf.

Die Katze und der Hund trabten nach Nordwesten. Gewöhnlich strebten sie zum Bach, der Harrys Grundstück von Blairs Anwesen trennte, aber weil sie ihn heute morgen gesehen hatten, als er auf dem Weg zur Jagd die Spritzpistole vorbeibrachte, beschlossen sie, in die andere Richtung zu sprinten.

«Über Pewter könnte ich mich krümeln.» Mrs. Murphy lachte.

«Ich mich auch.» Tucker blieb stehen und hob die Nase. *«Rehe.»*

«Nah?»

«Da drüben.» Die Corgihündin wies auf eine Baumgruppe, die von hohem Gras umgeben war.

«Wir wollen sie nicht stören. Es ist Jagdsaison, und bestimmt läuft irgendein Idiot mit einem Gewehr rum.»

«Ich habe nichts gegen gute Jäger. Sie tun uns einen Gefallen. Aber die anderen ...» Der Hund schauderte, trabte dann weiter. *«Mom und Blair hatten sich nicht viel zu sagen, was?»*

«Sie war in Eile. Er auch.» Mrs. Murphy fuhr fort: *«Manchmal mache ich mir Sorgen um sie. Sie hat sich in ihren Lebensgewohnheiten eingerichtet. Das macht es schwierig, sich mit einem Partner zusammenzutun, weißt du?»*

«Sie lebt gern allein. Die ganze Zeit habe ich mir gewünscht, daß Fair zurückkommt, was er ja auch versucht hat – aber ich glaube wirklich, es gefällt ihr, unabhängig zu sein.»

«Tucker, sie war nun wirklich keine typische Ehefrau.»

«Nein, aber sie hat Zugeständnisse gemacht.»

«Er auch.» Mrs. Murphy blieb einen Moment stehen, um einen großen Fuchsbau zu inspizieren. *«Hey, haben sie euch heute morgen gescheucht?»*

«Nein», lautete die kühle Antwort.

«Nächste Woche brechen sie von der Old Greenwood Farm auf.»

«Danke.»

«Seid wann pflegst du intimen Umgang mit Füchsen?» fragte Tucker. *«Ich denke, du haßt sie.»*

«Nee, bloß ein paar.»

«Scheinheilig.»

«Rückständig. Denk an Emerson: ‹Eine thörichte Beständigkeit ist das Steckenpferd kleiner Geister.›»

«Wohin gehen wir?» Tucker ignorierte Murphys Literaturhinweis.

«Überall und nirgendwohin.» Mrs. Murphy schnippte mit dem Schwanz.

«Fein.» Der Hund wanderte gern ziellos umher.

Sie liefen über eine frisch gemähte Heuwiese. Grashüpfer flogen auf, das leise Rasseln ihrer Flügel klang wie Tausende winziger Kastagnetten. Die letzten Schmetterlinge des Sommers schwirrten umher. Wolfsspinnen, manche mit Eiersäcken bepackt, huschten ihnen aus dem Weg.

Am Ende der Heuwiese wachte eine Reihe großer alter Hickorybäume über eine Farmstraße, die selten benutzt wurde, weil die Bowdens fünfzig Meter weiter eine bessere Straße gebaut hatten.

«Wer als erste da ist!» rief die Katze über die Schulter, als sie nach links schwenkte, wo die Straße zu einer tiefen Schlucht und einem Teich führte.

«Ha!» Der Hund hüpfte vor Freude und sauste hinter der Katze her.

Corgis können mit ihren kurzen Beinen erstaunlich schnell rennen, wenn sie ihren Leib zu voller Länge strecken. Da Mrs. Murphy im Zickzack lief, hatte Tucker sie bald eingeholt.

«Ich hab gewonnen!» rief der Hund.

«Bloß, weil ich dich gelassen habe.»

Sie purzelten übereinander und wälzten sich im Sonnenschein. Sie sprangen auf die Füße, rannten noch ein Stück, diesmal segelte die Tigerkatze über die Corgihündin hinweg, landete vor ihrer Nase und sprang sie dann aus der Gegenrichtung an.

Die vergnügliche Tollerei erschöpfte sie. Sie setzten sich unter einen knorrigen Walnußbaum bei einer kleinen Quelle. Mrs. Murphy kletterte hinauf und wanderte anmutig auf einem Ast entlang. *«Hey, hinter der Anhöhe ist ein Auto.»*

«Kann nicht sein.»

«Wetten, daß?»

Sie rannten die kleine Anhöhe hinauf und auf der anderen Seite herunter; die Furchen in der Straße waren so tief, daß sie darin verschwanden. Mitten auf der Straße stand ein gestrandeter roter 1992er Toyota Camry, dessen Nummernschilder entfernt worden waren. Als sie näher kamen, konnten sie auf dem Fahrersitz eine Gestalt erkennen.

Tucker blieb stehen und schnupperte. *«Ah-oh.»*

Mrs. Murphy sprang auf die Kühlerhaube und starrte hinein, worauf sich ihr das Fell am ganzen Leib sträubte. Rasch hüpfte sie herunter. *«Da ist ein toter Mensch drin.»*

«Wie tot?»

«Mausetot.»

«Das dachte ich mir. Wer ist es?»

«Bei dem Zustand der Leiche kann ich es nur raten. Aber es ist eine Frau gewesen. Sie hat eine blaue Spange mit Rosen drauf im Haar, kleinen gelben Plastikrosen.»

«Wir gehen am besten Mom holen.»

Mrs. Murphy ging von dem Camry fort und setzte sich auf die Anhöhe. Sie mußte ihre Gedanken sammeln.

«Tucker, das würde nichts nützen. Mutter versteht ja nicht, was wir ihr sagen. Diese Straße wird von den Menschen nicht mehr benutzt. Es kann Tage, Wochen oder gar Monate dauern, bis jemand diese, äh, Schweinerei entdeckt.»

«Vielleicht ist sie bis dahin bloß noch ein Gerippe.»

«Tucker!»

«Hab bloß Spaß gemacht.» Die Hündin lehnte sich an ihre liebe Freundin. *«Eine kleine Aufheiterung. Schließlich*

weißt du nicht, wer es ist. Ich kann nicht so hoch raufgucken. Menschen begehen Selbstmord, wie du weißt. Könnte sich um so was handeln. Sie erschießen sich gern in Autos oder Hotels. Schwächlinge nehmen Medikamente, vermute ich. Ich meine, auf wie viele Arten können sie sich umbringen?»

«Jede Menge.»

«Ich bin nie einem Hund begegnet, der Selbstmord begangen hat.»

«Wie auch? Der Hund wäre ja tot.»

«Klugscheißerin.» Tucker atmete aus. *«Wir sollten lieber machen, daß wir nach Hause kommen.»*

Auf dem Weg über die gemähte Heuwiese sprach Murphy laut aus, was beide dachten. *«Hoffen wir, daß es Selbstmord war.»*

Sie gelangten innerhalb von zwanzig Minuten zur Farm und liefen ins Haus, um Pewter Bericht zu erstatten, die es nicht glauben wollte.

«Dann komm mit uns.»

«Murphy, ich latsche nicht quer durch die weite Welt. Es ist bald Zeit fürs Abendessen. Überhaupt, was bedeutet mir schon ein toter Mensch?»

«Man sollte meinen, jemand würde eine vermißte Person melden, oder?» Tucker kratzte sich an der Schulter.

«So viele Menschen leben allein, die werden eine ganze Weile nicht vermißt. Und sie ist schon ein paar Wochen tot», erwiderte Murphy.

28

Mit rotem Gesicht, die Hände in die Hüften gestemmt, stand Little Marilyn mitten in Roscoe Fletchers Büro. Sie war genauso wütend wie April Shively.

«Händigen Sie mir die Unterlagen aus!»

April, die ihren Augenblick der Macht genoß, erwiderte kühl: «Roscoe hat mich angewiesen, diese Papiere nicht vor unserem Ehemaligenbankett herauszugeben.»

Little Mim, eine zierliche Frau, ging auf April zu, die nicht ganz so zierlich, aber durchaus klein war – und keß. «Ich bin Vorsitzende des Spendenkomitees. Wenn ich St. Elizabeth gegenüber potentiellen Geldgebern anständig vertreten soll, brauche ich Informationen. Roscoe und ich wollten uns heute treffen, und er wollte mir die Unterlagen übergeben.»

«Davon weiß ich nichts. Es ist nicht in seinem Terminkalender vermerkt.» April schob den Kalender über den Schreibtisch zu Marilyn, die ihn ignorierte.

Marilyn spottete: «Ich dachte, Sie wüßten alles über Roscoe.»

«Was soll das heißen?»

«Das können Sie auffassen, wie Sie wollen.»

«Wagen Sie es nicht, mir ein ungehöriges Verhältnis mit Roscoe anzudichten! Das behaupten die Leute immer. Sie erzählen es sich hinter meinem Rücken und denken, ich wüßte es nicht.» Sie sprach artikuliert, abgehackt.

«Sie *waren* in ihn verliebt.»

«Darauf muß ich nicht antworten. Und den Ordner muß ich Ihnen auch nicht geben.»

«Dann verbergen Sie etwas. Ich werde das Komitee einberufen und eine sofortige Anhörung verlangen.»

«Wenn ich etwas verberge, dann etwas Gutes!» sprudelte April hervor. «Es ist eine große Spende von Maury McKinchie für die Filmkursabteilung.»

«Dann zeigen Sie's mir. Da haben wir doch was zu feiern.» Little Mim streckte die linke Hand aus, an deren kleinem Finger der Ring mit dem Wappen der Urquharts steckte.

«Nein! Ich betrachte seine letzten Worte an mich als heiliges Vermächtnis.»

Aufgebracht, müde und von dem Wunsch beseelt, April dumm und dämlich zu prügeln, ging Little Mim hinaus und rief über die Schulter zurück: «Sie werden von einem Anwalt hören, den das Komitee ausgesucht hat, und von einer Buchprüfungsfirma. Ob gut oder schlecht, wir müssen wissen, wie es um die Finanzen dieser Schule bestellt ist.»

«Wenn Roscoe noch lebte, würden Sie nicht so mit mir reden.»

«April, wenn Roscoe noch lebte, würde ich überhaupt nicht mit Ihnen reden.»

29

Little Mim hielt Wort. Sie berief eine Notversammlung des Komitees ein, die von Sandy Brashiers geleitet wurde. Sandy oblag die schmerzliche Pflicht, der Gruppe mitzuteilen, daß April seiner Meinung nach Akten aus Roscoes Büro entfernt habe: Sie verweigere sogar Sheriff Shaw die Zusammenarbeit. In vielen Köpfen lauerte der Verdacht, sie habe auch andere Dinge mitgehen lassen, vielleicht Wertgegenstände wie Roscoes Schreibtischuhr von Cartier.

Die Ehemaligen, lauter bedeutende Leute, gingen in die Luft wie Bombensplitter. Kendrick Miller rief Ned Tucker zu Hause an und bat ihn, das Komitee zu vertreten. Ned sagte zu. Dann drückte Kendrick Senator Guyot sein Mobiltelefon in die Hand, damit er den Seniorpartner seiner renommierten Buchprüfungsfirma in Richmond anrufen konnte, den er bei einer spannenden Billardpartie störte. Auch er erklärte sich bereit, dem Komitee zu helfen und auf sein nicht unbeträchtliches Honorar zu verzichten.

Maury McKinchie, das neueste Komiteemitglied, schlug vor, diese unerfreuliche Wendung nicht vor dem Ehemaligenbankett zu diskutieren. Seine großzügige Spende erwähnte er mit keinem Wort.

Darauf stellte Sandy Brashiers den Antrag, April zu entlassen.

Fair Haristeen, der dem Komitee nur noch dieses Jahr angehörte, stand auf. «Wir brauchen Zeit, um die Sache zu überdenken, bevor wir abstimmen. April hat sich danebenbenommen, aber sie ist von Kummer überwältigt.»

«Das gibt ihr noch lange nicht das Recht, Schulunterlagen und weiß Gott was sonst noch zu stehlen.» Sandy lehnte sich auf seinem Stuhl zurück. Unter dem Tisch tappte er mit dem Fuß, hocherfreut, daß seine Rache so rasch gekommen war.

«Vielleicht könnte jemand von uns mit ihr reden», meinte Fair.

«Ich hab's versucht.»

«Marilyn» – Maury faltete die Hände auf dem Tisch –, «sie hat vielleicht etwas gegen Sie, weil Sie auf Sandys Seite stehen.»

«Das tu ich allerdings», sagte Little Marilyn freimütig, während Sandy sich alle Mühe gab, nicht von einem Ohr zum anderen zu grinsen. «Wir haben unsere Differenzen beigelegt.»

«Ich möchte nichts wieder aufwärmen – nach allem, was passiert ist –, aber es gab Spannungen in der Verwaltung, zwei Lager, könnte man sagen, und wir wissen alle, wo Aprils Sympathien liegen», sagte Fair.

«Und ihr Körper», sagte Kendrick ein wenig zu schnell.

«Ach, kommen Sie, Kendrick!» Fair war empört. «Das wissen wir nicht.»

«Tut mir leid», sagte Kendrick, «aber sie trauert mehr als Naomi.»

«Das geht zu weit!» Maury schlug auf den Tisch, was alle überraschte.

«Sie hat mehr Zeit mit ihm verbracht als seine Frau.» Kendrick hielt die Hände vor sich hin, mit den Handflächen nach außen, ein Beschwichtigungssignal.

«Wer wagt sich in die Höhle des Löwen?» Sandy, der den Aufruhr insgeheim genoß, kam wieder zur Sache.

Niemand hob die Hand. Ein unbehagliches Schweigen breitete sich im Konferenzraum aus.

Schließlich sagte Maury seufzend: «Ich kann's versuchen. Ich komme ganz gut mit ihr aus, was uns unter diesen Umständen zum Vorteil gereichen kann. Und Roscoe und ich waren gute Freunde.»

Little Mim lächelt matt. «Danke, Maury, was auch immer dabei herauskommt.»

«Hört, hört!»

Als die Versammlung geschlossen war, sah Sandy, daß in der Turnhalle Licht brannte. Er warf seinen Schal und sein Tweedsakko über und ging über den Hof, um zu sehen, was dort los war. Er konnte sich nicht besinnen, aber er hatte ja auch so viel um die Ohren.

Vor ihm schritt Maury McKinchie durch das Dunkel, die Hände in die Taschen einer teuren Lammfelljacke geschoben.

«Maury, wo gehen Sie hin?»

«Fechtvorführung.» Maurys Stimme war ruhig, aber er war kein Fan von Sandy Brashiers.

«Ach, du lieber Himmel. Das hatte ich ganz vergessen.» Sandy fiel ein, daß der Fechtclub der Universität zu St. Elizabeth gekommen war, in der Hoffnung, zukünftige Aspiranten zu gewinnen. Es gehörte zu Trainerin Hallvards innigsten Anliegen, Fechten auf den mittleren Schulen einzuführen. Dies war ihr Sport. Sie trainierte Hockey und Lacrosse und hatte sogar 1990 an der Lacrosse-Weltmeisterschaft teilgenommen, aber ihre wahre Liebe galt dem Fechten.

Sandy schloß zu Maury auf. «Ich komme mir langsam vor wie ein zerstreuter Professor.»

«Die Umgebung färbt ab», erwiderte Maury lakonisch.

«Ich weiß, wie Ihnen zumute sein muß, Maury, und es tut mir leid. Der Verlust eines Freundes ist nicht leicht zu verkraften. Und ich weiß, daß Roscoe nicht mit mir einverstanden war. Wir waren einfach – zu verschieden, um miteinander auszukommen. Aber wir wollten beide nur das Beste für die Schule.»

«Das glaube ich gern.»

«Ich bin froh, daß Sie im Komitee sind. Wir können jemanden gebrauchen, dessen Horizont über Albemarle County hinausgeht. Ich hoffe, daß wir zusammenarbeiten können.»

«Wir können es jedenfalls versuchen. Ich werde die Dinge im Auge behalten und mich auch bemühen, körperlich anwesend zu sein – bis ein Gleichgewicht erreicht ist.»

Beide Männer wichen dem prekären Thema Filmkurs aus. Noch wußte keiner von beiden, daß Roscoe vergiftet worden war, was ihrer Unterhaltung einen entschiedenen Dämpfer aufgesetzt hätte.

Sandy lächelte. «Für Sie müssen das hier doch kleine Fische sein – nach Hollywood.»

Maury erwiderte: «Sie tun wenigstens was Wichtiges: die nächste Generation unterrichten. Dafür hatte ich die größte Hochachtung vor Roscoe.»

«Ah, aber die Frage ist, was bringen wir den jungen Leuten bei?»

«Fragen zu stellen.» Maury hielt Sandy die Tür zur Turnhalle auf.

«Danke.» Sandy wartete, während Maury die Tür schloß.

Die beiden Männer fanden Plätze auf der Tribüne.

Sean Hallahan übte Fechthiebe mit Roger Davis, der nicht ganz so gewandt war wie der Footballspieler.

Karen Jensen, die Gesichtsmaske heruntergezogen, kreuzte mit einer Studentin der University of Virginia die Klingen.

Brooks und Jody attackierten sich mit Degen.

Jody schob ihre Maske hoch. «Ich möchte den Säbel ausprobieren.»

«In Ordnung.» Renee Hallvard ließ Roger und Sean zum Degen wechseln und gab den Mädchen die Chance, es mit dem schwereren Säbel zu versuchen.

«Gutes Gefühl», sagte Jody.

Brooks nahm den Säbel, ging wieder in Position. Jody hieb nach ihr und setzte nach, als Brooks zurückwich.

Hallvard beobachtete diesen Ausbruch von Aggression aus dem Augenwinkel. «Jody, gib mir den Säbel.»

Jody zögerte, dann händigte sie die Waffe aus. Sie ging zu den Tribünen und nahm zwei Stufen auf einmal, um sich neben Maury zu setzen.

«Wie hat's dir gefallen?» fragte er sie.

«Ging so.»

«Ich habe Fechten nie ausprobiert. Man braucht schnelle Reflexe.»

«Mr. McKinchie.» Sie senkte die Stimme, damit Sandy Brashiers sie nicht hörte. Er war ganz auf die Uni-Fechter konzentriert. «Kennen Sie den BMW Z3, den Sportwagen, der einem alten Modell nachempfunden ist? Der ist absolut schön.»

«Ja, sieht toll aus, der Wagen.» Er hielt den Blick auf die anderen Schüler gerichtet.

«Ich möchte einen knallroten.» Sie lächelte mädchenhaft, was ihr blendendes Aussehen noch unterstrich.

Er hielt einen Augenblick die Luft an, atmete dann scharf aus. Sie kniff ihn ins Knie, dann sprang sie anmutig auf und gesellte sich wieder zu ihren Kameradinnen.

Karen Jensen schob ihre Gesichtsmaske hoch und funkelte Jody an, die zurückfunkelte. «Hast du schon aufgegeben?»

«Nein, die Hallvard hat mir den Säbel weggenommen.»

Roger, in Position, griff Brooks an. «Kräftige Schenkel.»

«Klingt wie – ah –» Brooks kicherte und sprach ihren Satz nicht zu Ende.

«Man weiß nie, was in St. E. passiert.» Mit Sean im Schlepptau trat Karen zu ihnen. «Das hier ist jedenfalls besser, als diese Kurzfilmchen zu drehen. Das war so ätzend.»

«Du magst nichts, was nicht mit Sport zu tun hat», lautete Jodys kühler Kommentar zu Karens Haltung.

«Dauerte einfach zu lange.» Karen wischte sich mit einem Handtuch die Stirn ab. «Der ganze Aufwand mit dem Licht. Für mich gehört diese Woche Filmstudium zum Langweiligsten, was wir je gemacht haben.»

«Wann war das?» fragte Brooks.

«In der ersten Schulwoche», sagte Karen. «Sei froh, daß du's verpaßt hast.»

«Deswegen sind, ich meine, waren Mr. Fletcher und

Mr. McKinchie so dicke miteinander», sagte Sean. «Mr. Fletcher meinte nämlich, wenn wir eine moderne Schule sein wollen, müssen wir moderne Kunstformen unterrichten.»

«Halt dich an mich, ich mach einen Star aus dir», äffte Jody den verstorbenen Direktor nach.

«Mr. McKinchie hat gesagt, er wollte versuchen, eine alte Ausrüstung als Spende für die Schule aufzutreiben.»

«Ich fand es nicht langweilig», sagte Sean zu Brooks.

«Mr. Fletcher sagte, wir wären dann die einzige Schule im Land, die eine praktische Filmausbildung bietet», fügte Karen hinzu. «Hey, bin gleich wieder da.» Sie ging, um mit einem jungen Mann von der Fechtmannschaft zu sprechen. Sean schäumte.

Jody setzte nach: «Sie mag ältere Männer.»

«Wenigstens mag sie Männer», knurrte Sean gereizt.

«Komm, hör auf, Hallahan», sagte Roger.

Jody, die erstaunlich ruhig war, wenn man ihr Benehmen in den vergangenen beiden Wochen bedachte, erwiderte: «Er kann mir nachsagen, was er will, Roger. Ist mir so was von egal. Diese blöde Schule ist nicht die Welt, weißt du. Sie ist bloß seine Welt.»

«Was soll das heißen?» Sean ließ seine Wut an Jody aus.

«Du bist ein dicker Frosch in einem kleinen Teich. Wie – ach, egal.» Sie lächelte, eine Spur Gehässigkeit in den Augen. «Karen ist auf was Höheres aus als einen Läufer der St.-Elizabeth-Footballmannschaft.»

Sean folgte Karen mit den Augen.

«Sie ist nicht die einzige Frau auf der Welt», sagte er gespielt gleichgültig.

«Nein, aber sie ist die einzige, die du willst», sagte Jody und brachte ihn noch mehr auf.

Roger nahm Brooks sanft am Arm und überließ Sean und Jody ihrer Kabbelei. «Gehst du mit mir auf den Halloween-Ball?»

«Ah –» Sie strahlte. «Ja.»

30

Harry warf die Futterkelle ins Frischfutter, als das Telefon in der Sattelkammer klingelte.

Sie lief hin und nahm ab. Es war morgens um halb sieben.

«Miranda, ich wußte, daß Sie es sind.»

«Es ist genau, wie Rick Shaw gesagt hat, die Geschichte von Roscoes Vergiftung steht heute in der Zeitung. Aber das Wort ‹Mord› kommt nirgends vor.»

«Ah – und was steht drin?»

«Es besteht die Möglichkeit, daß das Gift durch Zufall eingenommen wurde, aber eine vorsätzliche Vergiftung kann nicht ausgeschlossen werden. Rick spielt es herunter.»

«Das Motiv ist mir ein Rätsel. Roscoe war ein guter Direktor. Er mochte seine Schüler. Er war bei ihnen beliebt, und bei den Eltern auch. Irgendwas fehlt da – oder wer weiß, vielleicht war es tatsächlich Zufall, wie damals, als ein verärgerter Angestellter Gift in ein Schmerzmittel getan hat.»

«Das war abscheulich.»

«Bloß – ich weiß nicht – ich tappe im dunkeln. Ich kann mir keinen Grund denken, weshalb er ermordet wurde.»

«Er war nicht reich. Er schien keine richtigen Feinde zu haben. Er hatte Meinungsverschiedenheiten mit Leuten wie Sandy Brashiers, aber» – Miranda hielt inne, um zu husten – «na ja, ich denke, dafür haben wir ein Sheriffbüro. Wenn etwas vorliegt, werden sie es herausfinden.»

«Sie haben recht», erwiderte Harry ohne die geringste Überzeugung.

31

Das wiederholte Tuten einer Autohupe lockte Harry ans vordere Fenster des Postamts. Tucker fing verärgert an zu bellen. Mrs. Murphy öffnete ein Auge. Dann machte sie beide Augen auf.

«Gucken Sie sich das an!» rief Harry.

Miranda, die sich in eine alte Kaschmirstrickjacke gehüllt hatte – sie kämpfte gegen einen Schnupfen an –, reckte den Hals. «Das ist ja wohl das hübscheste Ding, das man je gesehen hat.»

Pewter kam eilends aus Markets Laden. Sie hatte sich hauptsächlich deswegen dort sehen lassen, weil sie wußte, daß heute Schweinehälften eintreffen und in dem großen Gefrierraum hinter dem Laden aufgehängt würden.

Jody Miller, deren blaues Auge allmählich verblaßte,

stieg aus einem roten BMW-Sportwagen. Die Kotflügel waren abgerundet, die Windschutzscheibe in einem anmutigen Winkel nach hinten geneigt. Sie sprang die Stufen zum Postamt hinauf.

Harry öffnete ihr die Tür. «Was für ein schöner Wagen!»

«Ja.» Das junge Mädchen erschauerte vor Wonne.

«Hat dein Vater dir den gekauft?» Miranda dachte an ihren kleinen Ford Falcon. In ihren Augen hatte er ein ebenso edles Design wie dieses viel teurere Gefährt.

«Nein, ich hab ihn selbst gekauft. Als Großvater starb, hat er mir Geld vererbt, und das hat Zinsen gebracht. Schließlich hat es genug für ein neues Auto abgeworfen!»

«Haben ihn in der Schule schon alle gesehen?» fragte Harry.

«Ja, und was sind sie neidisch.»

Da sie heute die erste Schülerin war, die die Post holen kam, wußten die Frauen nicht, wie die Jugendlichen auf den Zeitungsartikel reagiert hatten.

«Wie werden die Neuigkeiten über Mr. Fletcher aufgenommen?» erkundigte sich Miranda.

Jody zuckte die Achseln. «Die meisten denken, es war ein Unfall. Trotzdem sind sie richtig wütend auf Sean. Viele wollen nicht mehr mit ihm sprechen. Ich spreche auch nicht mehr mit ihm.»

«Ziemlich merkwürdiger Unfall», murmelte Miranda.

«Mr. Fletcher konnte ziemlich zerstreut sein.» Jody warf die Post auf den Schalter und strich sie glatt. «Ich habe ihn gemocht. Und ich werde ihn vermissen, aber Dad sagt, die Menschen haben ein Haltbarkeitsdatum, und Mr. Fletchers war abgelaufen. Er sagt, es gibt eigentlich keine Unfälle. Jeder Mensch entscheidet, wann er geht.»

«Das entscheidet nur der Herr.» Miranda schob energisch das Kinn vor.

«Mrs. Hogendobber, das müssen Sie mit Dad ausfechten. Es ist» – sie blickte zur Decke, dann wieder auf die beiden Frauen – «zu hoch für mich. Tschüs.» Sie fegte zur Tür hinaus.

«Kendrick scheint mir ein irregeleiteter Mensch zu sein – und kaltblütig obendrein.» Miranda schüttelte den Kopf.

Pewter kam durch die Tierpforte geschossen, daß die Klappe flatterte.

«Hey, die Karre würde mir gut stehen.»

«Pewter, du brauchst einen Kombi.» Mrs. Murphy schlug nach ihr, als sie auf den Schalter sprang.

«Ich hab diese Scherze über mein Gewicht so satt. Ich bin eine gesunde Katze. Ich hab halt andere Knochen als du. Ich sag ja auch nichts darüber, daß dir die Haare am Bauch ausgehen.»

«Das ist nicht wahr!»

«Hmm.» Die graue Katze enthielt sich eines Kommentars, was die Tigerkatze erzürnte.

«Kriegen Katzen Glatzen?» fragte Tucker.

«Sie schon.»

«Pewter, das ist nicht wahr.» Mrs. Murphy warf sich auf den Rücken und präsentierte der Welt ihren pelzigen Bauch.

Harry bemerkte diese dreiste Zurschaustellung. «Bist du aber eine hübsche Mieze.»

«Glatzekatze.»

«Bin ich nicht.» Mrs. Murphy drehte den Kopf und funkelte Pewter böse an.

Harry lachte. «Würden Sie nicht auch zu gerne wissen, worum es hier geht?»

«Doch.» Miranda blickte nachdenklich auf die Tiere. «Woher soll ich wissen, daß sie nicht über uns sprechen?»

«Und das sagt eine Frau, die Katzen nicht leiden konnte.»

«Na ja –»

«Sie haben mit mir geschimpft, weil ich Mrs. Murphy und Tucker mit zur Arbeit gebracht habe, und Sie haben gesagt, es wäre unhygienisch, daß Market Pewter bei sich im Laden hielt.»

Mrs. Hogendobber kitzelte Mrs. Murphy am Bauch. «Ich habe mein Verhalten bereut. ‹Herr, wie sind deine Werke so groß und viel! Du hast sie alle weislich geordnet, und die Erde ist voll deiner Güter.› Psalm 104.» Sie lächelte. «Katzen und Hunde sind Teil Seiner Güter.»

Wie aufs Stichwort kam Reverend Herbert Jones hereingeschlendert. «Mädels.»

«Herb, wie geht's, wie steht's?»

«Ich mache mir Sorgen.» Er öffnete sein Schließfach so schwungvoll, daß der Metallrahmen klappernd an das benachbarte Fach stieß. «Roscoe Fletcher ermordet ...» Er schüttelte den Kopf.

«In der Zeitung steht nicht, daß er ermordet wurde – lediglich vergiftet», sagte Harry.

«Harry, ich kenne Sie, seit Sie auf der Welt sind. Sie glauben genau wie ich, daß er ermordet wurde.»

«Stimmt. Ich wollte bloß sehen, ob Sie etwas wissen, was ich nicht weiß», erwiderte sie kleinlaut.

«Glauben Sie, daß seine Frau ihn umgebracht hat?» Herb schloß das Postfach, ohne auf Harrys Ausrede einzugehen.

«Ich weiß nicht», sagte Harry langsam.

«Weibergeschichten, darauf gehe ich jede Wette ein», bemerkte Miranda.

«Eine Menge Männer haben Weibergeschichten. Deswegen werden sie noch lange nicht umgebracht.» Herb schlug mit den Umschlägen leicht gegen seine Handfläche.

Miranda schüttelte den Kopf. «Vielleicht ist Vergeltung im Spiel, aber es war schon unheimlich, daß Roscoes Todesanzeige in der Zeitung erschien. Der Mörder hat inseriert!»

«Eine Art Machtbeweis.» Herb hielt inne und sah auf seine Hände. «Und Sean Hallahan ist der Handlanger.»

«Ja, Herb, so ist es.» Miranda setzte ihre Halbbrille ab, um sie zu putzen. «Ich weiß, ich bin Harry wegen der Todesanzeige auf die Nerven gegangen, aber die beunruhigt mich so sehr. Sie geht mir nicht aus dem Kopf.»

«Der Mörder, der für mich nach wie vor ein Feigling ist, hat uns also verhöhnt?»

«Nein, Harry, der Mörder hat Roscoe verhöhnt, aber ich bezweifle, daß er es gemerkt hat. Ich glaube wirklich, daß er es für einen Scherz hielt. Der Mörder war oder ist jemand, den er unterschätzt hat.» Herb wedelte schwungvoll mit seinen Umschlägen. «Und Sean Hallahan war der Sündenbock.»

«In diesem Fall möchte ich nicht in Maury McKinchies oder Seans Haut stecken.»

«Ich auch nicht», pflichtete Harry Miranda bei.

«Dann ist der Mörder vielleicht jemand, den *wir* unterschätzt haben.» Reverend Jones deutete mit seinen Umschlägen auf Harry.

«Man muß bis zum äußersten getrieben werden, bevor man einen Mord begeht. Ignoriert oder herabgesetzt zu werden ist kein ausreichendes Motiv, um zu morden», sagte Harry.

«Hierin stimme ich Ihnen zu.» Herbs tiefe Stimme füllte den Raum. «Da steckt mehr dahinter. Glauben Sie, daß Rick McKinchie bewachen läßt?»

«Ich frage ihn.» Miranda griff zum Telefon. Sie legte Rick ihre Überlegungen dar, worauf er erwiderte, auch er sei auf den Gedanken gekommen, daß Maury und Sean in Gefahr sein könnten. Er habe in seiner Dienststelle nicht genug Leute für einen Personenschutz, habe aber Beamte zur Farm geschickt, die dort Streife fuhren. Maury hatte selbst einen Leibwächter engagiert. Zum Schluß verbat sich Rick, daß Miranda, Harry und Herb sich als Amateurdetektive betätigten.

Miranda wiederholte, was der Sheriff gesagt hatte, mit Ausnahme des Seitenhiebs auf die Amateure.

«Cooler Bursche», sagte Herb.

«Wie bitte?»

«Harry, Maury hat nie etwas von einem Leibwächter erwähnt.»

«Ich würde es bestimmt rumerzählen – und wenn aus keinem anderen Grund als der Hoffnung, daß der Mörder es erfährt. Ich würde ihn darauf aufmerksam machen.»

«Miranda, der Mörder könnte inzwischen in Paris sein», sagte Herb.

«Nein.» Miranda schob den Postkarren beiseite.

«Dann würden wir wissen, wer er ist. Der Mörder kann nicht weg, und außerdem will er nicht weg. Oder sie.»

«Das alte Mädchen ist heute schwer auf Draht, was?» Pewter miaute bewundernd.

«Die Leiche in dem Toyota hat was mit dieser Geschichte zu tun», erklärte Mrs. Murphy bestimmt.

«Nee.»

«Pewter, wenn wir heute abend nach Hause kommen, geh ich mit dir hin», versprach Mrs. Murphy.

«Ich latsche nicht in der Kälte über die Felder.»

«Na schön.» Mrs. Murphy stapfte fort von ihr.

Susan kam durch die Hintertür. «Harry, du mußt mir helfen.»

«Wieso?»

«Danny ist dieses Jahr für den Halloween-Irrgarten an der Highschool verantwortlich. Ich hatte es vergessen und habe idiotischerweise versprochen, beim Halloweenball von St. Elizabeth Aufsicht zu führen.»

«Hast du immer noch nicht rausgekriegt, wie du an zwei Orten gleichzeitig sein kannst?» Harry lachte sie aus. Da sie Roscoes Dahinscheiden ausgiebig am Telefon besprochen hatten, bestand kein Grund, ihre Überlegungen zu wiederholen.

«Sämtliche Schüler von St. Elizabeth werden durch den Irrgarten gehen und dann weiter zu ihrem Ball.» Susan hielt inne. «Ich kann mir einfach nicht von allen die Termine merken. Ich würde mich nicht mal an meinen eigenen Namen erinnern, wenn er nicht in meinen Mantel eingenäht wäre.»

«Ich mach's» – Harry verschränkte die Arme – «und hole mir später die Belohnung ab.»

«Ich habe nicht genug Geld, um dir einen neuen Transporter zu kaufen.» Susan fing ihre mit blauem Nylongurt verschnürte Post auf, die Harry ihr zuwarf. «Eigentlich sieht dein Transporter wie neu aus, nachdem du ihn lackiert hast.»

«Auf unserer Farm ist alles supermannblau», witzelte Mrs. Murphy, *«sogar der Düngerstreuer.»*

An diesem Abend erörterten Mrs. Murphy und Tucker, wie es ihnen gelingen könnte, einen Menschen zu dem gestrandeten Auto zu locken. Es fiel ihnen nichts ein, womit sie Harry dazu bringen könnten, ihnen eine so weite Strecke zu folgen. Menschen mochten hundert oder vielleicht sogar zweihundert Meter gehen, aber danach ließ ihre Konzentration merklich nach.

«Wahrscheinlich müssen wir uns auf das Glück verlassen.» Tucker ging im Mittelgang des Stalls auf und ab.

«Es heißt doch, daß Mörder an den Schauplatz des Verbrechens zurückkehren», dachte Mrs. Murphy laut.

«Das ist idiotisch», warf Pewter ein. *«Wenn sie ein bißchen Verstand im Kopf hätten, würden sie verschwinden, so schnell sie können.»*

«Emotionen. Mord muß heftige Emotionen bei ihnen auslösen. Vielleicht kehren sie zurück, um diese Macht noch einmal zu spüren.» Die Tigerkatze spazierte auf den Dachsparren über der Box von Gin Fizz entlang.

Pewter, die sich auf der Satteltruhe auf einer warmen Pferdedecke zusammengerollt hatte, war anderer Meinung. *«Heftig oder nicht, es wäre aberwitzig, nach Bowden's Lane zu gehen. Überleg doch mal.»*

«Ich überleg ja! Mir fällt nicht ein, wie ich jemanden dorthin lotsen könnte.»

«Du willst eigentlich gar nicht, daß Mutter es sieht,

stimmt's?» Tucker sah eine schattenhafte kleine Gestalt in die Box huschen. *«Maus.»*

«Ich weiß.» Mrs. Murphy faßte den verschwindenden Schwanz ins Auge. *«Das macht sie, um mich zu quälen. Aber stimmt, du hast recht. Es ist ein grausliger Anblick, und Mutter würde Alpträume davon kriegen. Ich fand es auch nicht erbaulich, dabei sind wir in solchen Sachen zäher als Menschen.»*

«Früher haben die Menschen ihre Verbrecher am Galgen hängen oder in Käfigen verrotten lassen. In London haben sie ihre Köpfe auf Torpfosten gespießt.» Tucker stellte sich eine von Verwesungsgeruch erfüllte Stadt vor, höchst angenehm für einen Hund.

«Die Zeiten sind lange vorbei. Heute ist der Tod steril.» Pewter sah die Maus auftauchen und in die entgegengesetzte Richtung flitzen. *«Was ist denn das, eine Mäuseolympiade?»*

Ein quiekendes Lachen folgte dieser Bemerkung.

«Diese Mäuse haben keinen Respekt», knurrte Tucker.

32

Die Hände geduldig im Schoß gefaltet, saß Rick bei den Hallahans im Wohnzimmer. Sean, seine Mutter, sein Vater und sein jüngerer Bruder hörten ihm zu.

Cynthia hatte sich auf den Kaminsockel gehockt und machte Notizen.

«Sean, ich will ja nicht den Teufel an die Wand malen, aber wenn du die Todesanzeige nicht allein in die

Zeitung gesetzt hast, mußt du es mir sagen. Der andere hat vielleicht aufschlußreiche Informationen über Mr. Fletchers Tod.»

«Dann wurde er ermordet?» rief Mr. Hallahan aus.

Rick erwiderte, die Hände beschwichtigend ausgebreitet: «Ich bin Sheriff. Ich muß alle Möglichkeiten in Betracht ziehen. Es könnte ein Unfall gewesen sein.»

Sean erwiderte mit klarer Stimme: «Ich war's. Allein. Ich wünschte, ich hätte es nicht getan. In der Schule reden sie nicht mehr mit mir. Ich meine, manche schon, aber die anderen stellen sich an, als hätte ich ihn umgebracht. Es ist, als ob ich die Pest hätte.»

Mitfühlend sagte Cooper: «Das geht vorüber. Aber wir brauchen deine Hilfe.»

Rick sah ein Familienmitglied nach dem anderen an. «Wenn jemand von Ihnen etwas weiß, bitte, halten Sie es nicht zurück.»

«Ich wünschte, wir wüßten etwas», erwiderte Mrs. Hallahan, eine auffallend hübsche Brünette.

«Hat irgendwann jemand Ihren Sohn auf seiner Zeitungstour begleitet?»

«Sheriff, nicht, daß ich wüßte.» Mr. Hallahan schlug abwechselnd die Beine übereinander, eine nervöse Angewohnheit. «Er hat den Zeitungsjob verloren, wie Ihnen sicher bekannt ist.»

«Sean?» fragte Rick.

«Nein. Keiner wollte so früh aufstehen.»

Rick erhob sich. «Wenn Ihnen etwas einfällt – irgend etwas –, rufen Sie mich oder Deputy Cooper an.»

«Sind wir in Gefahr?» Mrs. Hallahan stellte diese naheliegende Frage.

«Wenn Sean die Wahrheit sagt – nein.»

33

Am Abend ging Sean in die Garage, um zu telefonieren. Sein Vater hatte Telefone im Badezimmer, in den Schlafzimmern, in der Küche und in seinem Auto. Sean fühlte sich in der Garage am ungestörtesten; niemand würde ihn dort überraschen.

Er wählte und wartete. «Hallo.»

«Was willst du?»

«Ich finde es nicht komisch, daß du in der Schule nicht mehr mit mir sprichst. Wegen so 'ner Scheiße.»

Jody schäumte am anderen Ende ihrer Privatleitung. «Das ist nicht der Grund, weshalb ich dir aus dem Weg gehe.»

«So?» Seine Stimme triefte von Sarkasmus.

«Ich geh dir aus dem Weg, weil du in Karen Jensen verknallt bist. Ich kam dir in diesem Sommer gerade gelegen, wie?»

Auf diese scharfsichtige Beschuldigung folgte eine Pause. «Du hast gesagt, wir sind Freunde, Jody. Du hast gesagt –»

«Ich weiß, was ich gesagt habe, aber ich hab nicht gerade damit gerechnet, daß du nach den Ferien versuchen würdest, Karen flachzulegen. Herrgott.»

«Ich versuche nicht, sie flachzulegen.»

«Aber mich hast du flachgelegt. Ich kann nicht glauben, daß ich so dämlich war.»

«Dämlich. Du wolltest es genauso sehr wie ich.»

«Weil ich dich gern hatte.»

«Ich hatte dich auch gern, aber wir waren Freunde.

Wir waren kein» – er suchte nach einem unverfänglichen Wort –, «kein Liebespaar. Freunde.»

«Freunde schlafen nicht mit deren besten Freunden ... und außerdem, du wärst nicht der erste.»

«Der erste was?»

«Der erste, der mit Karen schläft. Sie erzählt mir *alles*.»

«Mit wem hat sie geschlafen?» Anspannung und ein Anflug von Betrübnis färbten seine Stimme.

«Ich weiß es, aber du mußt es selber rauskriegen», spottete sie. «Ich lasse mich nie mehr von dir anfassen.» Und nachträglich fügte sie hinzu: «Und meinen BMW darfst du auch nicht fahren!»

«Wissen deine Eltern von dem Wagen?» fragte er gequält, während er panisch nach Möglichkeiten suchte, Jody die Information über Karen zu entlocken.

«Nein.»

«Jody, wenn du ... mehr gewollt hast, ich wünschte, du hättest es mir damals gesagt, nicht jetzt. Und wenn du in der Schule nicht mit mir sprichst, denken die anderen, es ist wegen der Todesanzeige.»

«Du denkst doch immer bloß an dich. Was ist mit mir?»

«Ich mag dich.» Es klang nicht überzeugend.

«Ich komm dir gelegen.»

«Jody, wir haben Spaß zusammen. Dieser Sommer war – super.»

«Aber jetzt bist du scharf auf Karen.»

«So würde ich das nicht ausdrücken.»

«Du solltest Karen vergessen. Erstens weiß sie, daß du mit mir geschlafen hast. Sie wird dir kein Wort glauben. Und zweitens kann ich dir das Leben wirklich schwermachen, wenn mir danach ist. Ich erzähle allen, daß ich das blaue Auge von dir habe.»

«Jody, ich habe keinem Menschen erzählt, daß ich mit dir geschlafen habe. Warum willst du es rumposaunen?» Er ging nicht auf die Drohung mit dem blauen Auge ein. Jody hatte ihm erzählt, ihr Vater hätte es ihr verpaßt.

«Weil mir danach ist.» Wütend legte sie den Hörer auf, und Sean stand niedergeschlagen und zitternd in der Garage.

34

Larry Johnson nahm seine Brille ab und rieb sich den Nasenrücken. Er setzte sie wieder auf, warf einen Blick auf Jody Millers Karteikarte und ging dann von seinem Sprechzimmer zu ihr in den Behandlungsraum.

«Wie geht's?»

«Ganz gut.» Auf ein Zeichen setzte sie sich auf die Untersuchungsliege.

«Du bist erst im August zur Schuluntersuchung hiergewesen.»

«Ich weiß. Ich finde es albern, daß ich mich vor jeder Spielzeit untersuchen lassen muß. Unsere Trainerin besteht darauf.»

«Alle Trainer bestehen darauf.» Er lächelte. «So, und was hast du für Beschwerden?»

«Hm» – Jody schluckte schwer –, «ich, äh, meine Periode bleibt seit zwei Monaten aus.»

«Ich verstehe.» Er faßte an sein Stethoskop. «Hast du ordentlich gegessen?»

«Ah – ich denke schon.»

«Ich frage danach, weil Sportlerinnen, vor allem solche, die Ausdauersport treiben, ihren Körper derart strapazieren, daß ihre Periode eine Weile ausbleibt. So schützt sich der Körper, weil er kein Kind austragen könnte. Die Natur ist klug.»

«Oh.» Sie lächelte nachdenklich. «Ich glaube nicht, daß Hockey zu diesen Sportarten gehört.»

«Nächste Frage.» Er machte eine Pause. «Hattest du Geschlechtsverkehr?»

«Ja – aber mit wem, sage ich nicht.»

«Danach habe ich nicht gefragt.» Er hielt die Hand hoch wie ein Verkehrspolizist. «Aber ich muß ein paar Dinge wissen. Du bist siebzehn. Hast du mit deinen Eltern darüber gesprochen?»

«Nein», sagte sie rasch.

«Aha.»

«Ich rede nicht mit ihnen. Ich will nicht mit ihnen reden.»

«Ich verstehe.»

«Nein, das verstehen Sie nicht.»

«Weiter, Jody. Hast du Verhütungsmittel genommen?»

«Nein.»

«Also dann» – er atmete aus –, «fangen wir an.» Er nahm ihr Blut ab für einen Schwangerschaftstest und noch ein Röhrchen Blut, um es auf Infektionskrankheiten untersuchen zu lassen. Hierüber informierte er Jody nicht. Wenn sich etwas ergab, würde er es ihr dann sagen.

«Ich hasse das.» Sie drehte sich fort, als die Nadel aus ihrem Arm gezogen wurde.

«Ich auch.» Er drückte ihr einen kleinen Wattebausch auf den Arm. «Hat deine Mutter mit dir über Empfängnisverhütung gesprochen?»

«Ja.»

«Verstehe.»

Sie zuckte die Achseln. «Dr. Johnson, es ist nicht so leicht, wie es sich bei ihr angehört hat.»

«Vielleicht nicht. Die Wahrheit ist, Jody, so richtig verstehen wir die Sexualität des Menschen nicht, aber wir wissen, wenn die Hormone anfangen, durch den Körper zu strömen, dann strömt scheinbar eine gehörige Portion Unvernunft mit ihnen. Und manchmal suchen wir in schwierigen Zeiten bei jemandem Trost, und Sex wird ein Teil des Trostes.» Er lächelte. «Komm Freitag wieder.» Er warf einen Blick auf seinen Kalender. «Hmmm, besser Montag.»

«Ist gut.» Sie wurde blaß. «Sie erzählen es doch keinem weiter?»

«Nein. Du?»

Sie schüttelte den Kopf.

«Jody, wenn du nicht mit deiner Mutter reden kannst, solltest du mit einer anderen älteren Frau reden. Ob du schwanger bist oder nicht, du wirst zu deiner Überraschung feststellen, daß du nicht allein bist. Was du fühlst, haben andere auch gefühlt.»

«Ich fühle nicht viel.»

Er klopfte ihr auf den Rücken. «Okay. Komm Montag zu mir.»

Sie zwinkerte spitzbübisch, als sie aus dem Behandlungszimmer ging.

35

Um nicht taktlos zu erscheinen, verlegte Sandy Brashiers sein Büro neben das von Roscoe Fletcher und machte vorerst keine Anstalten, den geheiligten Raum des verstorbenen Direktors zu belegen.

April Shively bewegte sich am Rande der Impertinenz. Wenn Naomi sie um etwas bat, etwa Informationen zu beschaffen oder Anrufer abzuwimmeln, tat April ihr den Gefallen. Sie und Naomi pflegten einen höflichen, wenn auch nicht innigen Umgang miteinander. Wenn Sandy sie um etwas bat, fand sie tausend Wege, sich Zeit zu lassen.

Obwohl Naomi Fletcher den schweren Schlag von Roscoes Tod jede Sekunde spürte, nahm sie ihre Aufgaben als Leiterin der Unterstufe wahr. Sie mußte arbeiten, um ihre Gedanken von dem Schock abzulenken, und die Unterstufe brauchte ihre Betreuung in dieser schweren Zeit.

In der Mittagspause begab sich Sandy in Naomis Büro, dann gingen beide über den Hof zum Verwaltungsgebäude der Oberstufe – Old Main, dem alten Hauptgebäude.

«Direktor werden ist leichter als Lehrer sein, nicht?» fragte Naomi.

«In den letzten sieben Jahren war ich wohl die loyale Opposition.» Er zog sich den Schulschal enger um den Hals. «Ich merke langsam, egal, welche Entscheidung ich treffe, immer ist jemand für mich, jemand gegen mich, und alle kritisieren mich im nachhinein. Es ist eine seltsame Erkenntnis, daß die Menschen ihren Willen durchsetzen wollen, ohne die Arbeit zu machen.»

Sie lächelte. «Die ewigen Besserwisser. Roscoe sagte immer, daß grundsätzlich andere für sie die Hiebe einstecken mußten.» Sie zwängte die Finger in ihre pelzgefütterten Handschuhe. «Sie waren zwar kein Fan von ihm, Sandy, aber er war ein tüchtiger Direktor.»

«Ja. Meine Hauptkritik bezog sich auf den Alltagsbetrieb. Sie wissen, ich hatte große Achtung vor seinem Organisationstalent. Meine Einstellung zum Lehrplan von St. Elizabeth wich allerdings um hundertachtzig Grad von seiner ab. Wir müssen auf die Grundlagen achten. Nehmen Sie zum Beispiel seine Computer-Initiative. Großartig. Wir haben alle Kinder dieser Schule am Computer ausgebildet. Und?» Er hob die Hände. «Sie starren auf einen beleuchteten Bildschirm. Das Wissen um diese Technik ist nutzlos, wenn man nichts zu sagen hat, und etwas zu sagen haben kann man nur, wenn man die bedeutenden Schriften unserer Kultur studiert. Der Computer kann die Verfassung nicht für sie lesen und verstehen.»

«Menschen das Denken beizubringen ist ein uralter Kampf», sagte sie. «Deswegen arbeite ich so gern mit der Unterstufe ... sie sind so jung ... so aufnahmebereit für alles.»

Er hielt ihr die Tür auf. Sie traten in das Verwaltungsgebäude, wo im Erdgeschoß auch einige Klassenzimmer untergebracht waren. Ein Schwall warmer Heizungsluft empfing sie.

Sie stiegen die breite Treppe zum ersten Stock hinauf und betraten Roscoes Büro aus der Richtung, die sie nicht an Aprils Büro vorbeiführte.

Sie war auf Händen und Knien dabei, Videokassetten in einen Pappkarton zu räumen.

«April, das kann ich doch machen», sagte Naomi.

Ohne aufzustehen, erwiderte April: «Die gehören McKinchie. Ich wollte sie ihm heute nachmittag zurückgeben.» Sie hielt eine Kassette mit der Aufschrift *Red River* hoch. «Er hat uns seine Videothek für unsere Filmgeschichtswoche geliehen.»

«Ja, richtig, das hatte ich ganz vergessen.» Naomi sah die Mädchen der Hockeymannschaft zusammen aus der Cafeteria kommen. Karen Jensen, die vorneweg ging, warf Brooks Tucker einen Apfel zu.

«April, ich ziehe nächste Woche in dieses Büro. Ich kann in dem kleinen Behelfsbüro keine Konferenzen abhalten. Würden Sie für mich bei der Firma Design Interiors anrufen? Ich hätte gern, daß sie jemanden hier vorbeischicken.» Sandys Stimme war klar.

«Was haben Sie dagegen, alles so zu lassen, wie es ist? Das spart uns Geld.» Sie warf weitere Kassetten in den Karton und vermied es, Sandy in die Augen zu sehen.

«Ich möchte, daß es bequem –»

«Es ist bequem», unterbrach sie ihn.

«– für mich ist», fuhr er fort.

«Aber Sie werden vielleicht nicht auf Dauer zum Direktor ernannt. Die Schulbehörde wird den Posten ausschreiben. Wozu unnötig Geld ausgeben?»

«April, das wird nicht vor Ende dieses Schuljahres geschehen», warf Naomi freundlich, aber bestimmt ein. «Sandy braucht unsere Unterstützung, wenn er sein Bestes für St. Elizabeth geben soll. In Roscoes Schatten zu arbeiten» – sie wies auf den Raum, die Gemälde – «ist nicht der richtige Weg.»

April stand auf. «Warum helfen Sie ihm? Er hat Roscoe auf Schritt und Tritt Steine in den Weg gelegt!»

Naomi hob die behandschuhten Hände zu einer Geste des Friedens. «April, Sandy hat in unserem Kreis Themen zur Sprache gebracht, die uns auf heikle Fragen seitens des Komitees vorbereitet haben. Er war nicht der beste Freund meines Mannes, aber er hatte stets das Wohl von St. Elizabeth im Sinn.»

April kniff die Lippen zusammen. «Ich mag's zwar nicht tun, aber ich tu's für Sie.» Sie hob den Karton auf, ging an Sandy vorbei und schloß die Tür hinter sich.

Er atmete aus, schob die Hände in die Taschen. «Naomi, ich verlange nicht, daß April entlassen wird. Sie hat der Schule viele Jahre gedient, aber ich kann unmöglich mit ihr arbeiten oder sie mit mir. Ich muß mir eine eigene Sekretärin suchen – und das wird das Budget strapazieren.»

Sie zog schließlich ihre Handschuhe aus und setzte sich auf die Kante von Roscoes wuchtigem Schreibtisch. «Wir werden sie entlassen müssen, Sandy. Sie wird zum Aufruhr anstacheln, egal, wo sie sitzt.»

«Vielleicht hat McKinchie Verwendung für sie. Er hat genug Geld, und sie wäre glücklich als Privatsekretärin in dem kleinen Büro bei ihm zu Hause.»

«Sie wäre nirgendwo glücklich.» Naomi war das ganze Thema zuwider. «Sie war so in Roscoe verliebt – ich habe ihn immer deswegen aufgezogen. In ihren Augen wird ihm keiner jemals das Wasser reichen können. Wissen Sie, wenn er von ihr verlangt hätte, für ihn durch die Hölle zu gehen, ich glaube, sie hätte es getan.» Sie lächelte wehmütig. «Na ja, sie mußte ja nicht mit ihm leben.»

«So weit muß sie meinetwegen gar nicht gehen, aber ich vermute, daß Sie recht haben. Sie muß weg.»

«Sprechen wir zuerst mit Marilyn Sanburne – Mim. Vielleicht hat sie eine Idee.»

«Großer Gott, Mim würde die Schule leiten, wenn man sie ließe.»

«Die ganze Welt.» Naomi baumelte mit den Beinen. «St. Elizabeth ist eine zu kleine Bühne für Mim, die Mächtige.»

April machte die Tür auf. «Ich weiß, daß Sie über mich reden.»

«In eben diesem Moment reden wir über Mim.»

Verbittert schloß April die Tür. Sandy und Naomi sahen sich achselzuckend an.

36

Wie bin ich bloß hier reingeraten?» jammerte Harry. Ihre Fellfamilie sagte nichts, als sie an ihrem hastig improvisierten Kostüm herumfummelte. Da ihr eine kleine Gruppe von Freunden lieber war als eine große Party, mußte man sie zu größeren Veranstaltungen regelrecht hinschleppen. Auch wenn es ein Highschool-Ball war und sie zum Aufsichtspersonal gehörte, mußte sie trotzdem irgendwas zum Anziehen aufstöbern, sich einen Begleiter schnappen, auf ihrem Posten sein und mit fürchterlich faden Leuten quatschen. Sie dachte an die anderen Aufsichtspersonen. Einer war Maury McKinchie, der die meisten Menschen faszinierte, bloß

Harry nicht. Da er zur Aufsicht gehörte, würde sie mit ihm plaudern müssen. Sein Standardrepertoire, die delikaten Geschichten, welcher Star in seinen diversen Filmen was mit wem tat, langweilte sie zu Tode. Wäre er ein Jäger gewesen, hätte sie ihn vielleicht ertragen, aber er war keiner. Er schien außerdem viel zu sehr an ihren Brüsten interessiert. Maury gehörte zu jenen Männern, die einer Frau nicht in die Augen sahen, wenn sie mit ihr sprachen – er sprach mit ihren Brüsten.

Sandy Brashiers hielt sie so lange aus, bis er über die anderen Lehrkräfte von St. Elizabeth herzog. Da Roscoe nun tot war, mußte er sich einen neuen Prügelknaben suchen. Immerhin sah er ihr in die Augen, wenn er mit ihr sprach, und das war erquicklich.

Ed Sugarman sammelte alte Zigarettenreklamen. Er ließ sich gern über die chemischen Eigenschaften von Nikotin aus, aber wenn sie ihn auf das Thema Fußball lenken konnte, erwies er sich als kenntnisreich und unterhaltsam.

Renee Hallvard konnte lebhaft sein. Harry fiel ein, daß die gefürchtete Florence Rubicon auf der Tanzfläche herumschleichen würde. Harrys Lateinkenntnisse verflüchtigten sich von Jahr zu Jahr mehr, aber sie hatte genug von Catull behalten, um das alte Mädchen beglücken zu können.

Harry lachte in sich hinein. Alle Lateinlehrer und -professoren, bei denen sie je studiert hatte, waren komische Vögel gewesen, doch hatten alle etwas sehr Liebenswertes gehabt. Sie las immer noch Latein, und sei es, um sich an vollendeter Überspanntheit zu ergötzen.

«Die kann ich nicht anziehen!» Harry zuckte zusammen und schleuderte einen schmalen Pumps von sich.

Der Lackschuh schlitterte über den Fußboden. Sie sah auf die Uhr und stöhnte wieder.

«Du hast noch Zeit», sagte Mrs. Murphy. *«Laß den Frack sausen. Der paßt nicht zu dir.»*

«Ich hab dich schon gefüttert.»

«Sei nicht so vernagelt. Zieh den Frack aus.» Murphy sprach lauter, eine Gewohnheit von ihr, wenn Menschen sich als begriffsstutzig erwiesen. *«Du brauchst was Phantasievolles.»*

«Harry hat keine Phantasie», erklärte Tucker treuherzig.

«Sie hat schöne Beine», erwiderte Pewter.

«Was hat das mit Phantasie zu tun?» wollte Tucker wissen.

«Nichts, aber sie sollte was anziehen, das ihre Beine betont.»

Mrs. Murphy schlurfte in den Kleiderschrank. *«Da hängt ein armseliger Rock drin.»*

«Ich wußte nicht mal, daß Mom einen Rock hat.»

«Der muß noch von ihrer Collegezeit übrig sein.» Die Tigerkatze inspizierte den braunen Rock.

Pewter leistete ihr Gesellschaft. *«Ich dachte, sie wollte ihren Kleiderschrank ausmisten?»*

«Sie hat ihre Kommode aufgeräumt; das ist schon mal ein Anfang.»

Die beiden Katzen lugten an dem Rock hoch, dann sahen sie sich an.

«Wollen wir?»

«Los.» Pewters Augen weiteten sich.

Sie langten hinauf, die Krallen ausgefahren, und zerfetzten den Rock.

«Juhu!» Mit Verve machten sie sich ans Werk.

Als Harry das Geräusch von reißendem Stoff hörte, steckte sie den Kopf in den Schrank; die nackte Glühbirne baumelte über ihr. «Hey!»

Nach einem letzten kräftigen Ruck schoß Mrs. Murphy aus dem Schrank. Pewter, die eine Spur langsamer war, folgte ihr.

Entsetzt nahm Harry den Rock heraus. «Ich könnte euch beiden den Schädel einschlagen. Ich habe diesen Rock seit meinem zweiten Highschool-Jahr.»

«Das wissen wir», kicherte es unter dem Bett hervor.

«Katzen können so destruktiv sein.» Tuckers seelenvolle Augen liefen über von Mitgefühl.

«Schleimscheißerin!» warf Murphy ihr vor.

«Ich bin ein starkes Katzentier mit wunderbaren Krallen. Ich reiße, zerre, lasse gar vom Himmel Fetzen fallen», sang Pewter.

«Na großartig. Erst meinen Rock ruinieren und jetzt unterm Bett jaulen.» Harry kniete sich hin und sah vier leuchtende hellgrüne Augen, die sie anguckten. «Ungezogene Katzen.»

«Hihi.»

«Ich meine es ernst. Ihr kriegt keine Leckerbissen.»

Pewter lehnte sich an Murphy. *«Daran bist du schuld.»*

«Du würdest mich für einen Leckerbissen verraten.» Murphy versetzte ihr einen Stoß.

Harry ließ die Rüsche der Tagesdecke wieder fallen. Sie starrte auf den ruinierten Rock.

Murphy rief von ihrem sicheren Ort aus. *«Geh als Vagabund. Du weißt schon, als eine von diesen armen Gestalten aus einem Roman von Victor Hugo.»*

«Ob ich wohl ein Kostüm daraus machen könnte?»

«Sie hat's gerafft!» Pewter war von den Socken.

«Man soll den Tag nicht vor dem Abend loben.» Mrs. Murphy rutschte unter dem Bett hervor. *«Ich sorge dafür, daß sie zwei und zwei zusammenzählt.»*

Damit stürmte sie aufs Bett, und vom Bett flitzte sie zum Schrank und krallte sich an die Kleider. Da hing sie schaukelnd, wählte sodann das gammeligste Hemd, das sie finden konnte. Sie schlug ihre Krallen hinein und ließ sich auf den Boden gleiten; das berauschende Reißen von Stoff verkündete ihren Abstieg.

«Du bist verrückt!» Harry sauste hinter ihr her, doch Murphy stürmte ins Wohnzimmer und sprang auf eine Sessellehne, dann wackelte sie mit dem Hinterteil, als wollte sie auf das Bücherregal springen, das nicht nur Bücher, sondern auch Harrys Bänder und Trophäen enthielt. «Wag es ja nicht.»

«Dann laß mich in Ruhe», gab Murphy frech zurück, *«und sieh zu, daß du dein Vagabundenkostüm zusammenkriegst. Die Zeit rennt davon.»*

Mensch und Katze gingen in Kampfstellung, Auge in Auge. «Du bist schlecht gelaunt, Miezekatze.»

Tucker schlich auf Zehenspitzen hinaus. Pewter blieb unterm Bett und spitzte die Ohren.

«Was ist in dich gefahren?»

«Es ist Halloween», kreischte Murphy.

Harry wollte die übermütige Katze packen, doch Mrs. Murphy wich ihr mühelos aus. Sie hüpfte auf die andere Seite des Sessels, lief dann wieder ins Schlafzimmer, wo sie zwischen die Kleider sprang und noch mehr zerriß.

«Juhuh! Bansai! Tod dem Kaiser!»

Tucker lachte. *«Hast du dir wieder diese Filme über den Zweiten Weltkrieg angeguckt?»*

«Nicht schießen, bis du das Weiße in ihren Augen siehst.» Murphy sprang in die Luft, vollführte einen vollen Kreis und landete mitten in den Kleidern.

«Sie ist auf dem Militärtrip.» Pewter kroch unter dem Bett hervor. *«Wenn wir deinetwegen beide bestraft werden, Murphy, werd ich richtig sauer.»*

Murphy katapultierte sich vom Bett direkt auf Pewter. Die beiden wälzten sich auf dem Schlafzimmerfußboden, und Harry amüsierte sich über den Katzenkampf.

Schließlich befreite sich Pewter erschöpft aus Murphys Griff. Sie stakste zur Küche.

«Angsthase.»

«Und du bist ein Fall für die Klapsmühle», schoß Pewter zurück.

«Alles, was heute abend noch passiert, wird gegen das hier verblassen», sagte Harry seufzend.

Junge, Junge, war sie auf dem Holzweg.

37

Little Mim, das Gesicht angespannt unter der Puderschicht, schritt mit wogender Perücke über den auf Hochglanz gewienerten Turnhallenboden zu Harry. Zumindest glaubte sie, daß es Harry war; denn der hünenhafte Begleiter des Vagabunden, ein Pirat, konnte kein anderer als Fair sein.

Der Ball wurde dank der Band Yada Yada Yada ein Riesenerfolg.

Das Krummschwert, das in seiner Schärpe steckte, ließ Fair gefährlich aussehen. Auch andere Ballgäste trugen Schwerter, Stonewall Jackson und Julius Caesar. Einige hatten Pistolen bei sich, die sich bei näherem Hinsehen als Wasserpistolen entpuppten.

Karen Jensen, die eine goldene Maske trug, machte die Jungen verrückt, weil sie als goldhaarige Artemis gekommen war. Karen ließ eine ganze Menge von sich sehen, und das war erste Sahne.

Doch auch Harry ließ einiges von sich sehen, und das war ebenfalls nicht von Pappe.

Little Mim legte ihre Hand auf Harrys Arm. «Kann ich dich mal eben sprechen.»

«Klar. Fair, ich bin gleich wieder da.»

«Okay», murmelte er in seinen gezwirbelten Schnurrbart hinein.

Marilyn zog Harry in eine Ecke der Halle. Hinter ihnen knutschten Madonna und King Kong. King Kong legte sich mächtig ins Zeug.

«Ich hoffe, du bist mir nicht böse. Ich hätte dich vorher anrufen sollen.»

«Weswegen?»

«Ich habe Blair zum Ball gebeten. Es war nicht bloß, weil ich einen Begleiter brauchte, sondern ich dachte, ich könnte ihn für die Schule interessieren und –»

«Ich habe ihn nicht für mich gepachtet. Wir sind bloß Freunde», sagte Harry beschwichtigend.

«Danke. Ich hatte gehofft, daß du es verstehen würdest.» Ihre Perücke wankte. «Wie sind die bloß damals mit diesen Dingern zurechtgekommen?» Sie sah sich um. «Kannst du erraten, wer Stonewall Jackson ist?»

«Hmm, dem Wanst nach zu urteilen eine Aufsichtsperson», behauptete Harry. Schüler hatten keine dikken Bäuche.

«Kendrick Miller.»

«Wo ist Irene? Bei den beiden ist doch noch nicht der Dritte Weltkrieg ausgebrochen, oder?»

«Irene ist da drüben. Perfektes Kostüm, wenn sie zwanzig Jahre jünger wäre. Manche Frauen können sich scheinbar nicht damit abfinden, daß sie alt werden.» Sie deutete auf die Waldfee mit den durchsichtigen Flügeln über dünnem Draht. Dann senkte sie die Stimme und fragte: «Hast du April Shively gesehen? Als Hexe verkleidet. Wie passend.»

«Ich dachte, du magst April?»

Als sie merkte, daß sie möglicherweise zuviel gesagt hatte, machte Little Mim einen Rückzieher. «Sie ist seit Roscoes Tod nicht ganz bei sich, und sie macht allen im Komitee bis hin zum Lehrerkollegium das Leben schwer. Das vergeht wieder.»

«Oder sie vergeht», scherzte Harry.

«Zwei betörende maskierte Schönheiten», schmeichelte ihnen Maury McKinchie hinter seiner Rhett-Butler-Maske.

«Was für ein Spruch!» lachte Harry und verriet sich mit ihrer Stimme.

«Darf ich um diesen Tanz bitten?» Maury verbeugte sich vor Harry, die sich der Tanzfläche zuwandte.

Froh, nicht aufgefordert worden zu sein, eilte Little Mim, so schnell es ihre Perücke erlaubte, zu Blair.

Sean Hallahan, der sich als Hell's Angel verkleidet hatte, tanzte mit Karen Jensen. Als der Tanz zu Ende war, führte er sie von der Tanzfläche. «Karen, sind denn alle böse auf mich?»

«Jody schon.»

«Bist du mir böse?»

«Nein.»

«Ich hab den Eindruck, daß du mir aus dem Weg gegangen bist.»

«Das Hockeytraining nimmt genausoviel Zeit in Anspruch wie das Footballtraining.» Sie hielt inne und räusperte sich. «Und du warst in letzter Zeit ein bißchen komisch – weggetreten.»

«Ja, ich weiß.»

«Sean, du kannst nichts dafür, wie das alles gelaufen ist – der Tod von Mr. Fletcher –, und bis dahin war es ja ganz lustig. Sogar die falsche Todesanzeige für Mr. McKinchie war lustig.»

«Das war ich nicht.»

«Ich weiß, sie war in den Zeitungen von Rogers Tour, und er sagt, er war's auch nicht.»

«Aber ich war's *wirklich* nicht.» Er spürte, daß sie ihm nicht glaubte.

«Okay, okay.»

«Dein Kostüm ist große Klasse», sagte er bewundernd.

«Danke.»

«Karen – hast du mich ein bißchen gern?»

«Ein bißchen», hänselte sie ihn. «Aber was ist mit Jody?»

«Es ist nicht – na ja, du weißt schon. Wir mögen uns, aber nicht so, wie du denkst. Wir haben diesen Sommer viel trainiert und –»

«Was trainiert?»

«Tennis. Das ist unser Frühjahrssport.» Er schluckte schwer.

«Oh.» Sie dachte an Jodys Schilderung des Sommers.

«Gehst du Freitag nach dem Spiel mit mir aus?»

«Ja», sagte sie ohne zu zögern.

Er lächelte und schob sie wieder auf die Tanzfläche.

Trainerin Renee Hallvard, die sich als Garfield verkleidet hatte, schlängelte sich an Harry heran.

«Harry, sind Sie das?»

«Renee?»

«Ja, oder sollte ich ‹miau› sagen?»

«Was Mrs. Murphy wohl dazu sagen würde?»

Renee langte nach hinten und drapierte ihren Schwanz über dem Arm. «Mach dich nicht lächerlich.»

Beide lachten.

«Das würde sie vermutlich sagen.»

«Wenn Sie nichts dagegen haben, bringe ich am Montag die neuen Hockeyregelkataloge vorbei.»

«Warum?» murmelte Harry.

«Ich brauche einen Reserveschiedsrichter – nur für alle Fälle. Sie kennen das Spiel.»

«Ach, Renee. Lassen Sie das Susan machen.»

«Sie kann nicht.» Renee Hallvard lachte Harry an. «Brooks spielt in der Mannschaft.»

«Ach ja – okay.»

Die Trainerin klopfte ihr auf die Schulter. «Sie sind ein guter Kumpel.»

«Gimpel würde es eher treffen.»

Rhett Butler forderte Harry ein zweites Mal zum Tanzen auf. «Sie haben schöne Beine.»

«Danke», murmelte sie.

«Ich sollte Probeaufnahmen von Ihnen machen.»

«Was Sie nicht sagen.» Harry klatschte ihm ihre linke Hand auf den Rücken.

«Sie sind sehr attraktiv. Die Kamera liebt manche Menschen. Vielleicht liebt sie Sie.» Er machte eine Pause. «Komisch, daß nicht mal die Profis wissen, wer auf der Leinwand gut kommt und wer nicht.»

«Rhett», scherzte sie, wohl wissend, daß es sich um Maury handelte, «das sagen Sie bestimmt zu allen Mädchen.»

«Ha.» Er warf den Kopf zurück und lachte. «Nur zu den hübschen.»

«Ich habe gehört, Sie haben den Wagen voll stärkender Essenzen, also müssen Sie so etwas auch zu Boom-Boom gesagt haben.»

«Oh!» Er senkte die Stimme. «Was hab ich mir nur dabei gedacht?»

Es gehörte zu Maurys Charme, daß er nie vorgab, besser zu sein, als er war.

«Hey, ich sag's nicht weiter.»

«Ist auch nicht nötig. Dafür wird sie schon sorgen.» Er seufzte. «Sehen Sie, Harry, ich bin ein Mann, der viel Aufmerksamkeit braucht. Weibliche Aufmerksamkeit. Ich geb's zu.»

Stonewall und Garfield, die neben ihnen tanzten, wandten ihnen die Köpfe zu. «Es ist Ihnen verdammt schnuppe, wen Sie verführen und wen Sie verletzen. Sie brauchen keine Aufmerksamkeit, Sie brauchen einen in die Fresse», murmelte Kendrick Miller alias Stonewall.

Rhett tanzte weiter. «Kendrick Miller, Sie sind wirklich zum Totlachen. Ich sage, was ich denke. Sie denken, ein verklemmter Virginier zu sein ist eine Errungenschaft. Ich denke, Sie sind ein Jammerlappen.»

Kendrick blieb stehen. Renee Hallvard trat zurück.

«Leute, regt euch ab», sagte Harry.

«Wir sehen uns nach dem Ball, McKinchie. Sie bestimmen, wo und wann.»

«Wollen wir uns duellieren, Kendrick? Habe ich die Wahl der Waffen?»

«Natürlich.»

«Torten. Ihnen gehört 'ne Torte ins Gesicht geschmissen.»

Harry zerrte Maury zurück. Sie hatte von Kendricks aufbrausendem Temperament gehört. «Da wir keine Pistolen nehmen können, könnten wir mit Fäusten anfangen», rief Kendrick ihm nach, während Renee Hallvard ihn in die andere Richtung zog, fort von Maury.

Da andere Tänzer den Platz einnahmen, der von den scheidenden Paaren geräumt wurde, bemerkten nur wenige die kleinen Anfeindungen. Zum Glück waren die meisten Schüler von der Musik und voneinander eingenommen.

Jody stemmte die Hände in die Hüften, wandte sich von ihrem Vater ab und begab sich zum Trinkwasserbrunnen. Sie mußte die Maske herunternehmen, um zu trinken.

«So ein Blödmann.» Maury schüttelte den Kopf.

«Niemand hat Kendrick je nachgesagt, er würde sich zu sehr amüsieren oder hätte zuviel Sinn für Humor», sagte Harry halb lachend.

«Vollkommen *humorlos.*» Maury betonte das Wort. «Gott sei Dank ist das Mädchen nicht wie er. Komisch übrigens, die Kamera mochte Jody, dabei ist Karen Jensen die hübschere. Das ist mir aufgefallen, als wir unseren eintägigen Filmkurs hatten.»

«Hmm.»

«Ah, die Kamera ... sie enthüllt Dinge, die man mit bloßem Auge nicht sieht.» Er verbeugte sich. «Danke, Madam. Vergessen Sie die Probeaufnahmen nicht.»

Sie machte einen Knicks. «Sir.» Dann flüsterte sie: «Wo ist Ihr Leibwächter?»

Er zwinkerte. «Den habe ich erfunden.»

Als er fort war, kam Fair angeschlendert. «Schaumschläger, wie üblich?»

«Na, eigentlich haben wir über Kameras gesprochen ... nach einem kleinen Wortwechsel mit Kendrick Miller. Testosteronvergiftung.»

«Wenn du das noch öfter sagst, halte ich ‹rasende Hormone› dagegen.»

«Sagst du doch sowieso hinter unserem Rücken.»

«Tu ich nicht.»

«Tun doch die meisten Männer.»

«Ich bin nicht die meisten Männer.»

«Nein.» Sie hakte sich bei ihm ein.

Der Abend schritt ohne weitere Vorkommnisse voran, wenn man davon absah, daß Sean Hallahan eine Flasche Schnaps in seiner Motorradjacke versteckt hatte. Niemand sah ihn daraus trinken, aber jedesmal, wenn er von draußen wieder hereinkam, schwankte er.

Er betrank sich derart, daß er, als ihn ein kostümierter Musketier mit dem Schwert in der Hand niederschlug, nicht mehr hochkam.

Als Yada Yada Yada das letzte Stück des Abends spielte, schlichen einige junge Leute hinaus. Roger und Brooks tanzten den letzten Tanz. Als Lucy und Desi waren die beiden ein Hit. Von einem durchdringenden Schrei ließen sich die Tanzenden nicht beirren. Immerhin tobten ringsum Geister und Kobolde.

Dem durchdringenden Schrei folgte ein Stöhnen, das aber doch beängstigend klang. Schließlich verließen Harry und Fair die Halle, um nachzusehen. Sie sahen Rhett Butler auf dem Flur liegen und nach Atem ringen, während Blut aus seinem Hals und seiner Brust quoll. Über ihn gebeugt, mit dem Schwert in der Hand, stand Stonewall Jackson.

38

Maury McKinchie starb, bevor der Rettungsdienst St. Elizabeth erreichte. Rick Shaw traf mit heulenden Sirenen Sekunden nach Maurys letztem Schnaufer ein.

Rick nahm Kendrick das blutende Schwert aus der Hand.

«Ich war's nicht, es war der Musketier. Ich habe ihn abgewehrt, aber es war zu spät», stammelte Kendrick.

«Kendrick Miller, ich muß Sie wegen Mordverdachts festnehmen. Sie haben das Recht zu schweigen ...», begann Rick.

Harry, Fair, Little Mim und die anderen Aufsichtspersonen sperrten rasch den Flur ab, der zu der breiten Eingangstür führte, und sorgten dafür, daß Irene aus der Turnhalle gebracht wurde. Florence Rubicon schickte die Tanzenden zu einem anderen Ausgang am Ende der Turnhalle hinaus. Trotzdem gelang es einigen Schülern, in den Flur zu schleichen und die Leiche zu sehen.

Karen und Sean starrten nur stumm.

Jody trat hinter sie, ohne Maske, das Haar zerzaust, und erfaßte die grausige Situation. «Dad? Dad, was ist hier los?»

Cynthia schlug ihr Notizbuch auf und stellte Fragen.

Sandy Brashiers sagte leise zu Little Mim: «Die Leute werden ihre Kinder hier rausnehmen. Bis Montag ist die Schule eine Geisterstadt.»

39

Kastanienbraune Stoppeln bedeckten Rick Shaws kantiges Kinn. Da sein schütteres Haar hellbraun war, amüsierte Cynthia Cooper der Kontrast, obwohl es im Augenblick wenig gab, was man als amüsant hätte bezeichnen können.

Der Aschenbecher im Büro quoll über. Die Kaffeemaschine blubberte pausenlos, um mit einer stimulierenden Tasse nach der nächsten dienen zu können.

Cynthia bedauerte Maury McKinchies Ermordung, nicht nur, weil ein Mensch buchstäblich kaltgestellt worden war, sondern weil der Sonntag, der in wenigen Stunden heraufdämmern würde, ihr freier Tag war. Sie hatte vorgehabt, in die schöne Stadt Monterey zu fahren, die dicht an der Grenze zu West Virginia lag. Sie wäre allein gefahren. Ihr Job gestattete ihr kein ausgiebiges Privatleben. Nicht, daß sie keinen Männern begegnete. Weit gefehlt. Gewöhnlich rasten sie mit hundertzwanzig Sachen über die Landstraße. Sie lächelten selten, wenn sie sie sahen, obwohl sie ein hübscher Anblick war. Beim Einsammeln der Betrunkenen im Einkaufszentrum bekam sie ganze Horden von Männern zusammen, und die fielen alle über sie her – im wahrsten Sinne des Wortes. Ein gelegentliches Vergehen im gehobenen Management würzte ihre Ernte an eingefahrenen Männern.

Während der letzten Jahre ihrer Zusammenarbeit waren sie und Rick sich nähergekommen. Da er ein glücklich verheirateter Mann war, befleckte nicht die Spur von Unziemlichkeit ihre Beziehung. Sie konnte sich auf seine Freundschaft verlassen, die schwer errungen war; denn als sie seinerzeit als erste Frau in seine Mannschaft kam, war Rick alles andere als begeistert gewesen.

Der einzige Mann, den sie wirklich gern hatte, Blair Bainbridge, entflammte viele Herzen. Sie fürchtete, daß sie keine Chance hatte.

Rick arbeitete gern mit Flußdiagrammen. Er legte drei an und verwarf am Ende alle drei.

«Wie spät ist es?»

«Halb sechs.»

«Vor Morgengrauen ist es immer am dunkelsten», zitierte Rick ein altes Sprichwort. Er schwenkte die Füße auf seinen Schreibtisch. «Ich gebe es ungern zu, aber ich bin ratlos.»

«Wir haben Kendrick Miller in Untersuchungshaft.»

«Nicht mehr lange. Er wird sich für teures Geld einen Anwalt nehmen, und das war's dann. Und mir ist der Gedanke gekommen, daß Kendrick kein Mann ist, der sich beim Morden erwischen läßt. Über einem Opfer zu stehen, das sich am Boden krümmt, das paßt nicht zu ihm.»

«Er hat vielleicht den Kopf verloren.» Sie leerte ihre Tasse. Sie konnte keinen weiteren Schluck Kaffee mehr sehen. «Aber Sie kaufen ihm seine Aussage nicht ab, oder?»

«Nein.» Er hielt inne. «Wir befassen uns mit Tatsachen. Tatsache ist, er hatte ein blutiges Schwert in der Hand.»

«Und noch zwei andere Ballgäste hatten Schwerter. Einer von ihnen hat sich in Luft aufgelöst.»

«Oder er wußte, wo er sich verstecken konnte.»

«Nicht einer von den Schülern weiß, wer der Musketier war, keiner hat ihn sprechen hören.» Cooper lehnte sich an das kleine Waschbecken in der Ecke des alten Büroraums. Sie hielt sich die Finger an die pochenden Schläfen. «Chef, wir sollten noch mal einen Schritt zurückgehen. Fangen wir bei Roscoe Fletcher an.»

«Ich höre.»

«Sandy Brashiers war scharf auf Roscoes Job. Sie waren nie einer Meinung.»

Er hob die Hand. «Zugegeben, aber morden, um Direktor von St. Elizabeth zu werden – lohnt das die Mühe?»

«Menschen haben schon für weniger getötet.»

«Sie haben recht. Sie haben ja recht.» Er faltete die Hände vor der Brust und nahm sich vor, in Sandys Vergangenheit zu kramen.

«Jeder hätte Roscoe vergiften können. Er hat sein Auto und sein Büro nie abgeschlossen. Man mußte kein Genie sein, um einen vergifteten Bonbon in seinen Wagen oder seine Tasche zu schmuggeln oder ihm zu geben. Das konnte jeder tun.»

«Aber wer wollte so etwas tun?» Sie legte die Hände hinter den Kopf. «In der Dose mit Erdbeerbonbons in seinem Wagen wurde keine Spur von Gift gefunden. Und so, wie er Bonbons verteilt hat, wäre der halbe Bezirk tot. Wir wissen also, daß der Mörder ein Gewissen hatte, sozusagen.»

«Das ist eine kuriose Betrachtungsweise.»

«Ich habe so ein Gefühl, daß Roscoe mit Irene Miller geschlafen hat.» Cynthia schüttelte ihre Füße, die in ihren Dienstschuhen eingeschlafen waren. «Das wäre ein Motiv für den ersten Mord.»

«Wir haben keinen Beweis, daß er eine Affäre hatte.»

Cynthia feixte. «Wir sind hier in Albemarle County.»

Rick lachte beinahe, dann stand er auf und streckte sich. «Jeder hat Geheimnisse, Coop. Je länger ich diesen Krempel mache, desto klarer wird mir, daß jeder einzelne Mensch Geheimnisse birgt.»

«Was ist mit dem Geld in dem Jiffy-Umschlag?» fragte Cynthia.

«Zu viele Abdrücke auf dem Umschlag und nicht einer auf dem Geld.» Rick seufzte. «Ich renne glatt gegen Mauern an. Die naheliegende Lösung wäre Drogengeld, aber wir haben nicht den Fetzen eines Beweises.»

Cynthia schnippte ein Gummiband in die Luft. Es landete mit einem Platsch auf Ricks Schreibtisch. «Diese Morde hängen zusammen, darauf verwette ich mein Dienstabzeichen, aber ich komme nicht dahinter, was eine teure Schule wie St. Elizabeth damit zu tun hat. Alle Wege führen zu dieser Schule.»

«Bei Roscoe war es vorsätzlicher Mord. Bei Maury

nicht – so scheint es zumindest. Kendrick Miller hat eine Verbindung zu St. Elizabeth, aber –» Er zuckte die Achseln.

«Aber» – Cooper schnippte das nächste Gummiband hoch in die Luft – «während wir bloß Vermutungen anstellen –»

«Vermutungen? Ich tappe total im dunkeln.»

«Allerdings.» Sie fing das herunterfallende Gummiband auf. «Hören Sie. St. Elizabeth ist die Verbindung. Könnten Fletcher und McKinchie die Beiträge der Ehemaligen unterschlagen haben?»

Er unterband ihren Gedankengang. «Kendrick Miller würde wegen Veruntreuung von Ehemaligengeldern keinen Mord begehen.»

Das Telefon klingelte. Joyce Thompson, die diensthabende Telefonistin, nahm ab.

Cynthia sagte: «Ein einziges Mal möchte ich den Hörer abnehmen und sagen: ‹Räuber und Gendarm.›»

Ricks Apparat summte. Er drückte auf einen Knopf, damit Cynthia mithören konnte. «Jaha.»

«Sheriff», sagte Joyce Thompson, «John Aurieano ist am Apparat. Das Vieh von Mrs. Berryhill ist auf seinem Land, und er wird die Kühe erschießen, wenn Sie sie nicht wegholen.»

Rick ließ durchstellen und hörte sich den Schwall der Empörung an. «Mrs. Berryhill ist eine kleine Frau, Mr. Aurieano. Sie kann ihr Vieh nicht ohne Hilfe zusammentreiben, und ich brauche Stunden, bis ich jemanden zum Helfen hinschicken kann. Wir sind knapp an Personal.»

Weitere Ausbrüche.

«Ich will Ihnen was sagen, ich schicke jemanden hin,

um das Vieh wegzuholen, aber gestatten Sie mir, daß ich Ihnen einen freundschaftlichen Rat gebe ... Wir leben hier auf dem Land. Kühe gehören zum Land, und ich will Ihnen etwas Erschütterndes anvertrauen – sie können keine Schilder lesen, auf denen ‹Zutritt verboten› steht. Wenn Sie die Kühe erschießen, Mr. Aurieano, haben Sie mehr Ärger am Hals, als Sie sich vorstellen können. Wenn Ihnen die Dinge hier nicht passen, wie sie sind, dann ziehen Sie doch wieder in die Stadt!» Er legte den Hörer auf. «Wissen Sie, an manchen Tagen geht mir dieser Job ganz schön auf den Wecker.»

40

Bedrückt beging die Gemeinde die Frühmesse. Jody Miller und Irene, ihre Mutter, saßen in einer mittleren Bankreihe. Die vollzählig erschienene Familie Hallahan nahm in einer Reihe auf der linken Seite Platz. Samson Coles setzte sich neben Jody. Lucinda quetschte sich neben Irene. Was immer Kendrick Miller getan oder nicht getan haben mochte, die Schmach sollte seine Frau und seine Tochter nicht treffen.

Trotzdem konnten es sich die Gemeindemitglieder nicht verkneifen, die beiden anzustarren.

Rick und Cooper knieten in der letzten Reihe. Ricks Kopf sackte herunter, als er einzunicken begann, und seine Stirn berührte seine Hand. Ruckartig hob er den Kopf. «Verzeihung», flüsterte er.

Er und Cooper warteten im Vorraum, als der Gottesdienst vorbei war. Die Kirchgänger wechselten neugierige Blicke; alle waren gespannt, ob die Polizei Irene aufhalten würde. Sie und Jody gingen an Rick vorbei, ohne nach rechts und links zu sehen. Die Hallahans nickten zum Gruß, gingen aber weiter.

Am Ende traten die übrigen Gemeindemitglieder enttäuscht in die frische Luft hinaus, ließen ihre Autos an und fuhren davon.

Rick sah auf die Uhr, dann klopfte er im Vorraum an die linke Tür.

«Wer ist da?» rief Father Michael, als er das Klopfen vernahm.

«Rick Shaw und Deputy Cooper.»

Father Michael öffnete in Talar und Chorrock die Tür. «Kommen Sie herein, Sheriff, Ms. Cooper.»

«Ich möchte Sie am Sonntag nicht stören. Ich habe nur ein paar kurze Fragen, Herr Pfarrer.»

Er winkte. «Treten Sie näher. Nehmen Sie einen Moment Platz.»

«Danke.» Sie traten ein und ließen sich auf das alte Ledersofa fallen. «Wir sind fix und fertig. Schlafmangel.»

«Ich habe auch nicht viel geschlafen ...»

«Wurden Sie bedroht, Herr Pfarrer?» Ricks Stimme schnappte über vor Erschöpfung.

«Nein.»

«Ist Ihnen in Ihrer Eigenschaft als Schulgeistlicher von St. Elizabeth etwas Ungewöhnliches aufgefallen, zum Beispiel im Lehrerkollegium? Auseinandersetzungen mit Roscoe? Probleme mit dem Ehemaligenkomitee?»

Father Michael machte eine lange Pause, das schmale, aber attraktive Gesicht blickte ernst. «Roscoe und Sandy Brashiers waren sich nicht grün. Es gab aber keinen heftigen Streit. Sie haben nie gelernt, sich mit Meinungsverschiedenheiten zu arrangieren, falls Sie verstehen, was ich meine.»

«Ich denke schon.» Rick nickte. «Von der Unverletzlichkeit des Beichtgeheimnisses abgesehen, haben Sie Kenntnis von irgendwelchen sexuellen Unziemlichkeiten, die Roscoe betreffen?»

«Ah –» Der Pfarrer, ein Mann im mittleren Alter, machte wieder eine lange Pause. «Es gab Gerede. Aber das ist in einer kleinen Gemeinde immer so.»

«Wurden Namen genannt?» fragte Cynthia. «Irene Miller vielleicht?»

«Nein.»

«Was ist mit Sandy Brashiers und Naomi Fletcher?»

«Davon habe ich gehört. Es wird gemunkelt, Naomi habe Roscoes Seitensprünge satt gehabt und seinen Feind – oder sollen wir sagen, Rivalen – angeheuert, um ihn loszuwerden.»

Rick stand auf. «Herr Pfarrer, danke, daß Sie uns Ihre Zeit gewidmet haben. Wenn Ihnen noch etwas einfällt oder Sie etwas loswerden möchten, rufen Sie mich oder Coop an.»

«Sheriff» – Father Michael wägte seine Worte ab –, «bin ich in Gefahr?»

«Das will ich nicht hoffen», antwortete Rick aufrichtig.

41

April Shively wurde am Montag morgen in der Schule verhaftet. Man legte ihr Behinderung der Justiz zur Last, weil sie sich strikt geweigert hatte, die Schulunterlagen auszuhändigen, zuerst an Sandy, dann an die Polizei. Da sie und Roscoe an einem Strang gezogen hatten, wußte nicht einmal Naomi, was April an Papieren entfernt und versteckt hatte. Sandy Brashiers kündigte ihr an Ort und Stelle. Als sie das Schulgebäude verließ, drehte sich April um und schlug ihm ins Gesicht. Cynthia Cooper schob sie in den Streifenwagen.

Die St.-Elizabeth-Schule, die bis auf das Lehrerkollegium verlassen war, stand verloren im heftigen Novemberwind. Sandy und Naomi beriefen eine Notversammlung des Kollegiums und interessierter Parteien ein. Keiner konnte die wichtigste Frage beantworten: Was ging an St. Elizabeth vor?

Reverend Herbert C. Jones erhielt einen haarsträubenden Anruf von Darla McKinchie. Nein, sie werde nicht zum Trauergottesdienst nach Albemarle County kommen. Sie werde den Leichnam ihres Ehemannes sofort nach Los Angeles überführen lassen. Ob der Reverend dies wohl mit dem Bestattungsinstitut Dale and Delaney arrangieren würde? Sie werde der Kirche eine stattliche Spende zukommen lassen. Natürlich sagte er zu, doch er war empört über ihr anmaßendes Gebaren und darüber, daß ihr so wenig an Maurys hiesigen Freunden lag, aber ihr schien ja auch wenig an Maury selbst gelegen zu haben.

Der schwarze Montag wartete von Stunde zu Stunde mit neuen Überraschungen auf. Jody Miller erfuhr, ja, sie sei schwanger. Sie bat Dr. Johnson, ihre Mutter nicht anzurufen. Er schlug ihr diese Bitte aus, weil sie noch minderjährig war, worauf sie im Sprechzimmer einen Tobsuchtsanfall bekam. Hayden McIntire, der viel jüngere Partner des Arztes, und zwei Sprechstundenhilfen eilten herbei, um Jody zu bändigen.

Als Irene Miller kam, war sie es merkwürdigerweise, die weinte, nicht Jody. Die Schande einer unehelichen Schwangerschaft machte Irene fix und fertig. Sie war infolge der Spannungen bei sich zu Hause ohnehin schon angeschlagen, und nun auch noch dies. Jody selbst schämte sich ihres Zustandes keineswegs, sie wollte bloß nicht schwanger sein. Larry riet Mutter und Tochter, sich auszusprechen, aber nicht in seinem Behandlungszimmer.

Um zwölf Uhr mittags wurde Kendrick Miller gegen eine Kaution von 250000 Dollar in die Obhut seines Anwalts Ned Tucker entlassen. Um ein Uhr wies er seinen Scheidungsanwalt an, Irene keine Papiere zuzustellen. Diese Krise brauche sie nicht noch obendrein, sagte er. In Wirklichkeit wollte er, daß Irene ihm beistand, aber da Kendrick nun mal war, wie er war, mußte es sich anhören, als würde er seiner Frau einen großen Gefallen tun.

Um halb drei brüllte er Sandy Brashiers am Telefon an und sagte, er werde seine Tochter von dieser jämmerlichen Schule nehmen, bis sich die Dinge dort aufgeklärt hätten. Um halb vier war die Lage so brenzlig, daß Kendrick Father Michael anrief und ihn um Hilfe bat. Das Eingeständnis, Hilfe zu brauchen, war ein Schritt in die richtige Richtung.

Um Viertel vor fünf gab es die letzte Überraschung des Tages, als BoomBoom Craycroft die Herrschaft über ihren glänzenden nagelneuen BMW der 7er Serie verlor. Sie war durch die schmale Straße hinter dem Postamt gebraust, wo sie sich um 360 Grad drehte und Harrys blauen Ford rammte.

Als die Tiere den Knall hörten, rannten sie aus dem Postamt. BoomBoom, die selbst keinen Kratzer abgekriegt hatte, öffnete die Tür ihres metallic-grünen Vehikels, setzte einen Fuß auf die Erde und fing an zu heulen.

«Ist sie verletzt?» Tucker rannte zu ihr.

Mrs. Murphy, im Opossumtrab unterwegs, erklärte: *«Ihre Essenzen haben einen Knacks.»*

Bei dem Zusammenstoß war die Plastikkiste, in der BoomBoom ihre Zauberdüfte verwahrte, gegen das Armaturenbrett gerumst und aufgeplatzt, und ihr entströmte ein Gemisch aus Rose, Salbei und Schwarzwurz.

Harry öffnete die Hintertür. «O nein!»

«Ich konnte nichts dafür! Ich bin mit dem Absatz in der Fußmatte hängengeblieben», sagte BoomBoom weinend.

Mrs. Hogendobber streckte den Kopf aus der Tür. Ihr Körper folgte auf dem Fuße. «Sind Sie verletzt?»

«Mein Hals tut weh.»

«Soll ich den Krankenwagen holen?» fragte Harry zweifelnd, aber sie wollte BoomBoom auf keinen Fall die Hilfeleistung verweigern.

«Nein. Ich geh zu Larry. Ist vermutlich ein Schleudertrauma.» Sie betrachtete die eingebeulte Seite des Transporters. «Ich bin versichert, Harry, keine Sorge.»

Harry seufzte. Ihr armer Transporter. Tucker lief unter den Wagen, um das Fahrgestell zu inspizieren. Es war unbeschädigt. Der BMW hatte eine kleine Beule am rechten Kotflügel.

Pewter, die sich in gemächlicherem Tempo bewegte, ging um den Transporter herum. *«Wir können trotzdem damit nach Hause fahren. Ist ja bloß die Seite eingedellt.»*

«Ich rufe das Sheriffbüro an.» Erleichtert, daß BoomBoom nichts passiert war, ging Miranda wieder ins Postamt.

Market Shiflett öffnete die Tür. «Ich dachte, ich hätte was gehört.» Er peilte die Lage. Ehe er fragen konnte, sagte BoomBoom: «Keine Knochen gebrochen.»

«Gut.» Er hörte die Eingangstür klingeln und verschwand wieder in seinem Laden.

«Komm rein.» Harry half ihrer einstigen Rivalin aus dem Auto. «Es ist kalt hier draußen.»

«Mein Absatz ist in der neuen Matte hängengeblieben, die ich gekauft habe.» Sie zeigte auf eine flauschige Matte mit dem BMW-Logo.

«BoomBoom, warum trägst du hohe Absätze, wenn du Besorgungen machst?»

«Oh – hm –» Ihre Hand flatterte.

«Wo hast du gesteckt? Du kommst doch immer deine Post abholen.»

«Ich war nicht ganz bei mir. Diese Morde bringen mich ganz durcheinander.»

Drinnen brühte Mrs. Hogendobber einen starken Tee auf, während sie darauf wartete, daß jemand vom Sheriffbüro vorbeikam.

«Ich finde es schrecklich, daß Darla McKinchie, dieses egozentrische Nichts von einer Schauspielerin, hier keinen Trauergottesdienst abhalten läßt.» Vom Tee belebt, berichtete BoomBoom ihnen von dem Anruf, den Herb erhalten hatte. Sie hatte Herbie Jones im Blumenladen getroffen.

«Ganz schön kaltblütig.» Harry bückte sich, um ihre Schuhe zuzubinden. Mrs. Murphy half ihr dabei.

«Irgend jemand sollte dafür sorgen, daß hier ein Gedenkgottesdienst stattfindet.»

«Das wäre großartig, BoomBoom, warum nehmen Sie das nicht in die Hand?» Miranda lächelte, weil sie wußte, daß sie BoomBoom etwas vorgeschlagen hatte, was sie ohnehin tun wollte.

Als der Beamte vom Sheriffbüro gegangen war, nachdem er Fragen zu dem Unfall gestellt und Fotos gemacht hatte, erschien der Versicherungsagent und tat dasselbe. Dann war er fort, und schließlich ging auch BoomBoom – zu Harrys großer Erleichterung, denn sie mußte sich mächtig anstrengen, um höflich zu einer Frau zu sein, die sie nicht leiden konnte. BoomBoom sagte, sie sei zu durcheinander, um Auto zu fahren, deshalb holte Lucinda Coles sie ab. Der Wagen blieb beim Postamt stehen, der Zündschlüssel steckte.

42

April, nun seien Sie doch kooperativ.» Cooper klopfte aufgebracht mit den Knöcheln auf den Tisch.

«Nein, ich bleibe hier und lebe für eine Weile auf Staatskosten. Ich zahle mit meinen Steuern für dieses Gefängnis.» Sie strich sich eine verirrte Locke aus der Stirn.

«Das Entfernen von Dokumenten, die sachdienlich sind zur Aufklärung des Mordes an Roscoe Fletcher –»

April unterbrach sie. «Aber das sind sie nicht! Sie sind sachdienlich für die Tätigkeiten von St. Elizabeth, und die gehen Sie nichts an.»

Cooper schlug mit der Hand auf den Tisch. «Unterschlagung geht mich sehr wohl etwas an!»

April, die sich von der Anschuldigung nicht aus der Ruhe bringen ließ, schürzte die Lippen. «Das müssen Sie mir erst mal beweisen.»

Cynthia streckte die langen Beine, atmete tief durch, zählte bis zehn und fing von vorne an. «Sie haben eine wichtige Stellung in dieser Gemeinde. Setzen Sie sie nicht aufs Spiel, um einen toten Mann zu schützen.»

April verschränkte die Arme und zog sich in feindseliges Schweigen zurück.

Cooper tat desgleichen.

Zwanzig Minuten später machte April den Mund auf. «Und Sie können mir auch nicht beweisen, daß ich eine Affäre mit ihm hatte. Das denken alle. Kommen Sie mir nicht mit diesem Geschwafel von wegen wichtige Stellung in der Gemeinde.»

«Aber es stimmt. Sie sind wichtig für St. Elizabeth.»

April beugte sich vor, stützte beide Ellenbogen auf den Tisch. «Ich bin Sekretärin. Das ist nichts» – sie machte mit der Hand eine wegwerfende Geste – «für die Leute hier. Aber ich bin eine verdammt gute Sekretärin.»

«Davon bin ich überzeugt.»

«Und» – sie rückte noch ein bißchen weiter vor – «Sandy Brashiers wird garantiert alles ruinieren, wofür wir gearbeitet haben. Der Mann lebt in einer Traumwelt, und er ist hinterlistig. Schön, mag er Interimsdirektor sein, aber Direktor wovon! Niemand war heute in der Schule.»

«Aber Sie waren dort.»

«Das ist mein Job. Außerdem, mich bringt niemand um – ich bin zu unbedeutend.»

«Wenn Sie wissen, warum Roscoe getötet wurde, bringt man vielleicht auch Sie um.»

«Ich weiß es nicht.»

«Wenn Sie es wüßten, würden Sie es mir sagen?»

Ein kurzes Schweigen folgte dieser Frage.

April sah Cynthia in die Augen und antwortete entschlossen: «Ja. Und ich sag Ihnen noch was. Roscoe hatte etwas gegen Sandy Brashiers in der Hand. Er hat mir nie erzählt, was es war, aber damit hat er Sandy in Schach gehalten.»

«Und haben Sie irgendeine Ahnung?»

«Nein.» Sie schnappte nach Luft. «Ich wünschte wirklich, ich wüßte es.»

43

Kendrick starrte auf Jodys roten BMW, während sie aufbrauste: «Nein! Ich habe ihn von Großvater Kendricks Geld bezahlt. Er hat mir das Geld vererbt, nicht dir.»

«Er hat es dir vermacht, um davon das College zu bezahlen, und du hast versprochen, es auf dem Sparkonto zu lassen.» Sein Gesicht färbte sich rot.

In dem Bemühen, einen ausgewachsenen Krach zu entschärfen, schritt Irene ein. «Wir sind alle müde. Laßt uns das morgen besprechen.» Sie wußte sehr genau, daß jetzt nicht der richtige Zeitpunkt war, um das weit wichtigere Thema, Jodys Schwangerschaft, zur Sprache zu bringen.

«Nimm sie nicht dauernd in Schutz», verlangte Kendrick.

«Weißt du, Dad, wir sind keine Angestellten. Du kannst uns nicht rumkommandieren.»

Er knallte die Küchentür zu und kam mit den BMW-Schlüsseln in der Hand zurück. Er ließ sie vor der Nase seiner Tochter baumeln. «Du gehst nirgends hin.»

Sie zuckte die Achseln; denn sie hatte den zweiten Satz Schlüssel versteckt.

Kendrick beruhigte sich einen Moment. «Hast du den Wagen heute abgeholt?»

«Äh –»

«Nein, sie hat ihn schon ein paar Tage.»

«Drei Tage.»

Irene wußte nicht, wie lange Jody den Wagen schon

hatte, aber das war kaum ihre Hauptsorge. Sie hatte sich daran gewöhnt, daß ihre Tochter sie belog. Andere Eltern bestätigten, auch ihre Kinder würden das tun, vor allem während der Pubertät, trotzdem war Irene deswegen besorgt. Sich an etwas zu gewöhnen mußte nicht heißen, daß man es billigte.

«Wenn du den Wagen schon drei Tage hast, wo war er?»

«Ich hab ihn einer Freundin geliehen.»

«Lüg mich nicht an!» Die Adern an Kendricks Hals traten hervor.

«Ist es jetzt nicht ein bißchen spät, den Vater zu spielen?» murmelte sie.

Da schlug er sie mit dem Handrücken ins Gesicht. Tränen traten ihr in die Augen. «Du gibst den Wagen zurück!»

«Kommt nicht in Frage.»

Er schlug sie noch einmal.

«Kendrick, bitte!»

«Halt du dich da raus.»

«Sie ist auch meine Tochter. Sie hat einen unbedachten Kauf getätigt, aber aus solchen Sachen lernen wir. Aus unbedachten Käufen», griff Irene ein.

«Wo hattest du den Wagen versteckt?» brüllte Kendrick.

«Du kannst mich zu Brei schlagen. Ich sag's dir trotzdem nicht.»

Wieder hob er die Hand. Irene fiel ihm in den Arm, und Jody duckte sich. Er warf seine Frau zu Boden.

«Geh in dein Zimmer.»

Jody hastete sofort zu ihrem Zimmer.

Kendrick sah auf die Uhr. «Heute ist es zu spät, um

den Wagen zurückzubringen. Morgen fährst du hinter mir her dorthin.»

Irene rappelte sich hoch. «Sie wird eine Menge Geld verlieren, nicht?»

«Einundzwanzig Prozent.» Er wandte sich von der leicht derangierten Irene ab und ging in die Küche, wo er den Fernseher anstellte, um CNN zu sehen.

Er hatte vergessen, oder es war ihm gleichgültig, daß Jody ein Telefon in ihrem Zimmer hatte. Sie wählte, sobald sie die Tür hinter sich geschlossen hatte.

«Hallo, ist Sean da?»

Sekunden später war Sean am Apparat.

«Ich bin's, Jody.»

«Oh, hi.» Er war mißtrauisch.

«Ich hab heute erfahren, daß ich schwanger bin.»

Darauf folgte ein Stöhnen. «Und was machst du jetzt?»

«Allen erzählen, daß du es warst.»

«Das kannst du nicht machen!»

«Wieso nicht? Du hast mich diesen Sommer nicht gerade abstoßend gefunden.»

Wut blitzte in ihm auf. «Woher weißt du, daß ich es war?»

«Arschloch!» Sie knallte den Hörer auf.

Erschüttert und verloren legte Sean Hallahan den Hörer auf die Gabel.

44

Genervt von elterlichen Anträgen, Schüler von St. Elizabeth zu übernehmen, ließ das Büropersonal der Crozet-Highschool die Telefone klingeln. Die Schlange im Flur ging vor.

Bei der Hauptschule und der Mittelschule herrschte derselbe Andrang.

Sandy Brashiers hatte ein Inserat in die Zeitung gesetzt. Er hatte die Geistesgegenwart besessen, die ganzseitige Anzeige unmittelbar nach Maurys Ermordung aufzugeben, und heute war sie erschienen.

In der Anzeige hieß es, daß die Schulleitung und der Interimsdirektor die Vorfälle an St. Elizabeth bedauerten, diese jedoch Erwachsene beträfen, nicht die Schüler.

Er forderte die Eltern auf, in sein Büro zu kommen oder ihn zu Hause aufzusuchen, und bat sie, ihre Kinder nicht von der Schule zu nehmen.

Einige Eltern lasen das Inserat, während sie in der Schlange standen.

Derweil genossen die Schüler von St. Elizabeth ihre unvorhergesehenen Ferien in vollen Zügen.

Karen Jensen hatte Renee Hallvard angerufen und sie gebeten, zu veranlassen, daß die Hockeymannschaft nachmittags mit der Highschool-Mannschaft trainieren konnte, bis die Luft wieder rein sei.

Roger Davis nutzte die Zeit, um in der Autowaschanlage zu arbeiten. Jody sagte, sie brauche Geld, darum jobbte auch sie dort.

Karen lieh sich das Auto von ihrem Daddy, das zuverlässiger war als ihr alter Volvo, und fuhr mit Brooks nach Staunton, um das Mary Baldwin College zu besichtigen. Sie dachte daran, sich dort anzumelden, wollte es sich aber ohne ihre Eltern ansehen.

Das College war nur knapp sechzig Kilometer von Crozet entfernt.

«Ich würde meinen Abschluß lieber an St. Elizabeth machen, statt zu Crozet High zu wechseln.» Karen fuhr auf der Schnellstraße, der alte Kombi schwankte auf der Fahrbahn. «Wenn ich jetzt die Schule wechsle, könnte das meinen Notendurchschnitt verschlechtern, und außerdem, wir sind doch nicht in Gefahr. Darum möchte ich so schnell wie möglich zurück.»

«Meine Eltern haben sich tierisch aufgeregt.» Brooks seufzte und sah aus dem Fenster, als sie auf der Hauptstraße von Waynesboro nach Westen fuhren.

«Alle Eltern sind ausgeflippt. Ist aber auch echt unheimlich. BoomBoom Crayford sagt, es ist Karma.»

«Karma ist himmlisches Recycling», witzelte Brooks.

«Der ist gut.»

«Find ich auch.» Sie lächelte. «Es ist merkwürdig. Glaubst du, der Mörder ist jemand von St. Elizabeth?»

Karen kicherte. «Sean.»

«Hey, manche glauben wirklich, daß er Mr. Fletcher umgebracht hat. Und alle glauben, Mr. Miller hat Mr. McKinchie erdolcht. Er ist bloß aus dem Knast gekommen, weil er reich ist. Er stand mit dem Schwert in der Hand über ihm.»

Als sie durch die Vororte von Waynesboro fuhren, blickte Brooks auf den sich rot färbenden Sumach am

Straßenrand. «Hast du gehört, daß April Shively im Gefängnis ist? Vielleicht hat sie's getan.»

«Frauen morden nicht», sagte Karen.

«Natürlich morden sie.»

«Nicht wie Männer. Fünfundneunzig Prozent aller Morde werden von Männern begangen, drum spricht alles dafür, daß es ein Mann war.»

«Karen, Frauen sind bloß schlauer. Sie lassen sich nicht erwischen.»

Sie lachten, als sie auf der Route 250 nach Staunton kamen.

45

Der November kann vertrackt sein. Angenehm warme Abschnitte verleihen den Ästen der Bäume, von denen manche noch mit bunten Blättern prunken, einen sanftgoldenen Schimmer. Die Temperatur hält sich ein paar herrliche Tage bei fünfzehn, sechzehn Grad, dann folgt schneidend kalte Luft und erinnert mit Macht daran, daß der Winter vor der Tür steht.

Heute war einer von diesen kupferglänzenden warmen Tagen, und Harry saß draußen hinter dem Postamt und verzehrte ein Schinkensandwich. Mrs. Murphy, Pewter und Tucker saßen im Halbkreis zu ihren Füßen und überschütteten sie mit Aufmerksamkeit.

Mrs. Hogendobber steckte den Kopf aus der Hintertür. «Lassen Sie sich Zeit mit der Mittagspause. Hier ist nicht viel los.»

Harry schluckte, um nicht mit vollem Mund zu sprechen. «Es ist ein wunderschöner Tag. Lassen Sie die Tür offen und setzen Sie sich zu mir.»

«Bring ein Sandwich mit», bat Pewter.

«Später. Ich bin wild entschlossen, die Regale im Hinterzimmer aufzuräumen. Die sehen aus, als wäre ein Sturm durchgebraust.»

«Heben Sie sich das für einen Regentag auf. Kommen Sie», redete Harry ihr zu.

«Ja, es ist wirklich herrlich heute, nicht?» Sie verschwand rasch und kam mit einem Sandwich und zwei süßen Brötchen mit Orangenglasur zurück, ihrer Spezialität.

Obwohl Mrs. Hogendobbers Haus direkt gegenüber dem Hintereingang des Postamts lag, brachte sie ihr Mittagsbrot und das Gebäck gern mit zur Arbeit. Ein kleiner Kühlschrank und eine Kochplatte im Hinterzimmer ermöglichten es den beiden Frauen, ihr Imbißstübchen «Zur Post» zu betreiben, wie sie es manchmal nannten.

«Meine letzten Chrysanthemen.» Miranda wies auf die rostroten Blumen, die ihren herbstlichen Garten einfaßten. «Was macht einen im Herbst so melancholisch?»

«Das Schwinden des Lichts.» Harry genoß den scharfen Senf, den sie auf ihr Sandwich gestrichen hatte.

«Und der Farben, obwohl ich mit Feuerdorn, Kamelien, die im Dezember blühen, und jeder Menge Stechpalmen an strategischen Stellen dagegen ankämpfe. Trotzdem, mir fehlen die Düfte des Sommers.»

«Kolibris.»

«Schlangenbabys.» Mrs. Murphy nannte ihre Delikatessen.

«Mäusebabys», fiel Pewter ein.

«Du kannst doch gar keine Maus töten.» Mrs. Murphy lehnte sich an Harry, für den Fall, daß ihre Mutter auf die Idee käme, ihr was abzugeben.

Pewter, die ein direktes Vorgehen bevorzugte, hatte sich vor Harry hingesetzt, die hellgrünen Augen flehentlich emporgerichtet. *«Das mußt du gerade sagen. Der Stall wird langsam das reinste Mäuse-Manhattan.»*

Tucker sabberte. Mrs. Hogendobber gab ihr ein lekkeres Stückchen Schinken, was die beiden Katzen erzürnte. Miranda brach auch für sie zwei Stückchen ab.

«Auf meinem ist Senf drauf», beklagte sich Mrs. Murphy.

«Dann eß ich's», erbot sich Tucker galant.

«Das glaubst du doch selber nicht.»

«Haben wir nicht ein Glück, daß Miranda all die leckeren Sachen macht?» Pewter schmatzte. *«Sie ist die beste Köchin von Crozet.»*

Cynthia Cooper kam langsam durch die Gasse gerollt und parkte neben BoomBooms BMW. «Schöner Tag heute.»

«Setz dich zu uns.»

Sie sah auf ihre Uhr. «Eine Viertelstunde.»

«Mach eine halbe draus und laß dein Funkgerät an.» Harry lächelte.

«Gute Idee.» Cynthia stellte den Motor ab, dann drehte sie ihre Funksprechanlage laut. «Mrs. H., haben Sie heute Sandwiches für Market gemacht?»

«Ja, sicher.»

Cynthia sprintete durch die schmale Gasse zwischen

dem Postamt und Markets Laden. Minuten später kam sie mit einem Sandwich mit geräuchertem Putenfleisch zurück, dick bestrichen mit Estragonmayonnaise und belegt mit Kopfsalatblättern, die beidseitig auf der ganzen Länge des Weißbrots herausschauten.

Die drei setzten sich auf die hintere Veranda. Hin und wieder plärrte das Funkgerät, aber es kam kein Ruf für Coop.

«Warum hast du dir die Fingernägel lackiert?» Harry bemerkte den himbeerroten Lack.

«Aus Langeweile.»

«Ist es nicht komisch, daß Little Mim dauernd ihre Frisur ändert? Jedesmal, wenn sie eine neue Frisur oder Farbe hat, weiß man, daß was im Busch ist», bemerkte Miranda.

Sean Hallahan schlenderte durch die Gasse.

Harry lachte über sein zerzaustes Aussehen. «Du siehst ja aus wie ein gerupftes Huhn.»

«Oh» – er sah an seinen zerknautschten Sachen herunter –, «stimmt.»

«Wird die Footballmannschaft auch an der Highschool trainieren wie die Hockeymannschaft?»

«Mir hat niemand Bescheid gesagt. Ich weiß nicht, was wir jetzt machen. Ich weiß nicht mal, ob ich wieder zu St. Elizabeth zurückgehe.»

«Möchtest du das denn?» fragte Cynthia.

«Klar, wir haben dieses Jahr eine gute Mannschaft. Und es ist mein letztes Schuljahr. Ich will nicht wechseln.»

«Leuchtet ein», sagte Mrs. Hogendobber.

Er fuhr mit dem Finger über die Kühlerhaube des BMW. «Cool.»

«Ultra», erwiderte Harry.

«Bloß ein Auto.» Pewter ließ sich von Maschinen nicht beeindrucken.

Er beugte sich vor, beschattete die Augen und blickte ins Innere. «Leder. Stinkt aber.»

«Sie hat ihre Essenzen verschüttet», sagte Harry.

«Fang nicht an zu spinnen», riet Mrs. Murphy ihr.

Sean öffnete die Autotür, und die konkurrierenden Düfte wogten in einem Schwall heraus. «Ich hoffe, daß ich mal reich werde.»

«Das wünsche ich dir.» Harry gab den Tieren den Rest von ihrem Sandwich.

Er drehte den Zündschlüssel herum, ließ die Fenster herunter und schaltete das Radio ein. «Echt cool. Einfach cool.»

«Wo ist BoomBoom überhaupt?» Cynthia trank Eistee aus der Dose.

«Wer weiß? Sie braucht jemanden, der ihr zum BMW-Händler folgt, um sie anschließend nach Hause zu fahren. Ihre Stoßstange ist leicht eingedellt, es ist eigentlich gar keine richtige Delle – nur der Lack ist ein bißchen angekratzt.» Harry wies auf die Stelle.

Sean, der nicht auf das Gespräch achtete, lehnte den Kopf zurück und drehte das Radio ein bißchen lauter. Er war von Lautsprechern umgeben. Dann löste er die Handbremse, legte den Rückwärtsgang ein und fuhr in die Gasse. Er winkte den drei Frauen und den drei Tieren zu und rollte vorsichtig vorwärts.

«Soll ich ihn zurückpfeifen?» Cynthia reckte den Hals.

«Nee.»

Sie warteten ein paar Minuten. Sie glaubten, er

würde einmal um den Block fahren und wieder zurückkommen. Dann hörten sie Reifen quietschen.

Cooper legte den Rest ihres Sandwichs hin. Sie stand auf. Das Auto entfernte sich.

Mrs. Hogendobber lauschte. «Er kommt nicht zurück.»

«Das ist nicht zu fassen!» Cooper eilte zum Streifenwagen, während Tucker die Sandwichreste in sich hineinstopfte. Cynthia holte das Funkgerät heraus und sagte der diensthabenden Beamtin, wo sie war und was sie tat. Sie bat noch nicht um Verstärkung, weil sie glaubte, Sean mache nur eine Spritztour. Sie hoffte, ihn überholen und zur Umkehr bewegen zu können, bevor er sich noch mehr Ärger einhandelte – er hatte so schon genug am Hals.

«Kann ich mitkommen?» fragte Harry.

«Steig ein.»

Harry öffnete die Wagentür. Mrs. Murphy und Tucker sprangen mit ihr hinein. «Miranda, macht es Ihnen nichts aus?»

«Fahren Sie nur.» Sie winkte ihr, dann blickte sie nach unten. «Pewter, bleibst du bei mir?»

«Ja.» Die graue Katze folgte ihr ins Postamt.

Cynthia bog links ab in Richtung Route 250. «Hat sich angehört, als wäre er hier lang gefahren.»

«Meinst du nicht, daß er eine große Runde dreht und dann zurückkommt?»

«Doch. Direkt vor meiner Nase ... Mensch, was für eine Dummheit.» Sie schüttelte den Kopf.

«Er hat in letzter Zeit nicht viel Vernunft bewiesen.»

Mrs. Murphy machte es sich auf Harrys Schoß gemütlich. Tucker saß zwischen den Menschen.

Als sie die Route 250 erreichten, sahen sie einen mit Holz beladenen Lkw, der auf der rechten Straßenseite hielt. Cynthia bremste ab, schaltete ihre Blinkanlage ein. «Bleib hier.» Sie stieg aus. Harry sah sie mit dem Fahrer sprechen, der nach Westen zeigte. Coop flitzte zum Wagen zurück.

Sie trat aufs Gaspedal und schaltete die Sirene ein.

«Ärger?»

«Ja.»

Autos fuhren rechts ran, als Cynthias Wagen heulend auf der Route 250 zum Fuß des Afton Mountain fuhr. Dann nahmen sie die Steigung zur Anhöhe in Angriff, gut 560 Meter.

«Meinst du, er hat die I 64 genommen?»

«Ja. Eine vierspurige Autobahn. Sein Tacho wird sich überschlagen.»

«Scheiße, Cooper, er wird sich selbst überschlagen.»

«Auf den Gedanken bin ich auch schon gekommen.»

Mrs. Murphy beugte sich an Harry vorbei und sagte zu Tucker: *«Anschnallen.»*

«Ja», erwiderte der Hund und wünschte, es gäbe Sicherheitsgurte für Tiere.

Cynthia raste auf der Anhöhe an einem Howard Johnson's Restaurant vorbei, bog links ab, dann rechts, um auf die I 64 zu gelangen. Fahrzeuge scherten rechts aus, so gut sie konnten, aber an manchen Stellen an der Auffahrt war das Bankett nicht befahrbar. Sie riß das Steuer herum, um den Autos auszuweichen.

Sie ließen das Rockfish Valley hinter sich; es wurde vom Shenandoah Valley abgelöst. Als sie auf die I 64 kamen, war rechter Hand kurz Waynesboro zu sehen.

Reste von Herbstlaub verschwammen. Cynthia bewältigte die weiten Kurven auf den Blue Ridge Mountains.

«Und wenn er den Skyline Drive genommen hat?» fragte Harry.

«Ich muß die Polizei von Virginia verständigen, und die von Augusta County auch. Verdammt!»

«Er hat es sich selbst eingebrockt», erwiderte Harry.

«Stimmt.» Cooper rief die diensthabende Beamtin an, gab durch, wo sie sich befand, und forderte Verstärkung sowie Unterstützung auf dem Skyline Drive an.

«Irgendwas paßt nicht zusammen.» Mrs. Murphy kuschelte sich an Harry, wenn diese sich in den Kurven festhielt.

«Daß er den Wagen gestohlen hat?»

«Daß er es direkt vor ihrer Nase tat. Er will erwischt werden.» Ihre Augen wurden weit, als sie sich wieder in eine Kurve legten. *«Er steckt in der Sache drin, oder er weiß etwas.»*

«Warum stiehlt er dann vor Coops Nase ein Auto?» Tucker stellte diese naheliegende Frage.

«Das meine ich ja – irgendwas paßt da nicht zusammen», erwiderte Murphy.

Weiter vorne sahen sie Sean. Cynthia blickte auf ihren Tacho. Sie fuhr fast hundertfünfzig, und dies war nicht die sicherste Strecke im Staat Virginia.

Sie drosselte das Tempo ein wenig. «Er wird sich nicht nur selbst gefährden, sondern auch andere.» Sie drückte auf den Knopf des Funkgeräts. «Subjekt in Sicht. Gerade an neunundneunzig auf der Leitplanke vorbei.» Sie wiederholte die Nummer, die auf einem kleinen Metallschild stand. «Verdammt, er fährt hundertsechzig.» Sie schüttelte den Kopf.

So gut der BMW auch war, Sean war es nicht gewöhnt, eine Hochleistungsmaschine zu fahren, und das noch unter erschwerten Bedingungen. Das Blaulicht hinter ihm machte ihm nicht soviel Angst wie das Blaulicht, das ihm entgegenkam. Er ließ die Straße für einen Sekundenbruchteil aus den Augen, aber ein Sekundenbruchteil bei 160 Stundenkilometern ist ein Bruchteil zu lang. Er kam aus der Spur, steuerte hart dagegen und drehte sich um 360 Grad, durchbrach die Leitplanke und nahm das Metall mit, als er über die Schlucht segelte.

«O mein Gott!» schrie Harry.

Cynthia kam mit quietschenden Reifen zum Stehen. Der BMW schien eine Ewigkeit in der Luft zu schweben und krachte schließlich tief unten in den Berglorbeer.

Cynthia und Harry waren aus dem Streifenwagen, sobald er hielt. Mrs. Murphy und Tucker konnten den Berghang viel besser hinunterlaufen als die beiden Menschen, die stolperten, rutschten und wieder aufstanden.

«Wir müssen ihn holen, bevor er in die Luft fliegt!» schrie Mrs. Murphy der Corgihündin zu, die die Lage ebenfalls erfaßte.

Der BMW war auf dem Dach liegengeblieben. Die Tiere erreichten ihn, und Tucker versuchte, die Tür zu öffnen, indem sie sich auf die Hinterbeine stellte.

«Unmöglich.»

Die Tigerkatze rannte um den Wagen herum in der Hoffnung, daß die Fenster auf der anderen Seite zu Bruch gegangen seien.

Harry und Cooper kamen hinzu, beide schlammbedeckt, zerkratzt und zerrissen. Cooper öffnete die Tür. Sean saß, vom Sicherheitsgurt gehalten, mit dem Kopf nach unten in dem umgekippten Wagen. Sie langte hinein und klickte den Gurt auf. Mit Harrys Hilfe zerrte sie Sean heraus.

«Hochhieven», befahl Cynthia.

Harry packte seinen linken Arm, Cynthia den rechten, und Tucker packte ihn hinten am Kragen. Sie kämpften angestrengt und schafften es, den bewußtlosen, blutenden Jungen fünfzig Meter den Hang hochzuschleppen. Mrs. Murphy sprang voraus.

Der BMW gab ein letztes Krachen von sich, und dann ging, *wumm,* die schöne Maschine in Flammen auf.

Die beiden Frauen setzten sich einen Moment hin und hielten Sean so, daß er nicht wieder hinunterrutschen konnte. Mrs. Murphy ging voraus und suchte den leichtesten Weg nach oben. Die keuchende Tucker setzte sich ebenfalls einen Augenblick.

Sie hörten Sirenen und eine Stimme am Rand der Schlucht.

Tucker bellte: *«Wir sind hier unten!»*

Harry, Sean immer noch fest im Griff, drehte sich um und sah Rettungsleute den Hang herunterklettern. Sie fühlte nach seiner Halsschlagader; ein schwacher Puls schlug unter ihren Fingerspitzen. «Er lebt.»

Mrs. Murphy flüsterte. *«Wie lange noch?»*

46

Das Kirschholz im Kamin knackte und setzte seinen schweren Duft frei. Tucker, die vor dem Kamin schlief, japste gelegentlich; sie träumte von Eichhörnchen.

Mrs. Murphy hatte sich auf dem Sofa auf Harrys Schoß zusammengekuschelt, während Pewter es sich in dem Ohrensessel auf Fairs breiterem Schoß gemütlich gemacht hatte. Erschöpft von der Erschütterung sowie der Kletterei aus der tiefen Schlucht, zog sich Harry die abgenutzte Häkeldecke um die Beine; ihre Füße ruhten auf einem Hocker.

Fair brach das Schweigen. «Ich weiß, Rick hat dich gebeten, nichts über Seans Zustand zu sagen, aber mir kannst du es doch erzählen.»

«Fair, der Sheriff hat eine Wache in seinem Krankenhauszimmer postiert. Und ehrlich gesagt, ich weiß nichts über seinen Zustand.»

«War er in die Vorgänge an St. Elizabeth verwikkelt?»

«Ich vermute es.» Sie lehnte den Kopf an ein Petitpoint-Kissen. «Als Teenager meinst du, alles zu wissen. Deine Eltern sind außen vor. Du bist unbesiegbar. Besonders Sean, der Football-Star. Ich möchte wissen, wie er in diesen Schlamassel geraten ist, und ich frage mich, was wirklich dahintersteckt.»

«Ich habe gehört, daß April heute aus dem Gefängnis entlassen wurde und daß sie nicht gehen wollte», bemerkte Fair. «Auch sie muß wissen, was vorgeht.»

«Das ist wirklich seltsam. Sie sieht nicht aus wie eine Verbrecherin, oder?»

«Ich habe immer gedacht, daß sie in Roscoe verliebt war und daß er sie ausgenutzt hat», sagte Fair.

«Du meinst, er hat mit ihr geschlafen?»

«Das weiß ich nicht. Vielleicht» – er überlegte einen Moment –, «aber auf jeden Fall hat er sie ausgenutzt. Sie ist durch jeden Reifen gesprungen, den er ihr hingehalten hat. Unter anderem war es April zu verdanken, daß an St. Elizabeth alles so glatt lief. Roscoe hat ganz bestimmt nicht viel dazu beigetragen. Seine Begabungen lagen auf anderen Gebieten, mit Kleinkram gab er sich nicht ab.» Er stand auf und warf noch ein Holzscheit ins Feuer. «Hat er dir jemals Bonbons angeboten?»

«Jedesmal, wenn er mich sah.»

«Mir hat er nie Katzenminze angeboten», murrte Pewter.

«Mom hat diesen gewissen Ausdruck im Gesicht. Sie hat einen Geistesblitz.» Tucker faßte Harry fest ins Auge.

«Menschen sind grundsätzlich irrational. Sie benutzen das bißchen kostbare Vernunft, das sie besitzen, um ihr irrationales Verhalten zu rechtfertigen. Ein Geistesblitz ist eine Ausrede für Unlogik», sagte Pewter.

Murphy lachte. *«Amen.»*

Harry kitzelte Murphy an den Ohren. «Bist du heute aber gesprächig.»

«Ich kann eine Passage aus Macbeth zitieren, falls du Lust hast, sie zu hören. ‹Morgen und morgen und dann wieder morgen kriecht –›»

«Angeberin.» Pewter schnippte kurz mit dem Schwanz. *«Shakespeare zitieren ist nicht schwerer als ‹Katie went to Haiti looking for a thrill›.»*

«Cole Porter.» Mrs. Murphy sang den Rest des Songs mit Pewter.

Harry lachte. «Was haben die beiden bloß?»

«Mrs. Murphy erzählt ihr, daß sie knapp dem Tod entronnen sind.»

«Das haben wir gleich als erstes erzählt, als wir nach Hause kamen.» Mrs. Murphy setzte sich auf und sang lauthals den Refrain von «Katie Went to Haiti».

«Herrje», stöhnte Tucker und legte die Ohren flach, *«du könntest Tote auferwecken.»*

Pewter, die jetzt auf dem Cole-Porter-Trip war, trällerte: *«When they begin the beguine.»*

Kopfschüttelnd setzten die Menschen ihre Unterhaltung fort.

«Der Schlüssel ist vielleicht Seans Verbindung zu Roscoe und Maury.» Harrys Augen leuchteten auf. «Er hätte leicht die zweite Todesanzeige in Rogers Zeitungen stecken können. Die Kids sind untereinander über alle ihre Termine informiert. Die Männer müssen Sean für irgend etwas benutzt haben –» Sie runzelte die Stirn; sie konnte sich beim besten Willen nicht vorstellen, was ein halbwüchsiger Junge haben konnte, das beide Männer wollten.

«Nicht unbedingt.» Fair spielte den Advocatus Diaboli. «Es könnte schlicht ein dummer Zufall gewesen sein.»

Harry schüttelte den Kopf. «Nein, das glaube ich wirklich nicht. Sean steckt bis zum Hals mit drin.»

Fair ließ seine Knöchel knacken, eine Angewohnheit, die Harry verdrängt hatte. «Kendrick Miller hat Maury erstochen. Maurys Ermordung hat nichts mit Roscoes Ermordung zu tun. Und der Junge hat sich sozusagen den BMW unter den Nagel gerissen, ist einfach verduftet. Er hat etwas begonnen und wußte nicht, wie er es beenden sollte.»

«Aber Rick Shaw läßt ihn im Krankenhaus bewachen.» Harry kam auf diese wichtige Tatsache zurück.

«Du hast recht – aber ihn mit Roscoes und Maurys Ermordung in Zusammenhang zu bringen, scheint mir sehr weit hergeholt.»

Harry sprang vom Sofa. «Verzeihung, Murphy.»

«Ich hatte es so-o-o gemütlich», stöhnte Murphy verärgert. *«Pewter, geben wir's ihnen. Laß uns ‹Dixie› singen.»*

Die beiden Katzen vereinten ihre Stimmen zu einer schwungvollen Interpretation jenes Songs, den manche südlich der Mason-Dixon-Grenze so liebten.

«Du bist Tierarzt. Bring du sie zum Schweigen», bat Tucker.

Fair zuckte die Achseln und lachte über die beiden Sängerinnen.

«Hier.» Harry warf Fair eine Tüte Leckerbissen zu. «Ich weiß, daß das funktioniert.» So war es, und sie konnte Susan anrufen. «Hey, Suz.»

«Miranda ist hier. Warum hast du mir nichts gesagt!»

«Tu ich doch gerade.»

«Seit wann bist du zu Hause? O Harry, du hättest geröstet werden können.»

«Ich bin seit einer Stunde zu Hause. Fair ist hier.»

«Erzähl mir, was passiert ist.»

«Morgen, Susan, ich versprech's. Jetzt muß ich erst mal mit Brooks sprechen. Schickst du sie morgen zu St. Elizabeth?»

«Nein. Obwohl sie es möchte.» Susan rief ihre Tochter an den Apparat.

Harry kam sofort zur Sache. «Brooks, kannst du dich erinnern, wem Roscoe Fletcher Bonbons angeboten hat, als er an der Waschanlage in der Schlange wartete?»

«Allen.»

«Versuch dich genau zu erinnern, Brooks.»

«Ah, okay ... als ich ihn das erste Mal sah, stand er fast draußen auf der Route 29. Ich glaube nicht, daß er mit jemand gesprochen hat, höchstens mit den Jungs von der Texaco-Tankstelle. Ich habe ihn erst wieder bemerkt, als er halb an der Einfahrt war. Hm –» Sie strengte sich an, um sich den Vorfall zu vergegenwärtigen. «Mrs. Fletcher hat ihn angehupt. Er stieg aus und sprach mit ihr, glaube ich. Die Schlange ging so langsam vorwärts. Dann ist er wieder eingestiegen. Mrs. Miller hat mit ihm gesprochen. Karen ist einen Moment zu ihm gegangen, er hatte sie gerufen. Als Jody ihn sah, hat sie sich im Büro versteckt. Du weißt ja, sie hatte einen Anraunzer gekriegt, weil sie nach dem Hockeyspiel die Beherrschung verloren hat. Ah – ist das schwierig.»

«Ich weiß, aber es ist äußerst wichtig.»

«Roger, als Mr. Fletcher am Portal ankam – wir sagen Portal dazu.»

«Fällt dir sonst noch jemand ein?»

«Nein. Aber ich hab ja auch Stoßstangen geschrubbt. Da hätte leicht mal jemand zu ihm gehen können, ohne daß ich es mitkriege.»

«Das ist mir klar. Du hast dir alle Mühe gegeben.»

«Willst du Mom noch mal sprechen?»

«Sicher.»

«Was hast du vor?» fragte Susan.

«Ich will rausfiltern, wem Roscoe an der Waschanlage Bonbons angeboten hat.»

Susan, die merkte, daß Harry gerade besessen war, sagte ihr, sie würden sich morgen sehen.

Darauf wählte Harry Karen Jensens Nummer. Sie stellte Karen dieselben Fragen und erhielt nahezu dieselben Antworten; Karen meinte jedoch, Jody habe das Gelände der Autowaschanlage verlassen, sei zurückgekommen, habe Roscoe gesehen und sich in Jimbos Büro verdrückt. Sie erinnerte sich, daß Naomi und Irene in der Schlange gewartet hatten, aber sie konnte sich nicht besinnen, ob sie aus ihren Autos ausgestiegen waren. Sie wollte wissen, wie es Sean ging.

«Das weiß ich nicht.»

Mit belegter Stimme sagte Karen: «Ich hab Sean wirklich gern – auch wenn er manchmal ein Vollidiot sein kann.»

«Kannst du dir einen Grund denken, weswegen er Mrs. Craycrofts Wagen genommen hat?»

«Nein – na ja, ich meine, er ist schon ein Draufgänger. Aber er hätte ihn niemals gestohlen. Das war einfach nicht sein Ding.»

«Danke, Karen.» Harry legte den Hörer auf. Auch sie glaubte nicht, daß Sean ein Auto stehlen würde. Eine Spritztour, ja. Stehlen, nein.

Als nächstes rief sie Jimbo an. Er erinnerte sich, selbst mit Roscoe gesprochen zu haben, dann sei er wieder in sein Büro gegangen, weil das Telefon klingelte. Harry fragte, ob Jody bei ihm im Büro gewesen sei. Er sagte ja, sie sei reingekommen, kurz nachdem er mit Roscoe gesprochen habe, aber zum Zeitpunkt konnte er keine genauen Angaben machen.

Als nächstes versuchte sie es bei Roger, der meinte, Roscoe habe einem Tankwart an der Texaco-Tankstelle

Bonbons angeboten. Er, Roger, habe hochgeguckt, um die Autos in der Schlange zu zählen. Er erinnerte sich, daß Naomi und Irene beide aus ihren Autos gestiegen waren und mit Roscoe gesprochen hatten, Roscoe dagegen nicht ausgestiegen war, um mit seiner Frau zu sprechen. Roger war sich ziemlich sicher, dies gesehen zu haben, und er bestätigte, daß Jody unter gar keinen Umständen mit Roscoe sprechen wollte. Er wußte nicht, wann Jody Roscoe das erste Mal gesehen hatte. Sie hätte für alle Lunch holen sollen, aber dazu sei sie nicht gekommen.

Der letzte Anruf galt Jody. Irene holte ihre Tochter widerwillig ans Telefon.

«Jody, verzeih, daß ich störe.»

«Ist schon okay.» Jody flüsterte: «Wie geht es Sean? Es ist schon überall rum, daß er BoomBoom Craycrofts neues Auto zu Schrott gefahren hat.»

«Ich weiß nicht, wie es ihm geht.»

«Hat er etwas gesagt?»

«Darauf kann ich nicht antworten.»

«Aber Sie haben ihn aus dem Wagen gezogen. Er muß doch etwas gesagt haben ... warum er es getan hat.»

«Ich habe Anweisung von Sheriff Shaw, nichts zu sagen, Jody.»

«Ich hab im Krankenhaus angerufen. Die wollen mir auch nichts sagen.» Panik schlich sich in ihre Stimme.

«Das tun sie immer, Jody. Das ist üblich. Und wenn du bloß wegen einem eingewachsenen Nagel drin wärst, würden sie keine Informationen rausrücken.»

«Aber es ist nichts Schlimmes, oder?»

«Darauf kann ich nicht antworten. Ich weiß es ehrlich nicht.» Harry hielt inne. «Ihr seid wohl gute Freunde?»

«Wir haben uns diesen Sommer ziemlich gut verstanden. Wir haben im Club Tennis gespielt.»

«Wart ihr zusammen?»

«Sozusagen. Wir sind zusammen mit anderen ausgegangen.» Sie schniefte. «Er muß wieder gesund werden.»

«Er ist jung, und er ist stark.» Harry wartete kurz, dann wechselte sie das Thema. «Ich versuche zu rekonstruieren, wie vielen Leuten Mr. Fletcher Erdbeerdrops angeboten hat, weil nämlich jeder hätte vergiftet werden können.» Harry sagte nicht, was sie in Wahrheit dachte, obwohl sie die Wahrheit *sagte*, ein schlauer Trick.

«Allen.»

Harry lachte. «Darin stimmen alle überein.»

«Mit wem haben Sie noch gesprochen?»

«Roger, Brooks, Karen und Jimbo. Alle sagen ungefähr dasselbe, bloß bei der Reihenfolge kommen sie durcheinander.»

«Oh.»

«Hat Mr. Fletcher dir Bonbons angeboten?»

«Nein. Ich hab mich in Mr. Ansons Büro verdrückt. Ich war in Ungnade gefallen.»

«Tja. Aber es war trotzdem ein großartiges Spiel, ihr habt phantastisch gespielt.»

«Wirklich?» Ihre Stimme klang heiterer.

«Ihr könntet in die Landesausscheidung kommen. Das heißt, wenn St. Elizabeth in dieser Saison überhaupt spielt. Wer weiß, was wird, wenn so viele Eltern ihre Kinder von der Schule nehmen.»

«Schule ist Schule.» Jody meinte zuversichtlich: «Ich gehe zurück, andere auch. Ich bin lieber dort als», sie flüsterte wieder, «hier.»

«Ah, Jody, sind deine Eltern in der Nähe?»

«Nein, aber ich traue ihnen nicht. Dad ist ausgesprochen komisch, seit er aus dem Gefängnis ist. Mom könnte am anderen Apparat sein, so wie ich sie kenne.»

«Nur, weil sie sich Sorgen um dich macht.»

«Weil sie eine Schnüfflerin ist. Hörst du das, Mom? Wenn du in der Leitung bist, leg auf!»

Harry ignorierte diesen Ausbruch. «Jody, kannst du mir ganz genau sagen, wem Mr. Fletcher Bonbons angeboten hat, das heißt, falls du es von Jimbos Büro aus beobachtet hast?»

«Mr. Anson ist rausgegangen und hat mit ihm gesprochen. Ich hab hinter dem Schreibtisch gesessen. Ich hab nicht richtig hingeguckt.»

«Hast du Mrs. Fletcher oder deine Mom aus ihren Autos steigen und mit Mr. Fletcher sprechen sehen?»

«Ich kann mich nicht erinnern, daß Mom irgendwas gemacht hat – aber ich hab sie ja auch nicht beobachtet.»

«Oh, hey, eh ich's vergesse, ich komm ja nicht so oft dorthin, die anderen haben gesagt, du warst an dem Tag dran mit Lunchholen. Wo kriegt man in der Gegend was Gutes zu essen?»

«Nirgends.»

«Du warst aber mit Lunchholen dran?» hakte Harry nach.

«Ja, und Roger war sauer auf mich, weil er einen Mordshunger hatte, und ich hab Mr. Fletcher gesehen, bevor ich die Straße überquert habe, drum bin ich zurückgerannt. Hätte ich die Straße überquert, hätte er mich gesehen. Die Schlange war so lang, daß er fast hinten bei der Ampel stand.»

«Hat er dich gesehen?»

«Glaub ich nicht. Er hat mich später im Büro gesehen. Er war nicht mal böse. Er hat gewinkt.»

«Hast du Jim sein Geld zurückgegeben?» Harry lachte.

«Äh – nein.» Jodys Stimme wurde angespannt. «Hab ich vergessen. Es war – äh – hm, ich glaub, er hat's auch vergessen.»

«Ich wollte dich nicht in Verlegenheit bringen.»

«Ich geb's ihm morgen zurück.»

«Das weiß ich.» Harrys Ton war warm. «Danke, daß du dir für mich Zeit genommen hast. Oh, noch etwas. Das habe ich vergessen, die anderen zu fragen. Wie findest – oder fandest – du Mr. Fletchers Idee mit der Filmabteilung?»

«‹Heute St. Elizabeth, morgen Hollywood›, hat er immer gesagt. Die Idee war klasse, aber daraus wird ja wohl jetzt nichts.»

«Danke, Jody.» Harry legte auf, kehrte zum Sofa zurück und machte es sich gemütlich.

Mrs. Murphy kroch wieder auf ihren Schoß. *«Jetzt bleib aber hier.»*

«Zufrieden?» fragte Fair.

«Nein, aber ich bin auf der richtigen Spur.» Sie legte die Hand auf Mrs. Murphys Rücken. «Ich bin überzeugt, die eigentliche Frage ist nicht, wem Roscoe Bonbons anbot, sondern wer ihm einen Bonbon gab. Rick Shaw muß zu demselben Schluß gekommen sein.» Sie kitzelte Murphy am Ohr. «Er sagt aber nichts.»

«Nicht zu dir.»

«Hmm.» Harry ließ ihre Gedanken schweifen. «Jody ist außer sich wegen Sean. Ich nehme an, sie hatten eine Affäre, die mir entgangen ist.»

«In dem Alter blinzelt man einmal, und schon ist man beim nächsten prickelnden Abenteuer.» Er legte die Hände hinter den Kopf und streckte den Oberkörper. Pewter wich nicht vom Fleck. «Alle sind außer sich. BoomBoom wird ganz besonders außer sich sein.» Er atmete aus und wünschte, er hätte den Namen nicht erwähnt. «Es wundert mich, daß du nicht aufgeregter bist.»

«Das bin ich. Zwei Menschen sind tot. Sean leistet ihnen womöglich im Jenseits Gesellschaft, und ich kann nichts rauskriegen. Ich hasse Geheimnisse.»

«Wir bezahlen den Sheriff dafür, daß er unsere schmutzigen Knoten der Leidenschaft, Doppelzüngigkeit und Gier entwirrt.»

«Fair» – Harry lächelte –, «wie poetisch.»

Er lächelte zurück. «Weiter.»

«BoomBoom Craycroft.» Harry wiederholte bloß den Namen von Fairs ehemaliger Geliebter, dann fing sie an zu lachen.

Er lächelte betrübt. «Ein nagelneuer BMW.»

«Sie ist so eine verrückte Nuß. Hübsch, das gebe ich zu.» Sie versetzte Fair einen Seitenhieb: «Ich glaube, ich hätte jede andere außer BoomBoom ertragen.»

«Das ist nicht wahr, Harry, Untreue ist Untreue, und es hätte keine Rolle gespielt, wer die Frau war. Du hättest dich in jedem Fall beschissen gefühlt, und du hättest dasselbe gesagt, was du jetzt über sie sagst. Ich kremple mein ganzes Leben um, mein Innenleben.

Äußerlich ist es in Ordnung.» Er machte eine Pause. «Ich möchte mein Leben mit dir verbringen. Hab ich immer gewollt.»

«Weißt du, warum du fremdgegangen bist?»

«Aus Angst.»

«Wovor?»

«Davor, in der Falle zu sitzen. Davor, nicht zu leben. Als wir heirateten, hatte ich mit drei anderen Frauen geschlafen. Ich war ein gehorsamer Sohn. Habe fleißig gelernt. Hab mir nie was zuschulden kommen lassen. Bin aufs College gegangen. Hab Tiermedizin studiert. Hab Examen gemacht und dich geheiratet, das Mädchen von nebenan. Dann wurde ich dreißig und dachte, ich versäum etwas. Hätte ich dich mit dreißig geheiratet, wäre das längst erledigt gewesen.» Seine Stimme wurde sanft. «Hast du nie Angst gehabt, was zu verpassen?»

«Doch, aber dann beobachte ich, wie der Sonnenaufgang die Berge mit Licht überflutet, und ich denke: ‹Das Leben ist vollkommen.›»

«Bist du nicht neugierig auf andere Männer?»

«Welche Männer?»

«Blair Bainbridge.»

«Oh.» Sie ließ sich genüßlich Zeit mit der Antwort und weidete sich an seinem Unbehagen. «Manchmal.»

«Wie neugierig?»

«Du willst nur wissen, ob ich mit jemandem schlafe, und das ist meine Sache. Es geht doch bloß um Sex und Besitz!»

«Es geht um Liebe und Verantwortung. Sex ist ein Teil davon.»

«Eins weiß ich: Es gefällt mir, allein zu leben. Es gefällt mir, niemandem Rechenschaft ablegen zu müssen außer mir selbst. Es gefällt mir, nicht an gesellschaftlichen Veranstaltungen teilnehmen zu müssen, als wären wir an den Hüften zusammengewachsen. Es gefällt mir, keinen Knoten im Bauch zu haben, wenn du erst um zwei Uhr morgens nach Hause kommst.»

«Ich bin Tierarzt.»

Sie hob die Hand. «Mit so vielen Möglichkeiten, Weiber zu bespringen, daß ich sie nicht zählen kann.»

«Das tu ich nicht.» Er nahm ihre Hand. «Unsere Scheidung war so schmerzlich, ich dachte, ich würde sie nicht überleben. Ich wußte, daß ich im Unrecht war. Ich wußte nicht, wie ich es wiedergutmachen konnte. Es ist genug Zeit vergangen, daß du mir vertrauen kannst, und ich kann besser auf dich eingehen.»

«Dräng mich nicht.»

«Wenn ich dich nicht dränge, tust du nichts. Wenn ich jemand anders auf eine Party mitnehme oder mit ihr ins Kino gehe, redest du eine Woche oder länger kein Wort mit mir. Was ich auch mache, es ist immer verkehrt.»

«Er hat recht, Mom», stimmte Mrs. Murphy Fair zu.

«Jawohl», fiel Tucker ein.

«Sie reden zuviel.» Pewter, erschöpft von ihrem Gesang und dem vielen Brotauflauf, den sie stibitzt hatte, wollte schlafen.

«Billige Rache, vermute ich.» Harry war aufrichtig in ihrem Urteil über sich selbst.

«Macht es dich glücklich?»

«Ehrlich gesagt, ja. Wer die Wonnen der Rache unterschätzt, hat keine Gefühle.» Sie lachte. «Aber es verhilft einem nicht zu dem, was man sich wünscht.»

«Und das wäre?»

«Das ist es ja eben. Ich weiß es wirklich nicht mehr.»

«Ich liebe dich. Ich habe dich immer geliebt, und ich werde dich immer lieben.» Der Ausbruch von Leidenschaft ließ sein hübsches Gesicht aufleuchten.

Sie drückte seine Hand. «Ich liebe dich auch, aber –»

«Können wir nicht wieder zusammenkommen? Wenn du nicht bereit bist, dich zu binden, können wir uns ja einfach so treffen.»

«Das tun wir doch jetzt auch.»

«*Nein,* tun wir nicht. Dies ist reiner Zufall.»

«Du sprichst nicht von Treffen. Du sprichst von Schlafen.»

«Ja.»

«Ich werd's mir überlegen.»

«Harry, das ist eine schwammige Antwort.»

«Ich habe nicht nein gesagt, und ich habe nicht vielleicht gesagt. Ich muß darüber nachdenken.»

«Aber du weißt, was ich empfinde. Du weißt, was ich wollte.»

«Das ist nicht das gleiche wie ein direkter Antrag – eben hast du mir einen direkten Antrag gemacht, und ich muß darüber nachdenken.»

«Liebst du mich überhaupt?»

«Das ist ja das Komische bei der ganzen Sache, daß ich dich liebe. Ich liebe dich jetzt mehr als damals, als wir geheiratet haben, aber es ist anders. Ich weiß einfach nicht, ob ich dir vertrauen kann. Ich möchte es gern, ehrlich, denn abgesehen von Susan, Miranda und meinen anderen Freundinnen kenne ich dich besser als sonst irgend jemanden auf der Welt, und ich glaube, daß du mich kennst. Ich mag dich nicht immer. Ich bin sicher, daß auch ich dann und wann nicht liebenswert bin, aber es ist komisch, daß man jemanden lieben kann, ohne ihn zu mögen.» Sie fügte hastig hinzu: «Die meiste Zeit mag ich dich. Eigentlich nur dann nicht, wenn du anfängst, Befehle zu erteilen. Das hasse ich.»

«Ich arbeite daran. Die meisten Frauen wollen, daß man ihnen sagt, was sie tun sollen.»

«Manche schon, ich weiß. Die meisten nicht. Es ist eine große Schwindelmasche, die sie abziehen, damit die Männer sich schlau und mächtig vorkommen. Und hinter eurem Rücken lachen sie euch dann aus.»

«Du nicht.»

«Nee.»

«Deswegen liebe ich dich. Das ist einer von vielen Gründen. Du bietest mir immer die Stirn. Ich brauche das. Ich brauche dich. Du bist gut für mich, Harry.»

«Das freut mich zu hören», erwiderte sie trocken, «aber ich bin nicht auf der Welt, um gut für dich zu sein. Ich bin auf der Welt, um gut für mich zu sein.»

«Wäre es nicht schön, wenn wir das füreinander tun könnten? Ist das nicht der Sinn einer Ehe?»

Sie ließ sich Zeit mit der Antwort. «Ja. Die Ehe ist vermutlich verzwickter, aber ich bin zu erschöpft, um das rauszufinden ... falls ich es überhaupt könnte. Und eine Ehe ist nicht wie die andere. Unsere Ehe war anders als die von Miranda und George, und ihre hat funktioniert. Ich glaube, du bist gut für mich – immerhin würde ich dieses Gespräch mit niemand anderem führen, und dafür hast du meine Hochachtung. Du weißt, ich kann dieses Gefühlsgelaber nicht ausstehen.»

Er lachte. «Harry, wie sehr ich dich liebe!»

Sie stand auf und küßte ihn auf die Wange, womit sie Murphy ein zweites Mal aufstörte und verstimmte. «Laß mich nachdenken.»

Er überlegte. «Ich habe nicht gewußt, daß die Liebe so kompliziert sein kann oder daß ich so kompliziert sein könnte!» Er lachte. «Aber ich hab immer gewußt, daß du kompliziert bist.»

«Siehst du – und ich finde mich unkompliziert.»

Mrs. Murphy setzte sich vor den Kamin und starrte in die Flammen. *«Wißt ihr, was mir Kummer macht?»*

Pewter gähnte. *«Was?»*

«Wenn Sean was mit Roscoes Ermordung zu tun hat, wenn er da irgendwie mit drinsteckt, und Mutter war eine der letzten, die bei ihm waren: Nur Cooper weiß, daß er nichts zu ihr und zu Rick gesagt hat.»

«Und?» Die graue Katze plusterte ihr Fell auf.

«Pewter, der Mörder könnte denken, daß Sean Mutter erzählt hat, was Sache ist.»

Pewter machte große Augen, Tucker ebenso. Wie aus einem Mund sagten sie: *«Daran hab ich gar nicht gedacht.»*

47

Der antiseptische Krankenhausgeruch drehte Deputy Cooper den Magen um. Er stach ihr in die Nase, auch wenn er nicht so penetrant war wie etwa Müllgestank. Sie fragte sich, ob es nicht eher an den Assoziationen lag, die Krankenhäuser bei ihr auslösten, oder ob ihr der antiseptische Geruch schlicht und einfach zuwider war.

Obwohl in seiner Dienststelle Personalknappheit herrschte, war Rick wild entschlossen, Sean weiterhin bewachen zu lassen. Sean hatte sich die Hälfte der Knochen im Leib gebrochen, am schlimmsten waren seine Beine betroffen. Sein linker Arm war an zwei Stellen zertrümmert. Seine Milz war gerissen, und eine einwärts gebogene Rippe hatte seinen linken Lungenflügel durchbohrt.

Sein rechter Arm war heil. Sein Schädel war unversehrt, doch die Gewalt des Aufpralls hatte zu einer schweren Gehirnerschütterung mit einer Schwellung im Gehirn geführt. Er hatte das Bewußtsein nicht wiedererlangt, doch hatte sich sein – wenn auch schwacher – Zustand stabilisiert.

Die Chancen, daß er am Leben blieb, standen gut, aber er würde wohl nie wieder Football spielen können. Seans Eltern wachten abwechselnd bei ihm. Seine Großeltern kamen aus Olathe, Kansas, eingeflogen, um zu helfen.

Cynthia war auf dem harten Stuhl halb eingedöst. Auf der anderen Bettseite schlief Seans Mutter auf einem ebenso unbequemen Stuhl.

Ein leises Stöhnen weckte Cynthia. Sie schlug gleichzeitig mit Sean die Augen auf.

Er blinzelte heftig, um zu erkennen, wo er war.

«Sean», sagte Cynthia leise, aber deutlich.

Seine Mutter erwachte mit einem Ruck und beugte sich über ihren Sohn. «Lieber, Lieber, ich bin's, Mom.»

Er blinzelte wieder, dann flüsterte er: «Ich bin Vater.» Er bewegte die Lippen, aber es kam kein Laut mehr heraus. Und als hätte er gar nicht gesprochen, schloß er die Augen wieder und glitt zurück in die Bewußtlosigkeit.

48

Ein Schlag wie von einer Haubitze machte Harry einen Strich durch ihren minutiösen Plan. Jeden Abend vor dem Zubettgehen nahm sie ein Blatt Notizpapier, 20×25 cm, faltete es in der Mitte und numerierte ihre anstehenden Aufgaben je nach Priorität. Diese Angewohnheit hatte sie ihrer Mutter abgeschaut.

Harry hatte im allgemeinen alles gut im Griff. Was sie nicht im Griff hatte, waren wichtige Lebensfragen wie «Wohin fährest du?». Sie sagte sich, daß die Amerikaner zuviel Gewicht auf Ziele, Management und materiellen Erfolg legten, statt sich einfach ins Leben zu stürzen.

Sie wachte jeden Morgen zwischen halb sechs und sechs Uhr auf, trank als erstes eine Tasse brühend heißen Tee, fütterte die Pferde, mistete die Boxen aus, räumte sie samstags ganz leer, brachte die Pferde nach draußen, fütterte Mrs. Murphy, Tucker und neuerdings auch Pewter. Dann ging sie gewöhnlich die anderthalb Kilometer bis zur Straße, um ihre Zeitung zu holen. Das machte sie vollends wach. Wenn sie mit der Arbeit im Rückstand oder das Wetter zu schlecht war, fuhr sie mit dem blauen Transporter.

Dank BoomBoom stand der Transporter schon wieder in der Werkstatt. Zum Glück kam BoomBooms Versicherung tatsächlich in voller Höhe für den Schaden auf. Und sie würde einen neuen BMW bekommen, weil Sean ihren zu Schrott gefahren hatte. Was Harry Sorgen machte, war die schwindende Lebensdauer ihres 1978er Ford. Sie brauchte einen neuen Transporter. Ihn zu finanzieren, selbst einen passablen gebrauchten, schien unmöglich.

Der frische, klare Morgen mit einer Temperatur von zwei Grad versprach einen herrlichen Herbsttag. Harry joggte zurück, ohne die Zeitung aufzuschlagen. Beim Frühstück, bei ihrer zweiten Tasse Tee, belohnte sie sich mit der Lektüre für die Erledigung der Farmarbeit, bevor sie sich zum Postamt begab. An diesen kleinen vergnüglichen Ritualen hielt sie fest. Auch dies hatte sie von ihrer Mutter gelernt.

Sie biß in ein weiches Brötchen ... hielt inne. Das Brötchen hing ihr aus dem Mund. Als sie ihn wieder aufmachte, fiel es auf den Teller.

Sie stieß ihren Stuhl um und rief Susan an. «Bist du schon auf?»

«Gerade aufgewacht.»

«Guck mal in die Zeitung.»

«Hmm. Ach, du Scheiße! Was geht denn hier bloß vor?» entfuhr es Susan.

Auf der Titelseite stand die Geschichte von der rasenden Verfolgungsjagd. Harry wurde mit den Worten zitiert: «Zehn Sekunden später, und er wäre in Stücke gerissen worden.»

Susans Ausruf galt jedoch einer Meldung in der nächsten Spalte, die April Shivelys Entlassung gegen eine Kaution von zwanzigtausend Dollar betraf, gefolgt von Aprils Erklärung, sie werde die St.-Elizabeth-Papiere, die sie an sich genommen hatte, nicht eher herausgeben, als bis die Schulbehörde die Kontokorrentbücher geprüft habe, die sich momentan im Besitz des Interimsdirektors Sandy Brashiers befanden. Sie war nahe dran, ihn finanzieller Verfehlungen an der Grenze zur Unterschlagung zu beschuldigen.

Während Harry und Susan sich im Hintergrund aufgeregt unterhielten, setzte sich Mrs. Murphy auf die Zeitung, um zu lesen. Pewter leistete ihr Gesellschaft.

«Sean ist nicht in den Todesanzeigen, also wissen wir, daß er noch ringt.» Murphy stupste die Zeitung mit der Nase an.

«Das wird ein höllischer Tag im Postamt», prophezeite Tucker.

Da hatte sie allerdings recht. Das Postamt, ein Versammlungsort in guten wie in schlechten Zeiten, platzte aus allen Nähten.

Big Mim, die von Reverend Jones auf den Schalter gehievt wurde, klatschte in die Hände. «Ruhe. Ruhe, wenn ich bitten darf.»

Daran gewöhnt, der Queen von Crozet zu gehorchen, verstummten die Leute.

«Schatz, wir könnten ins Rathaus umziehen», bot ihr Mann an. Er war der Bürgermeister.

«Da wir schon mal hier sind, bringen wir es hinter uns.» Mim setzte sich und schlug die Beine übereinander. Mrs. Murphy und Pewter flankierten sie. Tucker schlenderte durch die Menge. Die Tiere hatten beschlossen, auf Gesichter und Gerüche zu achten. Es könnte sich ja jemand durch etwas verraten, das Menschen nicht erfassen konnten.

Mim sah Karen, Jody, Brooks und Roger streng an. «Warum seid ihr nicht in der Schule?»

Karen antwortete für alle: «Welcher Schule? Wir wollen wieder zu St. Elizabeth zurück. Unsere Eltern lassen uns nicht.»

«Und was tut ihr hier?» Sie nahm sie ins Gebet wie eine Schulmeisterin.

«Im Postamt spielt sich alles ab, sozusagen», erwiderte Brooks.

«Kluges Kind», sagte Mrs. Murphy.

Irene rief aus: «Marilyn, können Sie für die Sicherheit meines Kindes garantieren?»

«Irene, das kann heute keine Schule mehr, aber in einem vertretbaren Rahmen, ja.» Marilyn Sanburne meinte im Sinne des Direktoriums zu sprechen.

Harry beugte sich über den Schalter. «Leute, ich hab nichts dagegen, daß ihr euch alle hier versammelt, aber wenn jemand kommt, um seine Post abzuholen, müßt ihr den Weg freimachen. Dies ist ein staatliches Gebäude.»

«Zur Hölle mit Washington», rief Market Shiflett kühn aus. «Wir hatten 1861 den richtigen Gedanken.»

Hochrufe drangen aus vielen Kehlen. Miranda lachte, Harry desgleichen. Für die verpflanzten Yankees in der Menge war dies ein charmanter, anachronistischer Beweis dafür, daß die Südstaatler nicht nur rückständig, sondern auch außerstande sind, den Bürgerkrieg zu vergessen.

Im tiefsten Innern war den Südstaatlern klar, daß sie, wenn sie auch nur die geringste Chance hätten, die schikanöse Union innerhalb kürzester Zeit verlassen würden. Sollten die Yankees sich doch zu Tode besteuern. Südstaatler wußten mit ihrer Zeit und ihrem Geld etwas Besseres anzufangen, wenngleich zweifelhaft war, ob dieses «Bessere» produktiv sein würde.

«Wir müssen jetzt Ruhe bewahren, so aufrüttelnd diese gräßlichen Ereignisse auch waren.» Mim wandte sich an Harry. «Warum rufen Sie nicht Rick Shaw an? Er sollte auch hier sein.»

«Nein», widersprach Herbie ihr sanft. «Wenn Sie mir vergeben wollen, Madam» – er nannte Mim oft «Madam» –, «ich meine, wir sind alle unverkrampfter, wenn die Polizei nicht dabei ist.»

«Ja», stimmten andere zu.

Mim ließ ihre blitzblauen Augen über die Menge schweifen. «Ich weiß nicht, was hier vorgeht, aber ich glaube, wir müssen annehmen, daß wir die Person oder die Personen kennen, die Roscoes Ableben wie auch Maurys bizarren Tod verschuldet haben. Diese Gemeinde muß einen Selbstschutz organisieren.»

«Woher wissen wir, daß der Mörder nicht hier in diesem Raum ist?» fragte Dr. Larry Johnson.

Father Michael antwortete: «Das wissen wir nicht.»

«Immerhin wurde Kendrick dabei überrascht, wie er sich gerade über Maury beugte. Tut mir leid, Irene, aber so ist es nun mal», sagte Market.

«Dann teilen wir ja dem Mörder oder den Mördern unsere Pläne mit. Wie können wir uns schützen?» Mit gefurchter Stirn sprach Lucinda Coles aus, was auch vielen anderen durch den Kopf ging.

Harry hob die Hand, eine Geste, die sie von der Schule beibehalten hatte.

«Harry.» Mim nickte ihr zu.

«Die Frage ist nicht, ob der oder die Mörder vielleicht in diesem Raum sind. Die Frage ist, warum werden hier Menschen ermordet? Wir werden ja irre vor Angst, wenn wir annehmen müssen, daß wir alle schutzlos ausgeliefert sind.»

«Sind wir aber!» rief Market. «Zwei Menschen sind tot – und ein siebzehnjähriger Junge, der zugegeben hat, die erste Todesanzeige inseriert zu haben, liegt im Krankenhaus. Wer oder was kommt als nächstes?»

Harry erwiderte gelassen: «Marilyn, ich weiß, daß Sie das nicht hören wollen, aber alles deutet auf St. Elizabeth hin.»

«Heißt das, wir stehen unter Verdacht?» witzelte Jody Miller.

Irene legte ihrer Tochter die Hand auf die Schulter. «Niemand verdächtigt Schüler, Liebes.» Sie warf Larry Johnson einen wissenden Blick zu. Sie mußte mit ihm reden. Jody war im ersten Schwangerschaftsdrittel. Es galt, eine schwere Entscheidung zu treffen. Zugleich beobachtete sie Father Michael und dachte, sie sollte vielleicht mit *ihm* sprechen. Es kam ihr nicht in den Sinn, daß es Jody war, die ein offenes Ohr brauchte.

Weder Sandy Brashiers noch ein Mitglied des Lehrerkollegiums war anwesend, um sich oder die Schule zu verteidigen. Sie hielten soeben ihrerseits auf einer Kollegiumsversammlung eine Flutwelle von Fragen, gegenseitigen Anschuldigungen und Angst zurück. Die Reporter lauerten wie Schakale an der Tür.

«Sie dürfen Aprils absurde Beschuldigungen nicht ernst nehmen», sagte Marilyn nervös, «und wir werden die Bücher diese Woche prüfen, um ihre Vorwürfe ein für allemal ad acta zu legen. Sie versucht nur, unsere Aufmerksamkeit abzulenken.»

«Es ist wahr», sagte Roger mit seiner ruhigen Stimme, «das Problem liegt bei St. Elizabeth.»

Mim fragte: «Habt ihr eine Ahnung, irgendeine Ahnung, was an eurer Schule vorgeht? Gibt es ein Drogenproblem?»

«Mrs. Sanburne, Drogen gibt es überall. Nicht nur an St. Elizabeth», sagte Karen ernst.

«Aber ihr seid Kinder reicher Eltern. Wenn ihr in Schwierigkeiten geratet, kann Daddy euch rausboxen.» Samson Coles gab unverblümt seinen Senf dazu, obwohl er von vielen Leuten geschnitten wurde.

«Das hat hiermit nichts zu tun», sagte Market ungeduldig. «Was wollen wir unternehmen?»

«Können wir uns verstärkten Schutz leisten? Einen privaten Wachdienst?» Fair war sich ziemlich sicher, daß sie das nicht konnten.

«Nein.» Jim, der alle überragte außer Fair, beantwortete diese Frage. «Wir sind knapp bei Kasse.»

«Der Rettungsdienst und andere Gruppen wie die Feuerwehr könnten sich beteiligen.» Larry, dem warm wurde, nahm seinen flachen Glencheckhut ab.

«Gute Idee, Larry.» Mim wandte sich an ihren Mann. «Können wir das machen? Natürlich können wir. Du bist der Bürgermeister.»

«Ich schicke die Leute auf Streife. Wir erstellen einen Patrouillenplan. Das wäre schon mal ein Anfang.»

Mim fuhr fort. «Während das geschieht, können wir übrigen unsere Begegnungen mit Roscoe, April, Maury und Sean Revue passieren lassen. Dabei stoßen wir vielleicht auf einen Hinweis, etwas, das man für unbedeutend hält, das aber in Wirklichkeit aufschlußreich ist, das Verbindungsglied sozusagen.»

«Etwa, wer hat Roscoe Fletcher in der Waschanlage den Bonbon gegeben?» fragte Miranda unschuldig. «Harry meint, der Mörder war dort und gab ihm den vergifteten Bonbon vor aller Augen.»

«Jetzt hat sie die Katze aus dem Sack gelassen.» Murphys Augen weiteten sich.

«Was können wir tun?» rief Tucker.

«Beten, daß der Mörder nicht in diesem Raum ist», sagte Mrs. Murphy, die im tiefsten Innern wußte, daß der Mörder zum Greifen nah war.

«Aber Rick Shaw und Cynthia müssen dasselbe rausgekriegt haben.» Pewter versuchte, ihre Furcht zu dämpfen.

«Natürlich haben sie das, aber bis zu diesem Augenblick war der Person, die Roscoe ermordet hat, nicht klar, daß Mom dahintergekommen ist, daß die meisten Leute Roscoes Ermordung von hinten aufrollen. Jetzt fragt man sich, was sie noch rausgekriegt hat.»

«Es ist Kendrick Miller.» Pewter leckte sich die Pfote und rieb sich damit am Ohr.

«Wenn er es ist, kann er leicht an Mom herankommen», erwiderte Tucker. *«Wenigstens ist er nicht hier.»*

«Keine Bange, Irene wird ihm jede Silbe von diesem Treffen berichten.» Murphys Schwanzspitze zuckte hin und her, ein Zeichen leichter Erregung.

«Wir müssen Fair bitten, bei Mom zu bleiben.» Tucker nahm mit Recht an, daß dies zusätzlichen Schutz bedeuten würde.

«Keine Chance.» Murphy stand auf, streckte sich und rief ihren Freundinnen zu: *«Kommt mit mir hinten raus. Die Menschen müssen immer palavern. Auf uns wartet Arbeit.»*

Tucker war dagegen. *«Wir sollten hierbleiben und die Dinge im Auge behalten.»*

«Das Kind ist schon im Brunnen. Wir müssen schnell handeln. Kommt jetzt.»

Tucker schlängelte sich durch die vielen Beine und flitzte durch die Tierpforte. Draußen angekommen, sagte sie: *«Wo gehen wir hin?»*

«St. Elizabeth.»

«Murphy, das ist zu weit.» Pewter malte sich den Marsch aus.

«Willst du helfen, oder willst du 'n Schlappschwanz sein?»

«Ich bin kein Schlappschwanz.» Pewter schlug trotzig nach der Tigerkatze.

«Dann laßt uns gehen.»

Nach fünfundvierzig Minuten erreichten sie die Football- und Fußballplätze. Erschöpft setzten sie sich für einen Augenblick hin.

«Bleibt zusammen. Wir nehmen uns Raum für Raum vor.»

«Wonach suchen wir?»

«Das weiß ich noch nicht genau. Wenn April noch andere Bücher an sich genommen hat, sind sie jetzt bestimmt frisiert. Aber keiner von diesen Menschen hatte damit gerechnet, daß er umgebracht würde. Irgendwo muß noch Unerledigtes herumliegen, und wenn die Büros picobello aufgeräumt sind, kann das nur bedeuten, daß April die Wahrheit kennt – die ganze Wahrheit, oder etwa nicht?»

49

Eine unheimliche Stille schlug den Tieren entgegen, als sie durch den Flur des alten Hauptgebäudes tappten, wo die Verwaltung untergebracht war. Die erregte Versammlung des Lehrerkollegiums fand im Auditorium auf der gegenüberliegenden Seite des Hofes statt. Im alten Hauptgebäude war keine Menschenseele, nicht mal eine Rezeptionistin.

«Glaubt ihr, in diesem Teil gibt es eine Kantine?» quengelte Pewter.

«Nein. Außerdem möchte ich wetten, daß niemand in der Kantine arbeitet.» Tucker wollte unbedingt in das Gebäude hinein und wieder draußen sein, bevor das Postamt zumachte. Wenn Harry ihre Tiere nicht finden konnte, drehte sie durch.

«Wie passend.» Mrs. Murphy las DIREKTOR in Goldbuchstaben an der schweren Eichentür, die angelehnt war. Die Katze prüfte die Breite der Lücke mit ihren Schnurrhaaren, wußte, daß sie es schaffen konnte, und zwängte sich durch. Dickmops hinter ihr mußte sich etwas mehr anstrengen, um sich durchzuquetschen.

Tucker zwängte ihre lange Nase in die Tür. Mrs. Murphy drehte sich um und konnte nicht widerstehen, Tucker einen Nasenstüber zu versetzen.

«Das ist nicht fair.»

«Wo hast du deinen Sinn für Humor gelassen? Pewter, hilf mir mit der Tür.»

Die beiden Katzen zogen mit den Vorderpfoten,

während Tucker mit der Nase schob. Schließlich ging die schwere Tür weit genug auf, daß die Corgihündin durchschlüpfen konnte. Alles war ausgeräumt worden bis auf den majestätischen Doppelschreibtisch und den sattroten Perserteppich, der vor dem Schreibtisch lag.

«Tucker, du beschnupperst die Wände, die Unterseite vom Schreibtisch, die Bücherregale, alles. Pewter, du untersuchst die Regalwände. Vielleicht ist da eine Geheimtür oder so was.»

«Und was tust du?» Pewter hechtete in die leergeräumten Bücherborde.

«Ich mach die Schubladen auf.»

«Das ist Schwerstarbeit.»

«Für mich nicht. Ich hab das zu Hause gelernt, weil Harry die frische Katzenminze immer in ihrer rechten Schreibtischschublade versteckt hat ... bis sie dahinterkam, daß ich sie aufmachen konnte.»

«Wo versteckt sie sie jetzt?» fragte Pewter begierig.

«Küchenschrank, ganz oben. Innen drin.»

«Verdammt.» Pewter fluchte selten.

«An die Arbeit.» Mrs. Murphy warf sich auf die Seite und schob die Pfote durch den polierten Messinggriff. Mit Hilfe ihrer Hinterbeine stemmte sie sich nach vorn. Die breite mittlere Schublade knarrte ein bißchen, dann rollte sie heraus. Die Schublade war angefüllt mit Kugelschreibern, Bleistiften und einer Lawine von Büroklammern und geprägtem St.-Elizabeth-Briefpapier. Sie schob die Pfoten in die hinterste Ecke der Schublade. Mrs. Murphy schauderte. Sie wollte das Papier zu gern auf den Boden werfen und dann kopfüber hineintauchen. Eine Papiertüte war ja schon ein großer Spaß, aber teures, luxuriöses, geprägtes, geripp-

tes Schreibpapier – das war himmlisch. Sie beherrschte sich und sprang auf den Boden, um die rechte untere Schublade herauszuziehen. Der Inhalt erwies sich als noch enttäuschender als der der mittleren Schublade: ein Handtrainer zur Kräftigung der Handmuskulatur, ein paar Disketten, obwohl kein Computer im Zimmer war, und ein altes Springseil.

«Riechst du was?»

Tucker hob den Kopf. *«Hier waren zu viele Leute drin. Ich rieche Mäuse. Aber das ist nicht verwunderlich. Sie lieben Gebäude, wo die Menschen abends nach Hause gehen – da sind sie ungestörter.»*

«Die Bücherregale sind Fehlanzeige. Keine verborgenen Knöpfe.»

Enttäuscht, weil sie nichts fanden, sprang Murphy in die Schublade und robbte nach hinten. Ihre Pupillen, von der Dunkelheit in der Schublade geweitet, zogen sich rasch zu kleineren Kreisen zusammen, als sie heraussprang. Sie bemerkte einen kleinen selbsthaftenden, an den Ecken eingerollten Adressenaufkleber, der sich von einem Päckchen gelöst haben mußte. *«Hier ist ein alter Postaufkleber. Filmlabor Neptun, Brooklyn, New York – und drei zerbissene Bleistifte mit abgekauten Radiergummis. Dieser Raum ist so sauber wie ein abgenagter Hühnerknochen.»*

«Wir könnten da hingehen, wo Maury McKinchie umgebracht wurde, in den Flur vor der Turnhalle», schlug Tucker vor.

«Gute Idee.» Mrs. Murphy sauste zur Tür hinaus.

«Sie könnte wenigstens auf uns warten. Sie kann so ungehobelt sein.» Pewter folgte ihr.

In der weitläufigen Turnhalle hallte die Stille wider.

Das Klacken von Tuckers Krallen, die sie nicht einziehen konnte, schallte wie Blechtrommeln.

«Weißt du, welcher Flur?»

«Nein», antwortete Mrs. Murphy auf Tuckers Frage, *«aber es gibt nur eine Möglichkeit. Die beiden Seitenflure führen zu den Umkleiden. Ich glaube nicht, daß Maury dorthin wollte. Er ist vermutlich durch die Flügeltür gegangen, die zum Trophäensaal und der großen Eingangstür führt.»*

«Warum sind wir dann durch die Hintertür gekommen?» brummte Pewter.

«Weil unsere Sinne schärfer sind. Wir könnten in den Umkleiden etwas entdecken, was einem Menschen entgeht. Nicht bloß schmutzige Socken, auch Kokain hat einen strengen ranzigen Geruch, und Marihuana ist so einfach auszumachen, daß es sogar ein Welpe erkennen könnte.»

«Ich verwahre mich dagegen. Ein Jagdhundwelpe wird mit einer goldenen Nase geboren.»

«Tucker, ich sage es dir ungern, aber du bist ein Corgi.»

«Das weiß ich sehr wohl, du Klugscheißerin.»

Bereits in Kampflaune, blieb sie vor einem ramponierten hellgrünen Spind stehen. *«Moment mal.»* Sie schnupperte am unteren Teil des Spinds und legte die Nase an den Lüftungsschlitz. *«Süßlich, klebrig.»*

«Hey, seht euch das an.» Pewter hob unwillkürlich eine Pfote und wich einen Schritt zurück.

«Tot.» Mrs. Murphy bemerkte die Ameisenstraße, die in den Spind mündete. Sie blickte hoch. *«Nummer hundertvierzehn.»*

«Wie kommen wir da rein? Sofern wir das wollen?» Pewter machte einen Satz über die Ameisen hinweg.

«Wir können nicht rein.» Tucker zeigte auf das schwere Zahlenschloß, das an der Spindtür hing.

«Warum zur Schule gehen, wenn man seine Sachen einschließen muß? Kinder bestehlen Kinder. Das ist nicht recht.»

«Es ist nicht recht, aber wahr», antwortete Mrs. Murphy nüchtern. *«Wir kriegen niemanden zu diesem Spind. Sogar der Hausmeister ist abgedüst.»*

«Der fährt Fahrrad», sagte Tucker lakonisch und dachte an Powder Hadly, Mitte Dreißig und ausgesprochen einfältig. Er war so einfältig, daß er die schriftliche Führerscheinprüfung nicht bestanden hatte, obwohl er ganz passabel Auto fuhr.

«Du hast mich schon verstanden.» Die Tigerkatze schubste die Corgihündin. Tucker schubste zurück, so daß die Katze stolperte.

«Trottel.»

«Wenn du das machst, ist das in Ordnung. Wenn ich irgendwas mache, meckerst du und stöhnst und kratzt.»

«Was machst du denn?»

«Dein Benehmen schildern. Nackte Tatsachen.»

«Die nackten Tatsachen sind, wir können absolut nichts machen.» Sie zögerte. *«Hm, es gibt aber einen Trick, wie wir alle dazu kriegen, ihre Spinde zu öffnen. Nicht, daß in dem Spind mit den toten Ameisen Gift ist. Das wäre ganz schön dämlich, oder? Aber wer weiß, was in diesen Dingern verstaut ist.»*

«Haben die Lehrer auch Spinde?» fragte Pewter.

«Klar.»

«Wie kann man die Lehrerspinde von denen der Kinder unterscheiden?»

«Weiß ich nicht. Wir sind auf der Mädchenseite. Vielleicht gibt es für die Lehrer einen kleinen extra Raum, der uns entgangen ist.»

Sie eilten durch den Flur und fanden einen Umkleideraum für die Lehrerinnen. Aber da war nichts von Interesse außer einer Flasche Ambush-Parfüm, die auf dem Schminktisch zurückgeblieben war. Die Männerumkleide war genauso unergiebig.

«Dieser Ausflug war umsonst, und ich bin halb verhungert.»

«Nicht ganz umsonst.» Murphy trabte zurück zum Postamt.

«Ich möchte wissen, wieso. Roscoes Büro war leer. Wir sind durch Aprils Büro gekommen – nichts. Der Sheriff hat sich über alles hergemacht und die Witterung verdorben. Die Turnhalle ist eine Gruft. Und ich hab kalte Pfoten.»

«Wir haben herausgefunden, daß der Mörder die Turnhalle vor Maury verlassen und vor dem Haupteingang gewartet haben muß. Die Tür ist aus Glas, also konnte er Maury rauskommen sehen, oder er hat hinter einer der Türen gewartet, die zur Jungen- oder Mädchenumkleide führen. Er ist rausgestürzt und hat Maury erstochen, und dann ist er entweder nach draußen gerannt oder zurück in die Turnhalle. Im Kostüm, wohlgemerkt. Er kannte sich in diesem Laden aus.»

«Ah.» Tucker war mit Mrs. Murphys Darlegungen einverstanden. *«Das ist plausibel, aber wenn der Mörder draußen gewesen wäre, hätten ihn mehr Leute gesehen, weil er ein Kostüm anhatte – es sei denn, er hat sich umgezogen. Dafür war aber keine Zeit, meine ich.»* Tucker verwarf ihre eigene Idee.

«Er war ein Musketier, sofern Kendrick die Wahrheit sagt. Meine Vermutung ist, er kam von der Seite. Aus den Umkleiden. Niemand hatte Anlaß, dorthin zu gehen, außer zum Rauchen und Trinken, und das konnten sie genausogut draußen tun, ohne von einer Aufsicht erwischt zu werden. Nein, ich bin sicher, daß er auf der Umkleideseite rausgelaufen ist.»

«Du glaubst nicht, daß Kendrick es getan hat?» fragte Pewter, die die Antwort kannte, aber die Begründung ihrer Freundin hören wollte.

«Nein.»

«Aber wenn Maury mit Irene geschlafen hat?» Tucker zog den logischen Schluß, dergleichen sei für einige Männer Grund genug, einen Mord zu begehen.

«Das wäre Kendrick doch schnuppe. Ein geplatztes Geschäft oder irgendein finanzieller Betrug, ja, das könnte ihn provozieren, jemanden umzubringen, aber das würde er kaltblütig planen. Dieser Mord hier wurde im Affekt begangen. Das ist nicht Kendricks Stil.»

«Kein Wunder, daß Irene mit so 'ner Jammermiene rumläuft», dachte Pewter laut. *«Wenn meinem Mann Geld wichtiger wäre als ich, würde ich mich auch scheiden lassen wollen.»*

«Könnte Maury von einer sitzengelassenen Geliebten umgebracht worden sein?»

«Schon möglich. Roscoe ebenso. Aber das haut nicht hin. Nicht zwei hintereinander. Und April Shively hätte die Schulunterlagen nicht mitgehen lassen, wenn es das gewesen wäre.»

Sie kamen beim Postamt an und liefen freudig hinein, wo sie Wärme und Trockenfutter erwartete.

«Wo habt ihr bloß gesteckt?» Harry zählte Wechselgeld ab.

«Tiefer drin in diesem Rätsel, da haben wir gesteckt.» Mrs. Murphy sah zu, wie Pewter den Kopf in das Trockenfutter steckte, das die Form von kleinen Fischen hatte. Sie selbst war nicht hungrig. *«Es treibt mich zum Wahnsinn, daß ich was übersehe, das offensichtlich ist.»*

«Murphy, wir können nichts übersehen haben.» Tucker war das Nachdenken leid.

«Doch, es ist offensichtlich, aber was es auch ist, unser Verstand will es nicht sehen.» Die Tigerkatze ließ die Ohren einen Moment sinken und richtete sie dann wieder auf.

«Das ergibt keinen Sinn», nuschelte Pewter, selig mampfend, mit vollem Mund.

«Was hier vorgeht, ist so abstoßend, daß unser Verstand es nicht akzeptieren will. Wir sind blockiert. Es ist direkt vor unserer Nase.»

50

Das Unbehagen der Bewohner von Crozet fand im Gedenkgottesdienst für Maury McKinchie seinen Niederschlag.

Reverend Jones' Kirche hatte einen vollzähligen Chor und eine volltönende Orgel vorzuweisen, aber nur wenige Menschen. Darla hatte den Leichnam tatsächlich nach Los Angeles fliegen lassen, daher ruhte kein exorbitant teurer Sarg vor dem Altar. Miranda, die man gebeten hatte, ein Solo zu singen, entschied sich für «Ein feste Burg ist unser Gott», weil sie sich in einer evangelischen Kirche befand und weil niemand genug über Maurys Seelenleben wußte, um eine persönlichere Hymne zu wählen. BoomBoom Craycroft weinte in der vorderen linken Reihe. Ed Sugarman tröstete sie, eine Vollzeitbeschäftigung. Naomi Fletcher, in Trauer um Roscoe, saß neben Sandy Brashiers in der vorderen rechten Reihe. Harry, Susan und Ned waren ebenfalls anwesend. Abgesehen von dieser kleinen Schar war die Kirche leer. Hätte Darla ihr berühmtes und berüchtigt restauriertes Antlitz gezeigt, wäre die Kirche aus allen Nähten geplatzt.

Wieder im Postamt, sann Harry darüber nach, was ein lebenswertes Leben ausmachte.

Um fünf Uhr nachmittags legte sie April Shivelys Post zurecht.

«Glauben Sie, daß sie Sie hereinläßt?»

Harry zog die Augenbrauen hoch. «Miranda, das ist mir egal. Wenn sie nicht aufmacht, leg ich ihr die Post vor die Hintertür. Brauchen Sie was, wenn ich schon mal unterwegs bin? Ich komme an Critzers Gärtnerei vorbei.»

«Nein, danke. Ich habe meine Frühjahrszwiebeln schon alle gesetzt», lautete die leicht selbstgefällige Antwort.

«Schön – dann bis morgen.»

Zehn Minuten später bog Harry in einen langen, gewundenen Feldweg ein, der zu einem schmucken zweigeschossigen Haus im Kolonialstil führte. Blair Bainbridge hatte Harry seinen Transporter geliehen, bis ihrer repariert war. Sie klopfte an die Tür, erhielt aber keine Antwort. Sie wartete ein paar Minuten, dann legte sie die Post vor die Hintertür. Als sie sich zum Gehen wandte, ging im ersten Stock ein Fenster auf.

«Ich habe keine Angst, meine Post selbst abzuholen.»

«Ihr Schließfach ist übergequollen. Dachte, ich erspar Ihnen den Weg.»

«Weiß man schon, ob Sean überleben wird?»

«Nein. Das Krankenhaus gibt keine Informationen heraus, und es erlaubt keinen Besuch. Das ist alles, was ich weiß.»

«Der Junge hat kein Hirn im Kopf. Haben Sie Sandy Brashiers oder Naomi gesehen?» April ließ ein halbes Lachen hören. Ihr Tonfall war höhnisch.

Harry seufzte ungeduldig. «Ich bezweifle, ob die Lust der beiden, Sie zu sehen, größer ist als Ihre Lust, sie zu sehen. Marilyn ist auch nicht mehr Ihr größter Fan.»

«Was kümmert mich die?» April machte eine abfällige Handbewegung. «Sie ist eine schlechte Imitation einer schlechten Mutter.»

«Big Mim ist in Ordnung. Man muß sie nur nehmen, wie sie ist.»

«Meinst du, wir können rein?» fragte Tucker.

«Nein», antwortete Murphy. *«Die geht nicht von dem Fenster weg.»*

«Was sagen die Leute über mich?» wollte April wissen.

«Oh – daß Sie Sandy hassen, daß Sie Roscoe geliebt haben und daß Sie Sandy beschuldigen, um Ihre eigenen Spuren zu verwischen. Falls Geld fehlt, müßten Sie es haben oder wissen, wo es ist.»

«Ha!»

«Aber du weißt was, April. Das weiß ich genau», miaute Murphy laut.

«Die Katze hat ein großes Maul.»

«Selber Großmaul», antwortete Murphy frech.

«Genau!» fiel Pewter ein.

«April, ich wünschte, Sie würden reinen Tisch machen.» Harry zog den Reißverschluß ihrer Jacke zu.

«Die Schule ist wie eine Gruft. Wie immer Sie zu Sandy stehen – ist es das wert, St. Elizabeth und alles zu vernichten, was Roscoe so mühevoll aufgebaut hat?»

«Weiter so, Mom.» Tucker wußte, daß Harry einen wunden Punkt getroffen hatte.

«Ich und St. Elizabeth vernichten! Wenn Sie von Zerstörung reden wollen, dann reden wir doch von Sandy Brashiers, der will, daß wir unsere Mittel und Energien auf ein Programm aus dem neunzehnten Jahrhundert verwenden. Computerausbildung ist ihm gleichgültig, die Filmkursidee ist ihm verhaßt, und Sport duldet er nur, weil er muß – wenn er die Leitung übernimmt, werden Sie sehen, daß das Sportbudget von Jahr zu Jahr mehr gekürzt wird. Er wird es zunächst langsam angehen, aber ich kenne ihn! Dieser armselige Kriecher.»

«Dann kommen Sie zurück.»

«Ich bin gefeuert!»

«Wenn Sie die Unterlagen aushändigen –»

«Nie. Nicht an Brashiers.»

Harry hob die Hände. «Dann geben Sie sie Sheriff Shaw.»

«Das ist gehupft wie gesprungen. Er würde sie der Schule übergeben.»

«Er kann sie als Beweisstücke beschlagnahmen.»

«Sind Sie so blöd, oder halten Sie mich für so blöd?» schrie April. «Little Mim wird jammern, und Mommy macht Rick Shaw Feuer untern Hintern. Wenn nicht in die Schule, wandern die Papiere ins Haus Sanburne.»

«Wie können Sie sonst Ihren Namen reinwaschen?»

«Wenn die Zeit gekommen ist, werde ich handeln. Warten Sie's ab.»

«Mir wird wohl nichts anderes übrigbleiben.» Harry gab es auf. Als sie zum Transporter zurückging, hörte sie, wie das Fenster zugeknallt wurde.

«Die Zeit vergeht manchmal auf seltsame Weise», bemerkte Murphy trocken.

51

Auf der Rückfahrt nach Crozet hielt Harry an und überredete Mrs. Hogendobber, mit ihr in ihrem Falcon durch die Autowaschanlage zu fahren. Pewter, die der bloße Gedanke daran hysterisch machte, versteckte sich unterm Sitz. Harry berichtete Miranda von ihrem Gespräch mit der streitlustigen April.

Als sie von der Route 29 rechts abbogen und an der Texaco-Tankstelle vorbeifuhren, merkte sich Harry die Entfernung zwischen den Tanksäulen und dem Portal der Waschstraße. Es war ein Katzensprung, höchstens fünfzig Meter. Das Gebäude der Texaco-Tankstelle versperrte den Blick auf die Waschanlage.

«Langsam fahren.»

«Mach ich.» Miranda überblickte die Anlage, dann kam sie vor dem Portal zum Stehen.

Jimbo Anson eilte herbei, den Kragen seiner Jacke zum Schutz vor dem Wind hochgeschlagen. «Willkommen, Mrs. Hogendobber. Wenn ich mich recht entsinne, sind Sie noch nie hier gewesen.»

«Nein. Ich wasche den Wagen mit der Hand. Er ist so klein, daß ich es leicht bewältigen kann, aber Harry möchte, daß ich mit der Zeit gehe.» Sie lächelte, als Harry sich über sie hinüberbeugte und den Preis für das volle Programm entrichtete.

«Fahren Sie ein Stück vor ... so ist es gut.» Er sah zu, wie Mirandas linkes Rad auf die Schleppspur fuhr. «Schalten Sie in den Leerlauf, und das Radio muß aus sein.» Jimbo drückte den großen Knopf, der an einem dicken Stromkabel hing, und das Auto rollte in den Sprühnebel.

Ein Summer ertönte, das gelbe Neonlicht blitzte, und Miranda rief aus: «Hat man so was schon gesehen?»

Harry merkte sich genau, wie lange der gesamte Vorgang dauerte, und auch, wie die Apparaturen von der Seite hervorschwenkten oder sich von oben herabsenkten. Der letzte Ruck der Schleppkette gebot ihnen, den Wagen anzulassen. Harry murmelte: «Unmöglich.»

«Was ist unmöglich?»

«Ich hatte gedacht, der Mörder ist vielleicht in die Waschanlage gekommen, hat Roscoe den vergifteten Bonbon gegeben und ist rausgerannt. Ich weiß, es ist verrückt, aber der Anblick von jemandem, der klatschnaß in der Waschanlage steht, jemand, den er kennt, hätte ihn bestimmt veranlaßt, das Fenster runterzukurbeln oder die Tür zu öffnen, sofern sich das machen ließ. War nur so ein Gedanke. Wenn man von hier zur Texaco-Tankstelle laufen würde, wozu man keine Minute braucht, könnte einen niemand sehen, vorausgesetzt, man duckt sich in der Ausfahrt der Waschstraße.

Aber es ist unmöglich. Und außerdem ist niemand gesehen worden, der von oben bis unten naß war.»

«‹Da redete Kain mit seinem Bruder Abel. Und es begab sich, da sie auf dem Felde waren, erhob sich Kain wider seinen Bruder Abel und schlug ihn tot. Da sprach der Herr zu Kain: Wo ist dein Bruder Abel? Er sprach: Ich weiß nicht; soll ich meines Bruders Hüter sein? Er aber sprach: Was hast du getan? Die Stimme des Bluts deines Bruders schreit zu mir von der Erde.›» Mrs. Hogendobber zitierte aus dem 1. Buch Mose. «Der erste Mord aller Zeiten. Kain ist nicht ungestraft davongekommen. Dieser Mörder wird auch nicht davonkommen.»

«Rick Shaw macht Überstunden, um Kendrick beide Morde nachzuweisen. Cynthia rief mich gestern abend an. Sie sagt, es ist wie die Quadratur des Kreises. Es funktioniert nicht, und Rick rauft sich die Haare aus.»

«Das kann er sich kaum leisten.» Mrs. Hogendobber bog in südlicher Richtung in die Route 29 ein.

«Ich komme immer wieder auf Feigheit zurück. Gift ist des Feiglings Werkzeug.»

«Wer McKinchie umgebracht hat, war kein Feigling. Ein verwegener Durchstoß mit einem Schwert zeugt von Phantasie.»

«Aber McKinchie war unbewaffnet», sagte Harry. «Der Mörder ist hingesprungen und hat ihn erstochen. Phantasie, ja, aber auch Feigheit. Es ist eine Sache, einen Mord zu planen und auszuführen, eine Art kalte Virtuosität, wenn Sie so wollen. Etwas anderes ist es, sich an jemanden heranzuschleichen.»

«Es ist möglich, daß diese Morde nichts miteinander

zu tun haben», sagte Miranda zögernd. «Aber ich glaube es nicht; das ist es, was mich beunruhigt.» Sie bremste vor einer roten Ampel.

Sie hätte nicht beunruhigter sein können als Father Michael, der vom Gemurmel der bekannten gedämpften Stimme, die sich Mühe gab, sich zu verstellen, aus seinem Nickerchen im Beichtstuhl geweckt wurde.

«Vater, ich habe gesündigt.»

«Fahre fort, mein Kind.»

«Ich habe mehr als einmal getötet. Ich liebe es zu töten, Vater. Es verleiht mir ein Gefühl der Macht.»

Ein fester Klumpen setzte sich in Father Michaels dünnem Hals fest. «Alle Macht gehört Gott, mein Kind.» Seine Stimme wurde kräftiger. «Und wen hast du getötet?»

«Ratten.» Die verstellte Stimme brach in Lachen aus.

Er hörte das Rascheln des schweren schwarzen Stoffes, den leichten, schnellen Schritt. Er stürmte rechtzeitig auf der anderen Seite aus dem Beichtstuhl, um das Wehen eines schwarzen Umhangs am Seiteneingang, der sich rasch schloß, zu sehen. Er lief zur Tür und riß sie auf. Da war niemand, nur ein Blauhäher krächzte auf dem Kopf des Racheengels.

52

Niemand?»

Lucinda Payne Coles, die sich den schweren Rock um die Beine gezogen hatte, um den ständigen Zug in dem alten Amtszimmer abzuwehren, sagte wieder: «Niemand. Ich bin immer hinten in der Kirche, Sheriff. Die vorne herein- und hinausgehen, kann ich nur sehen, wenn ich nach vorn gehe oder wenn sie hier hinten parken.»

Cynthia, die auch fröstelte, rückte näher an den silbergestrichenen Heizkörper heran. «Ist Ihnen in letzter Zeit aufgefallen, ob Father Michael ungewöhnlichen Besuch hatte?»

«Nein. Wenn ich überhaupt etwas bemerkt habe, dann, daß es stiller ist als sonst um diese Jahreszeit.»

«Danke, Mrs. Coles. Sie können mich jederzeit anrufen, wenn Ihnen irgend etwas einfällt.»

Rick und Cynthia gingen hinaus. Feuchtkalter Nebel hüllte sie auf dem Friedhof ein. Sie bückten sich beim Seiteneingang. Auf Blättern waren Druckstellen zu sehen, ein leichter Schmierer auf der feuchten Oberfläche, den sie bis in den Friedhof verfolgten.

«Er war immerhin so schlau, seine Spuren zu verwischen», sagte Cynthia.

«Oder sie. Das kann auf jede Person in diesem Bezirk zutreffen, die sich auf dem Land auskennt», erwiderte Rick. «Oder jede, die genug Krimis gesehen hat.» Er setzte sich für einen Moment auf einen Grabstein. «Irgendeine Ahnung?»

«Nee.»

«Ich auch nicht.»

«Eins wissen wir. Der Mörder geht gern zur Beichte.»

«Nein, Coop, der Mörder gibt gern an. Wir haben eine einzige Hoffnung.»

«Und die wäre?» Sie sagte sich, eigentlich sei sie ja keine richtige Raucherin, als sie ein Päckchen Zigaretten aus ihrer Tasche zog.

«Ich nehm auch eine.» Rick streckte die Hand aus.

Sie zündeten ihre Zigaretten an und inhalierten.

«Wie viele von den Leuten, die hier beerdigt sind, mögen wohl an Nikotinvergiftung gestorben sein?»

«Ich weiß nicht.» Er lachte. «Ich könnte eines Tages einer von denen sein.»

«Was ist Ihre einzige Hoffnung, Chef?»

«Hochmut kommt vor dem Fall.»

53

Rick Shaw richtete in April Shivelys Büro einen vorläufigen Kommandoposten ein. Little Mim und Sandy Brashiers riefen die Schüler über Radio und Zeitung auf, sich zu Ermittlungen in der St.-Elizabeth-Schule einzufinden.

Jede Kraft, die Rick entbehren konnte, war in der Schule. Little Mim organisierte, und Sandy assistierte.

«– das Jahr hat super angefangen. Das Training hat super angefangen –» Karen Jensen lächelte den Sheriff an.

«Unsere Klasse hatte eine Filmwoche. Wir haben eine Story geschrieben, haben sie in Szenen aufgeteilt, und Freitag haben wir gedreht. Mr. McKinchie und Miss Thalman aus New York haben uns angeleitet. Das war toll. Ich kann mich auf nichts Merkwürdiges besinnen.»

«Sean?»

«Ach, Sie kennen Sean, er spielt gern den Bösen, aber er war in Ordnung.» Sie war entspannt, wollte gern behilflich sein.

«Wenn dir irgend etwas einfällt, komm wieder her oder ruf mich an.» Rick lächelte nachdenklich. Als Karen gegangen war, sagte er zu Cooper: «Keine laufende Nase, keine roten Augen oder erweiterten Pupillen oder stecknadelkleinen Pupillen. Keine Anzeichen von Drogenmißbrauch. Wir haben die halbe Klasse durch – wenn bloß Sean wieder bei Bewußtsein wäre.»

«Wenn er Vater wird, das erklärt vieles.»

«Nicht genug», brummte Rick.

Cynthia blätterte in ihren Notizen. «Er hat Botengänge für April Shively gemacht. Jody Miller sagt, Sean konnte kommen und gehen, wie er wollte!» Sie klappte das Notizbuch zu.

Ein Bellen vor der Tür verwirrte die Polizisten einen Moment, dann öffnete Cynthia die Tür. Mit gesträubtem Fell stürmte Tucker herein. *«Wir können euch helfen!»*

Mrs. Murphy und Pewter folgten mit weniger augenfälligem Enthusiasmus.

«Wo ist Harry?»

Wie zur Antwort auf Coops Frage kam Harry mit einem weißen Plastikbehälter, der von Post überquoll, zur Tür herein. «Roscoes und Maurys Post.» Sie knallte den Behälter auf den Tisch. «Ich habe Naomis Post in ihr Schließfach gesteckt.»

«Irgend etwas Ungewöhnliches dabei?» erkundigte sich Rick.

«Nein. Private Briefe und Rechnungen, keine Jiffy-Umschläge oder sonst etwas Verdächtiges.»

«Ist sie gekommen, um ihre Post abzuholen?»

«Naomi kommt jeden Tag vorbei. Aber heute war sie nicht da. Jedenfalls nicht, bevor ich gegangen bin.»

Cynthia fragte: «Sagt sie überhaupt mal was?»

«Sie ist niedergeschlagen. Wir tauschen Höflichkeiten aus, das ist alles.»

«Nett von Blair, daß er dir seinen Dually geliehen hat.» Coop hoffte, man würde ihr nicht anmerken, daß sie in den attraktiven Mann verknallt war. Da hoffte sie vergebens.

«Er ist ein guter Nachbar.» Harry lächelte. «Little Mim hat ihn für jeden gesellschaftlichen Anlaß zwischen heute und Weihnachten mit Beschlag belegt, das schwöre ich.»

«Er hat anscheinend nichts dagegen.»

«Was bleibt ihm anderes übrig? Soll er sich's mit einer Sanburne verderben?» Sie zog die Augenbrauen hoch.

«Da ist was dran.» Cynthia nickte und fühlte sich gleich besser.

«Wenn ihr Mädels aufgehört habt zu klönen, würde ich liebend gern wieder zur Sache kommen.»

«Jawohl, Chef.»

«Spielverderber», neckte Harry ihn. «Wenn wir uns von dem Problem ablenken, finden wir viel eher die Lösung.»

«Das ist ja wohl der größte Blödsinn seit ‹Nehmen Sie mich beim Wort, keine Steuererhöhungen›», schnaubte Rick.

«Nehmt mich beim Wort, ab in die Umkleide.» Die Tigerkatze stieß einen Kiekser aus.

«War das ein Schluckauf?» Cynthia bückte sich, um Mrs. Murphy zu streicheln.

«Versuchen wir's mit dem alten Trick, weglaufen und zurücklaufen.» Tucker sauste aus dem Zimmer und rannte durch den halben Flur, wobei ihre Krallen auf dem Holzboden klackten, dann sauste sie zurück.

«Machen wir's alle.» Mrs. Murphy folgte dem Hund. Pewter stürmte so schnell hinaus, daß ihre Hinterbeine wegrutschten.

«Verrückt.» Rick beobachtete sie kopfschüttelnd.

«Verspielt.» Coop sah die Post durch. Es war nichts dabei, was ihr in die Augen sprang.

Im Flur kamen die Tiere auf halbem Weg quietschend zum Stehen und rumsten ineinander.

«Idioten.» Mrs. Murphy plusterte ihren Schwanz auf. Das Fell in ihrem Nacken sträubte sich.

«Wir können es ja noch mal versuchen.» Tucker war der Meinung, daß bei den Menschen nur mit Wiederholung etwas zu erreichen war.

«Nein. Ich klettere Mutters Bein hoch. Damit krieg ich ihre Beachtung.»

«Was noch nicht heißt, daß sie uns folgen wird», erklärte Pewter nüchtern.

«Hast du eine bessere Idee?» Die Tigerkatze drehte sich zu der grauen Katze um.

«Nein, Hoheit.»

Schweigend traten die Tiere wieder ins Zimmer.

Mrs. Murphy ging zu Harry, rieb sich an ihrem Bein und schnurrte.

«Herzchen, wir gehen gleich.»

In Windeseile kletterte Murphy an Harrys Beinen hoch. Die Jeans hielt die Krallen zwar ein wenig ab, trotzdem drang genug von den scharfen Dolchen durch den Stoff, um Harry aufschreien zu lassen.

«Mir nach!» Murphy ließ sich von Harrys Bein fallen und lief zur Tür, wo sie stehenblieb und einen Purzelbaum schlug.

«Angeberin», murmelte Pewter vor sich hin.

«Du kannst keinen Purzelbaum», zog Murphy sie auf.

«Kann ich wohl.» Pewter rannte zur Tür und sprang in die Luft. Ihr Purzelbaum war ein bißchen wacklig und hatte etwas Schlagseite, aber es war immerhin ein Purzelbaum.

«Na ja, hin und wieder führen sie sich so auf», erklärte Harry verlegen. «Vielleicht sehe ich besser mal nach, was sie haben.»

«Ich komme mit.»

«Ihr seid beide total behämmert.» Rick schnappte sich die Post.

Als Harry und Cynthia den Tieren folgten, sahen sie, daß ein paar Klassenzimmer wieder in Betrieb waren.

«Ein gutes Zeichen, denke ich», bemerkte Cynthia.

«Ja, seit ihr beschlossen habt, die Schüler in der Schule zu befragen, haben sich einige Eltern gedacht, daß sie die Kinder gefahrlos wieder herschicken können.» Harry kicherte. «Auf alle Fälle einfacher, als sie zu Hause zu haben.»

«Machen wir einen Ausflug?» Cynthia sah, daß die

drei Tiere am Hintereingang zum Hauptgebäude stehengeblieben waren und die Menschen mit erhobenen Gesichtern anstarrten.

Als Harry die Tür öffnete, schossen sie heraus und galoppierten über den Hof. «Hey, Mädels, ihr habt uns angeschmiert!»

«Nein, haben wir nicht.» Die Tigerkatze trabte zurück, um den zwei zaudernden Menschen gut zuzureden. *«Kommt mit. Wir haben eine Idee. Das ist mehr, als irgendwer von euch hat.»*

«Ich könnte ein bißchen frische Luft gebrauchen.» Cynthia fühlte die erste Schneeflocke des Winters, die sich auf ihrer Nase niederließ.

«Ich auch. Dann muß Miranda eben warten.»

Sie überquerten den Hof. Die Schneeflocken fielen leise auf die Äste nieder. Der Gehweg war rutschig, aber noch nicht weiß. Weiter weg, zwischen dem Hauptgebäude und der Turnhalle, wurde der Schnee dichter.

«Beeilt euch. Es ist kalt», trieb Pewter sie an.

Die Menschen erreichten die Eingangstür zur Turnhalle und öffneten sie. Die Tiere flitzten hinein.

Mrs. Murphy blickte über die Schulter, um zu sehen, ob sie hinter ihr waren. Sie lief zur Tür der Mädchenumkleide an der Ecke des Trophäensaals. Die anderen beiden Tiere marschierten hinter ihr her.

«Der Weg war umsonst», meinte Cynthia lachend.

«Wer weiß, aber so hast du wenigstens mal Pause von Rick. Der schäumt ja regelrecht da drinnen.»

«So wird er immer, bis er einen Fall gelöst hat. Er gibt sich an allem die Schuld.»

Sie gingen in den Umkleideraum. Alle drei Tiere saßen vor dem Spind Nr. 114. Die Straße mit den toten Ameisen war noch da.

Da an jedem Spind ein Zahlenschloß hing, wie ein Ring, der an der Nase eines Bullen baumelte, konnten sie nicht an den Spind heran. Doch Cynthia suchte Renee Hallvard auf, die in ihrer Liste nachsah. Nummer 114 gehörte Jody Miller. Cynthia bat die Trainerin, alle ihre Mädchen zusammenzutrommeln und ihre Spinde aufschließen zu lassen.

Eine Stunde später hatte Renee Hallvard, ein Energiebündel, alle Hockey-, Lacrosse- und Basketballspielerinnen sowie sämtliche Leichtathletiksportlerinnen vor ihren Spinden stehen.

Harry, die schon wieder bei der Arbeit war, verpaßte den Knalleffekt. Als Nr. 114 geöffnet wurde, erwies sich eine offene Coladose als Ursache der Ameisenstraße. Nr. 117 jedoch enthielt ein Musketierkostüm. Der Spind gehörte Karen Jensen.

54

Rick ging auf und ab, die Hände hinter dem Rücken. Karen sagte schluchzend, sie wisse nichts über das Kostüm, ein teures Stück.

«Sie können alle fragen. Ich bin als Artemis gegangen, und ich habe den Ball kein einziges Mal verlassen», protestierte sie. Sie fühlte sich auch deswegen mies, weil man in ihrer Sporttasche eine geringe Menge Marihuana gefunden hatte.

Rick erwirkte einen richterlichen Beschluß, um Spinde zu öffnen und, wenn nötig, die Schlösser aufzubrechen. Er hatte in St. Elizabeth eine richtiggehende Apotheke gefunden. Diese Jugendlichen plünderten entweder regelmäßig Moms und Dads Medikamentenschrank, oder sie hatten einen guten Lieferanten. Valium, Percodan, Quaaludes, Speed, Amylnitrat, eine Spur Kokain und eine gehörige Menge Marihuana wetteiferten mit einer Handvoll Steroide, die sich in den Schulspinden der Jungen befanden.

So abgehärtet er war, auf das Ausmaß des Drogengebrauchs an der Schule war er nicht gefaßt gewesen. Als er einen Footballspieler ins Gebet nahm, hörte er die Standarderklärung: Wenn man Football gegen Jungs spielt, die Steroide nehmen, und man selbst nimmt keine, dann wird man weggebügelt. Wenn ein Junge in bestimmten Sportarten glänzen will, muß er früher oder später Drogen nehmen. Die bevorzugte Droge war ein Wachstumshormon, aber an das kamen die Kids nicht heran, und es war horrend teuer. Steroide waren viel leichter zu kriegen.

Der nächste Schock kam, als Cynthia anhand eines Etiketts, das in den Kragen des Oberteils eingenäht war, dem Verleiher des Musketierkostüms auf die Spur kam. Sie geriet an einen Ausstatter in Washington, D. C. Dort fehlte ein Musketierkostüm, aus edlem Stoff.

Maury McKinchie hatte es ausgeliehen und mit seiner MasterCard bezahlt.

55

Wirbelnde Schneeflocken verdeckten die Sicht auf den Yellow Mountain. Harry stapfte zum Stall; sie wußte, egal, wieviel Schnee fiel, er würde nicht liegenbleiben. Die gewaltigen Schneemassen kamen immer pünktlich nach Weihnachten. Gelegentlich gab es vor den Feiertagen ein ordentliches Gestöber, doch meistens konnten sich die Bewohner von Mittelvirginia darauf verlassen, daß der richtige Winter sie von Januar bis März in den Klauen hielt.

Der steife Wind blies das letzte Herbstlaub von den Bäumen. Über Nacht wich die üppige Herbstfärbung der kargen Eintönigkeit des Winters.

Ein Knattern veranlaßte Tucker, in das Weiß hinauszugehen. Fair kam angefahren. Er klatschte sich seinen Cowboyhut auf den Kopf, als er zum Stall stürmte.

«Harry, ich brauche deine Hilfe.»

«Was ist passiert?»

«BoomBoom hat einen ausgewachsenen Koller. Sie sagt, sie muß mit jemandem reden, dem sie vertrauen kann. Sie ist am Boden zerstört. Du solltest sie hören.»

«Lieber nicht.»

«Was soll ich machen?» Er kippelte nervös herum. «Sie hat sich richtig verzweifelt angehört.»

Harry lehnte sich an eine Boxentür. Gin Fizz steckte die Nase über die obere Hälfte der quergeteilten Tür; beim Kauen fiel ihm Futter aus dem Maul. Gewöhnlich steckte er den Kopf heraus und plauderte. Heute war er dafür zu hungrig und das Futter zu lecker.

«Mom, geh mit. Dann kriegt BoomBoom einen Herzstillstand.» Murphy lachte.

«Ich will dir sagen, was ich denke. Sie hat mit Maury McKinchie geschlafen.»

«Dafür hast du keine Beweise.» Er nahm den Hut ab und schüttelte den Kopf.

«Weiblicher Instinkt. Aber wenn du nicht hören willst, was ich zu sagen habe, gehe ich wieder an die Arbeit, und du kannst machen, was du willst.»

«Ich möchte es wissen.»

«Je mehr ich über die gräßlichen Ereignisse hier nachdenke, desto mehr läuft es auf den Streit zwischen Roscoe und Sandy Brashiers über die zukünftige Leitung von St. Elizabeth hinaus.» Sie hob die Hand. «Ich weiß es. Man braucht kein Genie zu sein, um dahinterzukommen.»

«Hm, so hatte ich das noch nicht betrachtet.»

«Tröste BoomBoom – in Maßen. Sie hat womöglich ein Puzzleteil, ohne es zu wissen. Andererseits läßt sich BoomBoom ja keine Gelegenheit zu Gefühlsausbrüchen entgehen.» Sie lächelte. «Und du wirst mir natürlich alles brühwarm erzählen.»

56

Was sich bei BoomBoom regte, war ihr Mund. Sie gestand Fair, daß sie eine Affäre mit Maury McKinchie gehabt habe. Sie habe Schluß gemacht, als sie entdeckte, daß er auch mit anderen Frauen Affären hatte, zumindest aber mit einer ihm wichtigen Frau. Er wollte ihr nicht sagen, wer sie war.

Sie dachte, daß die andere, natürlich nicht seine Ehefrau, ihn getötet haben könnte.

«Wie blöd von mir, ihm zu glauben.» Ihre ausdrucksvollen graublauen Augen quollen über von Tränen.

Fair hätte sie gern in die Arme genommen und getröstet, aber sein Mißtrauen ihr gegenüber saß so tief, daß es seine besten Impulse erstickte. Eine Umarmung von ihm, und sie würde allen Leuten erzählen, sie hätten tiefe, bedeutsame Gespräche geführt. Daraufhin würde der Klatsch seinen Lauf nehmen.

«Hat er versprochen, sich von Darla scheiden zu lassen?»

«Nein. Sie hat für ihn die Brötchen verdient.»

«Ah, was gab es ihm dann zu glauben? Da komme ich nicht ganz mit. Mir scheint, ich bin unterbelichtet.»

«Du bist nicht unterbelichtet, Fair, Lieber, du bist bloß ein Mann.» Sie vergaß ihre Trübsal lange genug, um sein Ego ein wenig zu streicheln. «Männer gucken nicht unter die Oberfläche. Glauben? Ich hab ihm geglaubt, daß er mich liebt.» Sie fing von neuem zu schluchzen an, und keine noch so große Menge Seetangessenz vermochte ihre Schwermut zu zerstreuen.

«Vielleicht hat er dich ja geliebt.»

«Wie konnte er dann mit einer anderen ein Verhältnis haben? Schlimm genug, daß er eine Ehefrau hatte!»

«Du weißt es nicht sicher – oder?»

«O doch.» Sie wischte sich mit ihrem Taschentuch die Augen. «Ich habe seinen Wagen durchsucht, während er ‹eine kleine Konferenz› mit Roscoe hatte, wie er immer sagte. Er hat alles Wichtige in seinem Auto aufbewahrt. Hier.» Sie griff in ihren seidenen Morgenrock, ein sinnliches Lavendelblau, und zog eine Handvoll Couverts hervor, die sie ihm in die Hand drückte. «Sieh selbst.»

Fair hielt die hellgrauen Couverts in Händen. Tiffany-Papier, mit einem weißen Band verschnürt. Er löste das Band. «Solltest du die nicht lieber Rick Shaw aushändigen?»

«Ich sollte viel; deswegen muß ich ja mit dir reden. Woher weiß ich, daß Rick diese Briefe nicht an die Zeitung weitergibt?»

«Das wird er nicht tun.» Fair las rasch den ersten Brief. Liebesgeflüster interessierte ihn nur, wenn es ihn selbst betraf. Seine Stimmung schlug jäh um, als er zur Unterschrift auf der nächsten Seite kam. Da stand in hübscher geschwungener Handschrift: ‹Deine Naomi›. «Scheiße.»

«Die hat ihn umgebracht.»

«Du meinst, Naomi hat ihn umgebracht?»

«Sie hätte so leicht wie jeder andere in einem Musketierkostüm herumstolzieren können.»

«Daß das Kostüm in Karen Jensens Spind gefunden wurde, war jedenfalls ein Glück für Kendrick.» Fair zog eine Augenbraue hoch. «Ich persönlich hätte ihn aber nicht laufenlassen. Der Mann hat schwere Probleme.»

«Herzlos ist er. Nicht grausam, beileibe nicht, aber gefühllos, solange er nicht irgendwo ein Dollarzeichen leuchten sieht.» BoomBoom klopfte mit ihrem langen Fingernagel auf die Innenseite der anderen Hand. «Denk nur, wie leicht es für Naomi gewesen wäre, einer Schülerin das Kostüm in ihren Spind zu stecken. Ein Kinderspiel.»

«Vielleicht.» Fair gab BoomBoom die Couverts zurück.

«Willst du die anderen nicht lesen? Da knistert's richtig.»

«Sie gehen mich nichts an. Du solltest sie Rick aushändigen. Besonders, wenn du glaubst, daß Naomi McKinchie umgebracht hat.»

«Ja, das glaube ich. Sie muß dahintergekommen sein, daß er was mit mir hatte, und hat sich an ihm gerächt, nachdem sie Roscoe beseitigt hatte. Ha. Sie dachte, der Weg wäre frei für sie, und dann entdeckte sie, daß da noch eine Frau war. Ich muß schon sagen, Energie hatte er. Eine Ehefrau und zwei Geliebte.» Sie feixte, und ihr tiefes, verlockendes Grübchen wurde noch ein bißchen tiefer.

«Schon möglich. Möglich ist alles. Aber andererseits, wer sagt denn, daß du Maury McKinchie nicht ermordet hast?» Fair, der in derartigen Situationen gewöhnlich nicht so direkt war, äußerte unverblümt, was auf der Hand lag.

«Ich? *Ich?* Ich könnte keinen Menschen töten. Ich möchte die Menschen heilen, ihre inneren Wunden verbinden. Ich würde niemandem etwas zuleide tun.»

«Ich sage ja nur, wie es für andere aussehen könnte, die –»

«Drecksäcke! Jeder, der mich kennt, weiß, daß ich niemanden töten würde, und schon gar nicht, wenn's um Liebe geht.»

«Sex? Oder Liebe?»

«Ich dachte, du wärst auf meiner Seite!»

«Ich bin auf deiner Seite.» Er richtete den Blick auf die betrübte Frau, die selbst in ihrer Dummheit schön war. «Deswegen stelle ich dir ja Fragen.»

«Ich habe geglaubt, daß ich Maury liebte. Jetzt bin ich mir da nicht mehr so sicher. Er hat mich ausgenutzt. Er hat sogar Probeaufnahmen von mir gemacht.»

«Aus der Sicht eines Sheriffs würde ich sagen, du hattest ein Motiv.»

«Aber ich hatte kein Motiv, Roscoe Fletcher zu töten!»

«Nein, offensichtlich nicht. Hatte jemand Roscoe auf dem Kieker? Jemand, den du kennst?»

«Naomi. Das sag ich doch die ganze Zeit.»

«Wir wissen nicht, ob er sie betrogen hat.»

«Er hat die Rosen gepflückt, solange sie blühten. Machen das nicht alle Männer? Ich meine, wenn sich die Gelegenheit bietet, seid ihr alle Huren.»

«So wie ich.» Er straffte das Kinn.

«O Fair, dich habe ich nicht gemeint. Du und Harry, ihr habt einfach nicht zusammengepaßt. Eure Ehe wäre früher oder später sowieso in die Brüche gegangen. Du weißt, ich bewahre jeden unserer gemeinsamen Augenblicke in meinem Herzen, und deswegen habe ich dich gerufen in der Stunde meiner Not.»

Wie hatte er jemals mit dieser Frau schlafen können? War er so geblendet gewesen von ihrer Schönheit? Ein Ekelgefühl stieg in seinem Magen hoch. Er unterdrückte es. Warum wütend auf sie sein? Sie war, wie sie war. Sie hatte sich nicht geändert. Er schon.

«Fair?» fragte sie in das Schweigen hinein, das zwischen ihnen entstanden war.

«Wenn du wirklich glaubst, daß Naomi Fletcher ihren Mann getötet hat, weil sie mit Maury McKinchie zusammen sein wollte, und daß sie dann in einem Anfall von Leidenschaft ihn umgebracht hat, weil sie das mit dir herausfand, dann mußt du zum Sheriff gehen. Übergib ihm die Briefe.»

«Ich kann nicht. Es ist zu schrecklich.»

Er schlug einen anderen Kurs ein. «BoomBoom, und wenn sie es nun auf dich abgesehen hat – vorausgesetzt, daß deine Annahme richtig ist?»

«Nein!» Aufrichtiges Entsetzen breitete sich auf ihrem Gesicht aus.

«Was ist mit April Shively?»

«Mit einer guten Grundsubstanz hätte sie ihr Leben verändern können. Dazu Rosenblütenblätter in ihrem Badewasser.» BoomBooms Gesichtsmuskeln waren angespannt, ihre Halsadern traten hervor. «O-o-oh, ich habe einen Krampf. Muskelkater. Massier ihn mir weg, ja?»

«Deiner Wade fehlt nichts. Komm mir nicht mit dieser Masche.»

«Welcher Masche?» Sie blähte die Nasenlöcher.

«Das weißt du genau. Ich rufe jetzt den Sheriff an. Du darfst solche Beweisstücke nicht unterschlagen.»

«Tu's nicht!»

«BoomBoom, laß ausnahmsweise mal dem öffentlichen Wohl zuliebe deine Eitelkeit beiseite. Da draußen läuft ein Mörder herum. Es könnte Naomi sein, wie du gesagt hast, und» – er zuckte die Achseln – «wenn durchsickert, daß du was mit Maury gehabt hast, dann ist das kein Weltuntergang.»

«Du hast leicht reden.»

«Für mich war der Kerl ein dummes Arschloch.»

«Er hat mich zum Lachen gebracht. Und ich kann so gut schauspielern wie die Hälfte von denen, die man im Fernsehen sieht.»

«Das würde ich nie bezweifeln.» Er machte eine kleine Pause, ein Gedanke blitzte in seinem Kopf auf. «BoomBoom, hast du welche von Maurys Filmen gesehen?»

«Klar. Alle.»

«Haben sie dir gefallen? Ich meine, könntest du mir etwas darüber erzählen?»

«Er hatte immer scharfe Hauptdarstellerinnen. Du weißt ja, er hat Darla den großen Durchbruch verschafft.»

«Scharf? Im Sinne von Sex?»

«Oh» – sie schnippte die Finger nach unten, eine blitzschnelle, halb abschätzige Geste – «bei allem, was Maury gemacht hat, ging es um Sex: die befreiende Macht von Sex und wie er uns verwandelt. Das wahre Ich enthüllt sich beim Geschlechtsakt. Ich meine, die Story konnte im Büro des Staatsanwalts in Manhattan spielen oder von einem vietnamesischen Einwanderer in Los Angeles handeln – das ist mein Lieblingsfilm, *Rice Sky* –, aber früher oder später geht es nur noch um Sex.»

«Aha.» Er ging zum Telefon.

«Verlaß mich nicht.»

«Ich geh noch nicht.» Er rief zuerst Harry an. «Schatz, ich warte auf Rick Shaw. Ich erklär dir alles, wenn ich wieder bei dir bin. Funktioniert dein Videogerät? Gut. Ich bringe ein paar Filme mit. Wir werden eine Menge Popcorn essen.» Dann rief er Rick an.

Fünfzehn Minuten später trafen Rick und Cynthia

ein, nahmen die Couverts an sich und gingen wieder, nachdem sie BoomBoom ermahnt hatten, die Stadt nicht zu verlassen.

Als sie Fair bat, nicht fortzugehen, erwiderte er nicht unfreundlich: «Du mußt lernen, allein zu sein.»

«Aber nicht heute abend! Ich hab Angst.»

«Ruf jemand anderen an!»

«Du gehst wieder zu Harry.»

«Ich seh mir Filme mit ihr an.»

«Tu das nicht. Du machst einen großen Fehler.»

«Was soll ich nicht tun?»

«Dich in sie verlieben.»

«Ich habe nie aufgehört, sie zu lieben. Zuerst habe ich mich selbst verloren, dann habe ich meine Frau verloren. Tut mir leid, BoomBoom.»

57

Nun bin ich aber mal gespannt, wie du dich da rausredest.» Mit zornesroten Augen sah Kendrick seine Tochter durchbohrend an.

«Hab ich doch gesagt. Ich habe es von Großvaters Erbe bezahlt.»

«Ich habe mich bei der Bank erkundigt. Du bist minderjährig, also haben sie mir die Auskunft gegeben. Auf deinem Konto fehlen keine einundvierzigtausend Dollar, und soviel hat der verdammte BMW gekostet!»

«Der Scheck ist noch nicht eingelöst worden», entgegnete sie gelassen.

«Bei Pegasus Motor Cars sagte man mir, daß du mit einem bestätigten Scheck bezahlt hast. Wer hat dir das Geld gegeben?»

«Großvater!» Sie saß auf der Sofakante, die Knie nebeneinander wie eine wohlerzogene junge Dame.

«Lüg mich nicht an.» Er trat mit geballten Fäusten auf sie zu.

«Dad, wag es nicht, mich zu schlagen, ich bin schwanger.»

Er blieb wie angewurzelt stehen. «WAS?»

«Ich ... bin ... schwanger.»

«Weiß deine Mutter Bescheid?»

«Ja.»

Wäre Irene in diesem Augenblick hereingekommen, Kendrick hätte sie womöglich umgebracht. Zum Glück war sie einkaufen. Er übertrug seinen Zorn auf den verantwortlichen Mann.

«Wer ist der Kerl?»

«Das geht dich nichts an.»

«Und ob es mich was angeht. Wer immer er ist, er wird die Konsequenzen tragen. Er wird dich heiraten.»

«Ich will nicht heiraten.»

«Ach nein?» Seine Stimme triefte von Gehässigkeit. «Was du willst, tut gar nichts zur Sache. Du hast dich in diese Situation gebracht, weil du bloß deinen Gelüsten gefolgt bist. Mein Gott, Jody, was ist los mit dir?» Er setzte sich mit einem Plumps hin, sein Zorn löste sich in Furcht und Verwirrung auf.

«Sei nicht böse auf Mom. Sie hat getan, was eine Mutter eben tut. Sie ist mit mir zum Arzt gegangen – sobald ich es wußte. Wir wollten es dir sagen, aber nach allem, was passiert ist, haben wir's aufgeschoben.»

«Wer ist der Vater?»

«Ich bin mir nicht sicher.»

«Mit wie vielen Jungs hast du geschlafen?» Seine Stimme schnappte über.

«Ein paar.»

«Und was denkst du, wer es war?»

«Sean Hallahan – vielleicht.»

«Ach du Scheiße.»

58

Lüg mich nicht an.» Susan knöpfte sich Brooks vor.

«Ich lüge nicht. Ich nehme keine Drogen, Mom.»

«Du bist mit einer befreundet, die welche nimmt.»

«Karen ist nicht drogenabhängig. Sie hatte einen Joint in ihrer Tasche. Reg dich ab.»

Ned schritt ein. «Ich denke, es ist Zeit für uns alle, ins Bett zu gehen.»

«Dan liegt schon im Bett.» Brooks beneidete ihren Bruder, der ausnahmsweise mal nichts mit der Sache zu tun hatte.

«Hör zu, Kind, wenn du uns irgendwas verheimlichst, rückst du besser raus mit der Sprache. Was immer du tust, wir finden eine Lösung.»

«Susan.» Ned rieb sich die Stirn. Er hatte Kopfweh, seine Schläfen pochten.

«Ich will der Sache auf den Grund gehen. Sheriff Shaw hat euch allen Fragen gestellt, nachdem das Marihuana gefunden wurde und das Kostüm aufgetaucht ist. Ich kann es nicht glauben. Es ist einfach lächerlich. Karen Jensen.»

«Mom, Karen hat Mr. McKinchie nicht umgebracht. Ehrlich. Das ist verrückt.»

«Und wie ist deiner Meinung nach das Kostüm in ihren Spind geraten?»

«Nichts leichter als das. In der Mannschaft kennen wir alle untereinander die Kombinationen. Wir leihen uns dauernd gegenseitig Sachen aus.»

Susan nahm sich Brooks wieder vor. «Was weißt du über Karen Jensen, das wir nicht wissen?»

«Karen ist in Ordnung. Sie ist nicht drogenabhängig. Das einzige, was ich über Karen weiß, ist, daß sie diesen Sommer mit einem älteren Jungen von der University of Virginia gegangen ist und daß sie etwas zu intim geworden sind. Wirklich, sie ist in Ordnung.»

Susan legte ihren Arm um die Schulter ihrer Tochter. «Du auch, hoffe ich.»

Später rief Susan Harry an und schilderte ihr das Gespräch mit Brooks. Harry revanchierte sich mit einer Inhaltsangabe von *Rice Sky.*

«Klingt langweilig.»

«Hat einen Haufen Geld eingespielt. Ich glaube, der wahre Grund, weshalb Roscoe die Idee einer Filmabteilung befürwortet hat, war, Maury zu pushen. Er stand ja so in Darlas Schatten. Roscoe war schlau. Maury um den Bart zu gehen, konnte nur Gutes bringen.»

«Geld. Haufenweise Geld.»

«Eben. Sie würden die Filmabteilung nach Maury benennen. Er würde alle seine Drehbücher stiften, alte

Ausrüstungen auftreiben; es wäre der reinste Egotrip geworden.»

«Was glaubst du, was so ein Egotrip gekostet hätte?»

«Die Stiftungssumme hätte mindestens eine Million Dollar betragen müssen, denke ich. Vermutlich mehr.» Harry kritzelte etwas auf eine braune Papiertüte. «Ich verstehe nicht allzuviel davon, aber es hätte auf jeden Fall sehr viel Geld sein müssen.»

«Was denkt Fair?»

«Millionen», rief er.

«So dumm kann Sandy Brashiers nicht sein», sagte Harry. «Für ein paar Millionen Dollar würde sogar er auf die Filmkursidee abfahren.»

«Ich bezweifle, daß Roscoe es in Dollars und Cents ausgedrückt hat. Aber vielleicht steht es in Aprils Büchern.»

«Susan, wenn das alles ist, was drinsteht, was gibt es da zu verbergen?»

«Verdammt, wenn ich das wüßte. Übrigens, wir haben uns nach Sean erkundigt. Keine Veränderung.»

«Ich hab auch angerufen.»

«Der Junge muß etwas wissen. Larry Johnson hat gehört, daß die schlimmste Schwellung zurückgeht. Vielleicht erwacht Sean ja aus dem Koma, wenn die Schwellung abgeklungen ist.»

«Er kann von Glück sagen, daß er am Leben ist.»

59

Warum sagen Sie nicht einfach die Wahrheit?» Rick klopfte mit den Fingern auf den glänzend polierten Tisch.

«Sie haben kein Recht, mich so zu bedrängen.» Naomi stand kerzengerade aufgerichtet.

«Sie wissen mehr, als Sie mir erzählen.» Er blieb gelassen und routiniert.

«Nein. Und ich verbitte es mir, daß Sie mir zusetzen, wenn ich in Trauer bin.»

Wortlos schob Cynthia Cooper den Packen Couverts, die mit einer adretten Schleife neu verschnürt waren, über den Tisch zu Naomi. Alle Farbe wich aus ihrem Gesicht.

«Wie –?»

«Das ‹Wie› spielt keine Rolle, Naomi. Wenn Sie etwas mit diesen Morden zu tun haben, raus mit der Sprache.» Cynthia klang mitfühlend. «Vielleicht können wir ein Abkommen treffen.»

«Ich habe niemanden umgebracht.»

«Sie haben Roscoe nicht getötet, um den Weg freizumachen, damit Sie Maury McKinchie heiraten können?» trieb Rick sie in die Enge.

«Maury McKinchie heiraten? Eher laß ich mir ohne Betäubung einen Zahn ziehen.» Ihre ebenmäßigen Züge verzerrten sich vor Verachtung.

«Sie hatten ihn gern genug, um mit ihm zu schlafen.» Cynthia fand, daß dieser Eingriff in die Privatsphäre besser von ihrer als von Ricks Seite kam.

«Das heißt noch lange nicht, daß ich mein Leben mit ihm verbringen wollte. Maury war ein Casanova und mehr nicht. Er war kein Mann für die Ehe.»

«Roscoe offenbar auch nicht.»

Sie zuckte die Achseln. «Am Anfang schon, aber Männer verändern sich.»

«Frauen auch.» Cynthia wies auf die Couverts.

«Was dem einen recht ist, ist der anderen billig, muß man in diesem Fall wohl sagen. Das Ehegelöbnis ist ja ganz nett, und man hofft vielleicht, es erfüllen zu können, aber es ist ausgesprochen unrealistisch. Ich habe nichts Unrechtes getan. Ich habe niemanden umgebracht. Ich habe mit Maury McKinchie gespielt. Dafür können Sie mich nicht einsperren.»

«Mit ihm gespielt und ihn dann umgebracht, als Sie erfuhren, daß er es nicht ernst meinte mit Ihnen und daß er mit einer anderen schlief.»

«BoomBoom.» Sie fuchtelte mit der Hand in der Luft, als schlüge sie nach einer lästigen Mücke. «Die kann mir doch keinen Kummer machen.»

«Vielen anderen Frauen schon», konstatierte Cynthia ganz unverblümt.

«BoomBoom war zu selbstbezogen für Maury. Man war nie richtig von einer Rivalin bedroht, weil er viel zu sehr in sich selbst verliebt war, falls Sie verstehen, was ich meine.» Sie lächelte kalt.

«Sie waren an dem Tag, als Ihr Mann starb, in der Autowaschanlage, haben mit ihm gesprochen, hätten ihm leicht den vergifteten Bonbon geben können.»

«Können schon, aber ich hab's nicht getan.»

«Sie sind zäh», sagte Rick halb bewundernd.

«Ich bin nicht zäh, ich bin unschuldig.»

«Wenn ich einen halben Dollar für jeden Mörder hätte, der das gesagt hat, wäre ich ein reicher Mann.» Rick fühlte in seiner Manteltasche nach seinen Zigaretten. «Was dagegen, wenn ich rauche?»

«Allerdings. Das ganze Haus wird stinken, wenn Sie gehen, was Sie hoffentlich bald tun werden.»

Cynthia und Rick waren sich insgeheim einig: Eine Südstaatenlady hätte so etwas nie gesagt.

«Wie gut haben Sie Darla gekannt?»

«Flüchtig. Sie war selten hier.»

«Wenn Sie Roscoe nicht getötet haben, wissen Sie, wer es getan hat?»

«Nein.»

«Wie hört sich ‹Unterschlagung von Beweismaterial› für Sie an, Mrs. Fletcher?» Rick beugte sich vor.

«Nach Bluff.»

«Um Himmels willen, Naomi, zwei Männer sind tot!» Cynthia konnte ihren Abscheu nicht mehr verbergen. Dann feuerte sie rasch eine Frage ab: «Hat Ihr Mann mit April Shively geschlafen?»

«Gott, nein», rief Naomi höhnisch. «Roscoe fand April hübsch, aber sterbensöde.» Naomi mußte sich eingestehen, daß Ödnis Männer nicht davon abhielt, mit Frauen zu schlafen. Doch gegenüber Shaw und Cooper würde sie das nicht zugeben.

«Glauben Sie, daß Kendrick Maury getötet hat?» Rick warf einen anderen Köder aus.

«Eher nicht.» Sie schloß die Augen, als sei sie erschöpft.

Cooper warf ein: «Warum nicht?»

Naomi wachte wieder auf. «Kendrick hat nicht den Mumm dazu.»

«Haben Sie Ihren Mann geliebt?» fragte Rick.

Sie wurde nüchtern, ja traurig. «Wenn man achtzehn Jahre mit einem Mann zusammenlebt, dann kennt man ihn. Roscoe ist ab und zu fremdgegangen. Er konnte sich an kleinen Grausamkeiten freuen – wie er mit Sandy Brashiers umgesprungen ist, zum Beispiel. Er hat Sandy über alles im dunkeln gelassen.» Sie hielt inne. «Ob ich ihn geliebt habe? Ich hatte mich an ihn gewöhnt, doch ja, ich habe ihn geliebt. Ja.»

Cynthia brachte ein Lächeln zustande. «Warum?»

Naomi zuckte die Achseln. «Gewohnheit.»

«Was hatte Roscoe gegen Sandy Brashiers?»

«Roscoe war immer schlecht auf Männer zu sprechen, die in Harvard studiert haben. Die Arroganz ihrer roten Roben hat ihn wütend gemacht. Sie wissen ja, bei akademischen Feierlichkeiten trägt nur Harvard karmesinrote Roben.»

«Haben Sie irgendeine Ahnung, was die falschen Todesanzeigen anbelangt?» wollte Cynthia wissen.

«Die?» Naomi runzelte die Stirn. «Schülerstreiche. Sean hat sich entschuldigt.»

«Glauben Sie, daß er auch die zweite Anzeige zu verantworten hatte?»

«Nein. Ich glaube, das war ein Trittbrettfahrer. Sean genießt den luxuriösen Ruf, ein Macker zu sein. Sehr verlockend in dem Alter. Irgendein anderer Junge wollte sich in dem Ruhm sonnen. Ist das so wichtig?»

«Es könnte wichtig sein.» Rick griff nach seinem Hut.

«Haben Sie April Shivelys Haus durchsucht?»

«Haus, Auto, Büro, sogar die Daten auf ihrer Festplatte. Nichts.»

Naomi stand auf, um sie nach draußen zu begleiten. «Sie lebt nicht auf großem Fuß. Ich glaube nicht, daß sie Spendengelder unterschlagen hat.»

«Sie könnte jemand anderen decken.» Cynthia war als erste an der Tür.

«Sie meinen natürlich Roscoe.» Naomi war nicht auf den Kopf gefallen. «Warum nicht? Er ist tot. Man kann ihm alles vorwerfen. Sie müssen Verbrecher finden, um Ihren Job zu behalten, stimmt's?»

Rick blieb an der Tür stehen, als Naomis Hand den Knauf berührte. «Ihre Zusammenarbeit mit Sandy klappt gut, nicht? Unter den gegebenen Umständen?»

«Ja.»

«Haben Sie gewußt, daß Sandy an der White Academy, der Schule, an der er gearbeitet hat, bevor er nach St. Elizabeth kam, eine Schülerin geschwängert hat?»

Cooper versetzte ihr den nächsten Schlag. «Roscoe hat es gewußt.»

«Sie beide sind sehr eifrig gewesen.» Sie kniff die Lippen zusammen.

«Wie Sie schon sagten, Mrs. Fletcher, wir müssen Verbrecher finden, um unseren Job zu behalten.» Rick deutete ein Lächeln an.

Naomi verzog das Gesicht und schloß die Tür.

60

Mrs. Murphy lehnte sich ans Sofakissen. Sie streckte das rechte Hinterbein aus und verharrte so. Dann fuhr sie die Krallen aus und betrachtete ihre Zehen. Was für umwerfend vollkommene Zehen sie hatte. Sie wiederholte den Vorgang mit dem linken Hinterbein. Dann legte sie die Vorderpfoten aneinander, eine aerobische Katzenübung. Befriedigt legte sie sich auf das Kissen und blickte heiter ins Feuer. Im Geiste ging sie die jüngsten Ereignisse durch.

Harry staubte ihre Bücherregale ab, ein langwieriges Unterfangen, weil sie immer wieder ein Buch herausnahm, einige Passagen las und es dann zurückstellte. Draußen fiel leichter Schnee; um so zufriedener war sie, drinnen zu sein.

Tucker schnarchte vor dem Kamin. Pewter, die sich am anderen Ende des Sofas zusammengekugelt hatte, träumte von winzigen Mäusen, die ihr Loblied sangen: *«O mächtige Pewter, Königin der Katzen.»*

«Herr der Fliegen.» Harry zog das alte Taschenbuch heraus. «Mußte ich im College lesen, aber ich konnte es nicht ausstehen.» Sie ließ sich vor dem nächsten Regal nieder. «Fielding, den hab ich gern. Austen.» Sie drehte sich zu Mrs. Murphy um. «In der Literatur geht es um Sinnlichkeit. Wirklich, Murphy, John Milton ist einer der größten Dichter, aber er langweilt mich zu Tode. Es fällt mir schwer, eine Kunstform zu lieben, die mir ein Programm in den Kopf hämmern will. Ich nehme an, das ist wie mit dem Igel und dem Fuchs.»

«Isaiah Berlin.» Mrs. Murphy kannte die berühmte Abhandlung, die Schriftsteller in Igel und Füchse aufteilte; Igel seien auf eine große Idee oder eine Weltsicht fixiert, wogegen Füchse das ganze Territorium durchliefen; Leben hieß Leben ohne vorgegebenes Schema. So sah sie es jedenfalls.

«Ich meine, Murphy, daß Leser Igel oder Füchse sind. Die einen lesen, um sich zu erinnern. Die anderen lesen, um zu vergessen. Manche lesen, um sich herausfordern zu lassen. Andere wollen ihre Vorurteile bestätigt sehen.»

«Warum liest du, Mutter?» fragte die Katze.

«Ich lese», sagte Harry, die genau wußte, was ihre Katze sie gefragt hatte, «aus schierem Vergnügen an der Sprache.»

«Ah, ich auch.» Die Tigerkatze schnurrte. Harry konnte kein Buch aufschlagen, ohne daß Mrs. Murphy sich auf ihre Schulter oder ihren Schoß setzte.

Pewter las auch manchmal, aber sie bevorzugte Krimis oder Thriller. Pewters Interesse reichte nicht über Genreromane hinaus.

Mrs. Murphy fand, die graue Katze könnte ruhig mal ein paar Ernährungsratgeber lesen. Sie streckte sich und ging zu Harry. Sie sprang auf ein Bord, um näher an Harrys Gesicht zu sein. Ihr Blick schweifte über die Buchrücken und suchte ihre Lieblingstitel heraus. Sie hatte mehr Spaß an Biographien als Harry. Sie verharrte bei Michael Powells *My Life in the Movies*.

Sie blinzelte, sprang vom Regal und puffte Tucker wach. *«Komm, Tucker, komm mit.»*

«Ich hab's so gemütlich.»

«Los, mir nach.» Sie flitzte aus der Tierpforte, Tucker hinterdrein.

«Was ist bloß in die gefahren?» Harry hielt die *Ilias* in der Hand.

Fünfundvierzig Minuten später blieben die beiden Tiere außer Atem bei Bowdens Teich stehen, wo der Camry und die grausigen Überreste noch standen, von Menschen unentdeckt.

«Tucker, du nimmst dir die Ostseite des Teiches vor. Ich die Westseite. Halt Ausschau nach einem Video oder einer Filmdose.»

Die beiden Tiere suchten unter dem Schnee, der anfing, die Erde zu bedecken; aber Umrisse wären noch zu sehen gewesen.

«Nichts», berichtete Tucker.

«Bei mir auch nicht.»

Ein Knurren ließ ihr die Haare zu Berge stehen.

«Der Rotluchs!» Mrs. Murphy schoß über die rutschige Farmstraße und übersprang die Furchen. Tucker rannte wie ein geölter Blitz neben ihr her.

Sie erreichten die gemähte Heuwiese, die weit offen lag, ohne eine Versteckmöglichkeit.

«Er holt uns ein», hechelte Tucker mit heraushängender Zunge.

Und er kam näher, ein gedrungenes, kräftiges Geschöpf mit Haarbüscheln an den Ohren.

«Es ist meine Schuld.» Vom schnellen Laufen tat der Katze alles weh.

«Schone deine Lungen.» Tucker drehte sich blitzschnell zum Feind um, die langen Fangzähne entblößt.

Der Rotluchs blieb einen Moment stehen. Er war auf eine Mahlzeit aus, wollte aber nicht verletzt werden. Er hüpfte um Tucker herum und befand, daß er es mit Murphy leichter haben würde. Tucker folgte dem Rotluchs.

«Lauf, Murphy, lauf. Ich lenke ihn ab.»

«Du domestizierter Wurm», fauchte der Rotluchs.

Als Murphy ihre Freundin in Gefahr sah, blieb sie stehen. Sie plusterte sich auf, wandte dem Feind ihr Gesicht zu. Zusammen gingen sie und Tucker in etwa zwanzig Meter Abstand seitlich um den Rotluchs herum.

Der Rotluchs duckte sich und bewegte sich langsam auf Mrs. Murphy zu, die zur Seite sprang. Er rannte und warf sich in die Luft. Murphy wich ihm aus. Er wirbelte herum und griff in dem Moment an, als Tucker auf ihn zusprang. Sie traf ihn an den Beinen, gerade als er sich auf Murphy stürzen wollte. Der Rotluchs wälzte sich herum, sprang dann auf. Die beiden Freundinnen waren jetzt Seite an Seite, die Fangzähne entblößt.

«Hier rein!» rief eine Stimme aus der Baumgruppe, die nur einen Sprung entfernt war.

«Wir ziehen uns zurück», sagte Murphy atemlos.

«Wohin?» flüsterte Tucker.

«Zu den Bäumen.»

«Dort ist er gefährlicher als auf freiem Feld.»

«Es ist unsere einzige Hoffnung.»

«Ihr zwei seid zu nichts nütze.» Der Rotluchs pirschte sich an sie heran und kostete den Augenblick aus.

«Das denkst auch nur du.» Mrs. Murphy stieß ein kehliges Knurren aus.

«Du bist die Vorspeise, deine Hundekumpanin ist das Hauptgericht.»

«Freu dich nicht zu früh.» Murphy drehte sich um und flog förmlich über den Schnee.

Tucker tat desgleichen, der Rotluchs war ihr auf den Fersen. Sie hörte das Keuchen hinter sich, dann sah sie Murphy in einem Fuchsbau verschwinden. Tucker drehte sich um und schnappte nach den Vorderbeinen des Luchses, der vollkommen überrumpelt war. Das verschaffte Tucker den Sekundenvorteil, den sie brauchte, um hinter ihrer Freundin im Fuchsbau zu verschwinden.

«Ich kann die ganze Nacht warten», murmelte der Rotluchs.

«Vergeude deine Zeit nicht auf ein fruchtloses Unterfangen», höhnte Mrs. Murphy.

«Ich bin froh, daß ihr ein paar große Füchse unter euch habt.» Tucker lag keuchend am Boden des Baus. *«Sonst hätte ich nie durch euer Loch gepaßt.»*

Ein rötliches Fuchsweibchen sagte zu Murphy: *«Du hast mir mal bei einem schlimmen Sturm gesagt, ich kann im Schuppen bleiben. Ich schulde dir Dank.»*

«Du hast es mir mehr als vergolten.» Murphy horchte, wie der Rotluchs herumschlich, nicht bereit, aufzugeben.

«Was macht ihr beiden so spät hier draußen?»

«Einen Film oder ein Video suchen, da hinten, wo der tote Mensch in dem Auto ist», sagte Tucker.

«Den Menschen findet keiner, bis die Rotwildjagdsaison beginnt, und das ist in zwei Wochen», stellte die schlaue Füchsin fest.

«Habt ihr irgendwas gesehen?»

«Nein, obwohl sie erst ein paar Wochen tot war, als wir sie Ende September fanden.»

«September! Ich glaube, der Mörder hat das Beweismittel in den Teich geworfen.» Murphy war eine scharfsinnige Katze.

«Woher weißt du das?» Tucker wußte, daß die Katze ihr gewöhnlich zwei Schritte voraus war.

«Weil es bei den Morden um Film und Roscoes Filmabteilung ging. Es war direkt vor meiner Nase, aber ich habe es nicht gesehen. Der Mensch in dem Auto, wer immer es ist, ist das fehlende Glied.»

«Murphy», sagte Tucker leise, *«hast du rausgekriegt, was hier vorgeht?»*

«Ja, ich glaube, aber nicht rechtzeitig – nicht rechtzeitig.»

61

Kendrick und Jody saßen auf einer Bank vor der Intensivstation. Ein Beamter bewachte Sean in seinem Zimmer. Sein Großvater war auch da.

Kendrick hielt Dr. Hayden McIntire auf, als dieser aus dem Zimmer kam. «Wie geht es ihm?»

«Wir sind vorsichtig optimistisch.» Er sah Jody an. «Es sind schon ziemlich viele Freunde von ihm vorbeigekommen. Er ist ein beliebter Junge.»

«Ist Karen Jensen hier gewesen?» fragte Jody.

«Ja. Und Brooks Tucker, Roger Davis und natürlich die ganze Footballmannschaft. Sie dürfen nicht zu ihm, aber es ist gut, daß sie gekommen sind.»

«Ja, das ist nett.» Kendricks Lächeln war nicht überzeugend.

Als Hayden gegangen war, nahm Kendrick seine Tochter am Arm. «Komm jetzt, er wird nicht aufstehen und gehen, bloß weil du hier bist.»

Sie starrte auf die geschlossene Tür. «Ich wünschte, er könnte es.»

«Ich werde mich beizeiten um Sean kümmern.»

«Dad, du kannst niemanden zu etwas zwingen. Ein Fehler wird nicht dadurch gutgemacht, daß man einen größeren begeht.»

Sie gingen durch den Flur. «Das ist eine reife Feststellung.»

«Vielleicht kapier ich ja langsam was.»

«Dann kapier folgendes: Ich dulde keine unehelichen Kinder in meinem Haus, also wirst du heiraten.»

«Mein Körper gehört mir.»

Er packte ihren Arm fester. «Was anderes kommt nicht in Frage.»

«Laß mich los, oder ich schrei das ganze Krankenhaus der University of Virginia zusammen. Und du hast eh schon genug am Hals.» Sie sagte das ohne Groll.

«Ja.» Er ließ sie los.

«Hast du Maury McKinchie umgebracht?»

«Was?» Er war erschüttert über ihre Frage.

«Hast du Maury McKinchie umgebracht?»

«Nein.»

62

Mrs. Murphy und Tucker waren die ganze Nacht nicht nach Hause gekommen. Harry hatte gerufen und gerufen. Schließlich fütterte sie die Pferde und ganz zum Schluß Pewter.

Als sie die Zeitung holen ging, hörte sie Tucker bellen. *«Wir sind in Sicherheit!»*

«Juhuu!» Mrs. Murphy raste neben dem Hund her, blieb von Zeit zu Zeit stehen, um vor Freude in die Luft zu springen, so daß der Schnee aufflog und das Sonnenlicht reflektierte, wobei Tausende von winzigen Regenbögen entstanden.

«Wo habt ihr zwei gesteckt?» Harry bückte sich, um beide auf die Arme zu nehmen. «Ich war krank vor Sorge.» Sie schnupperte. «Ihr riecht nach Fuchs.»

«Wir haben bei unseren Gastgebern übernachtet», sagte Murphy.

Tucker, die sich aufgeregt im Kreis drehte, warf ein: *«Wir glauben, daß in Bowdens Teich Beweisstücke sind, und wir sind zu lange dageblieben, und der Rotluchs hat uns verfolgt. Oh, das war knapp.»*

«Tucker war mutig!»

«Du auch.»

«Seid ihr aber gesprächig.» Harry lachte über das unverständliche Geplapper. «Ihr müßt halb verhungert sein. Kommt. Wir müssen uns beeilen, sonst komme ich zu spät zur Arbeit.»

Als Harry mit Blairs Dually nach Crozet fuhr, sah sie den Schnee in den Vertiefungen blau schimmern.

Die drei eilten ins Postamt und blieben fast in der Tierpforte stecken. Mrs. Hogendobber, die sie gewöhnlich begrüßte, war so aufgeregt, daß sie ihr Kommen kaum bemerkte.

«Hi, Miranda –»

«Wo haben Sie gesteckt?» Miranda klatschte in die Hände; sie konnte es nicht erwarten, Harry das Neueste zu berichten.

«Was gibt's?»

«Kendrick Miller hat Rick Shaw gestanden, daß er Maury McKinchie und Roscoe Fletcher umgebracht hat. Er hat die Geschichte mit dem Musketier erfunden, weil er sich erinnerte, daß der Musketier ein Schwert bei sich hatte. Das Kostüm, das in Karen Jensens Spind hing, hatte nichts mit dem Fall zu tun. Er hat um Mitternacht gestanden.»

«Das glaube ich nicht», rief Mrs. Murphy aus.

63

Eine Menschenmenge hatte sich bei Mim eingefunden ... gut für sie; denn sie spannte die Leute ein, um für die Multiple-Sklerose-Stiftung, für die sie sich engagierte, Briefe in Umschläge zu stecken und diese mit handgeschriebenen Adressen zu versehen.

Brooks, Roger und Karen waren erleichtert, daß an St. Elizabeth nun wieder normale Verhältnisse einkehrten. Sandy Brashiers, an vorderster Front in der Umschlagsbeschriftungsreihe, gebot ihnen, still zu sein.

Gretchen, Mims Köchin, servierte Getränke.

Als Cynthia zur Tür hereinkam, jubelten alle. Als unumstrittener Mittelpunkt ließ sie eine Frage nach der anderen über sich ergehen.

«Nicht alle auf einmal», sagte Cynthia lachend.

«Warum hat er es getan?» fragte Sandy Brashiers.

Cynthia wartete einen Moment, dann sagte sie: «Es waren gewissermaßen Verbrechen aus Leidenschaft. Ich möchte niemandem zu nahe treten, aber –»

«*Mörder* treten einem zu nahe», sagte Sandy. «Mit Kendricks Motiven können wir fertig werden.»

«Also – Roscoe hatte eine Affäre mit Irene Miller, und da ist Kendrick ausgerastet.»

«*Roscoe?* Und was ist mit Maury?» Fair Haristeen, erschöpft nach einem Tag im Operationssaal, saß in einem Sessel. Es waren genug Leute da, die Briefe falteten und in Umschläge steckten. Er brauchte eine Pause.

«Kendrick hat genau gewußt, welches Gift verwendet wurde. Er sagte, Maury hatte ihn in der Hand, er wußte, daß er Roscoe umgebracht hatte, und war kurz davor, es zu beweisen. Er hat ihn getötet, um ihn zum Schweigen zu bringen.»

Harry hörte interessiert zu. Sie war unendlich erleichtert, wenngleich sie Irene und Jody bedauerte. Irene war fremdgegangen. Das war nicht toll, aber einen Mann zu haben, der überschnappte und auf Mordtour ging, mußte furchtbar sein. Kein Wunder, daß Jody beim Hockey auf Maury McKinchie losgegangen war. Die Spannung im Hause Miller mußte unerträglich gewesen sein. «*Nouveau riche*», rief Mim.

«Ich wäre lieber *nouveau riche* als gar nicht *riche*», erwiderte Fair, und da Mim ihren Tierarzt liebte, ließ sie es ihm durchgehen.

Alle lachten.

«Woher hat Kendrick ein so starkes Gift?» wunderte sich Reverend Herb Jones.

«In Baumschulen und Gärtnereien werden Pestizide benötigt.»

Harry fiel BoomBooms ungewöhnliche Schweigsamkeit auf. «Bist du nicht erleichtert?»

«Ah – doch», sagte die verblüffte Schönheit. Sie hatte keine Ahnung von Roscoe und Irene gehabt. Warum hatte Maury ihr nichts davon erzählt? Erotisches Gemunkel ließ er sich immer besonders genußvoll auf der Zunge zergehen.

Sandy Brashiers stemmte die Hände in die Hüften. «Damit ist April Shively aber noch nicht aus dem Schneider. Immerhin hält sie Papiere zurück, die den Schulbetrieb betreffen.»

«Vielleicht rückt sie sie jetzt heraus», hoffte Little Mim laut.

«Woher wissen Sie so sicher, daß es Kendrick Miller war?» fragte Karen zum Erstaunen aller.

Cynthia antwortete: «Ein umfassendes Geständnis ist ungefähr das Sicherste, was es gibt.»

«Warum hat er es zugegeben?» überlegte Harry laut.

Cynthia zwinkerte ihr zu. «Er konnte nicht mit dem Schuldgefühl leben. Er hat es zuerst Father Michael gebeichtet, und mit der Zeit ist ihm klargeworden, daß er sich stellen mußte.»

«Nun, es ist vorbei. Laßt uns preisen den Herrn für unsere Befreiung», forderte Miranda die Anwesenden auf.

«Amen», sagte Herb, und die anderen stimmten ein.

«Wissen Sie, ich muß die ganze Zeit daran denken, daß Irene und Jody jetzt allein zu Hause sitzen. Sie müssen sehr unglücklich sein. Wir sollten ihnen unser Mitgefühl bekunden.» Miranda faltete die Hände wie zum Gebet.

Alle sahen Mrs. Hogendobber an, überlegten einen Moment und fanden dann, daß sie recht hatte. Es mochte nicht lustig sein, zu den Millers zu gehen, aber es war das Gebot der Stunde.

Nach der Gemeinschaftsarbeit fuhren Harry, Fair, Big Mim, Little Mim, Herb Jones, Miranda und Susan Tucker hin. Die Kids zwängten sich in Rogers alten Wagen. Father Michael war bei der Familie geblieben, seit Kendrick sich am späten Nachmittag gestellt hatte. Der Priester öffnete die Tür. Erstaunt, so viele Menschen zu sehen, fragte er Irene, ob sie gewillt sei, ihre Nachbarn zu empfangen. Sie brach in Tränen aus und nickte.

Die erste Person, die Irene begrüßte, war Big Mim, die ihr und Jody Zuflucht in einem ihrer Farmhäuser anbot, falls sie Ruhe vor der Presse brauchten.

Irene dankte ihr und fing wieder an zu weinen.

Miranda legte ihren Arm um sie. «Na, kommen Sie, Irene. Das ist alles zu seltsam, um darüber nachzudenken. Sie müssen schrecklich durcheinander sein.»

«Verrückt», sagte Jody geradeheraus. «Ich kann's nicht glauben, daß er so durchgeknallt ist.»

Irene, die nicht gewillt war, ihren Mann aufzugeben, zischte: «Er ist kein Mörder!»

«Er hat gestanden», sagte Jody nüchtern.

«Wir sind eure Freunde, egal, was passiert.» Der

weichherzige Roger konnte es nicht ertragen, Jodys Mutter weinen zu sehen.

«Mom, ich will wieder zur Schule gehen. Ich weiß, daß es davon nicht besser wird, aber irgendwas in unserem Leben muß normal sein.»

«Jody, da gerätst du nur noch mehr unter Druck.» Irene sorgte sich wegen der Reaktion der anderen Schüler.

«Hey, ich bin nicht für Dad verantwortlich. Ich brauche meine Freunde.»

«Wir werden sehen.»

«Mom, ich gehe hin.»

«Wir passen auf sie auf», versprach Karen.

Als dieses Thema erledigt war, hockten sich Father Michael und Herb Jones in eine Ecke. Father Michael, der sich in Gesellschaft eines anderen Geistlichen geborgen fühlte, flüsterte ihm zu, er sei unendlich erleichtert, daß Kendrick hinter Schloß und Riegel sei. Immerhin wäre er selbst wahrscheinlich das nächste Opfer gewesen.

«Hat er geprahlt?»

«Nicht so richtig. Die erste Beichte war freimütig. Bei der zweiten sagte er, er liebe es zu töten. Er liebe die Macht. Ich kann nicht sagen, daß ich seine Stimme erkannt habe.»

«War es so etwas wie eine Rechtfertigung?» Herb rückte ganz nahe an Father Michael heran.

«Kann ich nicht sagen.»

«Eine Spur Theatralik.»

«Die ganze Episode hatte entschieden etwas Theatralisches.»

Am Abend berichtete Harry Mrs. Murphy, Tucker

und Pewter alles, was sich bei Big Mim und anschließend bei Irene Miller zugetragen hatte. Waren sie auch zornig, weil Harry sie nicht mitgenommen hatte, so hörten sie doch zu, als sie erzählte, während sie ihre häuslichen Pflichten verrichtete.

«Die sind so weit weg von der Wahrheit, daß es weh tut», sagte Tucker, und Pewter stimmte zu, da Mrs. Murphy ihnen erklärt hatte, wie nach ihrer Meinung die Dinge wirklich lagen.

«Es wird noch viel weher tun.» Mrs. Murphy sah aus dem Fenster in die schwarze Nacht hinaus. Sosehr sie sich auch bemühte, ihr fiel nichts ein, was sie hätte tun können.

64

Wie Ende November für Mittelvirginia typisch, kam vom Golf von Mexiko ein warmer Wind herangebraust. Die Temperatur stieg auf sechzehn Grad.

Nach Kendricks mitternächtlichem Geständnis kehrten die Schüler zu St. Elizabeth zurück.

Harry und Miranda schaufelten sich durch die Postlawine.

Jody Miller und Karen Jensen fuhren vor Market Shifletts Laden vor.

«Endlich normalisiert sich die Lage.» Miranda beobachtete lächelnd die Mädchen, die in das Lebensmittelgeschäft gingen.

«Gott sei Dank.» Harry warf einen Katalog in das

Schließfach der Tuckers. «Wenn bloß mein Transporter schon repariert wäre! Ich gewöhne mich dran, Blairs Dually zu fahren, und ich will seine Freundlichkeit nicht überstrapazieren.»

«Denk doch nur an die vielen Stricke und Gummibänder, die sie entfernen müssen», spöttelte Pewter. *«Warum sind Jody und Karen nicht in der Schule?»*

«Schwänzen», dachte Tucker laut.

Mrs. Murphy sagte: *«Heute findet nach der Schule ein großes Hockeyspiel statt, und Freitag gibt's ein Footballspiel. Vielleicht hat die Trainerin sie vom Unterricht befreien lassen.»*

«Ich wünschte, wir kämen heute zeitig von der Arbeit weg.» Pewter rieb den Plastikkamm, den Harry vor kurzem in der Ecke mit den Postfächern deponiert hatte. Er war als Katzenstriegelinstrument annonciert gewesen.

«Natürlich hat St. Elizabeth nicht die geringste Chance – sie haben zuviel Trainingszeit verloren, aber die Highschool dürfte ein gutes Spiel liefern.» Die Tigerkatze liebte Sport.

«St. E. hat trainiert», sagte Tucker. *«Wie gut sie allerdings trainiert haben bei dem ganzen Theater, steht auf einem anderen Blatt.»*

Jody und Karen kamen aus dem Laden, stellten einen großen Karton auf die Rückbank von Karens Auto und fuhren davon.

Susan sauste durch den Hintereingang ins Postamt. «Gute Neuigkeiten!»

«Was?» tönten Tiere und Menschen im Chor.

«Sean Hallahan ist wieder bei Bewußtsein.» Sie strahlte. «Er ist noch nicht über den Berg, aber er weiß seinen Namen und wo er ist, er erkennt seine Eltern. Er ist noch auf der Intensivstation. Darf noch keinen Besuch haben.»

«Das ist eine großartige Nachricht.» Harry lächelte.

«Sobald er richtig bei sich ist, runter von den Schmerzmitteln, wird er es mit anderen Schmerzen zu tun kriegen ... trotzdem, ist es nicht wunderbar?»

65

Die goldenen Strahlen der Spätnachmittagssonne fielen schräg auf den gepflegten Rasen des Hockeyplatzes. Der starke Wind und die Schneefälle der vergangenen Woche hatten die Bäume ihrer Blätter beraubt, doch die milde Temperatur entschädigte für die frühwinterliche Ödnis.

Weil Harry wußte, wie schnell das Barometer fallen konnte, warf sie sich vier Decken über die Schulter.

Als sie auf die überdachte Tribüne zuging, rief Reverend Herb Jones ihr zu: «Wollen Sie einen Tauschhandel eröffnen?»

«Vier Biberpelze für eine schwere Decke.» Sie drapierte eine königsblaue Büffeldecke so über ihren Arm, als wollte sie ihre Waren zur Schau stellen.

Miranda, mollig warm in ihrem McLeod-Schottenrock mit passender Schottenmütze, gesellte sich bald zu ihnen. Sie hatte zwei Thermosflaschen dabei, eine mit Tee, eine mit Kakao.

«Setzen Sie sich zu mir.» Herb klopfte auf den harten Holzsitz neben ihm.

Sandy Brashiers schüttelte strahlend Elternhände und erzählte allen, wie froh er sei, daß die schreckliche Heimsuchung von St. Elizabeth überstanden sei. Er dankte allen für ihre Unterstützung und versprach das Beste für den Rest des Halbjahres.

Trainerin Hallvard hatte kurz vor dem Spiel gegen die gefährliche Mannschaft von St. Catherine aus Richmond keine Sekunde Zeit verloren, um irgend jemanden überschwenglich zu begrüßen.

Mim begleitete ihre Tochter, womit sie Little Mim einen Strich durch die Rechnung gemacht hatte, die lieber von Blair Bainbridge begleitet worden wäre. Dem war jedoch die Aufgabe zugefallen, den Hot-Dog-Stand aufzustellen, weil sein Dually, der neueste in der Stadt, den Aufbau transportieren konnte. Blairs Dually verfügte nicht nur über eine einfache Anhängerkupplung, sondern hatte eine an das Fahrgestell geschweißte Anhängevorrichtung.

«Mutter, willst du dich nicht zu den Mädels setzen?» Little Mim winkte mit großer Geste zu Miranda in ihrer McLeod-Schottenpracht hinüber.

Mim erwiderte leise: «Willst mich wohl loswerden, was?»

«Wieso, Mutter, was bringt dich auf so eine dumme Idee?»

«Hmpf. Du brauchst mich, um diesen Geizhälsen Geld zu entlocken. Du warst nicht besonders erfolgreich.»

«Wenn man bedenkt, was hier alles passiert ist, dann habe ich meine Sache verdammt gut gemacht, Mutter. Und du brauchst meine Versäumnisse nicht an die große Glocke zu hängen. Die kenn ich selbst.»

«Wir sind doch nicht etwa gereizt?»

«Allerdings.» Little Mim schenkte ihr ein klebrig-süßes Lächeln.

Die letzten zwei Jahre hatte Little Mim etwas Rückgrat entwickelt. Ihre Mutter genoß hin und wieder eine Reiberei, war es allerdings nicht gewöhnt, daß dergleichen von ihrer einst so folgsamen Tochter kam. Immerhin verlieh es dem Tag Würze.

«Mimsy», rief Miranda, die wußte, daß Mim es nicht ausstehen konnte, ‹Mimsy› genannt zu werden. Miranda war kiebig gestimmt. «Setz dich zu uns.»

Mim zog sich den himbeerroten Alpakaschal über ihren sündhaft teuren Wathne-Mantel im Landhausstil und schritt majestätisch zur Tribüne, worauf Little Mim zum Hot-Dog-Stand sauste, wo sie zu ihrer Bestürzung Cynthia Cooper antraf, die Blair beim Aufbau half.

Das Gastgeberteam trabte auf das Spielfeld, während die Rhythmusgruppe der Band die Trommeln schlug.

Karen Jensen lief neben Brooks. «Toni Freeman bewegt sich wie eine Schlange», sagte Karen über die Gegnerin, die Brooks decken würde.

«Dann bin ich ein Mungo.»

«Das wird ein rauhes Spiel.» Karen wurde vor dem Spiel ausgesprochen grimmig.

«Sammeln. Du mußt dich sammeln.»

«Ja. Da kommt Rog.»

Brooks winkte Roger zu.

«Den hat's erwischt», sagte Karen lachend, womit sie meinte, daß Roger in Brooks verknallt war.

Jody kam von hinten angesprungen. «Los, wir ziehen ihnen bei lebendigem Leib die Haut ab, wir schlagen sie bewußtlos! *Ja!*» Sie lief neben ihnen her.

Als die Mannschaft sich der Bank näherte, brach auf den Tribünen Gejohle aus. Die Anhänger von St. Catherine schrien ebenfalls. Die gesamte Abschlußklasse war aus Richmond angerückt. Diese Begegnung barg viel Zündstoff, weil St. Catherine St. Elizabeth letztes Jahr beim Halbfinale der Meisterschaften von Virginia knapp geschlagen hatte.

Drei befreundete Tiere saßen bei den Menschen auf der Tribüne.

Pewter konnte den Lärm der Menge nicht ertragen. *«Ich geh wieder ins Auto.»*

«Miranda hat den Falcon abgeschlossen, du kannst nicht rein», sagte Mrs. Murphy zu ihr.

«Dann geh ich zum Hot-Dog-Stand.» Pewters Augen glänzten.

«Bleib bei uns», gebot Murphy ihr laut.

«Wollt ihr zwei wohl aufhören, euch zu kabbeln!» befahl Harry.

«Sie hat angefangen.» Pewter triefte von Unschuld.

In Herbs Tasche klingelte ein Telefon.

«Was ist denn das?» rief Miranda aus, als er ein Handy aus seiner Norfolk-Jacke zog.

«Die modernen Zeiten, Miranda, die modernen Zeiten.» Er zog die Antenne heraus, drückte auf einen Knopf und sagte: «Hallo.»

Susan war dran. «Herb, sagen Sie der Truppe, ich bin unterwegs. Oh, und richten Sie Harry aus, ich habe BoomBoom abgesetzt, damit sie ihren Transporter abholt. Er ist fertig.»

«Ist gut. Sonst noch was?»

«Nein. Bin in zehn Minuten da.»

«Schön. Tschüs.» Er drückte wieder auf den grünen

Knopf und schob die Antenne ein. «Harry, Susan ist in zehn Minuten hier, und BoomBoom bringt Ihren Transporter. Susan hat sie abgesetzt.»

«BoomBoom? Na wunderbar. Jetzt muß ich ihr wohl endlos dankbar sein.»

«Nein, müssen Sie nicht. Schließlich war sie es, die Ihren Transporter ramponiert hat.»

«Bei ihrer Fahrweise wird sie es wieder tun.»

«Mutter, du bist irrational, wenn's um BoomBoom geht.» Mrs. Murphy kratzte sich am Hals.

«Nein, das wird sie nicht», erwiderte Herb. «Es geht los!»

Das Spiel begann. St. Catherine griff an, Torschuß, abgehalten.

«Mein Gott, das ging schnell.» Harry hoffte, die Verteidigung von St. Elizabeth würde bald wieder im Ballbesitz sein.

«Darf ich mal sehen?»

«Gern.» Herb gab Miranda das Handy.

Sie zog die Antenne heraus und hielt sich das Gerät ans Ohr. «Das wiegt ja fast nichts.»

«Ich höre mal meine Nachrichten ab; horchen Sie, wie klar der Ton ist.» Er drückte wohl siebzehn oder noch mehr Ziffern und hielt Miranda das Telefon ans Ohr.

«Erstaunlich.» Plötzlich veränderte sich ihr Gesichtsausdruck. «Herbie, schauen Sie mal.»

Vor den Tribünen stolzierte April Shively in einer St.-Elizabeth-Jacke. Sie trug drei geschlossene Kartons, die sie Sandy Brashiers vor die Füße warf.

Blair am Hot-Dog-Stand bemerkte es. Cynthia lief hin, dicht gefolgt von Little Mim.

«Deputy Cooper.» Der überraschte Sandy legte seine Hand auf die Kartons. «Marilyn.»

«Die nehme ich.» Little Mim bückte sich und hob einen ziemlich schweren Karton auf.

«Nein.» Sandys Lächeln war unecht.

April machte breit grinsend auf dem Absatz kehrt und ging davon. «Tschühüs!»

«Hol sie der Teufel», flüsterte Sandy vor sich hin.

«Cynthia, die können Sie nicht haben.» Little Mim straffte die Schultern.

«Warum sehen wir sie nicht zusammen durch? Es wird St. Elizabeth nur nützen, wenn die Karten von Anfang an offen auf dem Tisch liegen.» Cynthia brachte ein schlagkräftiges Argument vor.

«Als Direktor nehme ich diese Unterlagen in Verwahrung.»

«Runter da unten!» brüllte ihnen ein Fan zu, den das Drama kalt ließ.

«Ohne mich werden Sie nicht lange Direktor sein.» Little Mim sprach mit schneidender Stimme, dann lächelte sie Cynthia zu und wechselte die Tonart. «Kommen Sie, Cynthia. Sie haben vollkommen recht. Wir sollten die Sachen zusammen durchsehen.»

Als sie die Kartons wegschleppten, plärrte der Ansager über den Lautsprecher: «Wir freuen uns, euch mitteilen zu können, daß der St.-Elizabeth-Schüler Sean Hallahan das Bewußtsein wiedererlangt hat, und wir wissen, daß alle eure Gebete geholfen haben.»

Großer Jubel erhob sich auf den Tribünen.

66

Nach dem Spiel, das St. Elizabeth gewann, fuhr Jody, die hervorragend gespielt hatte, allein zum Krankenhaus der University of Virginia.

Sean, der in ein Einzelzimmer verlegt worden war, wurde nicht mehr bewacht, seit Kendrick gestanden hatte. Sein Vater saß bei ihm, als Jody, ausgestattet mit einem Besucherausweis, leise an die Tür klopfte. «Darf ich reinkommen?»

Sean drehte den Kopf zu ihr hin, sah einen Moment verständnislos drein, dann klarte sein Blick auf. «Sicher.»

«Hallo, Mr. Hallahan.»

«Hallo, Jody. Es tut mir leid, daß du so eine schwere Zeit durchmachst.»

«Kann nicht so schlimm sein wie das, was Sie durchmachen.» Sie ging zu Sean hinüber. «Hey.»

«Hey.» Er wandte sich an seinen Vater. «Dad, kannst du uns allein lassen?»

In diesem Augenblick wußte Mr. Hallahan, daß Jody das fragliche Mädchen war; seine Frau hatte ihm die Worte wiederholt, die Sean in seinem ersten flüchtigen Moment der Klarheit gesprochen hatte, als Cynthia Cooper Wache hielt.

«Ich bin im Flur, wenn du mich brauchst.»

Als er gegangen war, beugte Jody sich vor und küßte Sean auf die Wange. «Es tut mir leid, es tut mir ja so leid.»

«Ich war dämlich. Du konntest nichts dafür.»

«Doch. Als ich es dir sagte – die Nachricht –, war ich stinksauer auf dich und die Welt.»

«Ich heirate dich, wenn du möchtest», erbot er sich ritterlich.

«Nein. Sean, ich war wütend, weil du dich an Karen rangemacht hast. Ich wollte dir weh tun.»

«Soll das heißen, du bist gar nicht schwanger?»

«Doch, bin ich.»

«Oh.» Er ließ den Kopf aufs Kissen sinken. «Jody, du kannst damit nicht allein fertig werden. Während ich hier lag, hatte ich viel Zeit zum Nachdenken.»

«Liebst du Karen?»

«Nein. Wir gehen ja nicht mal miteinander.»

«Aber du willst es gern.»

Er holte tief Atem. «Ja. Aber das war damals. Jetzt ist jetzt.»

«Wirst du wieder gehen können?»

«Ja.» Sein Ton war entschlossen. «Die Ärzte sagen, daß ich nie wieder Football spielen werde … aber da kennen die mich schlecht. Ist mir egal, wie lange es dauert. Ich werde wieder spielen.»

«Alle gehen wieder zur Schule. Mein Dad hat die Morde gestanden.»

«Mom hat's mir erzählt.» Er wußte nicht, was er sagen sollte. «Ich wünschte, ich könnte beim Schulfest dabei sein.»

«Die Mannschaft taugt nichts ohne dich.»

«Paul Briscoe wird das schon schaffen. Er ist erst im zweiten Jahr, aber er wird ein guter Spieler.»

«Haßt du mich?» Ihre verschleierten Augen blickten ihn flehend an.

«Nein. Ich hasse mich selbst.»

«Hast du irgendwem erzählt, daß –»

«Natürlich nicht.»

«Erzähl's nicht.»

«Was wirst du tun?»

«Es loswerden.»

Er atmete schwer und schwieg lange. «Ich wünschte, du würdest das nicht tun.»

«Sean, die Wahrheit ist – ich bin noch nicht reif dafür. Und du auch nicht, und außerdem – vielleicht ist es gar nicht von dir.»

«Aber du hast gesagt –»

«Ich wollte dir weh tun. Es könnte von dir sein oder auch nicht. Also vergiß es einfach. Vergiß die ganze Geschichte. Mein Dad sitzt im Gefängnis. Denk dran – mein Dad sitzt im Gefängnis.»

«Warum hat er Mr. Fletcher und Mr. McKinchie ermordet?»

«Ich weiß es nicht.»

Die Wirkung des Schmerzmittels ließ nach. Schweiß perlte auf Seans Stirn. «Es war so schön mit uns.» Er drückte auf den Knopf, um die Schwester zu rufen. «Jody, ich brauche eine Spritze.»

«Ich geh schon. Keine Bange. Hast du ganz bestimmt niemandem was erzählt?»

«Bestimmt nicht.»

«Dann bis später.» Sie ging an Mr. Hallahan vorbei, der in dem Moment, als sie draußen war, wieder in Seans Zimmer trat.

«Sie ist diejenige, welche.»

«Nein.» Mit verzerrtem Gesicht bat Sean: «Dad, kannst du die Schwester holen? Ich habe Schmerzen, es tut furchtbar weh.»

67

Am selben Abend sichteten Cynthia Cooper und Little Mim in Little Mims hübschem Cottage auf dem riesigen Anwesen ihrer Mutter die Papiere.

«Was glauben Sie, warum April es sich schließlich anders überlegt hat?» fragte Little Mim.

«Sie muß wohl von Roscoes Affäre mit Irene gehört haben», antwortete Coop. «Plötzlich stand ihr Held auf tönernen Füßen.»

Die Protokolle der diversen Komiteeversammlungen bargen keine Überraschungen.

Roscoes Protokollheft, das handschriftliche Notizen über eventuelle Spender enthielt, die er nach informellen Treffen oder Telefongesprächen aufgezeichnet hatte, war schon eher ein Hammer.

Nach einem Treffen mit Kendrick Miller hatte Roscoe gekritzelt: «Über Frauensport gesprochen, vor allem über eine neue Trainingshalle für die Mädchen. Whirlpool. Wollte keinen Penny rausrücken. Knickerige Drecksau.»

Über Father Michaels lange Gebete während der Versammlung: «Ein schlichtes ‹Segne uns, o Herr› hätte genügt.»

Nach einer besonders harten Lehrerkonferenz, auf der eine kleine, aber gutorganisierte Gruppe sich gegen den Ausbau des Sports und gegen eine Filmabteilung ausgesprochen hatte, schrieb er über Sandy Brashiers: «Judas.»

Während Little Mim gelegentlich pikante Passagen

vorlas, ging Cynthia mit Hilfe eines Taschenrechners die Kontokorrentbücher durch.

«Ich hatte keine Ahnung, daß es so viel Geld kostet, St. Elizabeth zu betreiben.» Sie überprüfte die Zahlen doppelt und dreifach.

«Was am meisten schmerzt, ist der Unterhalt. Die älteren Gebäude schlucken viel Geld.»

«Ich nehme an, sie wurden gebaut, bevor man Isoliermaterial verwendete.»

«Das alte Hauptgebäude wurde 1834 errichtet.»

Cynthia nahm sich das letzte Buch vor, einen in grünes Tuch gebundenen Band, länger als breit. Sie schlug eine Seite mit Zahlen auf, ohne sich die Vorderseite anzusehen. Während sie munter Zahlen eintippte, summte sie. «Können Sie sich erinnern, was in der ersten Septemberwoche fünftausend Dollar gekostet hat? Da steht ‹W.T.›» Sie deutete auf den Aktenordner.

«Da klingelt nichts bei mir.»

Cynthia tippte weitere Zahlen ein.

«Hey, das ist gut.» Little Mim lachte und las vor: «‹Big Mim hat vorgeschlagen, daß ich Darla McKinchie einwickeln und dazu bringen soll, Geld aus Kendrick rauszukitzeln. Ich habe ihr gesagt, daß Darla sich nicht für St. Elizabeth oder die Karriere ihres Mannes interessiert und meines Wissens nichts für den Staat Virginia übrig hat. Sie erwiderte: ‹Wie gewöhnlich!›»

Little Mim schüttelte den Kopf. «Sie kann mich nie etwas selbständig machen lassen. Ich bin im Komitee, nicht sie.»

«Sie möchte doch nur helfen.»

Marilyns haselnußbraune Augen trübten sich. «Helfen? Meine Mutter will an der Spitze von jedem Komitee, jeder Organisation, jeder potentiellen Kampagne stehen. Sie ist unermüdlich.»

«Was hat einundvierzigtausend Dollar gekostet?»

Little Mim legte Roscoes Protokollheft hin, um in den Ordner zu sehen. «Einundvierzigtausend Dollar am 28. Oktober. Da war Roscoe schon tot.» Sie schnappte sich den Ordner, blätterte nach vorn. «Schmiergelderfonds. Was zum Teufel ist das?»

Coop konnte nicht glauben, daß Little Mim soeben geflucht hatte. «Die meisten Organisationen haben einen Schmufonds, aber der hier ist besonders groß.»

«Ich muß schon sagen.» Little Mim warf einen Blick auf die eingegangenen Beträge. «Wir müssen der Sache auf den Grund gehen.» Sie griff zum Telefon, drückte Tasten, während sie vernehmlich ausatmete. «April, Marilyn Sanburne hier.» Sie drückte den Lautsprecherknopf, damit Coop mithören konnte.

«Amüsieren Sie sich?»

«Allerdings», lautete die kurz angebundene Antwort. «Roscoes Protokollheft ist unbezahlbar. Was ist in dem grünen Ordner?»

«Ich habe keine Ahnung.»

«April, Sie erwarten doch nicht, daß ich Ihnen das glaube. Warum hätten Sie sonst die Papiere und Kontokorrentbücher entfernt? Sie müssen von dem Schmiergelderfonds gewußt haben.»

«Erstens, angesichts der allgemeinen Stimmung in diesen Tagen wäre eine öffentliche Lesung aus Roscoes Protokollheft keine gute Idee gewesen. Zweitens, ich habe keine Ahnung, was der Schmiergelderfonds war. Roscoe hat ihn mir gegenüber nie erwähnt. Ich habe das Heft in seinem Schreibtisch gefunden.»

«Könnte Maury mit der Zahlung einer Stiftungssumme an St. Elizabeth begonnen haben?»

«Ohne es herauszuposaunen? Er wollte spenden, sicher, aber dafür hätten wir ihm im Schaufenster von Macy's den Hintern küssen müssen.»

Little Mim biß sich auf die Lippe. «April, ich habe Sie unterschätzt.»

«Ist das eine förmliche Entschuldigung?» fragte April.

«Ja.»

«Entschuldigung angenommen.»

«Sandy Brashiers hätte das nicht handhaben können», gab Little Mim zu.

«Er hätte die Chose vermasselt. Das fehlt uns noch, daß die Zeitungen Wind davon bekommen, bevor wir wissen, worum es bei der Sache geht», sagte April.

«Sie haben keine Ahnung?» drängte Little Mim.

«Nein. Aber Sie werden bemerken, daß die eingegangenen Beträge hoch und regelmäßig sind. Gewöhnlich kamen sie zwischen dem Zehnten und Fünfzehnten jedes Monats.»

«Lassen Sie sehen.» Cooper riß Little Mim das grüne Buch aus der Hand. «Verdammt!»

«Was?» fragte Little Mim.

Cynthia schnappte sich den Hörer. «April, in der Woche, nachdem Roscoe starb, sind fünfundsiebzigtausend Dollar eingegangen. Das ist nicht im Ordner vermerkt, aber beim 10. Oktober ist ein roter Punkt. Bei den anderen Einzahlungen ist ein roter Punkt mit einem schwarzen Strich.»

«Primitive, aber effektive Buchhaltung», sagte April.

«Wußten Sie, daß am» – sie rechnete kurz nach –

«12. Oktober ein Jiffy-Umschlag mit fünfundsiebzigtausend Dollar, adressiert an Roscoes Postfachadresse in Crozet, angekommen ist? Ich bin ziemlich sicher, daß es am zwölften war.»

«Darüber weiß ich nichts.»

«Aber Sie haben manchmal Roscoes private Post für ihn abgeholt?»

«Nicht oft ... aber manchmal, ja.»

«Können Sie sich an andere Jiffy-Umschläge erinnern?»

«Cooper, die meisten Bücher werden in solchen Umschlägen verschickt.»

«Können Sie mir schwören, daß Sie nicht wissen, was es mit diesem Geld auf sich hat?»

«Ich schwöre es, aber ich weiß, daß es nicht rechtmäßig erworben ist. Deswegen habe ich alles weggeräumt. Es hat mir nichts ausgemacht, im Gefängnis zu sitzen. Da fühlte ich mich in Sicherheit.»

«Eine letzte Frage.»

«Schießen Sie los.»

«Glauben Sie, daß Kendrick Miller Roscoe und Maury getötet hat?»

«Roscoe konnte ihn nicht ausstehen. Aber nein, ich glaube es nicht.»

«Er sagt, er ist vor Wut ausgerastet.»

«Zeigen Sie ihm den Ordner.»

«Genau das werde ich tun. Noch eine Frage. Ich verspreche, daß es die letzte ist. Glauben Sie, daß Naomi von dem Ordner weiß?»

Pause. «Wenn, dann würden wir das Geld sehen. Und wenn bloß in Form von teuren Ohrringen.»

«Danke, April.»

«Werden Sie mich wegen Behinderung der Justiz belangen?»

«Ich bin kein Anwalt, aber ich will tun, was ich kann.»

«Okay.» April legte zufrieden auf.

«Marilyn, ich brauche diesen Ordner. Ich werde ihn nicht veröffentlichen, aber ich muß ihn Kendrick und Naomi zeigen. Die Sache sieht mir immer mehr nach Geldwäsche aus. Erhebt sich die Frage, war Kendrick Miller in die Sache verwickelt?»

Am nächsten Tag prüfte Kendrick die Zahlen, sagte aber nichts. Cynthia hätte ihn prügeln können.

Naomi schien über die geheime Buchhaltung aufrichtig schockiert.

Als Rick Shaw das Buch durchgesehen hatte, sagte er nur: «Verdammte Scheiße!»

68

Reiben Sie sich Wick VapoRub in die Nase.» Rick stellte den Motor des Streifenwagens ab und reichte Cynthia Cooper den kleinen blauen Glastiegel.

Sie fischte einen großen Klecks heraus und verteilte ihn in ihren Nasenlöchern. Tränen traten ihr in die Augen.

«Fertig?»

«Ja.» Sie sah, daß der Fotograf schon da war. Die Bergungsmannschaft würde bald folgen. «Junge, George Bowden sieht arg mitgenommen aus.»

«Hat sich vermutlich die Gedärme aus dem Leib gekotzt. Natürliche Reaktion.»

«George.» Rick ging zu ihm, die Blätter raschelten unter seinen Füßen. «Sind Sie imstande, ein paar Fragen zu beantworten?»

«Hm-hm.» Er nickte.

«Um welche Zeit haben Sie die Leiche entdeckt?»

«Hm, mal überlegen. Ich hatte den Wecker auf vier Uhr gestellt, weil ich bei den Haferfeldern sein wollte, bevor ich zu den Heuwiesen ging. Gutes Jahr für Waldhühner, kann ich Ihnen sagen. Jedenfalls, ah» – er rieb von unten nach oben über seine Gesäßtaschen –, «ich war ungefähr um Viertel vor fünf hier. Die Kids haben Krach geschlagen. Bin ihnen gefolgt.» Er zeigte auf seine Jagdhunde, die mit «Kids» gemeint waren.

Cynthia ging vorsichtig um den Wagen herum. Das Wick machte sie unempfindlich für den Gestank, aber gegen den Anblick konnte es kaum etwas ausrichten. Sie staubte alle Türgriffe ein. Während sie still ihre Arbeit tat, kam Tom Kline, ein Kollege von ihrer Dienststelle. Er würgte.

«Wick VapoRub.» Sie deutete auf den Streifenwagen.

Er schmierte sich das Zeug in die Nase, dann kam er zurück und untersuchte sorgfältig das Auto.

«Leute, ich mache jetzt die Tür auf. Das wird ein richtig schlimmer Hammer, trotz Wick. Wir müssen die inneren Türgriffe und das Handschuhfach einstauben – hoffen wir, daß wir Glück haben. Die Leiche selbst gibt gar nichts her.»

Als die Tür geöffnet wurde, wich George zurück, obwohl er zwanzig Meter entfernt war. «Mein Gott.»

«Kommen Sie mit mir.» Rick führte ihn außer Riechweite. «Das ist unerträglich. Der Karbonzyklus.»

«Was?»

«Karbon. Die Zersetzung von Fleisch.» Da George es nicht kapierte, kam Rick wieder zur Sache. «Ist Ihnen abgesehen von der Leiche noch etwas Ungewöhnliches aufgefallen? Fußspuren?»

«Sheriff, das da ist schon so lange hier draußen, da sind Fußspuren längst vom Regen weggewaschen.»

«Zwischen einem Monat und sechs Wochen. Klar, wir hatten ein paar Kälteperioden. Bill Moscowitz kann den genauen Zeitpunkt bestimmen. So schlimm das alles ist, die Leiche wäre zerfleischt worden, wenn sie außerhalb des Autos gelegen hätte. Daß sie einigermaßen intakt ist, das könnte uns weiterhelfen.»

«Die Reifenspuren sind auch weggewaschen. Ich meine, Reifenspuren wären mir doch aufgefallen. Ich wär sonst rausgekommen.»

«Sie sind nicht hiergewesen?»

«Auf den Feldern oben auf dem Berg war ich, gab keinen Grund, hier runterzukommen. Die Heuernte lohnt sich dieses Jahr eh nicht. Hab vergessen zu düngen. Meistens hab ich auf der Bergseite der Farm gearbeitet, wegen der Äpfel. Gutes Jahr.»

«Wie sieht's mit Trauben aus?»

«Die hab ich vorm Regen eingebracht. Sind richtig süß wegen der leichten Trockenheit diesen Sommer.»

«Erkennen Sie die Leiche?»

«Wie könnte ich?»

«So merkwürdig es scheinen mag, wenn es sich bei der Leiche um jemanden handeln würde, den Sie gekannt haben, würden Sie sie vermutlich sogar in ihrem gegenwärtigen Zustand erkennen. Bei neun von zehn Leuten ist das so.»

«Sie meinen, Sie zeigen den Leuten so was?»

«Nur, wenn wir eine Leiche nicht mit anderen Mitteln identifizieren können. Natürlich versucht man, der Familie soviel Leid wie möglich zu ersparen.»

«Ich kenn das da nicht» – er deutete hin – «kenn auch den Wagen nicht. Weiß von nichts.»

«George, es tut mir leid, daß Ihnen das passiert ist. Wollen Sie nicht nach Hause gehen? Wenn ich Sie brauche, rufe ich an oder komme vorbei.»

«Sie schaffen das da doch hier weg?»

«Sobald wir den Wagen eingestaubt und Fotos gemacht haben.»

«Liegt was in der Luft, Sheriff.»

«Wie bitte?» Rick beugte sich vor, als wollte er sich dem Sinn von Georges Worten nähern.

«Unheil. So was liegt in der Luft. Erst der Direktor von der Schule für die reichen Kinder, und dann wird dieser Angeber aus Hollywood von Kendrick Miller erstochen. Manchmal denk ich, eine Tür zur Unterwelt geht auf und böse Geister kommen rausgeflogen.»

«Das ist sehr interessant», sagte Rick, der George für ein bißchen verrückt hielt: nett, aber nicht ganz bei Trost.

«Neulich hab ich zu Hilary gesagt, mit dem kalten Wind kommt Unheil vom Berg geflogen. Das Leben ist ein ewiger Kampf zwischen Gut und Böse.»

«Das ist anzunehmen.» Rick klopfte ihn auf den Rücken. «Gehen Sie jetzt nach Hause.»

George nickte zum Abschied. Die Hunde trotteten hinter ihm her. George, der nicht älter als fünfunddreißig war, dachte und handelte wie ein Mann in den Sechzigern.

«Chef, wir sind hier fertig. Wollen Sie noch mal einen Blick drauf werfen, bevor wir einpacken?»

«Ja.» Rick schlenderte hinüber. Es waren keine Waffen im Wagen oder im Kofferraum, was eine selbst beigebrachte Verletzung ausschloß. Wenn jemand mit einer Überdosis Rauschgift Selbstmord beging, lag gewöhnlich die Ampulle oder dergleichen in der Nähe. Bei dem Verwesungszustand der Leiche mußte der Leichenbeschauer die Todesursache feststellen. «Haben Sie alles?»

«Ja», erwiderte Cooper und hielt ihm die Autozulassung hin. «Winifred Thalman.»

«Okay.» Er nickte der Bergungsmannschaft zu.

Diana Robb kam mit einem Netz heran. Wenn eine Leiche verwest war, wurde ein Netz um sie gelegt, um Knochen und zerfallenes Fleisch so gut wie möglich beisammen zu halten.

«Ich geh zurück ins Büro», sagte Rick zu Cynthia. «Ich rufe die Kfz-Zulassungsstelle in New York an und sehe dann weiter. Wenn die Wohnung der Frau einen Hausverwalter hat, rufe ich den auch an. Ich möchte, daß Sie bei allen die Runde machen.»

«Denken Sie auch, was ich denke?»

«Ja.»

«Sie muß ungefähr zur selben Zeit ermordet worden sein wie Roscoe.»

Er hob ein starres Blatt auf, zog das vertrocknete Blattgrün ab und legte die Adern frei. «Könnte sein.» Er ließ das Blatt fallen, und es taumelte auf die Erde. «Fragt sich, warum.»

Sie sahen sich lange an. «Chef, wie wollen wir das beweisen?»

Er zuckte die Achseln. «Wir warten auf einen Fehler.»

69

Auf der Rückfahrt von Richmond, die zum Einschlafen langweilig war, schwiegen Irene und Jody.

Irene scherte an der Ausfahrt bei Manakin-Sabot aus.

«Warum fährst du von der 64 runter?»

«Auf der 250 bleibe ich wacher. Da gibt's mehr zu sehen.»

«Oh.» Jody ließ sich in ihren Sitz zurückfallen.

«Wie fühlst du dich?»

«Müde.»

«Das ist ganz natürlich, nach dem, was dein Körper gerade durchgemacht hat.»

«Mom, hattest du mal eine Abtreibung?»

Irene räusperte sich. «Nein.»

«Würdest du's machen?»

«Ich weiß nicht. Ich war nie in deiner Lage. Dein Vater hält es für Mord.» Sie legte die Stirn in Falten. «Wie wirst du es ihm beibringen?»

«Der soll gerade reden!»

«Fang heute nicht damit an. Er hat seine Fehler, aber er ist kein Mörder. Ich sage ihm einfach, daß du eine Fehlgeburt hattest. Überlaß das nur mir.»

«Wir können von Glück sagen, daß er im Gefängnis ist.» Matt lächelnd fügte Jody hinzu: «Wenn er zu Hause wäre, würde er uns umbringen!»

«Jody!»

«Tut mir leid, aber er ist nicht normal, Mom. Manche Menschen haben ein Geheimleben, und Dad ist komisch.»

Irene hob die Stimme. «Du glaubst, daß er es war, nicht? Du glaubst, daß er Roscoe und McKinchie ermordet hat. Ich weiß nicht, wieso du das annimmst. Du solltest deinem Vater den Rücken stärken.»

«Dad hat einen schlechten Charakter.»

«So schlecht ist er nicht.»

«Du wolltest dich scheiden lassen. Jetzt ist er auf einmal ein großartiger Kerl. Ist er aber gar nicht. Nicht mal im Gefängnis ist er sehr viel anders als draußen.»

Es folgte ein bedrücktes Schweigen. Dann sagte Irene: «Jeder Mensch kann sich ändern und lernen. Ich weiß, deine Schwangerschaft hat ihn so erschüttert, daß er in sich gegangen ist. Die Vergangenheit kann er nicht ändern, aber er kann es in Zukunft auf alle Fälle besser machen.»

«Nicht, wenn er verurteilt wird.»

«Jody, sei still. Ich will kein Wort mehr davon hören, daß dein Vater verurteilt wird.»

«Man sollte sich besser auf das Schlimmste gefaßt machen.»

«Ich sehe nicht über den heutigen Tag hinaus. Ich kann nicht mehr bewältigen, als ich zur Zeit bewältige, und du bist mir keine Hilfe. Du weißt, daß dein Vater unschuldig ist.»

«Ist mir ziemlich egal.» Jody setzte sich gerade auf.

«Gönn mir einfach den Rest dieses Jahres für mich, Mom, bitte.»

Irene dachte über die Worte ihrer Tochter nach. Jody konnte nach außen so beherrscht sein, ganz wie ihr Vater, aber ihre Stimmung konnte auch heftig und rasch umschlagen. Ihr Ausbruch bei dem Hockeyspiel, der jetzt Jahre zurückzuliegen schien, zeigte, wie unglücklich Jody gewesen war. Irene hatte die Probleme ihrer Tochter nicht gesehen, weil sie zu sehr mit ihren eigenen beschäftigt war. Eine Woge von Schuldgefühlen überflutete sie. Eine Träne rann über ihre blasse Wange.

Jody bemerkte dies. «Es wird schon wieder.»

«Ja, aber wir werden nicht mehr dieselben sein wie vorher.»

«Um so besser.»

Irene atmete tief ein. «Es war wohl schlimmer, als mir bewußt war. Weil dir zu Hause die Zuwendung fehlte, hast du sie woanders gesucht ... vor allem bei Sean.»

«Es hat gutgetan» – sie suchte nach dem richtigen Wort –, «wichtig zu sein.»

Sie bogen rechts in die Ausfahrt von Crozet ein. Als sie mit verminderter Geschwindigkeit auf das Stoppschild zufuhren, fragte Irene: «Hast du sonst noch jemandem erzählt, daß du schwanger warst?»

«Nein!»

«Ich glaube dir nicht. Mit deinen Freundinnen redest du doch immer.»

«Und du redest nie mit jemand, was?»

«Nicht über Familiengeheimnisse.»

«Vielleicht hättest du es tun sollen, Mutter. Was

bringt es schon, den Schein zu wahren? Hat nicht funktioniert, oder?»

«Hast du es jemandem erzählt?»

«Nein.»

«Du hast es Karen Jensen gesagt.»

«Hab ich nicht.»

«Ihr zwei hängt doch zusammen wie die Kletten.»

«Sie hängt genausoviel mit Brooks Tucker zusammen wie mit mir.» Ein Hauch von Eifersucht schlich sich in Jodys Stimme. «Mom, hör endlich auf damit.»

Irene brach in Tränen aus. «Es wird dir keine Ruhe lassen. Du wirst furchtbare Schuldgefühle haben.»

«Es war das einzig Richtige.»

«Es verstößt gegen alles, was man uns beigebracht hat. Oh, warum habe ich mich nur darauf eingelassen? Ich schäme mich so.»

«Mutter, reiß dich zusammen.» Eiskalte Beherrschung und eiskalte Wut standen in Jodys jungem Gesicht geschrieben. «Dad ist wegen Mordes angeklagt. Du wirst den Laden schmeißen. Ich gehe aufs College, damit ich später zu Hause den Laden schmeißen kann. Du kannst dich nicht um ein Baby kümmern. Ich kann mich nicht um ein Baby kümmern.»

«Das hättest du dir vorher überlegen sollen», schoß Irene zurück, deren Stimme jetzt ebenfalls scharf war.

«Vielleicht hättest du dir auch überlegen sollen, was du tust.»

«Was meinst du damit?» Irene hielt inne. «Diese alberne Idee von dir, daß ich mit Samson Coles schlafe. Was bringt dich bloß auf solche Gedanken? Und dann den armen Mann im Postamt beschuldigen.»

«Bloß, um dich zu decken.»

«Was!» Irene quollen fast die Augen aus dem Kopf.

«Du hast gehört, was ich gesagt habe – um dich zu decken. Du hast mit Roscoe geschlafen. Du dachtest, ich wüßte es nicht.»

Irenes Hände umklammerten das Lenkrad so fest, daß ihre Knöchel weiß wurden. «Wie kannst du es wagen!» zischte sie.

«Mach halblang, Mom. Ich weiß es, weil er's mir gesagt hat.»

«Der Mistkerl!»

«Da hast du recht.»

Irene beruhigte sich für einen Augenblick. «Wieso hat er es dir gesagt?» Sie hatte noch nicht zugegeben, daß Jodys Beschuldigung der Wahrheit entsprach.

«Weil ich auch mit ihm geschlafen habe.»

«O Gott.» Irenes Fuß drückte heftiger aufs Gaspedal.

«Also sag du mir nicht, was richtig und was falsch ist.» Jody lächelte halb.

«Ich bin froh, daß er tot ist.»

Jetzt lächelte Jody richtig. «Er hat es mir eigentlich nicht erzählt – ich bin selbst dahintergekommen.»

«Du –» zischte Irene

«Es spielt keine Rolle.» Jody zuckte die Achseln.

«Von wegen.» Sie nahm ein bißchen Gas weg, weil die Tachonadel auf über hundertzwanzig hochgeschnellt war. «*Hast* du mit ihm geschlafen?»

«Ja. Jedes Jahr hat Roscoe sich seine Auserwählte erkoren. Da war ich wohl auch mal an der Reihe.»

Irene stöhnte. «Warum hast du es gemacht?»

«Weil er mir alles gegeben hat, was ich wollte, und weil ich auf jedes College gekommen wäre, auf das ich wollte. Roscoe hätte das gedeichselt.»

«Jody, es ist sehr schwer für mich, das alles zu verkraften.» Irenes Unterlippe zitterte.

«Stopp», befahl Jody.

«Was, stopp?»

«Anhalten!»

«Warum?»

«Wir müssen die Post abholen.»

«Ich bin zu durcheinander, um irgend jemanden zu sehen.»

«Ich aber nicht. Also halt die verdammte Karre an, und ich hol die Post.»

Irene parkte beim Postamt, und Jody stieg aus. Dann kam Irene die Befürchtung, daß ihre Tochter etwas zu Harry und Miranda sagen würde, deshalb folgte sie ihr.

Harry rief aus: «Wie gerufen!»

Miranda, die mit Saubermachen beschäftigt war, rief «hallo».

«Irene, Sie sehen mitgenommen aus. Kommen Sie, setzen Sie sich. Ich mache Ihnen einen Tee.»

Irene brach über Mirandas Güte in Tränen aus. «Alles ist so schrecklich. Ich will meinen Mann aus dem Gefängnis haben.»

«Mom, komm jetzt.» Jody zerrte an ihr und lächelte Miranda und Harry matt zu.

«Arme Irene.» Tucker konnte Menschen nicht weinen sehen.

«Ohne ihn ist sie besser dran», stellte Pewter nüchtern fest.

Zwei Streifenwagen brausten mit heulenden Sirenen am Postamt vorbei, gefolgt vom Ambulanzwagen. Cynthia bildete in ihrem Dienstwagen die Nachhut.

Doch sie scherte aus und hielt vor dem Postamt. Sie öffnete die Tür und sah Irene und Jody.

«Bei Bowdens Farm wurde eine Leiche gefunden.» Sie räusperte sich. «Der Wagen ist auf Winifred Thalman aus New York City zugelassen.»

«Möchte wissen, wer –» Miranda sprach ihren Satz nicht zu Ende.

«Mom, ich bin wirklich müde.»

«Okay, Schatz.» Irene wischte sich die Augen. «Diesen Mord können Sie Kendrick nicht in die Schuhe schieben! Er ist im Gefängnis.»

Cooper entgegnete ruhig: «Das ist nicht gesagt, Mrs. Miller, sie ist schon eine ganze Weile tot.»

Tränen der Enttäuschung und Wut strömten Irene über die Wangen. Sie versetzte Cynthia einen kräftigen Schlag.

«Mom!» Jody zog ihre Mutter nach draußen.

«Eine Beamtin zu schlagen ist ein schweres Vergehen, oder?» fragte Harry.

«Unter den gegebenen Umständen – vergessen wir's einfach.»

«Endlich haben sie die Leiche gefunden.» Tucker seufzte.

«Ja.» Die Tigerkatze blinzelte, weil sich die sinkende Sonne funkelnd auf Irenes Windschutzscheibe spiegelte, als sie vom Postamt wegfuhr. *«Sie kommen der Wahrheit näher.»*

«Was ist Wahrheit?» sinnierte Pewter.

«Ach, halt's Maul.» Mrs. Murphy gab ihrer Freundin einen Klaps auf die Ohren.

«Ist mir so rausgerutscht.» Die graue Katze kicherte.

«Wir können jetzt ebensogut alle lachen», sagte Tucker. *«Später werden wir nichts zu lachen haben.»*

70

Mrs. Murphy arbeitete fieberhaft. Sie fing Feldmäuse, Maulwürfe, Spitzmäuse und ein kränkelndes Kaninchenbaby, das sie schnell von seinem Elend erlöste. Pewter öffnete die Küchenschränke, während Harry schlief. Sie besaß großes Geschick im Aufziehen von Schranktüren. Sie packte den Griff und ließ sich dann zurückfallen. Sie stöberte im Schrank herum, bis sie eine Flasche Ketchup fand. Zum Glück war es eine Plastikflasche; denn sie stieß sie aus dem Schrank und schob sie über den Boden, wo Tucker sie aufhob.

Der Kiefer der Corgihündin war kräftig genug, um den eigenartig geformten Gegenstand zum Transporter zu tragen.

«Ich kann die ganze Beute hier in den Laderaum legen.» Mrs. Murphy gab den anderen beiden Anweisungen. *«Wenn du mir dabei hilfst, Pewter.»*

«Harry wird alles finden.»

«Nicht, wenn Tucker das alte Handtuch aus dem Stall rausziehen kann.»

«Wie kriegen wir das auf die Ladefläche?»

«Pewter, überlaß mir das Denken. Hilf mir einfach, ja?»

«Wo soll ich die Ketchupflasche hintun?»

«Leg sie hinters Vorderrad. Wenn Harry uns die Tür aufmacht, holst du sie und springst in den Transporter. Pewter und ich lenken sie ab. Du kannst die Flasche fallen lassen und unter den Sitz kicken. Glaubt mir, Leute, sie sucht nicht nach den Sachen. Ihr wird nichts auffallen.»

Tucker versteckte das Ketchup hinter dem Vorderrad, dann schlenderte sie in den Stall und riß das Handtuch von der Sattelkiste mit Harrys Mädchenmonogramm, M. M. Als sie zum Transporter ging, stolperte sie über das Handtuch, drum schleppte sie es seitwärts.

Murphy und Pewter legten die kleinen toten Beutetiere in die hintere Ecke der Ladefläche.

«Pewter, hock dich auf die Stoßstange.»

«Mach du das lieber. Du bist dünner.» Pewter gab nur ungern zu, daß sie Übergewicht hatte.

«Ist gut.» Murphy sprang auf die hintere Stoßstange hinunter, während Pewter sich über die Seite der Heckklappe hievte. Tucker saß geduldig da, das Handtuch in der Schnauze.

Simon, der zur Dämmerstunde von der Futtersuche zurückkehrte, blieb vor Staunen über die Geschäftigkeit stehen. *«Was macht ihr da?»*

«Wir versuchen, das Handtuch in den Laderaum des Transporters zu kriegen. Es ist zu groß für mich, um es ins Maul zu nehmen und reinzuspringen», klärte Mrs. Murphy ihn auf. *«Okay, Tucker, stell dich auf die Hinterbeine und sieh zu, ob du bis Pewter raufreichen kannst.»*

Tucker legte die Pfoten auf die Stoßstange, so daß ihre Nase über die Kante sah.

Mrs. Murphy beugte sich herunter und packte mit der linken Pfote das Handtuch. *«Ich hab's.»*

Pewter, die halb über der Heckklappe hing, schnappte sich rasch das Handtuch, bevor Murphy es fallen ließ. Indem Pewter zog und Mrs. Murphy schob, bekamen die beiden Katzen das Handtuch auf die Ladefläche. Mrs. Murphy sprang hinterher, und die beiden zogen das Handtuch über die Beute und knubbelten es ein bißchen, damit es nicht verdächtig aussah.

«Alle Achtung», sagte Simon bewundernd.

«Teamarbeit», erwiderte Mrs. Murphy triumphierend.

Simon kicherte. *«Was habt ihr mit den Leichen vor?»*

«Eine Spur zum Mörder legen. Mom fährt heute zu St. Elizabeth, drum denke ich, daß wir das hinkriegen.»

Das Opossum war skeptisch. *«Die Menschen werden nichts merken, und wenn, werfen sie das Zeug weg.»*

Die Tigerkatze und die Graue lugten über die Seite des Transporters. *«Da könntest du recht haben, aber der Mörder wird es merken. Darauf kommt es uns an.»*

«Ich weiß nicht.» Simon schüttelte den Kopf.

«Alles ist besser als nichts», sagte Murphy bestimmt. *«Und wenn's nicht funktioniert, lassen wir uns was anderes einfallen.»*

«Warum seid ihr so beunruhigt?» Simons pelzige Nase zuckte.

«Weil Mutter am Ende herausfinden wird, wer die Morde wirklich begangen hat.»

«Oh.» Das Opossum überlegte. *«Wir dürfen nicht zulassen, daß Harry etwas zustößt.»* Er wollte nicht den Eindruck erwecken, als läge ihm etwas an irgendeinem Menschen. *«Wer würde mich sonst mit Marshmallows füttern?»*

71

Die Tiere, vom Hin- und Herlaufen über das Spielfeld erschöpft, hauten sich gleich nach dem Essen aufs Ohr.

Pewter und Mrs. Murphy kuschelten sich rechts und links von Tucker aufs Sofa vor dem Kamin. Pewter schnarchte, ein winziges nasales Gurgeln.

Fair brachte chinesisches Essen mit. Harry, geschickt im Umgang mit Stäbchen, schaufelte sich gierig Chow mein mit Schweinefleisch in den Mund. Einem leisen Klopfen an der Tür folgte Cynthia Cooper, die den Kopf hereinsteckte. Sie zog sich einen Stuhl heran und leistete ihnen Gesellschaft.

«Wo sind die Tiere?»

«Weggetreten. Jedesmal, wenn ich sie heute rief, kamen sie über den Footballplatz gerannt. Haben ihre eigene Meisterschaft ausgetragen, nehme ich an. Möchtest du noch irgendwas?»

«Ketchup.» Sie zeigte auf ihren Teller. «Für meine Nudeln.»

«Apart.» Harry dachte an Nudeln mit Ketchup, als sie ihren Schrank aufmachte. «Verdammt, ich hatte eine ganz neue Flasche Ketchup, und jetzt ist sie verschwunden.»

«Der Ketchup-Geist.» Fair biß in eine saftige Frühlingsrolle; die kleinen Krabbenstückchen kitzelten seine Geschmacksknospen.

«Was hast du an St. E. gemacht?»

«Ich war so blöd, mich von Renee Hallvard als Schiedsrichterin bei den Hockeyspielen einspannen zu lassen, wenn sie niemand anderen finden kann. Für das nächste Spiel hat sie niemanden, drum bin ich hingegangen, um die Spielregeln durchzugehen. Hätte ich bloß nicht ja gesagt.»

«Ich kann auch nicht gut nein sagen. In dem Jahr, als ich mich bereit erklärte, Little League zu trainieren, habe ich zwanzig Pfund abgenommen» – Fair lachte – «vor Sorge um die Kids, um meine Arbeit und daß wir rechtzeitig mit dem Training anfingen.»

«Ist dies ein Freundschaftsbesuch, Cynthia? Nicht doch», zog Harry sie auf.

«Ja und nein. Die Tote, Winifred Thalman, war freiberufliche Kamerafrau. Als allererste habe ich April Shively angerufen – nachdem ich im Postamt war. Sie sagt, Thalman hat in der ersten Schulwoche nach den Ferien mit der Abschlußklasse die kleinen Filme gedreht.»

«Hat niemand in New York sie vermißt? Angehörige?»

Cooper legte ihre Frühlingsrolle hin. «Sie hatte sich mit ihrem einzigen Bruder auseinandergelebt. Die Eltern sind tot. Daß sie als Kamerafrau monatelang nicht zu Hause war, daran hatten ihre Nachbarn sich gewöhnt. Keine Haustiere. Keine Pflanzen. Keine Beziehungen. Rick hat ihren Hausverwalter aufgespürt.»

Harry lächelte. «Du bist doch nicht ins Postamt gekommen, um mir die Neuigkeit zuerst mitzuteilen, oder?»

«Ich hab Irenes Auto gesehen.»

«Ah.»

«Kendrick muß gelogen haben. Der einzige Grund,

den wir uns dafür denken können, ist, daß er seine Frau oder seine Tochter schützt.»

«Sie haben Roscoe und Maury umgebracht?» Fair wollte es nicht glauben.

«Wir glauben, eine von ihnen hat es getan. Rick hat stundenlang Kendricks Bücher und Bankkonten überprüft, und es gibt keinen Beweis für irgendeine Unregelmäßigkeit. Selbst wenn man ihm das Eifersuchtsmotiv abkauft, warum hätte er diese Thalman töten sollen?»

«Und warum hätten Irene oder Jody es tun sollen?» fragte Harry.

«Wenn wir das wüßten, wüßten wir alles.» Cynthia brach die Frühlingsrolle durch. «Irene kommt morgen zum Hockeyspiel. Wir lassen sie von einem Beamten in Zivil vom Sheriffbüro Waynesboro beschatten. Du wirst auf dem Spielfeld sein. Halt die Augen offen.»

«Irene oder Jody sollen Maury erstochen haben? Herrgott», rief Fair aus. «Und das auf einer öffentlichen Veranstaltung – dazu braucht man ganz schön Mut.»

«War nicht so schwer», sagte Harry. «Manche Verbrechen lassen sich am leichtesten inmitten einer Menschenmenge begehen.»

«Der Mörder hat zweimal bei Father Michael gebeichtet. Seit Kendricks Geständnis hat Father Michael keinen Pieps mehr gehört. Daran ist nichts Ungewöhnliches – wenn du ein Mörder bist und jemand anders für dich die Schuld auf sich genommen hat. Trotzdem, der Drang zu beichten ist sonderbar. Schuldgefühle?»

«Stolz», meinte Harry.

«Irene oder Jody ... ich kann's immer noch nicht fassen.»

«Denkst du, sie wissen es? Ich meine, ob die eine von ihnen weiß, daß die andere eine Mörderin ist?» fragte Harry.

«Keine Ahnung. Aber ich hoffe, wer immer es war, wird nachlässig oder nervös.»

«Ich nehme an, der neue Mord kommt in die Elf-Uhr-Nachrichten» – Harry sah auf die alte Wanduhr – «und in die Zeitung.»

«Die ganze Stadt wird darüber reden.» Cynthia schüttete sich eine halbe Packung Nudeln auf den Teller. «Vielleicht macht das unsere Mörderin nervös. Ich weiß nicht, sie war eiskalt.»

«Tja, aber auch Eis hat einen Schmelzpunkt.» Fair klimperte mit den Eiswürfeln in seinem Wasserglas.

«Harry, da du mitten auf dem Spielfeld sein wirst, bist du in Sicherheit. Wenn es Jody ist, kann sie dich nicht erstechen oder vergiften, ohne sich zu verraten. Bist du bereit, sie zu ködern? Wenn wir uns irren, ist reichlich Zeit für eine Entschuldigung.»

«Okay.» Sie nickte. «Kannst du auch Irene eine Falle stellen?»

«Fair?»

«Oh, verdammt!» Er stellte sein Glas hin.

72

Die Autos und Transporter auf dem Parkplatz hinter St. Elizabeth sahen aus wie bunte Fruchtgummis. Die Fans von St. Elizabeth hatten Wimpel an ihren Antennen. Die von Chatham Hall ebenso. Als der Wind zunahm, sah es aus wie auf dem Parkplatz eines Gebrauchtwagenhändlers. Fehlten nur noch die mit dikkem Fettstift auf die Windschutzscheiben geschriebenen Preise.

Trotz der prekären Situation las Harry in der Lehrerumkleide mehrmals die Hockeyregeln durch. Sie wußte, das Schwierigste an ihrer Schiedsrichterrolle würde das Pfeifen sein. Sobald sie ein wenig Sicherheit gewonnen hatte, würde sie auch das meistern. Und sie mußte sich von Anfang an Respekt verschaffen, denn wenn die Mädchen erst mal meinten, sie könnten mit einem Foul davonkommen, würden es einige darauf anlegen.

Mrs. Murphy saß neben ihr auf der Holzbank. Pewter und Tucker bewachten die Tür. Deputy Cooper wartete im Flur.

Das Gepolter eines umgestoßenen Spinds, gefolgt von Schreien, hallte durch den Flur.

«Was zum Teufel –?» Harry rannte aus der Tür zu dem Tumult.

Cooper wies mit dem Kopf in die Richtung, aus der der Lärm kam. «Da drinnen ist der Dritte Weltkrieg ausgebrochen, und dabei hat das Spiel noch gar nicht angefangen.»

«Na, es ist immerhin das Qualifikationsspiel für die Meisterschaft.» Harry steckte ihre Pfeife in das Etui.

Pewter kicherte. *«Sie hat es gefunden.»*

Die Tiere rannten durch den Flur. Tucker, deren Hinterbeine auf dem glatten gewachsten Boden ausrutschten, drehte sich einmal um sich selbst. Sie kamen zur Umkleide und schlichen durch den Gang.

«So eine Gemeinheit! Die das gemacht hat, die bring ich um!» Jody trat aufgebracht gegen ihren Spind. Tote Mäuse, Maulwürfe und Spitzmäuse waren auf dem Boden verstreut. Das rote Zeug, das aus den Bißstellen einer Ketchupflasche sickerte, ergoß sich überallhin. Auch auf Jodys Schläger war Ketchup.

«Igitt.» Karen Jensen sprang vor den überall verstreuten toten Tierchen zurück.

«Du warst das!» Jody verlor die Fassung und beschuldigte die letzte, die so etwas tun würde.

«Du bist verrückt», blaffte Karen zurück.

Jody ergriff ihren Hockeyschläger und zielte auf Karens Kopf. Zum Glück duckte sich Karen, die die beste Spielerin der Mannschaft und mit blitzschnellen Reflexen gesegnet war. Brooks packte Jody von hinten, aber Jody, fünfzehn Zentimeter größer, war schwer aufzuhalten.

Renee Hallvard kam hereingestürmt. «Schluß damit!» Sie überblickte die Schweinerei. «So. Raus hier. Alles raus hier.»

«Jemand hat mir tote Mäuse und Ketchup in meinen Spind getan!» kreischte Jody. «Und Sie sind schuld. Sie lassen uns unsere Spinde nicht mehr abschließen!»

«Wir werden das nach dem Spiel aufklären.» Die Trainerin stemmte die Hände in die Hüften. «Es könnte jemand von Chatham Hall gewesen sein. Es würde ihnen sicherlich nützen, eine unserer besten Spielerinnen nervös zu machen und es hinzukriegen, daß unsere Mannschaft sich untereinander zerstreitet, stimmt's?»

Die Mädchen klammerten sich an diese aufmunternde Theorie, an die Hallvard selbst nicht glaubte. Aber es war immerhin eine vorläufige Lösung. Sie wollte nach dem Spiel mit Deputy Cooper sprechen. Die Trainerin war klug genug, um zu wissen, daß alle ungewöhnlichen Vorkommnisse an St. Elizabeth mit äußerstem Mißtrauen zu behandeln waren, und Cynthia hatte ihr eingeschärft, die Augen offenzuhalten. Sie hatte ihr nicht gesagt, daß Jody als Verdächtige in Betracht kam.

«Sie haben recht», sagte Karen, die Mannschaftsführerin, schließlich. «Fegen wir sie vom Erdboden!»

Die Mädchen jubelten. Als sie sich ihre Schläger griffen und hintereinander die Umkleide verließen, bemerkte Brooks Mrs. Murphy.

«Murphy, hi, Kätzchen.»

«Ruhe bewahren, Brooks, das wird ein höllisches Spiel.»

Als die Gastgebermannschaft über das Spielfeld zu den Bänken lief, brüllten ihre Anhänger.

Fair saß neben Irene, wie er es Cynthia versprochen hatte. Der Zivilbeamte aus Waynesboro saß hinter ihr und gab sich als Anhänger der Mannschaft von Chatham Hall aus.

Miranda, ebenfalls wachsam, hockte mit Mim in der Mitte der Tribüne.

Cynthia blieb hinter der Chatham-Hall-Bank, von wo sie einen kürzeren Weg zur Turnhalle hatte, falls sie hinsprinten mußte. Sie wußte, daß Irene hinreichend bewacht war, deswegen behielt sie Jody im Auge.

Herb Jones saß mit Sandy Brashiers und mehreren Lehrern auf der unteren Bank.

Harry machte sich mit der anderen Schiedsrichterin, Lily Norton, einer ehemaligen Spitzenspielerin, bekannt, die von Richmond herübergefahren war.

«Ich bin in letzter Minute eingesprungen, Miss Norton. Haben Sie Nachsicht mit mir.» Harry gab ihr die Hand.

«Ich war in meinem ersten Jahr an der Highschool in Lee, als Ihre Mannschaft die Meisterschaften gewann.» Herzlich erwiderte sie den Händedruck. «Sie werden es schon schaukeln, und bitte, nennen Sie mich Lily.»

Harry lächelte. «In Ordnung.»

Sie verglichen ihre Uhren, dann nahm Lily ihre Pfeife und gab das Signal für die beiden Mannschaftsführerinnen, zum Mittelkreis zu laufen.

Mrs. Murphy, Pewter und Tucker sahen von der Turnhallenseite des Spielfelds ebenfalls aufmerksam zu.

«Tucker, du bleibst auf der Mittellinie auf dieser Seite. Du weißt, was du zu tun hast?»

«Ja», antwortete Tucker entschlossen.

«Pewter, du hältst dich beim nördlichen Tor auf. Etwa zwanzig Meter hinter dem Tor steht ein Ahornbaum. Wenn du da raufkletterst, kannst du sehen, was passiert. Wenn dir irgendwas komisch vorkommt, brüllst du.»

«Ihr werdet mich nicht hören können bei dem Lärm der Menge.»

«Hm» – Mrs. Murphy überlegte einen Moment –, *«dann kannst du immer noch vom Baum runter. Wir gucken ganz oft zu dir rüber.»*

«Warum können wir nicht am Spielfeldrand bleiben?» fragte Tucker.

«Die Schiedsrichterinnen würden uns wegjagen. Dann sperrt Mom uns in den Transporter. Wir müssen mit dem vorliebnehmen, was wir haben.»

«Das Spielfeld ist eine Riesenfläche», bemerkte Pewter, nicht gerade die schnellste Katze der Welt.

«Wir tun, was wir können. Ich bleibe unter der Bank von St. Elizabeth. Wenn ich da weggescheucht werde, laufe ich zum südlichen Tor. Alles klar?»

«Ja», sagten beide.

«Warum kann Coop nicht schießen, wenn Jody oder Irene verrückt spielen?»

«Kann sie, aber hoffen wir, daß es nicht nötig ist.» Murphy atmete durch ihre zarten Nasenlöcher aus. *«Macht's gut.»*

Die drei Tiere schwärmten zu ihren Plätzen aus. Mrs. Murphy wich den Füßen und Schreien der Spielerinnen aus, die sie sahen. Sie duckte sich unter die Spielerinnenbank und lauschte aufmerksam.

Das erste Viertel war nicht gerade ein Feuerwerk, aber es zeigte, wie gut die Abwehr beider Mannschaften stand. Jody blockte den Angriff einer Spielerin der gegnerischen Mannschaft ab, wurde aber dabei zur Seite gestoßen. Sie sprang auf, bereit, dem Mädchen eine zu ballern, aber Karen brüllte sie an: «Bleib auf deiner Position, Miller.»

«Du kannst mich mal», blaffte Jody zurück, doch sie gehorchte.

Die erste Hälfte verging, ohne daß etwas Aufregendes passierte.

Pewter wünschte, sie wäre unter der Bank; denn der

Wind nahm zu. An ihrem Platz auf dem Baum wurde es kälter und kälter.

Die zweite Hälfte begann damit, daß Brooks einen Paß von Chatham Hall abfing und wie eine Irre auf das Tor zurannte, wo sie, in letzter Sekunde angegriffen, es gerade noch schaffte, einen exakten Paß zu Karen Jensen zu schlagen, die mit ihrem Schuß die Torhüterin überwand. Gejohle erhob sich auf den Tribünen von St. Elizabeth.

Susan sprang auf und ab. Auch Irene schrie. Sogar Sandy Brashiers, der sich nicht besonders für Sport interessierte, ließ sich mitreißen.

Das kräftige Mädchen, das Jody angegriffen hatte, machte sich den Rücklauf zur Spielfeldmitte zunutze, um Jody zu sagen, was sie von ihr hielt: «Arschloch.»

«Kann ich doch nichts dafür, daß du 'ne fette Schnecke bist», stichelte Jody.

«Sehr komisch. Das Spiel ist noch lange nicht zu Ende. Mach dich auf was gefaßt.»

«Klar.» Jody beachtete sie nicht weiter.

Chatham Hall schnappte sich den Ball aus dem Einwurf. Das kräftige Mädchen, eine Mittelfeldspielerin, übernahm den Paß und raste direkt auf Jody zu, die sich fallen ließ, vorgab, gerempelt worden zu sein, sich herumrollte, blitzschnell mit ihrem Schläger ausholte und das Mädchen hinten am Bein traf.

Harry pfiff Foulspiel.

Jody funkelte Harry böse an, und als Chatham Hall in die gegnerische Hälfte vorstieß, fegte Jody an Harry vorbei, so nahe, daß Harry einen Schritt zurücktreten und ihr sagen konnte: «Jody, du bist die Mörderin.»

Ein harter Torschuß wurde von der Torhüterin von

St. Elizabeth gehalten. Wieder erhob sich Geschrei am Spielfeldrand. Aber das Spiel wurde härter, schneller und kämpferischer. Schweißgebadet setzten beide Seiten zu einem letzten aufreibenden Viertel an.

Ob aus Taktik oder unter der Führung der kräftigen Mittelfeldspielerin von Chatham Hall, fast alle Angriffe ihrer Mannschaft liefen über Jodys Seite. Jody, eine geborene Läuferin mit hervorragender Kondition, war nicht unterzukriegen, aber die gegnerischen Spielerinnen setzten sie permanent unter Druck. Jedesmal, wenn sie die Beherrschung verlor, spielten sie den Ball an ihr vorbei.

Schließlich nahm Trainerin Hallvard sie vom Platz und ersetzte sie durch die talentierte, aber unerfahrene Biff Carstairs.

Jody ging vor der Bank auf und ab und flehte Renee Hallvard an: «Wechseln Sie mich wieder ein, kommen Sie. Biff kriegt das nicht hin.»

Wohl wahr. Als sie über die rechte Seite des Spielfeldes fegten, bemühte sich Biff zwar mitzuhalten, aber sie hatte noch nie an einem so guten, so schnellen und zermürbenden Spiel teilgenommen.

Chatham Hall war in dieser Spielserie extrem torgefährlich, weshalb Jody aus Leibeskräften schrie. Schließlich setzte Hallvard, die ein weiteres schnelles Tor befürchtete, Jody wieder ein. Die St.-Elizabeth-Seite jubelte wieder.

Während die Menge jubelte, murmelte Fair leise: «Irene, stellen Sie sich. Wir alle wissen, daß Kendrick es nicht war.»

Sie wirbelte herum: «Wie können Sie es wagen?»

Zwei Hände legten sich von hinten schwer auf ihre

Schultern, so daß sie sich nicht bewegen konnte. Der Beamte in Zivil befahl: «Ganz ruhig bleiben.» Er nahm eine Hand fort, um seine Erkennungsmarke aus seinem Mantel zu holen.

«Ich habe diese Leute nicht ermordet.» Irenes Wut verebbte.

«Okay, rühren Sie sich nicht von der Stelle», sagte der Beamte ruhig.

Vielleicht spürte Jody einen extra starken Adrenalinstoß. Wie auch immer, sie konnte nichts falsch machen. Sie hielt ihre Gegenspielerin in Schach, sie eroberte den Ball, sie paßte den Ball direkt zu ihren Angriffsspielerinnen weiter. Sie fühlte sich unbesiegbar. Sie konnte wirklich nichts falsch machen. Mit Jody, die das Mittelfeld beherrschte, und mit Karen und Brooks, brandgefährlich im Sturm, bereitete St. Elizabeth Chatham Hall im letzten Viertel eine vernichtende Niederlage. Das Spiel endete mit vier zu zwei. Die Menge stürmte von den Tribünen und strömte auf das Spielfeld. Mrs. Murphy flitzte am Spielfeldrand entlang, um den Füßen auszuweichen. Pewter kletterte vom Baum herunter, froh, daß nichts Gefährliches passiert war. Die Katzen trafen sich mit Tucker am Rand der Spielfeldmitte.

«Ich dachte, sie würde Mom ihren Schläger um die Ohren hauen. Dabei hatte ich gedacht, wir hätten's ihr schon ordentlich gegeben.» Pewter war niedergeschlagen, weil Jody sich so selbstbeherrscht gezeigt hatte.

«Oje.» Tucker setzte sich.

Mrs. Murphy faßte die ausgelassene Feier scharf ins Auge. Harry und Lily gingen langsam vom Platz. Jody beobachtete dies aus dem Augenwinkel, während sie nacheinander ihre Mannschaftskameradinnen stürmisch umarmte.

«War nett, mit Ihnen zu arbeiten.» Lily drückte Harry die Hand. «Sie haben Ihre Sache gut gemacht.»

«Danke. Gehen Sie sich nicht umziehen?»

«Nein, ich muß machen, daß ich wegkomme.» Lily steuerte auf den Parkplatz hinter der Turnhalle zu.

Als Harry in die Turnhalle trat, löste sich Jody von ihrer Gruppe. Es war nicht bemerkenswert, daß eine Spielerin sich zur Turnhalle begab.

Cynthia, die in der Menge eingekeilt war, kämpfte sich durch die Ansammlung, als sie Jody weggehen sah.

Die drei Tiere flitzten über den Rasen; kleine Grasbüschel flogen im Wind auf. Sie kamen genau in dem Moment bei der Tür an, als Harry sie aufmachte.

«Hi, Mädels.» Sie war müde.

Sekunden später war Jody, den Schläger in der Hand, ebenfalls in der Turnhalle. Als Harry nach rechts in den Flur abbog, der zu der Lehrerumkleide führte, schlich Jody auf Zehenspitzen durch den Flur und lauschte angestrengt, ob noch andere Schritte zu hören waren. Ohne miteinander zu sprechen, duckten sich die Tiere in die Türöffnungen. Nur Murphy blieb bei Harry, für den Fall, daß Tucker und Pewter versagten.

Jody kam an Pewter vorbei, die aus der Türöffnung sprang und Jody mit den Krallen der Vorderpfoten hinten am Bein packte. Jody heulte auf, drehte sich blitzschnell um und schlug nach der Katze, die losließ, gerade als Tucker aus der Tür des Hausmeisters auftauchte. Sie raste zu Jody, sprang sie an und rammte ihre Knie. Hund und Mensch stürzten übereinander, und der Hockeyschläger krachte auf den glänzenden Fußboden.

«Scheiße!» Jody griff nach ihrem Schläger, während Tucker ihn ebenfalls packte.

Jede zerrte an einem Ende. Tucker schlitterte über den Boden, ließ aber nicht los. Jody trat nach dem Hund, dann drehte sie den Schläger, um Tuckers Kiefer aufzustemmen. Es funktionierte nicht. Pewter sprang wieder Jodys Bein an, als Harry, die die Balgerei hörte, die Umkleidentür aufmachte und in den Flur trat. Mrs. Murphy blieb dicht bei Harry.

«Gute Arbeit», lobte die Tigerkatze ihre Kumpaninnen.

Als Jody Harry sah, ließ sie ihren Hockeyschläger fallen und sprang Harry an die Kehle.

Harry hob den Arm, um sich zu schützen. Sie taumelte rückwärts gegen die Betonmauer der Turnhalle, die ihr Halt gab. Sie hob das Knie und erwischte Jody im Schritt. Das machte Jodys Bewegungen langsamer, aber nicht langsam genug. Pewter, die noch Jodys rechtes Bein festhielt, bekam Verstärkung von Murphy, die das linke packte. Sie schlugen ihre Fangzähne hinein, so tief es ging.

Jody schrie und lockerte den Griff an Harrys Hals. Das aufgebrachte Mädchen hechtete nach dem Hokkeyschläger. Tucker schleppte ihn durch den Flur, doch die Corgihündin konnte nicht schnell laufen, da sie klein war und der Schläger groß.

Jody riß dem Hund den Schläger unsanft aus der Schnauze. Tucker schnappte nach dem Schläger, doch Jody hielt ihn über dem Kopf und rannte auf Harry zu, die sich duckte. Der Flur war lang und schmal. Sie konnte die Wände zu ihrem Vorteil nutzen. Harry, eine gute Sportlerin, wappnete sich für den Angriff.

Jody holte mit dem Schläger aus und zielte auf Harrys Kopf. Harry duckte sich tiefer und verlagerte das Gewicht. Die Spitze des Hockeyschlägers streifte die Wand. Harry rückte näher zur Wand. Sie betete, Jodys Schläger möge an die Mauer krachen.

Jody, die vor lauter Besessenheit nichts von den Verletzungen merkte, die die Katzen ihren Beinen zufügten, holte wieder aus. Der Schläger zersplitterte, und blitzschnell stieß Harry sich von der Wand ab und warf sich auf Jody. Die beiden gingen unsanft zu Boden, als die Katzen von ihrer Beute abließen. Tucker rannte neben den zwei kämpfenden Menschen her und wartete, bis sich eine Lücke bot. Ihre Fangzähne, die länger waren als die der Katzen, konnten größeren Schaden anrichten.

Geräusche im Flur ließen Jody einen Sekundenbruchteil einhalten. Sie entwand sich Harrys Griff und rannte in die entgegengesetzte Richtung. Tucker erwischte sie rasch und schnappte ihr Fußgelenk. Jody blieb stehen, um den Hund abzuwehren, da kam auch schon Cynthia um die Ecke und ließ sich, die Pistole im Anschlag, auf ein Knie fallen.

«Stehenbleiben, oder ich schieße.»

Jody starrte mit glasigen Augen in den Lauf einer .357, starrte auf Tuckers blutige Fangzähne, dann hob sie die Hände.

73

Für ihre Tapferkeit wurden die Tiere mit Filet Mignon belohnt, das Miranda Hogendobber zubereitet hatte. Harry, Fair, Susan, Brooks, Cynthia und Reverend Jones leisteten ihnen Gesellschaft. Für die Tiere waren an dem großen Eßtisch Gedecke aufgelegt. Miranda übertraf sich selbst.

«Es ist himmlisch», schnurrte Pewter.

«Ich wußte gar nicht, daß Pewter es in sich hat.» Susan lächelte die korpulente Katze an.

«Da sitzt ein Tiger unterm Tran», witzelte Mrs. Murphy.

Während die Menschen die Teile des mörderischen Puzzles zusammensetzten, fragte Tucker: *«Murphy, wie bist du dahintergekommen?»*

«Mutter war auf der richtigen Spur, als sie sagte, Roscoe Fletcher sei in der Autowaschanlage getötet worden, von wem auch immer. Jeder von den Verdächtigen hätte es tun können, aber nicht einer erinnerte sich, daß jemand Roscoe Bonbons gegeben hatte, wenngleich er ihnen welche anbot. Jody ist auf dem Weg zum Einkaufen an der Texaco-Tankstelle vorbeigekommen. Die Tankstelle versperrt die Sicht auf die Waschstraße. Jody hat ihm den Bonbon gegeben; niemand hat sie gesehen, und hinter Roscoe stand noch kein weiteres Auto. Sie konnte rasch handeln und dann zurück ins Büro laufen. Damit verschaffte sie sich ein gutes Alibi. Sie hatte auf eine Gelegenheit gewartet. Sie war schlau genug, um zu merken, daß dies eine gute Chance war. Wer weiß, wie lange sie den Bonbon schon mit sich herumtrug?»

«Ich weiß nicht, ob ich Jody bemitleiden oder hassen soll», sagte Susan Tucker nachdenklich.

«‹Siehe, das sind die Gottlosen; die sind glückselig in der Welt und werden reich!› Psalm dreiundsiebzig, Vers zwölf», rezitierte Miranda. «Roscoe und Maury sind reich geworden, aber sie haben dafür bezahlt. Was Jody betrifft, sie ist hübsch und verletzlich. Aber das sind viele andere junge Menschen auch. Sie hat sich selbst ins Verderben gestürzt.»

«Der Schmiergeldordner hat mir einen Teil des Motivs geliefert – Geld –, aber ich konnte die Schmiergeldgeber nicht finden. Um Drogen ging es nicht.» Cynthia verschränkte die Arme. «Auf Pornofilme wäre ich nie gekommen.»

«Es ist grauenhaft.» Reverend Jones schauderte.

«Wie bist du darauf gestoßen?» fragte Pewter Murphy.

«Ich habe lange gebraucht, um dahinterzukommen. Ich glaube, der Adressenaufkleber, den ich unten in Roscoes Schreibtisch fand, war mein erster Anhaltspunkt. Filmlabor Neptun. Und so wunderbar es sein mochte, daß eine Privatschule eine Filmabteilung hatte – es schien mir ein immenser Kostenaufwand, selbst wenn Maury angeblich einen großen Beitrag leisten wollte.»

«Kendrick war menschlicher, als wir glaubten», sagte Susan.

«Er hat vermutet, daß Jody die Mörderin war. Er wußte nicht, warum.» Cynthia erinnerte sich an seinen Gesichtsausdruck, als Jody gestand. «Sie hatte Irene und Kendrick erzählt, daß sie von Sean schwanger sei. In Wirklichkeit war es Roscoe.»

«Den würde ich eigenhändig umbringen.» Fairs Gesicht lief rot an. «Verzeihung, Herb.»

«Durchaus verständlich unter diesen Umständen.»

«Sie hatte mit Sean geschlafen und ihm gesagt, er sei der Vater ihres Kindes. Worauf er den BMW stahl. Er ist weggelaufen, und das war gleichzeitig ein Hilferuf», fuhr Cynthia fort. «Aber jetzt sagt sie, daß Roscoe der Vater sein könnte. Und sie hat gesagt, dies ist der zweite Film, der an St. Elizabeth gedreht wurde. Voriges Jahr hatten sie Courtney Frere als Darstellerin. Maury hat sich immer ein Mädchen für seine Filme auserkoren. Wir haben sie in Tulane aufgespürt. Armes Kind. Deswegen hat sie die Schlaftabletten genommen, nicht wegen schlechter Noten. Der Film, in dem sie spielte, wurde in Maurys Haus gedreht, aber dann wurden Roscoe und Maury kühner. Sie kamen auf die glorreiche Idee, ihr Geschäft an St. Elizabeth zu betreiben. Da hatten sie hinreichend Gelegenheit, nach Opfern zu fischen.»

«Monster.» Miranda schüttelte den Kopf.

«Schlechte Menschen hat es immer gegeben.» Brooks verblüffte alle mit ihrer Äußerung. «So schlecht Mr. Fletcher und Mr. McKinchie waren, sie hätte sie nicht umbringen müssen.»

«Sie ist ausgerastet», dachte Susan laut. «Ihr muß plötzlich aufgegangen sein, daß ein einziger Fehler – dieser Film – ihr ganzes Leben ruinieren konnte.»

«Genau», bestätigte Cynthia. «Sie ist mit Winifred Thalman gefahren, weil sie dachte, sie könnte das Filmmaterial in die Hände bekommen, aber Winifred hatte die Rohfassung schon ans Labor Neptun geschickt. Sie hatte nur Schnittreste bei sich, darum hat Jody sie ermordet. Die Schnittreste hat sie in den Teich geworfen.»

«Wie hat sie sie getötet?» fragte Harry.

«Durch einen Schlag auf den Kopf. Vielleicht mit ihrem Hockeyschläger. Sie ging nach der Dämmerung über die Felder und war rechtzeitig zum Abendessen zu Hause. Danach wurde sie von Rache getrieben. Sie wollte Macht über die, die sie gedemütigt hatten – obwohl sie sich bereit erklärt hatte, für Geld in diesen Filmen mitzuwirken.»

«Der Schmiergeldfonds?» fragte Harry.

«Richtig. Einundvierzigtausend Dollar, von Maury entnommen, wie sich gezeigt hat. Einundvierzigtausend Dollar für ihren BMW ... alles fügte sich zusammen. Man stelle sich vor, wie Kendrick zumute gewesen sein muß, als er diese Zahl in Roscoes Geheimordner sah. Die Einlagen stammten aus anderen Filmen. Maury und Roscoe haben auch in New York Pornofilme gedreht. Dort haben sie mit Profis gearbeitet. Roscoes Rundreisen zur Aufbringung von Spendengeldern waren in doppelter Hinsicht erfolgreich», sagte Cynthia.

«Wie hat sie Maury getötet?» Brooks war neugierig.

«Sie ist in die Mädchenumkleide geschlichen, hat das Musketierkostüm angezogen und ist wieder zu den anderen gegangen. Sie sah, daß Maury aufbrechen wollte, und hat ihn erstochen, wonach ihr genug Zeit blieb, um wieder in die Umkleide zu gehen und ihr Skelettkostüm anzuziehen. Vielleicht hat sie Maury sogar vom Ball weggelockt, aber sie sagt nein», erwiderte Cynthia.

«Fühlt sie denn Reue?» Miranda hoffte, daß es so war.

«Weil sie drei Menschen getötet hat? Nein, kein bißchen. Aber sie fühlt sich schrecklich, weil sie Sean wegen der Vaterschaft angelogen hat. Weil sie ihn verleitet hat, die falsche Todesanzeige aufzugeben und Roger auf seiner Zeitungstour zu folgen und Maurys Todesanzeige in die Zeitungen zu stecken. Das ist das ganze Ausmaß ihrer Reue!»

«Glauben Sie, daß sie verrückt ist?» fragte Fair.

«Nein. Und ich habe diese Ausflucht satt. Sie kann Recht von Unrecht unterscheiden. Rache und Macht. Man muß sie wie eine Erwachsene behandeln. Die Wahrheit ist: Sie hat das Töten genossen.» Cynthia stach in ihre Broccoli.

Pewter lachte. *«Warum bezahlt ein Mensch dafür, einen anderen Menschen beim Sex zu beobachten?»*

«Langeweile.» Tucker aß Speisereste, die Fair ihr zuschob.

«Ich würde nicht dafür bezahlen, einer anderen Katze zuzugucken, du etwa?» fragte Pewter Murphy.

«Natürlich nicht, aber wir sind Katzen. Wir sind den Menschen überlegen.» Sie sah Tucker an.

«Ich würde es nicht tun, ich bin auch überlegen», sagte Tucker geschwind mit vollem Mund.

«Ja – aber nicht ganz so überlegen wie wir.» Mrs. Murphy lachte.

Liebe hochintelligente Katzen!

Habt Ihr die ewigen alten Wollknäuel satt? Ich habe eine eigene Serie Katzenminzespielsachen entwickelt, die alle von Pewter und mir getestet sind. Zwar habe ich es nicht gern, wenn Pewter mit meinen Söckchen spielt, aber wenn ich sie nicht lasse, zerfetzt sie meine Manuskripte. Da könnt Ihr mal sehen, wie das ist!

Und damit die Menschen sich nicht übergangen fühlen, habe ich ein T-Shirt für sie entworfen.

Wenn Ihr sehen möchtet, wie kreativ ich bin, schreibt mir, dann schicke ich Euch einen Prospekt.

Sneaky Pies Flohmarkt
c/o American Artists, Inc.
P. O. Box 4671
Charlottesville, VA 22905
USA

Mit freundlichen Katzengrüßen

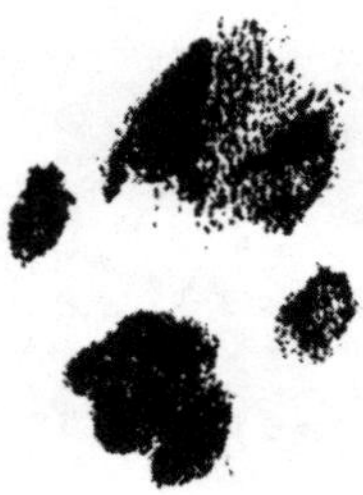

SNEAKY PIE BROWN

P. S. Hunde, besorgt Euch eine Katze, die für Euch schreibt!